鄭手作品集

綾羅歌

卷三

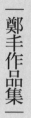

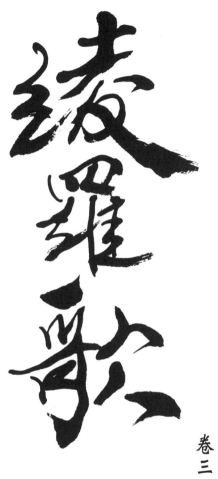

目錄

第三十五章　術士

昨日深夜。

黑衣術士江淼一跛一拐地奔離沈家大宅，心中張惶失措，仍未搞清楚方才究竟發生了何事。他腦中一片混亂，一頭闖入街邊的一間破舊酒館，掏出身上僅剩的幾枚銅錢，買了一壺劣酒，仰頭便喝，只喝得醉醺醺的，雙眼瞪著酒壺，回想起先前的所見所聞：

昨日下午，他閒著無事，和幾個巫者和術士朋友在景樂寺外聚集，一群人天南地北地聊將起來。自從四年前爾朱氏攻入洛陽後，大兵佔據景樂寺，此後便再無戲法表演了。這些術士們失去了活計，閒來便聚集在寺外瞎扯閒聊。

但聽一個聲音嬌嫩的女術士說道：「喂！你們聽說了麼？沈家二郎回來了！」言下極為興奮。

江淼心中一凜，暗想：「沈夫人羅氏曾給了我五千兩銀，要我施術將他趕出洛陽，他怎地又回來了？」忙湊上前，插口問道：「他不是去了南方麼？人怎地回來了？」

另一個術士道：「當然是回來奔喪的啊！不久之前，他阿爺和大兄莫名其妙地被強盜殺死在潁水邊上，這沈二郎雖是庶子，也是得回來奔喪的。」

江淼聽了，心想：「我竟不知沈家出了這麼大的事兒！人死為大，沈二郎不得不回來為父兄奔喪，這可怪不得我。」口中問道：「你說，沈家主人和大郎給強盜殺死了？」

之前的女術士道：「是啊！他們沈家就那一個嫡子，長得倒是英俊挺拔，人也聰明能幹，聽聞他阿爺特意培養他，準備讓他接手他們『沈緞』的生意。沒想到他和他阿爺一塊兒，就這麼給強盜殺死了！」

江淼趕緊又問道：「唯一的嫡子死了，那沈家主母豈不傷心至極？」

女術士道：「可不是？那寡婦兒是鮮卑人，年輕時擅長騎馬射箭，原本體格健壯，但經不起這雙重打擊，聽說就此病倒，還病得不輕，人只剩一口氣呢！」

其他幾個術士都長吁短嘆，感嘆世事無常。

江淼心中轉著念頭：「原來羅氏病倒了。多半因為病重，她才未曾來找我討回銀子。我是否該離城暫避一陣？還是……該主動去找她，趁她死前再試試敲她一筆？」

江淼正籌思間，忽聽一個術士提議道：「咱們今夜去沈宅探探如何？和以往一般，就看上一看，很快就離開，你們說如何？」

其他人聽了，都躍躍欲試。女術士擔憂地道：「人家家裡正辦著喪事，咱們闖去騷擾死者，只怕不吉利吧？」

之前的術士呸了一下，說道：「甚麼吉不吉利？只教能夠看那人一眼，那就萬事大吉啦！」

另一個巫者開口道：「沈宅雙喪，鬼魂聚集，陰氣想必重得很，我等可得施法保護自身，以免受到鬼魂陰氣的侵擾。」

又有巫者道：「人死為大，不如我們全數穿著白衣前去，算是對死者表達敬意，如何？」

眾人紛紛稱好，江淼怎能不湊這個熱鬧，又好奇沈家此刻情狀如何，立即決定和他們一同前去。

於是當晚共有七個居於洛陽城的巫者和術士決定一同夜闖沈宅。他們各自穿上白衣，在天黑之後，一齊攀上沈家大宅的圍牆，見到了沈家姊弟三人在改為靈堂的萬福堂中守夜。

七個巫者和術士的眼光立即集中在沈綾身上。他們的目光一觸及沈綾，便都感到一股奇異的悸動，不自由主地便想接近他。原本他們只攀在圍牆之上，後來仗著己方人多，膽氣大壯，一個個慢慢越過了圍牆、進入庭園，緩緩往靈堂移動。越是接近，他們便越能感受到從沈綾身上散發出來的吸引之力，有如陳年美酒般，一陣陣醉人的酒香飄溢在庭院之中，令他們全身舒暢，滿懷愉悅，如癡如醉。

一個術士做夢般地喃喃說道：「倘若能夠……能夠碰觸他一下就好了！」

這話一說，餘人都感到心癢難熬，紛紛想像自己若能靠近沈綾，甚至伸手碰觸他一下，那將是何等美妙的覺受？

就在他們躍躍欲試時，守衛沈宅那個姓賀的小娘子忽然從樹叢中竄出，對著他們戳指呼喝，命他們立即離去。七個巫者術士這時都已醺醺然，感到身心暢美難言，眼見有人不識好歹，竟膽敢出來驅逐自己，自然不肯就此離去。其中一名來自上商里的金眼巫者年紀最長，便跳下牆頭與那小娘子對話，請她讓沈二郎出來前院中走走，那小娘子卻說甚麼也不肯。正周旋間，忽見沈家大娘喚僕婦來抱走二娘，接著沈二郎也站起身，跟著離開靈堂。

眾術士巫者都大為失望，紛紛唉聲嘆氣，留在原地不肯離去，只盼能繼續享受沈綾留下的迷人芬芳，有的甚至打定主意要闖入靈堂，接近沈綾剛剛坐過之處，即使碰一下他的坐墊，聞嗅一下他呼吸過的空氣也好。於是七個巫者術士各施術法，向那姓賀的小娘子攻去、逼近靈堂；賀小娘子武功竟自不弱，八人在庭園中交手，一時相持不下。

忽然之間，一眾巫者術士同時感到全身震動！只見一個身穿孝衣的少年出現在靈堂之外，七個巫者術士看得清楚，這人正是沈家二郎沈綾！巫者術士們彷彿烏蠅見血，雙眼發紅，忍不住向著沈二郎一擁而上。然而就在這時，他們耳中聽見了一聲如暴雷般的聲響：

「停止！」

眾人感到沈二郎身上發出了一股龐大的波浪，如洪水般澎湃洶湧，轟然向他們撲來，將他們身上所有的法力巫術全都淹沒、掩蓋了，一下子無聲無息，無影無蹤。七個巫者術士定在當地，再也無法動彈，甚至連呼吸都不能；接著他們眼睜睜地望著沈二郎將那姓賀的小娘子拉進了靈堂，關上了門。

這時最年長的金目巫者勉強念咒，召來了一團夜霧，遮掩了他們的身形；當沈綾從靈堂中望出去時，只見到他們的白衣漸漸消失，七人的眼睛也如同燈火燒盡一般黯淡下去，最終消失在黑暗中。

巫者術士們隱身於那團夜霧裡，過了不知多久，才終於能夠呼吸。他們從近乎窒息中活轉回來，紛紛趴倒在地，大聲喘息，勉強凝聚身上殘存的精力，才倉皇起身，翻牆離開沈家，彼此連話都沒說上一句，便各奔東西，逃竄回自己的藏身處。

此刻江淼在那破酒館中獨自喝著劣酒，想著方才在沈宅中發生的事，仍舊感到頭皮發麻、毛骨悚然，暗想：「這沈二郎確實古怪得緊。我們這些巫者和術士，任誰都忍不住想去探訪他，只要能見到他的面，便感到全身舒坦，法力大增。但今夜的事情當真出乎意料！我們七人聯手要打倒那姓賀的小娘子不是問題，但為何忽然間都不能動彈了？那沈二郎並非巫者，不具巫力……莫非另有法力強大的巫者窺伺在側，出手保護於他？那又會是誰？」

直到三更半夜，酒館收攤，酒館主出來趕客了，江淼才怏怏離開，回到偶戲里小巷中的簡陋住處。

他摸黑進屋，點亮油燈，見到一群十多個黑衣小童橫七豎八地睡在炕上，都已睡熟。江淼酒氣上沖，怒從心起，高聲罵道：「我叫你們守夜，你們竟守到個個都睡得跟死豬一般！像甚麼樣子！」

小童們紛紛驚醒，揉眼起身，一個比較機靈的女童連忙跪在地上，恭敬說道：「師父！您回來了。事情辦成了麼？」原來江淼早先出門時，跟弟子說自己將與幾位術士友人會面，討論如何在景樂寺重開戲法表演。

江淼憋了一肚子怒氣，此時全都發洩在這些小童身上，叱罵道：「你們一個個懶惰成性，無能無用，我做師父的哪能辦成甚麼事兒？就算能成，也全給你們搞砸了！」眾小童被他罵得一頭霧水，一個個跪在當地，半睡不醒，都不敢出聲。

江淼又臭罵了他們一頓，才將他們全數趕出屋子，讓他們睡在廊下。此時乃是嚴冬，天寒地凍，屋中炕下的火雖早已熄了，但仍保留著幾分暖意，屋外可就冷得緊了。眾小童叫苦連天，江淼毫不理會，關上破洞穿孔的木門，自己睡倒在石炕破爛的竹榻上。

他躺在黑暗之中，暗自思量：「景樂寺不演戲法了，我已好一陣子沒了收入，還得養著這班無用的小童！嘖！這些孤兒往年個個流落街頭，我好心收留他們，訓練他們幫手變戲法，隨我攢錢，如今卻成了我的累贅！罷了，我江淼可不欠他們的。到了當真沒辦法的時候，我帶了剩下的銀兩遠走高飛，他們最多回去街頭流浪討錢，可不關我的事兒。」又想：「沈二郎既已回到洛陽，不知羅氏會否怪我術法不靈，派人來找我算帳？她若來找我，我卻該如何應答？上回我啥也還沒做，事情就是那般湊巧，他阿爺不知為何自己決定帶他去南方長住！那時羅氏高興得甚麼似的，她夫君前腳才出門，她後腳便讓人來請我，爽快地給了我剩下的三千兩。唉！我當時還想，自己當真走運了，輕輕鬆鬆便賺入五千兩！」

然而江淼好飲愛賭，花錢如流水，景樂寺的生意又停歇了，這筆錢很快便被他花了個精光，如今只剩下幾十兩碎銀子。他小心收藏著，那可是他未來東山再起的老本兒。

他努力揣測羅氏的心思，暗想：「她剛剛喪夫，成了寡婦，連唯一的兒子也死去，這打擊可大了。聽他們說她病倒在床，想來不會有力氣來找我算帳。但她若來找我，可是個大好機會啊！俗話說：『人急燒香，狗急跳牆』。她這會兒沒了親生兒子，那沈二郎又回到了家，顯是來爭奪她沈家財產的。她自己病得半死，兩個女兒又靠不住，終歸得來找我幫忙。到時我再想法子敲她一筆，她已是將死之人，想來不會捨不得花錢消災。錢財生不帶來，死不帶去，若能遂了她的願兒，趕走那庶子，想必多少錢財她都願意給我。」轉念又想：「然而那沈二郎……這人實在稀奇得很，不知為何，只要有點兒法力的巫者和術士，全都深深受他吸引，不自覺地想去接近他，即使只是遠遠地望著他，也大感滿足；只消在他面前一會兒，便神魂顛倒，不能自己。我又何嘗不是？羅氏若當真要我對二郎施甚麼重法，我可難以下狠手啊！」

江淼思前想後，心頭煩亂，張口叫道：「小玉！妳進來。」

小玉乃是他早年收留的童女之一，聽他呼喚，忙爬起身，推門入屋。其餘童子都大感羨慕：「她能入屋去睡，不必在外受凍，當真幸運！」

江淼吩咐道：「我的腰背疫疼得緊，妳給我揉揉。」小玉忙跪在師父身邊，伸手替他按揉腰背。他心中思量：「這些童子只有一張嘴要吃，錢可是不會攢的，委實沒甚麼用處。唯有這個小玉，相貌不惡，性子也乖覺，從小就很會服侍人。不如我將她賣了，不管是賣去窯子，或是賣給大戶人家做婢女，也可換得幾個月的溫飽。」

他感受著小玉一雙小手賣勁地替自己按摩，只按得他通體舒泰，又覺得應該把小玉留在身邊。待小玉按了一陣子後，便道：「夠了！妳出去吧。」小玉答應了，乖巧悄聲地出屋而去。

江淼躺在黑暗中，打定了主意：「我得去見那羅氏，探探情況，順便打聽關於沈二郎的來頭。那些童子們懶惰無用，在我這兒坐吃山空，定得趕緊賣了。至於小玉麼，伺候得不錯，能多留她一陣，便多留一陣子吧！」

沈家喪事葬禮辦完之後的翌日清晨，沈雁便帶著沈綾乘坐馬車，來到洛陽大市的「沈緞」總鋪。往年沈拓和長子沈維來到總鋪時，李大掌櫃必定率領一眾伙計在鋪門之外恭立迎接；此時在東家娘子羅氏的嚴令之下，李大掌櫃不敢公然率眾迎接，然而他亦不願怠慢了大娘沈雁和如今沈家唯一的子息沈綾，於是親自率領六位掌櫃在門內等候。

大門開後，七位掌櫃向沈雁躬身為禮，「大娘。」

沈雁點點頭，說道：「諸位大掌櫃，你們之前或許未曾見過，這位便是我二弟沈綾。諸位可稱他『二郎』，或是『少東家』。」

七人一齊向沈綾行禮，稱呼：「二郎，少東家。」

沈雁又對弟弟道：「『沈緞』自先阿翁創業以來，眼下共有了八位掌櫃，分別掌理各方面的營運和各地的生意。李大掌櫃統理總舖和所有分舖，乃是八位掌櫃之首；洪掌櫃你已認識，阿爺派他長駐建康，主持『沈緞』在南方的事業；蘇掌櫃掌理桑園；魯掌櫃掌理蠶舍；史掌櫃掌理絲坊；周掌櫃掌理染坊；劉掌櫃掌理織坊；康掌櫃乃是西域胡人，掌理一切與胡商相關的交易。」

沈綾一一稱呼七位掌櫃的名號，並向七位掌櫃躬身作揖，行晚輩之禮。掌櫃們見他身形高瘦，神態老成持重，禮數恭敬，但畢竟只是個十三、四歲的少年，彼此望了望，心中都想：「這孩子也實在太年幼了。」

李大掌櫃則不敢失了禮數，上前對沈綾道：「二郎這是第一回來到總舖吧？待屬下領二郎參觀一下如何？」

沈綾點頭道：「甚好，如此有勞李大掌櫃了。」

這確實是沈綾第一次來到「沈緞」總舖。之前他只隱約知道「沈緞」在洛陽大市有間總舖，阿爺、大兄、主母不時去總舖看帳及照管生意，卻從未想過總舖竟如此氣派！這間「沈緞」總舖不單有售賣絲綢的店面，更備有多間專供皇親國戚挑撿新貨的幽靜雅室，另有一間寬廣織室，有十多位裁縫和繡娘鎮守其中，可隨時替主顧剪裁衣衫及繡綴種種裝飾；織室旁則是藝室，由大娘沈雁率領五位藝師，專職設計新的花色和圖紋，交予絲坊和染坊依樣試製；舖後則是一間長寬各十餘丈、樓高三層的倉房，存放著數萬疋各色綢緞。

李大掌櫃領沈綾參觀了總舖的店面、雅室、織室、藝室、倉房，最後來到帳房。羊帳房率領著伙計恭立迎接，沈綾見到熟人，甚是欣喜，笑著上前與羊帳房打招呼；然而羊帳房的神色卻頗為冷淡，似乎不想與他太過親近。沈綾心中微微一涼，心想：「總舖諸人並未真正視我為少東家。我仍得小心行事。」於是對李大掌櫃道：「我在建康做了三年學徒，從洪掌櫃身上獲益良多，然而經驗仍屬不足。請問李大掌櫃，在總舖中，我該從何處開始做學徒比較合適？」

李大掌櫃微微一呆，沒想到沈綾並未指名要掌管何處，反而是請問應當在何處當學徒。他想了想，說道：「下屬不知二郎在建康經驗如何，一切由二郎定奪。」

沈綾見他不願主動推薦，便道：「我在建康時，主要在帳房記帳；舖頭、絲坊、染坊和織坊之務也略有所學。就是胡商這一塊，我從未接觸過。」

李大掌櫃道：「既然如此，那屬下便吩咐康掌櫃引領二郎熟悉胡商事務。一段時日後，二郎可轉隨不同掌櫃，熟悉其掌管事務。」

沈綾道：「如此甚好。」

此後沈綾便開始日日赴總舖，在他看來是繼續做學徒，在掌櫃和伙計們眼中，自然認定他是有心插手，企圖爭奪「沈緞」。即使李大掌櫃對他頗為支持，但其他六位掌櫃和伙計們則依照東家娘子羅氏的嚴令，對沈綾始終冷眼相待，不但不肯認真助他熟悉生意，更不時掣肘。有時沈綾請他們幫忙辦一件小事，如取一疋絲綢來檢驗，或是取本帳簿來過目，掌櫃們滿口答應，吩咐伙計們去辦；伙計們口中答應，手上卻懶怠拖拉，要不就乾脆不辦，要不就隔上三、五日才去辦，令沈綾大感苦惱、束手無策。他心想：「絲舖中人跟隨主母多年，主母雖病重不能視事，但她只要在世一日，他們便會繼續聽從主母的指令一日。我得有自己的人手才行。」

但他離開洛陽時年紀尚幼，原本不識得甚麼人，實在想不出能去哪兒尋找可以信任的人手。

他首先想起家中帳房年齡和自己相近的學徒勒子，勒子很勤懇聰明，對自己也頗為友善；於是他去找了羊帳房，問起勒子如何。

羊帳房答道：「勒子記帳仔細，勤懇認真，我剛剛將他升為帳房副管事。不知二郎為何問起？」

沈綾說道：「我想找個人幫忙，不知羊先生可願意將勒子借給我，暫時去總舖幫手麼？」

羊帳房心知肚明，總舖帳房諸伙計完全不聽沈綾的指揮，然而自己也不能公開相助於他，於是點頭道：「自然可以。只是此事須經李大掌櫃同意。」

沈綾喜道：「甚好，我這便去與李大掌櫃商量。」

沈綾於是去向李大掌櫃提起此事，李大掌櫃並無異議，沈綾便將家中帳房的勒子轉來總舖帳房任職。李大掌櫃給了勒子「助記」的頭銜，讓他主管查帳；此後沈綾若須查看甚麼帳目，只要吩咐勒子，便能立即找出帳簿查明細項，比以往快速得多。

然而沈綾還需要一個隨從跟在自己身邊，幫忙處理各般雜事。只是家中奴僕受主母嚴命，沒有人敢跟隨他；舖頭中的伙計也在東家娘子的掌握之下，不願去做沈綾的貼身隨從，令沈綾甚為不便。

這日他在舖中飲著酪漿，忽然憶起許多年之前，自己才八歲時曾被羅氏丟在街頭，不得不步行回家，途中經過一個酪漿舖子，有個好心的伙計曾請自己喝漿，還關心地問他能不能覓路回家。

沈綾頓時想道：「是了，那伙計叫阿寬。我曾在佛前許願，希望他發大財，過上好日子。那阿寬待人寬和友善，不過是個伙計，卻願意請我一個素不相識的孩子喝酪漿，性格開朗慷慨，正合我用。」

想到此處，他立即讓奴僕喚于叟備馬車，乘車來到洛陽城中。他記憶當時的路徑，從宣陽門進入皇城，沿著御道往北而行，記得曾在御道之西見到一個小里，里中有條熱鬧的街道，街上滿是酒館食堂。他尋尋覓覓地找到了那個小里，此時的洛陽歷經多次兵劫，街頭早已不復往年繁華，許多鋪頭都閂上了門，路上車馬行人也少了許多，再無往年摩肩接踵、車水馬龍的景象，人們的衣著也遠不如沈綾記憶中那般光鮮亮麗。

沈綾左右張望尋找，終於看到了當年那間賣酪漿的鋪頭，當鋪的伙計是個青年人，沈綾立刻認出，那正是阿寬。

他甚是高興，當即讓于叟停了車，跳下車去，走入店中。阿寬當然未能認出長大後的沈綾，但態度和往年一般客氣殷勤，笑著招呼道：「這位郎君！快請入內坐下。天氣冷得很，來杯滾熱的酪漿暖暖身子如何？」

沈綾笑道：「熱的最好。阿寬兄，想不到你還在這兒！」

阿寬睜大了眼，奇道：「這位郎君，你竟認得我？可真不好意思，我卻不記得你是哪家的郎君啦。」

沈綾接過阿寬遞來的一碗熱酪漿，說道：「我不是哪家郎君，只是個流落街頭，不得不自己覓路回家的孤苦孩兒罷了。」一時之間想起當年的孤獨落寞，心頭也不禁有些悲涼。

阿寬睜大了眼片刻，伸手指著沈綾，大笑道：「啊！我記起小郎君了。你那時大約只有七、八歲吧？你說口渴，但身上沒錢，我請你喝了碗酪漿，是也不是？」

沈綾心想：「這阿寬記性倒好。」說道：「正是。」

阿寬甚是高興，問道：「好些年不見小郎君了，你一切都好麼？」

沈綾道：「我離開洛陽數年，才剛剛回到城中。你都好麼？酪漿舖子生意如何？」

阿寬嘆了口氣，愁眉苦臉地道：「生意當然不好啦。洛陽幾番遭遇大兵，去年那些胡兵甚至入城大肆劫掠，大夥兒沒丟掉一條小命，已算幸運的了。我們這舖頭啊，主人老早逃難去了；掌櫃的說，這舖頭只能再撐上十天半月，主人若不回來，就得關門大吉啦。」

沈綾嘆息道：「世事變遷，禍福難料。」問道：「阿寬兄，你幾歲了？成家了麼？」

阿寬苦笑道：「我二十了。只是一無所有，哪能成家？」

沈綾直視著他，說道：「我若付你雙倍工資，請你來我身邊幫手，你可願意？」

阿寬又睜大了眼，向他上下打量，說道：「這位郎君，看你也不過十多歲年紀，如今你竟已手頭寬裕，能聘得起人啦？」

沈綾笑道：「你不相信？」

阿寬原本正擔心酪漿舖子關門之後，自己生計便沒了著落，忙道：「我信，我信。請問郎君貴姓？做的是甚麼生意？」

沈綾道：「我姓沈，我家做的是絲綢生意。」

阿寬恍然大悟，又向他左右打量，點頭道：「原來你就是沈二郎！」又道：「貴府主母待你刻薄得緊，城裡人人都知道的。她心胸太過狹窄，也難怪會病倒！」

沈綾微微皺眉，肅容道：「主母待我好不好，我自己心裡有數。我沈家主母的所做所為，自有她的原因和道理，輪不到晚輩或外人議論。你若有心替我辦事，此後不許對主母口出惡言，更不准在背後議論東家的是非對錯。」

阿寬忙伸手掩住口，說道：「是、是，阿寬一句話也不多說。要說，也只說好話。」

沈綾點頭道：「這就是了。你願意來幫我麼？」

阿寬望著他，心知這沈家二郎並非富貴人家的紈褲子弟，而是個地位卑微、飽受冷眼的富家庶子；如今他父兄去世，主母掌事，處境自然十分艱難。他找自己去充當隨從，並非只是為了提攜往年舊識，應是真正需要一個信得過的人跟在身旁，忠心相助。

阿寬想了想，說道：「沈二郎，阿寬很願意跟隨你，但只怕我幫不上你的忙，反而要連累到你。我對絲綢一竅不通，也從未在富家大宅中做過奴僕，進退分寸，規矩禮數，完全不懂，怕是會給你帶來不必要的麻煩。」

沈綾聽他想到這一層，更相信自己沒有看走眼，說道：「這都不要緊。你不必住在沈宅，平日就住在絲舖裡。我要你早晚跟在我身邊，聽我吩咐辦事，如此便足夠了。有甚麼不明白的，隨時問我，我一定盡量解釋清楚。」

阿寬點頭道：「好，只要沈二郎願意包容，阿寬一定盡力去做。我是個粗人，很多事都不懂得。哪裡做得不對，沈二郎直說便是！我雖蠢笨，但有個好處，該問就問，做錯就改。」

沈綾笑道：「那就很好了。」

幾日之後，阿寬便搬入了「沈緞」總舖住下，領著低等伙計的月銀。每日清晨，他便到沈宅外等候沈綾傳喚；沈綾一出門，便隨侍在旁，幫手拿包袱帳冊等物。阿寬雖說自己蠢笨，實則頗為伶俐；他不多話，只面帶微笑，默默地跟在沈綾身後，聆聽觀察，暗中學習著一切。沈家見二郎自己找了個貼身奴僕，出入跟隨，都暗暗咋舌，但這奴僕的工資並非由沈家所出，冉管事等人也不好說甚麼。

第三十六章 習武

正值盛春四月，沈宅桑園中的一塊夯土地上。

沈家二娘沈雒咬著牙，拍拍身上的塵土，站起身來，再次面對一丈外的賀嫂，握緊拳頭，守在身前。

賀嫂神色拘謹，眉心微蹙，搖頭道：「二娘，今日就到此為止吧。」

沈雒不服氣地搖搖頭，說道：「天還沒黑，我要繼續練。我說過了，不要叫我二娘，叫我沈雒！」

賀嫂輕嘆一聲，說道：「好吧，那我們練到天黑便是。」擺起架勢，左腿在後，七分實；右腿在前，三分實，雙拳如沈雒一般擺在身前，左拳在前，虛舉於面前兩尺處，右拳向心，護住胸口。

她對沈雒道：「妳方才的姿勢是對了，一分不差；然而當我對妳出手時，妳便慌了，重心移到右腿，左拳也放低了，因此我能夠揮拳攻擊妳的面門，趁妳往後一讓時，伸腿絆倒妳。妳須得站穩雙腿，絲毫不動搖，靜待敵人出手，再立即移動閃避，並乘隙攻擊。我們再來一次。」

話才說完，賀嫂原本守在胸口右拳陡然揮出，虛擊沈雒面門。沈雒這回眼睛眨也不眨，雙腿堅立不移，只微微側頭避開，左拳跟上，直擊賀嫂的小腹。她身形尚矮小，這拳只能打到對手的小腹，然而她知道小腹柔軟，不好受力，輕輕一拳，也能讓人疼得彎下腰去。

賀嫂讚道：「好！」腳下移動，避開這一拳，左掌橫劈沈雒的右肩。沈雒沉肩閃避，左足跨前，左掌橫劈賀嫂的右脅。

賀嫂忽然左腿一掃，踢中沈雒的小腿脛，沈雒站立不穩，再次跌倒在地。她這回已有準備，一個翻身，立即站起，舉掌於身前，擋住了賀嫂迅速攻來的一掌，連退數步。

賀嫂收手止攻，點頭道：「不錯，有進步了。妳可知為何會再次被我絆倒？」

沈雒道：「我移動腳步時，下盤不穩，因此被妳掃倒了。」

賀嫂點頭道：「正是。那要如何才能讓下盤穩固？」

沈雒答道：「要多蹲馬步。我此後每日早晚蹲一段香，這樣夠不夠？」

賀嫂道：「夠了。如此堅持一年，妳的下盤應當就足夠穩固。」

沈雒神色堅決，說道：「好，我一定做得到！」

這時，賀秋從桑樹後轉出，說道：「阿娘、二娘，天快黑了，該進晚膳啦。」

賀嫂望望天空，說道：「是了，二娘，妳該回去了。」頓了頓，又道：「二娘，過幾日我得出一趟遠門，之後的時日，便讓秋兒陪妳練功吧。」

在七巫闖入沈宅之後，她便夜夜與女兒一起守護庭院；但在那回之後，便再也沒有巫者前來窺伺。數月過去了，賀嫂漸漸放下心，因此再次盤算出門去尋訪丈夫的下落。

沈雒聞言一驚，急問道：「妳要去何處？去多久？」

賀嫂嘆息道：「不瞞二娘說，我得去尋賀大。他失蹤已將近半年，至今毫無消息。我想出城去找找他，不然我實在放不下心。」望向女兒，說道：「秋兒會好好教導二娘的。」

賀秋面露惶恐之色，說道：「阿娘，我武藝低微，年紀又輕，經驗更是不足，實在教不了二娘啊！」

賀嫂道：「秋兒不須過憂，二娘已學會如何自行練習基本功，妳只需督促她每日練功便是。此外，二娘須得多與人對打，以增加對敵經驗。妳每日跟她對練一個時辰，也當作是自己練功吧。」

賀秋聽了，只能點頭答應。

沈雒對賀秋笑道：「秋姊姊，妳的武術比我高上太多，當然可以教我，擔心甚麼？」用袖子擦去臉上的塵土和汗水，對賀嫂行禮告別，出了桑園，往沈家大宅走去。

賀秋跟了上去，擔憂地朝她打量，說道：「二娘，妳一身骯髒，臉上身上都是瘀青，倘若被主母撞見了，會不會起疑，問妳去做甚麼了？」

沈雒搖搖頭，說道：「阿娘還病著，根本離不開病榻，不會撞見我的。我洗臉換衫後再去探望她便是。」

賀秋仍舊擔心，問道：「那大娘呢？二郎呢？他們知道妳每日來跟我阿娘練武麼？」

沈雒道：「大姊當然不知道。我也沒告訴過小兄，他們倆忙著在總舖算帳和照看絲綢生意，沒工夫理我的。」

賀秋聞言憂慮加深，說道：「大娘和二郎都不知道，妳瞞著他們來跟我阿娘學武，這不大好吧？」

沈雒停下腳步，說道：「他們有他們的事忙，我有我的事忙。只要他們不來管我便好了。」

賀秋知道沈雒和沈綾向來親近，如今沈綾雖已回到家中，兄妹的關係卻似乎反而疏遠了。她不禁嘆了口氣，說道：「前幾日，二郎來找過我，說是他很擔心二娘，想要跟妳談一談。」

沈雒「哼」了一聲，豎起雙眉，不悅道：「他要找我談談，隨時可以來我的居處，為何不來，卻去對妳述說？」

賀秋忙道：「想是因為家中和鋪頭事情太繁忙了吧？主人、大郎的喪禮和下葬諸事結束後，大娘和二郎忙著處理絲鋪的事情，查帳點貨，整日都在府外奔波，可能因此才沒工夫來找二娘吧？」

沈雒冷笑道：「是啊，我當然知道，絲鋪的事情比我重要得多了！」

賀秋勸道：「二娘快別這麼說。家中發生了這麼大的事情，主母又病倒了；大娘和二郎年紀輕輕就得挑起『沈緞』的千斤重擔，自不免忙得焦頭爛額。」

沈雒忽然問道：「小兄知道賀嫂和妳會武功，是麼？」

賀秋微微一怔，隨即點頭道：「是的。喪禮過後，大娘和二郎來找過我阿娘，問我們是否識得武功。我阿娘已老實告訴他們，我們一家都是武人。」

沈雒道：「他既然知道，又怎會反對我隨妳阿娘學武？」

賀秋搖頭道：「妳是沈家二娘，動拳動腿的，畢竟不好。」

沈雒昂首道：「沈家二娘又如何？我才不像大姊那般，整天想的就只有出嫁、賺錢的！」

賀秋勸道：「二娘，妳現在還小，但未來總是要出嫁的。倘若成日鍛練拳腳，弄傷了身子或頭臉，那可怎麼成？」

沈雒「嘿」了一聲，說道：「那還不簡單？誰嫌棄我頭臉身子有傷，不願娶我，我不嫁給他便是了！」

賀秋不知該如何勸說，只嘆道：「二娘，妳不該這麼任性。主母和大娘若知道了，一定擔心得緊。」

沈雒搖頭道：「阿娘和大姊根本不須擔心我。我懂得照顧自己，不必她們操心。再說，『沈緞』舖頭有大姊和小兄支撐，我並無其他用處，不如學點武藝防身，也好保護自己，保護家人。」

賀秋心底明白，這並非她學武的真正原由，卻不願將話說得太白了，便不再言語。

沈雒又道：「再說，沈家遭遇劫難，洛陽城一片混亂，『沈緞』生意一落千丈，早已不復當年啦。我又不蠢笨，怎會看不出家裡的情況？大姊未來能否找到人家順利嫁出去，都難說得很；至於我，那就更不用提了。我們沈家家道中落，難道我還能自以為是甚麼富家小娘子，過著嬌生慣養、豐衣足食的生活麼？」

賀秋聽了，更加不知能說甚麼，兩人陷入一段難堪的沉靜。

沉默一陣後，沈雒忽然一頓足，說道：「我只是料想不到，自阿爺和大兄死去之後，阿娘和小兄之間的關係並未好轉，反而更加惡劣了。我本以為小兄身為沈家僅存的子息，阿娘會重視他一些，但是……唉！」

賀秋搖頭道：「我聽我阿娘說，自從二郎出生以來，主母便不待見他了。這情況都已有十多年啦，主母又怎會輕易改變？」

沈雒忽然想起一事，問道：「秋姊姊，小兄的親娘是甚麼樣的人？她還活著麼？」

賀秋呆了呆，接著搖頭道：「二郎出生時，我年紀還小，並不知道他的親娘是誰。」

沈雒說道：「妳不知道，但妳阿娘一定知道。妳幫我問問妳阿娘，好麼？」

賀秋有些猶豫，又不知該如何拒絕，最後說道：「明日妳來練功，自己問我阿娘吧。」

沈雒道：「好，我自己問。秋姊姊，那明日見了！」揮揮手，快步往沈家大宅奔去。

賀秋望著她的背影，露出憂慮之色；她很難想像，沈雒不過十二歲，又是嬌貴的富戶小娘子，練武之心卻如此堅決！然而賀秋心底明白，沈雒堅持學武並非為了防身或保衛家人，沈家即使遭遇劫難，財力仍能聘請高明武師充當護院。沈雒學武是為了別的目的，一個賀秋隱隱猜知卻不願去細想的目的：她要為遭人害死的父兄報仇。

第二日，沈雒未曾忘記昨日的事情，隨賀嫂練完拳腳後，便找機會問道：「賀嫂，妳可曾見過小兄的阿娘？」

賀嫂擦去臉上的汗水，皺起眉頭，沉吟一陣，才道：「二娘為何問起？」

沈雒道：「大家都知道他不是我阿娘生的，那他總該有自己的阿娘吧？他的阿娘是誰？人在何處？」

賀嫂思索一陣，說道：「我來到桑園時，二郎尚未出生。說起來，大夥兒應該都見過二郎之母，她是主人從外地娶回來的妾。然而奇怪的是，不管是我們這些桑園中幹活兒的，或是在大宅中服侍的，都沒人見過她。」

沈雒大感奇怪，問道：「難道小兄不是在大宅裡出生的麼？若在宅裡出生，又怎會沒人見過他的阿娘？」

賀嫂眉頭緊皺，說道：「這確實好生奇怪。我們都記得有這麼一位妾婦，那回主人出遠門做買賣回來，我也記不得是去了哪兒，總之回到洛陽家中時，主人便帶著這位妾婦，在宅裡住下了。我還記得那時她住在東客舍，靠近庭園的那一側，但是她身子似乎不大好，大多時候都待在屋中，很少出來見人。不多久，便聽說她早已懷了身孕，後來便生下了個男嬰，也就是二郎。」

沈雒問道：「當時有產婆在麼？」

賀嫂搖頭道：「這我不清楚。我待在大宅旁的桑園裡，大宅中發生了甚麼事，都是事後才聽人說的。」

沈雒追問道：「那麼小兄出生之後呢？發生了甚麼事？」

賀嫂側過頭，努力回想，說道：「我依稀記得，當時主人很高興地說家中添丁，要好好慶祝一番，但是主母不願意，認為二郎只不過是個庶出之子，有甚麼好慶祝的？是了，我之所以知道這件事，是因為冉管事派人來桑園的地窖中取酒，說是要舉辦家宴，慶賀二郎出生。我見小奴來取了三罈劉白墮師傅釀的酒，但是不多久便又將三罈酒原封不動地送回來了，說是主母不讓辦。」

沈雒嘆息道：「娘從小兄出生起就對他這麼壞！」

賀嫂道：「主母不喜庶出之子，那也是自然之事。此事我不好多說，記得的也不多。二娘去問別人吧！」

沈雒問道：「那我能問誰呢？」

賀嫂道：「去問廚房的喬廚娘呀！她長年居於大宅中，知道的想必比我多。」

沈雒向賀嫂道了謝。她素來喜歡追根究柢，又被挑起了好奇之心，回到宅子之後，便立即去廚房找喬廚娘，說道：「喬廚娘，我想問妳一些事兒，好麼？」

喬廚娘手中正忙著切菜，這時停下手，轉頭望向沈雒，見她神色有些古怪，猜想她不願讓其他人聽見她的提問，於是道：「當然好！二娘是想問那道羊肉香腸是怎麼做的，是吧？快來我屋裡坐坐，待我跟妳慢慢解說。」

沈雒微笑點頭，說道：「多謝喬廚娘。」

喬廚娘洗淨了手，領著沈雒來到廚房旁自己的臥室，請她坐下，說道：「二娘想問甚麼？」

沈雒於是說了自己關於小兄之母的疑問，以及賀嫂告知的情形。

喬廚娘皺起眉頭，神色顯得甚是困惑，想了一會兒，才問道：「二娘為何會問起此事？這件事情，連二郎自己都不曾問過我。」

沈雒道：「我原本只是好奇，但聽了賀嫂的敘述後，覺得好生奇怪。她說妳知道的更多一些，請妳跟我說說，好麼？」

喬廚娘向來疼愛沈雒，對她的要求實在不好拒絕，沉吟半晌，才道：「二娘，我當時確實已經在沈家了，但我記得的也很少。」

沈雒眼睛一亮，問道：「那妳見過小兄的阿娘麼？」

喬廚娘點點頭，又搖搖頭，說道：「我當然見過她，我那時還日日給她送膳食去呢。但是，我記得的也不多。」

沈雒奇道：「這卻是為何？」

喬廚娘道：「她待在沈家的時候不長，沒多久就離開了。奇怪的是，她在這兒時，以及她離開之後，不論主母、冉管事或宅中其他僕傭，從來沒有人議論過她，甚至提也不曾提起過。」

沈雒奇道：「沒有人議論過她，這是甚麼意思？」

喬廚娘皺眉道：「這就是奇怪之處。主人跟主母結褵多年，從未娶妾，二郎的母親是唯一的一位。她進門之時，主人並未安排任何迎娶儀式，她就這麼跟著主人回了家。我記得主人只跟冉管事交代了一聲，說這是他在外地娶的妾室，要僕婦們好好照顧她。」

即使沈雒年紀還小，聽到此處，也感覺此事十分不合常理：「沈緞」的主顧中不乏大富大貴之人，她不時聽聞哪個主顧家中娶妾，須得準備各色綢緞用以裁製新衣和裝飾新房；主人如果對這個妾室特意寵愛，定會辦個像樣的迎娶儀式，雖和明媒正娶不能相比，但也會擺酒宴客，熱鬧個一、兩天。阿爺這位唯一的妾入門時，卻靜悄悄地，甚麼迎娶儀式也沒有，甚至沒人見過她的面！

她忍不住問道：「我阿爺娶了妾，竟然未曾舉辦迎娶儀式，也未曾設宴請酒？這不是很不尋常麼？」

喬廚娘點頭道：「確實不尋常。當年冉管事也問過主人，但主人說不必另辦娶妾儀式，設宴請酒甚麼的，都已在外地辦過了。」

沈雒問道：「在哪兒辦過？」

喬廚娘聳聳肩，說道：「主人那趟出門，不知是去北方還是南方，總之他在外地某個城鎮迎娶她時，顯然已設過了宴，因此回家後就不再辦了。」

沈雒問道：「喬五叔那回沒跟著阿爺一道出門麼？」

喬廚娘道：「主人那回出門，喬五剛好跌傷了腿，並未跟去。跟去的只有賀大。」

沈雒心想：「賀大失蹤，賀嫂知道的也不多，看來更加無從追查了。」想了想，又問道：「小兄的阿娘在家中住了一段時日，就算她足不出戶，也總需要進食的吧？總要出屋來走走吧？家中怎會沒人見過她？」

喬廚娘道：「我們當然是見過她的。但不知為何，大家對她的形貌都無甚印象。她剛離開時，大夥兒有次說起此事，竟連她進門時身上穿的衣衫是甚麼顏色，也沒人記得清；至於她容顏如何，身形是胖是瘦，是高是矮，更是誰也說不上來。」

沈雒側頭思索，實在想不透小兄的阿娘怎會如此神祕？她說道：「小兄的阿娘如此古怪，既不露面，家人又都記不得她的長相！如此特異之人，大夥兒定會不時談論。為何這麼多年來，我從不曾聽奴僕談論過她？」

喬廚娘搖頭道：「這確實頗為奇怪，但二娘問我是何原因，我也弄不明白。倘若二娘今日不曾問我，我也不會想起她，更加不會談起她。」

沈雒想了想，又問道：「後來呢？小兄出生之後，他的阿娘如何了？」

喬廚娘陷入沉默，想了許久，才道：「我不大記得了？她好像……好像離開了？」

沈雒追問道：「因此她沒有死去？小兄一直以為他阿娘在生他時難產死去了。難道她還活著？」

喬廚娘驚訝道：「二郎以為她死了？是誰跟他說的？」

沈雒搖頭道：「我不知道是誰跟他說的。家中從來沒人提起過他阿娘的事，我猜想大約是阿爺跟他說的吧？」

喬廚娘皺緊眉頭，努力回想當時的事情，不知為何，那段時期的記憶異常模糊，支離破碎，非常難以憶起。她最後搖了搖頭，說道：「我不知道……我只記得，當時不像有甚麼悲傷的事兒發生，也沒有辦喪禮，更沒有棺木靈堂甚麼的，因此我確信她並沒有死去。但是如果主人對二郎這麼說，也有可能她確實是死去了。畢竟她來到沈家時，就未曾舉辦任何迎娶儀式，死後不辦喪禮，那也是可能的。」

沈雒搖頭道：「阿爺不辦迎娶儀式，可能因為我阿娘從中阻擾，也可能因為阿爺不想令阿娘不快；又或者阿爺心想只是娶妾，無意鬧得人盡皆知，刻意低調。但人死卻不辦喪禮也不安葬，那怎麼可能？就算我阿娘再不高興，也不可能反對死者出殯安葬啊！」

喬廚娘點頭道：「二娘說得是。只因不曾有過葬禮，二郎當時也沒穿孝衣甚麼的，因此我相信她並未過世。只是，她若並未死去，主人又為何對二郎這麼說？」

沈雒想起父親，心中一陣傷痛，說道：「如今阿爺過世了，我也沒法問他了。」又道：「既然小兒的阿娘沒死，那麼她去哪兒了？」

喬廚娘道：「如果她確實沒死，那麼我猜想她定是離開了。」

沈雒追問道：「是離開沈家，還是離開洛陽？她去了哪兒？為何十幾年來毫無音訊，我阿爺不曾派人去找她，她也從未回來看望兒子？」

喬廚娘一攤手，說道：「我真的不知道啊！可能她有她的苦衷，不能回來吧？依我猜想，如果主人知道她不會回來，因此對她的事絕口不提，甚至對二郎說他的阿娘已經過世，如此就不必解釋她身在何方、為何拋下初生嬰兒獨自離去，而且一去不回。事情或許就是如此吧？」

沈雒問道：「那她是甚麼時候離開的？小兒出生後多久，她才離開？」

喬廚娘再次努力回想，開口時顯得十分猶豫，慢慢地道：「我記得二郎出生那時，大夥兒聽到消息，都很是開心。主人想慶祝，派冉管事去桑園地窖取酒，但主母不准，命冉管事把酒送回地窖去。之後就聽說主人請了個婦人做二郎的乳娘，就是那位趙乳娘，然後……然後我就再也沒有見到過二郎母親了。」

沈雒皺起眉頭，說道：「因此，小兄出生後，便再也沒人見過他的阿娘了？」

喬廚娘點點頭，說道：「她原本便足不出戶，生產之後，當然得留在房中靜養坐月，是以沒見到她的人，大家也不覺得奇怪，我也讓廚奴照常送飲食進去。然而過了一個月，還是兩個月？我也記不清楚了，總之有一日，她的廂房忽然空了出來，大家才知道她已不住在那兒了。至於她去了哪兒，沒有人知道，也沒有人問過。主人和主母對此事都漠不關心，除了家中多出了個二郎之外，他的阿娘便好似從未出現過一般。」

沈雒感到無比疑惑，不斷追問細節，但從喬廚娘口中卻再也問不出甚麼來了，只好作罷。她想將自己問得的情形告訴小兄，但又不想無端引起他的傷痛和煩惱，考慮一陣，決定以後再找機會探問阿娘。她知道阿娘此刻仍在病中，又對小兄百般厭惡，當然不會想回答任何關於沈綾之母的問題，只能暗暗將這件事放在心中，留待後議。

次日，沈雒隨賀嫂練武時，賀嫂忽然主動提起了這回事，說道：「二娘，妳上回不是問過我，主人多年前出門做買賣，回來時帶上了二郎之母，那回究竟是去了何處？」

沈雒眼睛一亮，說道：「是啊！妳記起來了麼？」

賀嫂道：「那回是賀大跟隨主人出門的。平日他跟主人去哪兒、辦甚麼貨、見甚麼人，他是不會跟我說的。但是那次不一樣。賀大後來跟我提起過，說他們那回是去南洋做生意了，坐船去了很遠的地方，登上了好幾個島嶼，造訪了許多古怪的王國。」

沈雒睜大了眼，說道：「這麼說，小兄的阿娘，可能來自南洋？」

賀嫂道：「應該是吧！」嘆了口氣，說道：「但我就算想多問賀大一回，也不可得了。」說著神色憂愁，別過頭去，若有所思。

沈雒不曾留意她的神情，心中只想：「小兄阿娘來自南洋，這事兒他一定不知道。我該找機會跟他說才是。但他忙成那樣，何時才是個好時機呢？」

就在沈雒探詢小兄母親的來歷時，她的大姊沈雁卻在為家中財用不足煩惱。此時沈拓和沈維都已過身，大郎往年居住的多寶閣雖由二郎沈綾住著，但實在不必配置這許多人手，於是沈雁便找了沈綾來商量是否該裁撤奴僕。沈綾往年曾在家中帳房記帳，清楚每個奴婢僕婦的吃用開銷，知道這筆花費著實不小，自無異議，說道：「家中諸事由大姊作主，小弟自然全力支持。大兄的多寶閣原不須這許多人手，妳放手裁撤便是，只留劉叟和一個小奴便足夠了。」

沈雁聽沈綾這麼說，便決定下手裁撤家中的奴婢僕婦，以減少沈宅的開支。

她找了冉管事來談論此事，冉管事聽聞後，眉頭一皺，搖頭道：「大娘！我自三十年前來到沈宅服侍主人，此後便只有增添人手，從未裁撤奴僕。除非做錯了事，不然奴僕們從來沒有被主人趕出家門的先例。此時城中破敗混亂，妳將他們趕出沈宅，他們還能去哪兒棲身呢？」

沈雁道：「我可以給他們三個月的米糧，讓他們各自回家。」

冉管事聽了好生不快，高聲道：「沈宅就是他們的家！他們哪裡還有別的家可回？」

沈雁秀眉揚起，說道：「這我可管不了！我們家不需要這麼多人手，也養不起這麼多人。若不及時讓他們散去，遲早要坐吃山空！」說著取出羊帳房的帳簿，放在案上給冉管事看，說道：「你瞧瞧，家裡已虧空超過半年了，存在胡家的錢如今一毫子也取不回來，唯有一一變賣珍寶和田產，才能養活這一大群奴僕！」

冉管事看了滿頁紅字的帳簿好一陣，只能長嘆一聲，「須得裁撤多少人？」

沈雁道：「如今沈宅雇用了將近一百人，至少得裁撤一半，才能勉強維持收支。」

冉管事聽說須裁撤一半，臉色大變，說道：「不成！奴僕中有不少服侍主人和主母數十年的老人，怎能讓他們走？」

沈雁堅持道：「若不遣散，那你說我們從哪兒找錢來付他們月銀？若不付他們月銀，難道便讓他們無償在家中服侍？我等甚至不夠錢銀購買糧食了，莫非要他們留在沈宅中等著餓死？天下哪有這等道理？」

冉管事激動道：「家中雖有困難，但裁撤在家中服侍了這麼多年的忠心僕役，讓他們自生自滅，若主人在世，絕不會做出這種無情無義之事！」

主僕二人互不相讓，就這麼在廳堂上高聲爭論起來。

最後，沈雁礙於冉管事的堅持，只能略作讓步，說道：「家中奴僕中，確實有許多對阿爺阿娘忠心耿耿的老人。既然如此，那麼便按年資來遣散吧！在家中任職少於十年的，共有多少人？」

冉管事算了算，說道：「約有四十多人。」

沈雁點頭道：「好！那麼這個月尾，便裁了這四十多人。你幫我算算，需要多少遣散金，一筆過給了他們。此事你去處理，但帳目須由我批准。知道了麼？」

冉管事雖不情願，但他能為手下奴僕爭取的也就這麼多了，只能垂首答應，臉色卻極為難看。

之後數日，冉管事著手裁撤遣散奴僕，在沈家奴僕中自然引起了極大的恐慌。即使他口中不說，卻不免暗示這是大娘的主張。

而等候機會已久的陸婇兒見獵心喜，她從小便嫉妒這個富貴美貌的表妹，又惱恨她曾嘲笑自己配不上大郎沈維，於是乘機在奴僕間散布謠言，說大娘因婚事不成而變得喜怒無常，遷怒於下人，因而胡亂裁撤奴僕。遭遣散的奴婢僕婦們都對大娘沈雁心懷憤恨，未曾遭遣的奴僕也不免口中怨懟。

這段時日中，沈綾雖隱約知道妹妹每日跟隨賀嫂學武，也知道姊姊因裁撤沈宅奴僕而與冉管事屢起衝突，卻因在總舖應付內外諸事左支右絀，完全無法分神理會。他身為沈家唯一的子息，即使是庶出之子，也是沈家財產唯一的男丁繼承人，所有沈家桑園、絲坊、染坊和絲綢舖的掌櫃和伙計們口中不說，心底自都有此認知，只是在主母羅氏的極力阻擾下，誰也不敢宣之於口，更不敢付諸行動。

然而主母羅氏卻當然不這麼想。她原本便視沈綾為眼中釘，此時丈夫和長子意外橫死，她對沈綾只有更加厭惡忌憚。自沈拓和沈維遇難後，她便病體虛弱，無法下榻，雖多次對大女兒沈雁耳提面命，叫她不可讓沈綾插手參與「沈緞」生意，沈雁口頭答應了，實際上卻並不遵從。羅氏氣憤之餘，派了陸媬兒去尋沈拓的姊姊孫姑，而陸媬兒來到孫家後，發現大門緊閉，家中空無一人；她詢問鄰居街坊，都說不知道他們一家遷去哪兒避難了。她回家向姨母報告，羅氏也無可奈何。直到數月之後，孫姑一家才突然出現在沈宅門口，說要來祭拜兄弟。

原來兵亂之時，孫姑一家並未通知兄弟沈拓一家，便自行匆匆逃出城去，在一個遠親家中住下避難。羅氏曾想邀請他們來家中暫住，共度兵劫，卻找不到他們，也無從聯絡。之後沈拓父子出事，孫家一直未曾回到洛陽城，自也不曾來參加喪禮；直到喪禮辦完的三個月後，孫家才悄悄回到洛陽城，卻始終不曾來沈家造訪探望。後來孫姑從街坊上聽聞兄弟及侄兒遇難，這才大驚失色地帶著夫君孫興和二子孫聰、孫明一起來到沈家，在沈拓的靈位前大哭了一場，算是盡到了祭拜亡弟的責任。

孫姑聽奴僕說羅氏病重，怕她責怪自己一家之前不告而別，兄弟及侄兒遇難辦喪時又不在城中，未曾參加喪禮，因此托詞不應煩擾病人，未曾去見羅氏，只讓陸媬兒代為告知孫家四人曾來過家中祭拜亡靈，便匆匆離去。

然而羅氏此刻有如即將滅頂的溺水之人，再細再軟的稻草都得試圖抓住，因此聽陸媬兒說孫家已回到洛陽後，便立即讓她去請孫姑再來家中相見。

孫姑不敢不來見弟婦羅氏，於是戰戰兢兢地來到沈宅，在陸媃兒的引領下，來到羅氏的病榻前。眼見羅氏整個人瘦了一圈，眼眶深陷，頭髮稀疏，她心中不由得一驚：「不過一年餘不見，怎地忽然病成如此？」

孫姑假作關心地詢問羅氏病情。

羅氏虛弱地回答道：「我沒甚麼。就是這陣子噩耗太多，一時經受不起罷了。」她心頭的擔憂煩惱已積鬱了許久，這時立即便對孫姑大吐苦水：大女沈雁如何擅作主張，接了沈綾回到洛陽奔喪，沈綾如何隱然成為沈家和「沈緞」的繼承人；又說沈雁不知為何一心向著他，不但主動接他回來，還讓他參與喪事和「沈緞」生意，對他百般信任倚賴等情。

孫姑聽了，大大地鬆了口氣：「原來弟婦並不怪罪我，反而視我為盟友！」她一邊聽，一邊心中算計：「我該如何利用她和那庶子間的矛盾，給我們孫家多爭取些好處？阿拓生前累積了千萬財富，如今突然就這麼撒手去了，死前竟沒給自己的親姊留下任何財產，這算甚麼！說不得，我只能自己謀取了！」

等羅氏吐完苦水，孫姑便緊緊握住羅氏的手，顯出十二萬分的親熱，安慰她道：「弟妹！妳且莫擔心，有我在呢！阿拓有先見之明，在他走前，便已將我安插在帳房裡領職了，還給了我『沈緞』十分之一的份兒。弟妹，妳手上應當有三分之一吧？」

羅氏搖搖頭，老實道：「『沈緞』的份兒，拓郎手中原本有四分之一，另四分之一給了維兒，十分之一仍在胡三手中，我亦只有十分之一。剩下的三成，則在姊姊和各大掌櫃的手中。」

孫姑問道：「大娘和二娘呢？那豎子呢？他們有多少份兒？」

羅氏搖頭道：「女兒們目前都沒有份兒，那庶出的小子當然也沒有。然而根據大魏律法，女兒和那庶子都有資格繼承沈家財產，但以男子優先；因此拓郎手中的份兒，應當全數由那小子繼承。我已和李大掌櫃談過此事，只要我在世一日，身為拓郎遺孀，拓郎的份兒雖不能轉給我，按律法卻該由我掌管，暫時不需轉移給那豎子。」

孫姑問道：「那麼大郎的份兒呢？」

羅氏嘆息道：「可嘆阿維未曾娶妻，也無子息，因此這份應當歸還給沈氏宗族，充作祖產的一部分。」

孫姑拍手道：「那就好辦了。妳手中有十分之一，另加上由妳掌管阿拓的四分之一，我有十分之一，我們若能將阿維的四分之一也拿過來，那就有七成了！」

羅氏遲疑道：「但阿維的那份必須歸入祖產，我們若要取得，還得經過沈氏宗族同意才行。」

孫姑笑道：「我們沈家從我阿爺那一代起，便從建康遷來洛陽了。所謂沈氏宗族，在洛陽的只有我和拓弟，哪裡還有其他人！其餘諸弟和沈氏遠親宗族，全數留在建康了。大魏律法可管不到南梁。」

羅氏道：「即使如此，據李大掌櫃所言，就算根據南梁律法，大郎的份兒還是得歸於宗族的。」

孫姑道：「就算是這樣，南梁沈氏祖宅只有我的幾個弟弟，以及其他宗族親戚，如今由二弟沈拾擔任族長。我去跟二弟說一說，他自會贊同我的想法，將大郎歸給宗族的四分之一轉移給弟妹。妳是拓弟的結髮妻子，跟著他一同辛苦經營事業，『沈緞』不交給妳管，還能交給誰？」

羅氏點點頭，勉強坐起身，只覺一陣頭昏眼花，全身無力，嘆息道：「但是妳看我的身子，只怕也撐不了多久啊！」

孫姑忙道：「弟妹！快別這麼說。妳不過是一時憂傷過度才病倒了。平日妳多麼健壯，年輕時還騎馬射箭呢，哪能就這麼倒下了？再說，就算妳病中無法視事，我可以在外面幫妳張羅著，不讓雁兒太過縱容那庶子，也絕不能讓那庶子奪走沈家家產！」

羅氏想起丈夫和長子無端遇難，雙雙死去，沈家有如天崩地裂，忍不住又掉下眼淚，泣道：「我夫死子去，無依無靠，如今只能指望姊姊了。大郎的那份，請妳幫忙和二叔交涉；我的這一份，有需要的話也暫且請妳代管。『沈緞』與沈宅種種事務，須煩請姊姊多多照看了。」

孫姑笑了笑，心中主意愈發清晰堅定，口中安慰道：「弟妹儘管放心，一切有我！」

這日沈雁從絲舖坐馬車回到沈家大宅時，見到門前停著三輛馬車，車上都是木箱包裹等物，幾個奴僕正將箱子搬入屋中。

沈雁掀開車帘，問道：「這些是誰的行李？為何搬入家中？」

奴僕回答道：「啟稟大娘，孫姑夫、孫姑和兩位孫家郎君今日搬來住下，這些是他們的衣物。」

沈雁一怔，皺眉道：「孫姑一家？我怎地不知此事？」

奴僕見她露出不悅之色，連忙解釋道：「是主母吩咐的。」

這時陸婇兒走了過來，說道：「大娘，姨母特意讓我去請孫姑一家，讓他們來家中住下。」

沈雁聽了，只好說道：「既然是阿娘吩咐的，那自當好好招待親戚。安排客人住在何處？」

陸婇兒道：「姨母吩咐了，安排他們住在怡賓院。」對奴僕道：「快將孫姑一家的行李搬去怡賓院。對了，待會兒將我的衣物箱也搬去。」奴僕答應去了。

沈雁皺眉道：「妳也搬去？」

陸婇兒道：「正是。姨母吩咐了，讓我跟在孫姑身邊服侍。」

沈雁瞇起眼，心想：「阿娘素來離不開這婇兒，怎會派她去服侍孫姑？」說道：「阿娘身子不適，妳走得開麼？」

陸婇兒道：「大娘毋須擔心，姨母病勢並無反覆，又有嵇嫂照顧著。」

沈雁心想：「這婇兒心思深沉，讓她離開阿娘身邊，也未始不是件好事。」卻再也忍耐不住，神色嚴肅地質問陸婇兒道：「婇兒，讓孫姑一家搬來家中住下，可是妳給阿娘出的主意？」

陸婇兒見她嚴詞質問，並不畏縮，更微微揚起下巴，冷笑道：「大娘何出此言？這是姨母自己的主意，跟我有何關係？」

沈雁聽她神態語氣中毫無敬意，又留意陸婇兒左臂上的白色孝帶，心中愈發不快；自從她著手辦理父兄的喪事以來，便聽聞了不少關於陸婇兒的舉止，知道她因大兄之死而悲痛欲絕，要求穿著更親近的喪服，甚至主動在左衣袖上綁了孝帶，至今不肯除下，儼然以大兄的遺孀自居。

沈雁冷冷地道：「婇兒，家中奴僕都已除孝，妳也該除孝了。」

陸婇兒「哼」了一聲，「姨父待我如女，我自當繼續替姨父戴孝，以表孝心。」

沈雁聽她自稱是替父親戴孝，心中有氣，高聲道：「妳想騙誰？家中所有人都清楚得很，妳對大兄一廂情願、自作多情，因此才堅持為他戴孝。哼，大兄生前從未對妳表露過半分意思，妳身分上只是阿娘的侍女，至多也不過是個遠房表妹，這麼做成何體統？我不准妳繼續戴孝，快給我除了！」

陸婇兒臉色一變，眼中閃爍著怒火，抿嘴不語。

二女年齡只差一歲，幼年時曾一同隨高先生讀書，當時沈雁便察覺婇兒對自己表面諂媚逢迎，暗中卻滿懷嫉妒忿懣，批評他人時尖酸刻薄，又善譏愛讒，因此主動跟母親說不要婇兒陪讀了。此後婇兒總避著沈雁，沈雁也不願與她多言，二女甚少接觸，也無其他衝突。沈雁此時已然成年，代母掌理全家大小諸事，對陸婇兒便不假辭色，走上一步，扯下了她手臂上的孝帶，肅然道：「念在妳服侍阿娘多年的份上，我暫且不同妳計較。妳若想留在我們沈宅，便給我安分些，別再玩甚麼花樣，聽見了麼？」

陸媃兒臉色陰沉，低頭不答。

沈雁不再理會她，跨入大堂，見孫姑坐在主位，孫姑夫和兩位表兄則坐在客位，正在飲用酪漿。沈雁走上前，向孫姑夫和表兄見禮，三人都起身還禮。

沈雁留意到大表兄一邊撫摸著自己的左手臂，眼光卻直盯著自己的臉，便轉頭向他望去，微笑道：「大表兄，好久不見了。你的左手臂還好麼？」

孫聰臉上一紅，咳嗽一聲，說道：「多謝雁表妹關懷，我的左手臂沒事，沒事。」

原來眾人年幼時，孫聰一回來沈家大宅玩耍，和沈維及弟弟孫明爬到樹上，當時沈雁剛好從屋中走出，孫聰驚於她的懾人美貌，一時看得呆了，竟失手從樹上跌下，跌斷了臂膀，之後表兄妹們便常以此取笑孫聰。此後他每回見到沈雁，都會忍不住撫摸起自己的左手臂。此時他聽沈雁故意相問，不禁臉上通紅，說不出話來。

孫姑見沈雁取笑長子，心下暗暗不快，臉上卻露出關切的神情，假意問道：「雁兒，妳不是就要嫁入盧家了麼？如今婚事如何了？」

沈雁臉一沉，她絕沒想到孫姑竟殘酷無禮至此，當面詢問自己的婚事！她心頭恚怒，臉上卻鎮定如恆，說道：「孫姑不知道麼？盧家五郎在河陰失蹤，生死未卜，因此我的婚事便暫時擱置了。」她轉向孫聰，殷勤問道：「大表兄，你原本要娶周家的女兒，如今婚事不知如何了？」

幾年前孫聰和周家女兒訂了親，卻因為孫聰在賭場欠錢打架，鬧上官府，被周家退了婚，此事孫家以為奇恥大辱，從不讓人提起，沈雁這時卻故意說起，孫姑夫、孫姑和孫氏兄弟都不禁臉上變色。

沈雁裝作若無其事，向孫家眾人望了一圈，展顏一笑，說道：「孫姑、姑父，侄女還有事去忙，諸位請自便。」說完便站起身，出廳而去。

當天夜裡，沈雁來到母親羅氏房中，但見母親氣息虛弱，病容憔悴。她心中不忍，先探問母親病勢，才小心翼翼地問道：「阿娘，是您請孫姑、姑父和兩個表兄搬來家中住下的，是麼？」

羅氏皺著眉頭，說話有氣無力，斷斷續續地道：「妳阿爺離開之前，特別交代過我，要我照顧孫姑一家。孫姑前日來探望我，說她擔心城中情勢混亂，他們所居之里十室九空，很不安靖，我便邀他們一家來宅裡住下。他們到了麼？」

沈雁道：「今日剛到，冉管事安排他們在怡賓院住下。」

羅氏點點頭，說道：「那就好了。雁兒，妳幫我好好招呼他們，莫要虧待了自家親戚。」

沈雁道：「阿娘放心，女兒理會得。」又問道：「阿娘，您又為何讓婇兒去服侍孫姑？」

羅氏神色透出幾分無奈，幾分不快，說道：「婇兒這陣子整天以淚洗面，我叫喚她時往往不答應，根本無心做事。我不想整日見到她那愁眉苦臉的樣子，心想不如派她去服侍孫姑，眼不見為淨。」

沈雁心中雪亮：「婇兒為大兄之死表現得過頭了，阿娘看在眼中，心裡自然不舒坦。」

羅氏又道：「孫姑原本便在『沈緞』總鋪領有職務，如今鋪頭裡事情千頭萬緒，我特意請她回去幫忙，她也很有情義，一口答應了。妳明日去和李大掌櫃說一聲，就說是我的意思，讓孫姑回總鋪照看生意。妳姑夫和兩位表兄也極有心，妳問問李大掌櫃，有些甚麼適合他們的職位，讓他們也能替『沈緞』出點兒力。」

沈雁聞言，心中百般不願，但不好當面違背母親的意思，只能答應了。她親自服侍母親服藥，等母親沉睡過去，才輕手輕腳地出門而去。

第三十七章 奪產

即使母親並未明說，沈雁心中卻早已猜知，孫姑一家忽然搬入沈宅定居，顯然出於母親的授意，目的自是對付沈綾。在去年底爾朱兆攻入洛陽大掠之後，已過了四個月，洛陽城大致恢復平靜；爾朱兆逼迫之前在晉陽擁立的皇帝元曄禪位給廣陵王元恭，皇室局勢尚稱穩定，大部分的高官貴宦、平民百姓都已遷回城中；孫姑選擇在此時搬入沈宅，絕非因為所居之里不安靖，而是專門來幫羅氏剷除眼中釘。

沈雁和母親雖十分親近，但母女在二郎沈綾一事上，意見卻南轅北轍；羅氏即使已喪夫，又無親子，卻堅決不肯讓沈綾成為沈家財產的繼承人，執意要將所有財產留在自己手中，再設法傳給兩個親生女兒。沈雁雖身為沈家長女，但對爭奪沈家財產毫無興趣；她在與盧家的婚事破滅之後，早已心灰意冷，只因不甘心沈家家產遭胡三侵奪，才一心重振「沈緞」生意，力圖累積財富，日後好向胡三討回公道。然而她清楚知道單靠自己一人，絕無可能撐起「沈緞」和沈家家業；眼見母親病重虛弱，小妹年紀幼小，整個沈家上下只有沈綾能夠擔當她的幫手、替她分憂。她記著父親在澠池別苑中對自己的交代，因此不惜違背母親的心意，擅自將沈綾從建康召回，更對他推心置腹，委以重任；而沈綾也不負大姊的期望，不但從南方帶回足夠的錢財讓沈家暫時度過難關，而且態度勤懇細心，查核帳目清楚明白，為人也謙遜親和，顯然是個可託之人。

沈雁年紀雖輕，但見事頗為明白，早已猜知母親找孫姑來幫手爭產的意圖，也看穿了孫姑在此時此刻插手「沈緞」的用意：她是想趁阿爺新死、母親病弱、「沈緞」經營困難之際，藉機分一杯羹，替孫家多爭取些好處。沈雁老早便看清孫姑和姑夫一個貪婪，一個平庸，兩個表兄更是懶惰無用，對「沈緞」不但無益，更且有害。她自然不願見到孫家在此危急關頭插手爭奪沈家財產，但在母親病重的壓力之下，也只能暫且讓步。

沈雁於是找了弟弟沈綾來討論此事，姊弟倆都知道孫家不懷好心，但礙於主母羅氏，只得先安撫孫姑，給孫家兩位表兄派個甚麼輕鬆又不礙事的活兒，再見步行步。沈雁提議道：「孫家那兩個好吃懶做、不學無術，不如給他們些銀兩，讓他們去宴請『沈緞』大主顧家的郎君們，試圖推銷今年的新製絲綢，你說如何？」她清楚知道這些所謂的「大主顧」，有的因家屬死於河陰之役，無心宴飲作樂；有的早已舉家搬離洛陽；有的喪失大量財產，根本不可能在此時此刻添購新製絲綢。

沈綾點頭道：「大姊此議甚好。儘管要浪費些銀錢，但派他們去幹這件事，至少不會出太大的岔子，孫家眾人也不會抱怨連天。」又道：「既然要派任務給孫氏兄弟，不如也給我派個任務吧。」

沈雁道：「你說吧，你想討個甚麼任務？」

沈綾這時已在總鋪跟隨多位掌櫃觀摩學習了半年，對「沈緞」的經營情況大致了然於胸，說道：「『沈緞』此刻最大的問題，乃是銀錢不足，周轉不及，以及舊貨未清，新貨難售。新貨我們可以暫且減量，讓桑園、絲坊少出些，免得倉庫堆積不下。欠帳這一塊，須得有人主動去催收；而舊貨若能減價出售，便能收入一些銀兩，暫且解決周轉之急。大姊不如派我去做這兩件事吧。」

沈雁微微皺眉；沈綾自己請纓的兩件活兒委實吃力不討好，洛陽城剛剛經歷多次兵劫，居民都膽顫心驚，人人省吃儉用，誰也不願意將餘錢用於償付往年的欠帳之上。她問道：「然而收欠帳、售舊貨，都不是容易的事兒。你真要攬在身上？」

沈綾點頭道：「這兩件事兒說起來難，其實並非最難之事。我打算親自去拜訪這些主顧，告知『沈緞』舊貨將以折價售出，主顧若願意以現銀購買，那麼往年的欠款便可再延遲半年。如今大家都省吃儉用，聽說有折價，又只是去年的貨，買了穿上身，並不會引人注意，應當都會願意的。」

沈雁聽了，點頭道：「是，你想得周到。」

沈綾道：「然而還有兩件事，我們須得留心。首先，不能讓孫姑濫用帳款或挪用公帳，這點李大掌櫃應能嚴守把關。我們該預先與李大掌櫃談妥此事，讓他心裡有數。」

沈雁點頭道：「李大掌櫃經驗豐富，對沈家忠心耿耿，應當不是問題。」

沈綾道：「不只李大掌櫃，城中的其他六位掌櫃，大姊都該一一會談，同意限制孫家的用度，千萬不能讓他們胡來，趁亂謀利。」

沈雁點頭道：「你說得是，此事我理會得。」又問道：「還有第二件事呢？」

沈綾道：「洛陽城此刻雖恢復穩定，但長遠情勢仍難以預料。原本我們預計要賣去西域的貨，如今沒人能跑一趟絲路，只能託付給負責與胡人打交道的康掌櫃，盡快在商販胡客聚集的慕義里出售。以長遠計，我們須得往南方發展，將生意的重心慢慢轉去建康，並且出海開展南洋的生意。」

沈雁沉吟道：「然而桑園和絲坊等大多在洛陽，如何能轉移到南方？」

沈綾道：「須得慢慢來。洛陽的絲綢產量必須漸漸減少，店鋪也得一一收了。即使產量無法一下子減太多，部分存貨也應運到南方去販售。」

沈雁從小在洛陽長大，眼看著祖父和父親的絲綢生意在此生根茁壯，「沈緞」名聞遐邇，想到要一一收了，甚覺不捨；但她知道弟弟說得對，嘆了口氣，說道：「我贊成你的意見。這應是解救『沈緞』的唯一辦法了！但是阿娘和孫姑肯定會大力阻止，絕不會讓你將產業遷去南方的。」

沈綾說道：「『沈緞』的事情，原本並非由我作主。若主母和孫姑執意要反對到底，我也無能為力。總之這是未來之事，咱們先度過這半年再說吧！」

談妥之後，次日沈雁便去怡賓院見孫姑，平心靜氣地道：「我昨夜和阿娘談過了，明白她讓您一家來家中住下的原因。『沈緞』此刻面正臨巨大的挑戰，家族親戚自當同心協力，共度難關。不如這樣，照著阿爺原來的辦法，家中和『沈緞』的財務分開，互不混淆。家中財務仍由冉管事掌理，『沈緞』則由李大掌櫃主理。孫姑，您做事仔細精明，不知是想先參與宅中財務，還是『沈緞』財務？」

孫姑聽她放軟身段，主動來與自己傾談，心下暗喜，當下說道：「當然是『沈緞』了。我在總舖原本便領有職務，如今只要妳代妳阿娘傳一句話給李大掌櫃，那麼我便可以正式回去總舖幫手看帳了。」

沈雁點點頭，說道：「我這便傳話給李大掌櫃。至於姑夫，他原本便在總舖的貨倉看貨，那麼便請姑夫繼續在那兒任職，幫忙清點存貨。至於兩位表兄，因為他們沒看過帳，我倒想請他們幫忙籠絡幾家大主顧。我打算給他們一筆銀兩，讓他們邀請大主顧家中的郎君們宴飲，席間多說一些『沈緞』的好話，鼓動他們讓女眷來我們舖頭採購今年新製的上好絲綢。孫姑，這份活兒，妳說兩位表兄會願意做麼？」

孫姑聽了，心中更是高興，暗想：「讓他們花錢吃喝請客，那有甚麼難的？」於是笑道：「虧雁兒妳設想周到！聰兒和明兒別的不懂，宴飲交際可是擅長得很，絕對擔得起這活兒，也定能成功籠絡咱們的主顧，就這麼辦吧！至於由他們說回的顧客所購買的絲綢，應當讓他倆分個十分之一的紅，妳說如何？」

沈雁聽她竟開口要求分紅，心下暗惱：「讓你們免費花錢吃喝，還想分紅？這也未免過分貪婪了吧！」但表面上不動聲色，只微微一笑，說道：「這個自然。說起分紅，不如一人得十分之一，如此他們之間便不會有所爭拗了。這活兒十分辛苦，兩位表兄須多多擔待，還盼他們不介意才好。」

孫姑開懷笑道：「他們當然不會介意，一定勤懇認真，將這件差事兒辦好！」

沈雁於是從懷中取出一份名單，說道：「我請李大掌櫃幫忙整理出了『沈緞』最大的二十個主顧的名單，主顧的姓名、年歲、住處，全都寫在這兒了。兩位表兄只消去投名帖相邀，在城中挑個上等酒樓設宴，排出個日程，一切花費，直接向李大掌櫃請款銷帳便是。」

孫姑眉花眼笑地接過了。

沈雁話鋒一轉，說道：「我明白阿娘和孫姑都不願讓綾弟插手生意，然而若將他整日晾在家中，對內和對外都說不過去。我有個主意，想請問孫姑的意見。」

孫姑側眼望向她，說道：「妳倒說說看。」

沈雁道：「既然兩位表兄負責籠絡大主顧，二郎也該幹些活兒。我想派兩件比較困難的事兒給他，一是去向欠款的主顧催帳，二是去拜訪顧客家中女眷，請她們購買去年的存貨，好將舊貨出清。倘若取回了欠款或售出了舊貨，那是應當的，自然不給分紅。不知孫姑以為如何？」

孫姑心想：「這兩件事兒確實困難得多，做成了又沒有分紅，合該讓那小子去做。那庶子才十三、四歲年紀，乳臭未乾的小娃兒一個，想必甚麼也做不成。相較之下，我們聰兒、明兒可就又賺裡子，又有面子了。」於是笑著說道：「妳安排得甚好，就這麼辦吧！」

在沈雁和孫姑會面之後，孫家四人便正式開始參與「沈緞」的經營。孫姑夫仍舊在貨倉任職，也仍舊啥也不做，整日閒坐品嘗酪漿；孫姑則在總舖李大掌櫃的帳房裡弄了一張檯案，在帳房裡幫忙看帳；孫聰、孫明身上有了錢，便四出邀約主顧家的郎君們出外宴飲；沈綾則一口答應承擔催帳和推銷舊貨的工作。

很快地，孫姑和大娘沈雁之間的明爭暗鬥便浮上了檯面，將李大掌櫃夾在了中間。

李大掌櫃自然清楚東家娘子羅氏和庶子沈綾爭產的情況。身為「沈緞」的大掌櫃，他自然得站在持分最多的羅氏這邊；羅氏不但是沈拓的結髮正妻，而且親身參與經營多年，當然是主掌「沈緞」的不二人選。然而羅氏病勢纏綿，有心無力，「沈緞」此時究竟該聽誰的，便成了懸而未決之事。

孫姑仗著往年有兄弟撐腰，又在總舖管了一陣子事兒，這時強勢出頭，代弟主導，似乎也名正言順；而大娘沈雁身為長女，自母親生病以來，便開始代替母親掌理家中諸事，謹慎能幹，行事穩妥，自然不可能放任孫姑在「沈緞」呼風喚雨，而欲親手掌握「沈緞」的經營。由於孫姑和大娘沈雁都十分敬重李大掌櫃，不敢多加違逆李大掌櫃之意，因此多次衝突都是由李大掌櫃裁決，兩邊安撫，姑甥之間的爭權互鬥才未演變得太過熾烈。

然而爭產最關鍵的人物，卻是只有十三歲的庶子沈綾。

在沈拓去世之前，李大掌櫃對沈綾所知甚少；他只知道這孩子出於沈拓從外地帶回來的一個妾，而那妾在嬰兒出生後不久，便被羅氏趕出家門，想是回家鄉去了。沈拓對妾婦的來歷和去處絕口不提，對這個兒子也似乎不怎麼在意，遠不如他對長子沈維的關愛重視，盡心培育。長子沈維勤奮能幹，極受父親賞識，李大掌櫃看得出，沈拓對長子寄望極高，小小年紀便開始用心培養他，寄望他未來能接手「沈緞」的經營。

至於那個庶出幼子，卻好似不存在一般；直到他七、八歲時，才突然出現在眾人的視線之中。不知為何，那時沈拓忽然請了位先生，開始教沈綾讀書識字，還讓他跟著羊帳房學算數，幫手算帳記帳。李大掌櫃聽羊帳房說起過，其實沈綾小小年紀便自己學會了算數記帳、認字寫字，聰明靈巧過人，儼然是個可造之才。

因羅氏大力反對阻礙，堅決不准沈綾出現在「沈緞」總舖，因此沈綾長到十多歲了，李大掌櫃竟從未見過他的面。直到沈拓和沈維父子出事，長女沈雁自作主張，將沈綾召回洛陽參與喪事，李大掌櫃才第一次見到沈綾。其時「沈緞」虧欠嚴重，周轉不靈，所幸沈綾從南方帶回了一筆銀兩資助，並開始參與「沈緞」經營。那是李大掌櫃首次見到這位新少東家；而沈綾剛滿十三歲，身形高了許多，整個人出落得俊逸挺拔，雙目充滿靈氣，讓人一見之後，便難以移開目光。

然而李大掌櫃看重的，當然不是只有外表或氣質。他閱人極多，看遍了洛陽貴宦之家的人物，也見識了不少白手起家的大商人。在他的眼中，沈家前兩代之所以能在陌生之地洛陽開創事業，除了眼光、勤奮和決斷之外，倚靠的主要還是公主和駙馬的支持，外加幾分運氣。沈譽頗有眼光，極懂得如何運用公主和駙馬的權勢，經營名號；沈拓則熱情和氣，善於交際，人脈極廣。父子倆在開拓「沈緞」事業上各自做出了重大的貢獻。

至於大郎沈維，李大掌櫃認為他雖聰明勤懇，卻似乎經商之才有限，最多只能守住「沈緞」家業，無法開創新局。沈拓曾私下對李大掌櫃道：「大郎穩重能幹，未來應能接手家業。但要將『沈緞』發揚光大，在危難中保住沈家，只怕有所不足。」

李大掌櫃雖同意，但仍為沈維美言，說道：「大郎謹慎勤奮，少年老成，乃是少見的人才。」

沈拓當時聽了，只是微微一笑，說了一句李大掌櫃無法明白的話：「大郎不成，二郎卻成，我就只怕他不願意啊！」

李大掌櫃當時幾乎沒留意東家還有這個庶出的二子，聽他這麼說，不禁一怔，脫口道：「二郎？他還是個小孩兒，東家怎知道他有多少能耐？再說，他身為庶子，您若讓他參與『沈緞』生意，他高興還來不及了，哪有不願意的？」

沈拓聽了只是笑笑，擺手道：「二郎不是個平凡的孩子。他在我們沈家，只怕待不長。」

李大掌櫃更感奇怪，試探地問道：「東家是擔心……擔心東家娘子不容他麼？」

沈拓聽了，嘆息道：「娘子樣樣都好，就是在這件事上，怎麼都不肯讓步。我勸過她不知多少回，但她半點也聽不進去。我跟她說，往後不但大郎須得靠這個弟弟，『沈緞』的未來只怕都得靠這孩子來撐持，她卻不肯聽信啊！」

李大掌櫃更加不明白沈拓的言語，甚麼叫「『沈緞』的未來只怕都得靠這孩子來撐持」？如今回想起來，李大掌櫃不禁暗暗驚疑：莫非沈拓當時早已預知自己和長子沈維將會遇難早逝，沈家和「沈緞」須得靠庶出的二郎來支撐？

然而這都是過去的事了。即使李大掌櫃知道已故東家暗中十分重視次子沈綾，但沈拓遇難猝死，未曾留下遺書，也未曾給沈綾留下任何「沈緞」的份兒；處於李大掌櫃之位，他也只能暫時冷眼旁觀，不曾表態支持哪一方。至於大娘沈雁和孫姑之間的爭執，李大掌櫃仗著自己的年歲和經驗，盡力從中斡旋調解，一方面不讓孫姑一家濫用公款，一方面也不事事順從大娘沈雁的心意，盡量維持雙方勢均力敵，不分上下。

之後數月，眾人各忙各的。孫氏兄弟那邊，果如沈雁和沈綾所料，他們雖千方百計送出請帖，但大半的主顧並不接受他們的邀約，有的直言辭謝，有的婉轉推拒；來赴約的則大多因為家中敗落，窮困潦倒，為了吃一頓好的，或打算向沈家借錢，才答應赴約。即使孫氏兄弟竭盡全力慫恿他們購買沈家新貨，卻毫無成效。

而沈綾這邊則略有進展；他向李大掌櫃告知自己打算拜訪欠債最多的主顧，一一請他們還款，並試圖將去年的存貨低價出賣。李大掌櫃聽了，並不贊成，說道：「二郎，你年紀還小，又父喪未久，就這麼走訪主顧，催人還錢，只怕不大妥當吧？而且將存貨低賣，也怕做壞了咱們『沈緞』的名聲。」

沈綾道：「李大掌櫃說得是，然而此刻我擔憂的不是做壞了『沈緞』的名聲，而是這些存貨若再不清空，只會在貨倉裡積灰生蟲，再過一、兩年，就更難出售了，令我們舖頭的資金周轉更為不易。至於父喪，那也說不得了。我若不親自去拜訪主顧，洛陽兵劫連年，主顧又怎知道我們『沈緞』仍照常經營呢？我須得讓主顧安心，同時得向他們介紹自己。但我畢竟是新手，還是得請李大掌櫃陪我一同前去才好。」

李大掌櫃望著沈綾，心想：「這二郎雖是庶出，年紀又輕，想事情卻十分清楚。他很可能是沈家唯一的繼承人，也是下一任東家，我不能小看了他，更不該輕慢相待。」於是恭敬說道：「二郎如此吩咐，自當遵從。」

接下來沈綾和李大掌櫃一起看了一遍主顧名單，挑出十個欠帳金額較大、未曾遷離京城的主顧，又選了幾疋去年生產的絲綢，都是去年沈拓和沈維打算賣去西域卻未能運出的存貨，料面乾淨，樣式較新，又不大花稍。二人談論妥當，便乘坐馬車，一起去造訪張重喜家。

張家乃是做鹽鹵生意的，此刻雖兵劫連連，交通阻塞，然而不論是百姓還是軍隊都不能缺鹽，因此張家的鹽鹵鋪頭生意大好，加上素有囤貨，乘機大賺了一筆。

沈綾和李大掌櫃到訪時，張重喜甚是客氣，親自出來接待，對沈綾道：「二郎！先尊先兄遭遇不幸，我等聽聞噩耗，都是好生悲傷惋惜。」接著便叨叨說起自己過去與沈拓的交情，嘆息緬懷一番，李大掌櫃和沈綾恭謹而聽，唯唯而應。

張重喜說了好一會兒，李大掌櫃才找機會切入正題，說道：「張東主顧念舊情，好生令人敬佩。今日二郎來此拜訪，乃有一事相請。」

張重喜望向沈綾，見他不過十多歲年紀，還是個小少年，心想：「這孩子父喪未久，便親來造訪，還能有何事相請？自是要我清償欠債了。」當下說道：「二郎有何相教，但說不妨。」

沈綾道：「張世伯明鑒，小侄竊想，不論世道安穩，或是兵災連年，人們都得購買鹽鹵佐食。過去這一年多來，世伯的鹽鹵生意想必昌盛得緊。」

張重喜聽了，呵呵而笑，說道：「好說、好說。這陣子世道不安寧，大夥兒能有糧食裹腹，便屬大吉了。」

沈綾道：「可不是？先父往年便常常讚譽張世伯深謀遠慮，未雨稠繆，自愧不如。他曾對我說道，不論多麼困窘，人們日日必須使用鹽鹵佐食醃食，卻不必年年添購新衣，因此鹽鹵生意比之絲綢生意，可是穩當得多了。不瞞世伯說，由於京城近年來的數場兵劫，加上先父先兄相繼遇難，『沈緞』的生意大受打擊。當此困厄之際，小侄親來造訪，是想懇請世伯應允結清之前的舊帳，好讓『沈緞』有個周轉之機。」說完心中怦怦而跳，不知張重喜是否會設辭推托。

張重喜心想：「拐彎抹角的一番話，果然是來討債的。可憐這小娃子，家破人亡的，絲綢生意又清淡，小小年紀，如何撐持一個家？」他聽這孩子說話老成，雖是討債，卻先捧了他一把，於是爽快地道：「我明白、我明白。不只『沈緞』遇上困難，很多其他的商舖也窘迫得很。此刻我手中不缺錢，付清過往的舊帳，當然不是問題。然而往後承平之時，『沈緞』給我們張家的賒帳，可得加至一年才好。」

沈綾一聽大喜，當即說道：「這當然不是問題。世道承平之時，世伯大可賒帳一年，我等絕不催促。」又道：「夏季將至，貴府可能正需製備夏衫，小侄特意帶了些年前上等貨色，折價供世伯選購，全數可賒帳一年，請您任意揀擇。」

張重喜聽他還另帶了好處給自己，十分高興，當下好人做到底，說道：「我知道你等財務困窘，今兒我們挑的既是折價品，那我便不賒賬了。我讓家中娘子和媳婦們出來看看，讓她們挑選幾疋便是。」

沈綾和李大掌櫃互相望望，都鬆了口氣。

沈綾拜訪的第一個主顧便願意付清舊帳，更以現銀買了一批舊貨，他自然甚感振奮。然而之後造訪的三家主顧，卻全遭推拒；有的叫苦連天，說連糧食都不夠錢買了，哪有閒錢付清前一年的絲綢欠款？有的哭哭啼啼，有的客客氣氣，有的則咧咧罵罵，總之話說不上幾句，便將二人請出門去了。

沈綾並不灰心，繼續拜訪「沈緞」的舊主顧，試圖勸請他們付清欠款。兩個月下來，他走訪了一百多戶人家，婉轉請求他們還清積欠的債務；家境較為殷實的，多半願意償還全數，或清還一部分；手頭困難的，沈綾便答應再延遲三個月，條件是以折價購入去年的絲綢，花樣當然不是最時興的，但洛陽城居民當此困厄之際，自然不在乎絲綢的顏色花樣是否時興，聽說價格便宜，許多便答應購買了。最後，沈綾拜訪的一百個主顧中，四分之一償還清了欠債，另有四分之一願意推遲還錢，同時以折價購入了舊貨，如此加加總總之後，等於收回了一半的欠帳。

這幾個月中，阿寬早晚跟隨在沈綾身旁，幫忙張羅車馬飲食，搬物撐傘，自己承受日曬雨淋，毫不叫累叫苦。他對沈綾越來越敬佩，心想：「二郎年紀輕輕，便如此滿懷毅力，人又精明。我若連照顧他生活起居都做不好，可枉費他對我的一番信任重用了。」

然而阿寬身為沈綾的隨從，自也不免遭人挑剔刁難。一回天下大雨，阿寬見沈綾的鞋子濕透了，便趕緊回沈宅多寶閣取了一雙皮靴，送來總舖給他。不料阿寬在總舖門口撞到正要出門宴客的孫氏兄弟，他們知道這人乃是沈綾的貼身僕從，一看他便不順眼，孫明開口叫道：「兀那蒼頭（注）！給我站住！匆匆忙忙的，幹甚麼了？」

阿寬趕緊停步，說道：「回您的話，外頭下雨了，我給二郎送靴子來。」

孫明笑道：「那太好了，我不就是二郎麼？我可是孫家二郎哪！靴子是給我的吧？快拿來！」

阿寬一呆，知道他故意挑釁，退開一步，陪笑道：「孫二郎君，這靴子是給沈家二郎的。您身材高大，這靴子讓您穿，可絕對太小了。」

孫明板起臉，伸手道：「我不管，快給我！」

孫聰也凶狠地道：「怎麼，沈家二郎難道比我們孫家二郎尊貴麼？孫二郎向你要靴子，你竟敢不給，究竟仗了誰的面子？你說啊！」

阿寬雖口齒伶俐，在這對兄弟的無理逼迫之下，也不禁手足無措，正要開口，孫明已搶上前，一把抓過他手中的包袱，遠遠扔了出去；包袱跌落在街邊的泥濘之中，濺起許多泥漿水花。

孫氏兄弟大笑起來，孫明笑道：「靴子自己飛啦！這等大雨天氣，沒靴子可出不了門了，那該怎麼辦呢？」

孫聰笑道：「那就別出門了啦。出門也只是討人嫌，吃閉門羹，丟人現眼，不如待在家中涼快算了！」

阿寬又驚又急，趕緊衝入雨中，從泥濘中撿回包袱。他奔回總鋪門廊之下，焦急地打開包袱檢視，但見一雙靴子濕淋淋的，早已沾滿了泥濘。

孫聰在旁見到了，皺著鼻子，說道：「這靴子可臭了，正適合臭人穿著。喂，兀那蒼頭，快拿去給你家二郎穿吧！」

孫明道：「不知是這靴子臭些，還是靴子的主人臭些？這可難說了。」兄弟倆嘻嘻哈哈的，叫喚一旁的奴僕替他們撐傘遮雨，雙雙上了馬車，命馬夫催馬，疾馳而去。

阿寬焦急萬分，只能提著髒兮兮的靴子入內去見沈綾。他不敢跟沈綾說起孫氏兄弟的事，只能硬著頭皮請罪，說道：「二郎，當真對不住！我失手將包袱跌在了地上，讓靴子沾了泥濘，請您原諒！」

沈綾急著出門，見那靴子又濕又髒，心中著急，又見阿寬神色滿是焦慮歉疚，只能吸口氣，按下心頭懊惱，反而安慰他道：「罷了、罷了！反正下著大雨，穿出去遲早要弄濕弄髒的。」說著便接過穿上了，趕緊跟隨李大掌櫃，出門拜訪顧客。

沈雁當時正在總鋪面向大街的藝室之中，恰好從窗中見到了此事。她並不知孫聰和孫明扔入泥漿的包袱裡是沈綾的靴子，只知道他們故意戲弄欺負阿寬，於是等沈綾離開後，便叫了阿寬進來藝室，問道：「阿寬，你怎地不跟著二郎一道去拜訪主顧？」

阿寬低頭道：「我粗心大意，弄髒了二郎的靴子，沒面目跟在他身邊。」

注　古時僕役以青巾作頭飾，因此稱僕役為「蒼頭」

沈雁道：「二郎斥責你了，是麼？」

阿寬搖頭道：「不、不，二郎寬容大量，一句也沒斥責我。」

沈雁心中起疑，問道：「方才門前發生的事，我都看到了，孫家那兩個奪過你的包袱，扔到街邊泥水中。那是怎麼回事？」

阿寬不敢擅自告狀，一心遮掩，忙道：「沒事、沒事，是我自己不小心罷了。」

沈雁見狀，挑起雙眉，盯著他道：「你跟我說實話！他們知道包袱中是二郎的靴子，才故意搶去，扔到泥水裡的，是麼？」

阿寬只能低頭道：「大娘既已見到了，阿寬就不能再說謊。不錯，他們聽說我給二郎送靴子來，便突然搶了去，扔進泥漿裡，還說了許多難聽的話。」

沈雁勉強壓抑怒氣，說道：「全說給我聽。」

阿寬不敢隱瞞，於是將孫氏兄弟的言語複述給她聽。

沈雁聽聞後，心中又驚又怒：「這兩個孫家表兄，當真無恥無賴至極！」想了想，問道：「你跟二郎說了麼？」

阿寬搖頭道：「我沒跟他說。一來我們做奴僕的不應議論主人的是非長短；二來我也不願給二郎添煩。」

沈雁點了點頭，說道：「你做得對。這事兒，讓我來處理。」

當天沈雁特意留在總舖，等候沈綾訪客回來，跟他同車回家，在車上對他說了此事，最後道：「那阿寬很懂分寸，並未跟你提起此事。我最初問他時，他也不肯說；因我當時人在藝室，從窗戶親眼看見了事情經過、逼他說出實情，他才告訴了我。」

沈綾點頭道：「阿寬是不喜惹事的性子，不愛多嘴多舌，向人告狀，這是他的好處。孫家那兩位表兄行事向來如此，別理會他們便是。」

沈雁卻搖頭道：「不！我可不能讓那兩隻猴子騎到你頭上！他們算甚麼？對我沈家毫無貢獻，只知道吃我們的、穿我們的，如今他們更是趁火打劫，想來我們沈家分一杯羹。我得去警告他們，不准他們再對你無禮！」

沈綾勸道：「大姊，算了吧。」

沈雁卻不肯放過，說道：「我自去訓誡他們，你不必介入。」

當日傍晚，沈雁來到怡賓院尋找孫氏兄弟，但兩人出門宴客去了，只找到了孫姑。孫姑見她來勢洶洶，心中一凜，笑著問道：「阿雁，妳是來找聰兒和明兒麼？莫非約了他們兄弟一塊兒宴飲作樂？」

沈雁神色嚴肅，冷然道：「孫姑，我正守著父喪，不能宴飲作樂。莫非妳已忘了自己的兄弟和侄兒遇難死去，不過是半年前的事？」

孫姑臉上一紅，仍舊陪笑著，說道：「在自己家中，又有誰會知道了？我明白，妳和聰兒明兒倆兄弟從小一塊兒長大，感情極好。妳心中有事，想來找他們傾訴，一塊兒喝兩杯，排憂解愁，那也無可厚非，誰也不會傳出去的。」

沈雁聞言更怒，提高了聲音道：「今日在總鋪外，我親眼見到兩位表兄故意將二郎的靴子扔入泥濘中，還對他的隨從出言不遜。我今夜來此，便是為了跟他們說個明白：今後他們若敢再對二郎無禮，我便要他們搬出沈宅，另尋居處！」

孫姑聽了，豎起眉毛，叉腰道：「妳是聽二郎那個隨從說的麼？嘿！那個不知從街頭甚麼地方撿回來的蒼頭！他根本不是我們沈家的人，也不是『沈緞』鋪子的人，只知道嚼嘴嚼舌，興風作浪！妳千萬別聽他挑撥之言！」

沈雁肅然道：「此事我親眼所見，絕非阿寬挑撥。要不等孫聰孫明回來，我們當面對質！」

孫姑只能暫且放軟了口氣，說道：「我說阿雁，自己表兄妹，為了個外人的讒言，說甚麼對質不對質的？都是一家人，誰不是為了『沈緞』出力？」

沈雁神色嚴肅，冷冷地道：「孫姑，你們一家突然搬進沈宅，不就是為了爭奪沈家的產業？我明白告訴妳吧，沈家的產業已被那姓胡的奪走了大半。剩下僅有的財產，妳道我會拱手讓給外人麼？」

孫姑臉色一變，說道：「阿雁，妳這話是甚麼意思？我是妳親姑姑，怎是外人？」

沈雁神色堅決，說道：「阿爺並非無後，沈家的財產還有我們姊弟三人繼承，一分錢都不會給你們孫家！」

孫姑臉色極為難看，「哼」了一聲，說道：「沈綾那野種，也不知道是不是妳阿爺的兒子！妳和雛兒兩個女孩兒遲早要出嫁的，沈家的財產，怎能留給那豎子！」

沈雁高聲道：「綾弟是阿爺親子，此事阿爺、阿娘和沈家上下都清楚知道，並已公告眾知。孫姑倘若心存懷疑，如何對得起我阿爺在天之靈？妳應當知道，阿爺生前最倚重大兄，最欣賞的則是小弟。阿爺天上有知，定會讓小弟繼承沈家和『沈緞』的所有產業！」

孫姑怒從中來，叉腰喝道：「妳以為自己是誰了，竟敢教訓我？妳遲早要嫁出去的，嫁出去後就不是沈家的人了，哪有資格談論沈家的事？」

沈雁聽她再次提起自己的婚事，怒從中來，知道自己絕不能退讓，也高聲道：「我還未出嫁，就還是沈家的人！阿爺和大兄的喪事難道不是由我主持的麼？過去兩年來，『沈緞』的藝室、染坊和織坊不都是我一手操持的麼？倒是妳，妳可是早已出嫁的沈家之女，卻又憑甚麼管沈家之事？妳趁我阿娘病勢沉重，找藉口搬入我們沈家，甚至將姑父和表兄帶進『沈緞』，一手搶著管事，一手趕著撈錢，我豈能讓妳繼續干預我沈家之事，妄想搶奪我沈家之財？」

孫姑氣得渾身發抖，臉色青白，大怒道：「再怎麼說，我都是妳的長輩！妳阿娘病重管不了事，家中事情當然由我說了算！妳聽好了，等妳守完喪，我立即讓妳嫁給妳大表兄，看妳有甚麼話說！」

沈雁怒極反笑，說道：「讓我嫁給孫聰？他配麼！妳可別忘了，我和盧家已有婚約！妳休想打我的主意！」

孫姑冷笑道：「盧家五郎下落不明，誰知道他是生是死？我立即便派人去盧家退婚，容易得很！他們原本便是看在妳阿爺的錢財上才同意了這門婚事，如今妳阿爺過世，家產又遭人侵佔，盧家怎麼還看得起沈家？就算妳不主動退婚，他們想必遲早也會來提。只不過因妳阿爺新喪，人家不好意思罷了！」

沈雁氣得臉色蒼白，說道：「人家是知書達禮的世家大族，哪會似妳這般厚顏無恥、小家作派！」

孫姑聽她指斥自己的出身，大大惱怒，說道：「我是妳阿爺的親姊姊，我是甚麼出身，妳便是甚麼出身！我出身小家，妳也差不了多少！妳自認是大家小娘子，哼！大家小娘子哪個不是事事聽從長輩的旨意？妳阿爺死去，妳阿娘便是一家之主，而妳阿娘又將家事全權託付給我。因此我說甚麼，妳便得聽甚麼。我要妳嫁誰，妳便得嫁誰。難道妳能自己跑去盧家，向他們詢問婚約是否還算數麼？那可要笑死人了！」

沈雁怒不可遏，再也聽不下去，氣得拂袖而出，用力甩上門。

但聽孫姑在門內冷笑道：「好個沈家大娘，沉魚落雁！呸！」

第三十八章 婚約

孫姑和沈雁的對話，都被躲在屋頂上的賀秋聽見了。她阿娘離去之前，曾交代她盯著陸婇兒的行止，而陸婇兒被羅氏派來服侍孫姑，因此賀秋便這麼聽見了這番內容。

賀秋甚是不安，思前想後，她想起阿娘離家前曾交代自己應盡力取得二郎的信任，在家中若聽見甚麼消息，都須盡快向二郎報告，於是立即去找沈綾，將這些言語都告訴了他。

沈綾皺起眉頭，說道：「孫姑、姑夫和兩個表兄搬來住下，我和大姊都相信是主母安排的，用意是對付我，阻止我爭奪家產。但主母疼愛大姊，絕不會放任孫姑對大姊說那些話，或是任由孫姑安排大姊的婚事。」

賀秋甚是擔憂，說道：「但主母久病不起，孫姑倘若當真派人去盧家提解除婚約，大娘便很為難了。就不知盧家此刻如何想法？」

沈綾側過頭，說道：「孫姑說大姊不能自行去盧家詢問婚事，有失大家女郎的身分。那麼，如果是我去造訪盧家，代為探問呢？」

賀秋凝望著他，說道：「二郎，你才十三歲啊！」

沈綾道：「我雖年幼，但若以沈家繼承人之姿，暗示是主母派我前去的，盧家想必亦會慎重接待。我只需去探聽他們的口風，確認他們並無悔婚之意，就能讓大姊放心了。」

賀秋想了想，說道：「好像也只能如此了。」

第二日清晨，沈綾早早便來到沈雁的飛雁居外。

沈雁的婢女于洛出來說道：「大娘才起身，正在梳妝，不知二郎有何事尋她？」

沈綾道：「我今日要送一批絲綢去盧家，想問問大姊有沒有甚麼物事託我轉送，或有甚麼話讓我傳達。」

于洛進去通報了，不多時沈雁便從內房出來，對于洛道：「今兒涼，風大，替我把門窗都關上了，妳在外面等一會兒。」于洛答應了。

但見沈雁眼眶微紅，看來昨夜哭了甚久；她髮髻整齊，妝容細緻，外貌仍舊修飾得無可挑剔，明麗婉約，豔美動人。

沈綾等于洛關上了門，便老實說道：「昨夜大姊和孫姑的爭執，我都知道了。」

沈雁略略一驚，心想這等流言傳得真快，家中奴僕愈發沒規矩了。

沈綾道：「孫姑有心染指沈家和『沈緞』，此事已人盡皆知。但我如何也想不到，主母在上，她便敢如此放肆，甚至敢左右大姊的婚事！此事主母知道麼？」

沈雁聽了，不禁長嘆一聲，說道：「我想過去跟阿娘說，但阿娘的病每況愈下，實在不能再給她添憂。我心裡也很清楚，盧家有多位尊長在河陰遇難，五郎仍舊下落不明，這場婚事注定是不成的了。」

沈綾心想：「原來主母並不知道，就算知道，也幫不上忙。」說道：「大姊與盧家的婚約若正式解除，孫姑定將竭盡所能逼迫妳嫁給表兄，藉以奪取沈家家產。」

沈雁憤憤地道：「哼！我絕不會讓孫姑決定我的婚事！我就算死了，也絕不會嫁給孫聰或孫明那兩個蠢蛋！」

沈綾安撫道：「大姊且莫動氣。以我之見，大姊與盧家的婚事尚未有變，莫要妄動，以免讓孫姑有機可乘，陰謀得逞。婚約即使必得解除，也應留待日後再議。」

沈雁嘆道：「這我又何嘗不知？我和盧家的婚約若能暫時維持，自是最好；至少等到家裡和『沈緞』都已度過難關了再說。如今阿爺不在了，阿娘又病重；即使她平安無恙，當此時節，也絕不會主動向盧家提出解除婚約。只是怕孫姑擅作主張，假稱奉阿娘之命，跑去盧家退婚，事情便不好了。」

沈綾早已想過此事，於是說道：「小弟有個提議，請大姊斟酌。我已探問過，盧家遭變之後，如今管事的乃是盧五郎同胞兄長盧三郎。我意欲今日與李大掌櫃拜訪盧家，贈送絲綢禮品，順便拜見這位盧三郎，探探口風，大姊以為如何？」

沈雁沉吟道：「阿爺去世才半年，眼下去和盧家談論婚約之事，未免過快。世俗規矩，守喪至少三年，才能談婚論嫁。」

沈綾道：「確實如此。盧家這幾年也不好過，我此番只是去向他們致意，確定他們無心退婚，同意至少等到三年之後再提此事，如此便足夠。」

沈雁知道沈綾年紀雖小，頭腦卻十分靈活，行事亦已成熟穩重，進退得宜，言語得體；如今母親病重，自己和孫姑鬧翻，這婚事若不讓他出面去維繫，也沒有其他人合適了。於是她點點頭，說道：「阿綾此議甚佳，此事就託你了！」

沈綾道：「小弟自當盡力。」忽然想起一事，脫口道：「我們可別忘了小妹！她年紀也不小了，孫姑或許會試圖逼小妹嫁給二表兄也說不定？」

沈雁一驚，叫道：「哎喲！我這陣子忙著織坊的事兒，全沒留心小妹。近來如何？這陣子都在做些甚麼？還是整日在桑園裡看蠶兒麼？」

沈綾也是忙得昏頭轉向，茫然道：「我還真不知小妹這些時日在做些甚麼。賀秋說會幫我看著她，大姊可請秋姊姊前來一問。」於是沈雁對門外叫道：「于洛，去請賀秋來。」于洛應了。

不多時，但聽門外輕輕一響，一人低喚道：「大娘、二郎。」

沈綾說道：「是秋姊姊麼？快進來。」

賀秋悄悄推門而入，向沈雁和沈綾行禮。

沈雁問道：「賀秋，二娘最近都在忙些甚麼？」

賀秋低下頭，說道：「二娘……不讓我說。」

沈雁和沈綾對望一眼。沈綾道：「秋姊姊，妳一定得告訴我們，二娘整日都做些甚麼？」

賀秋聽他相問，露出為難之色，猶豫了一會兒，才道：「她每日隨我阿娘練武，十分勤勞。」

沈雁驚得直起身來，脫口道：「練武？她一個女孩兒家，為何要練武？」

沈綾已從小妹信中得知她對武術的嚮往，聽說她正隨賀嫂學武，並不太過驚訝，但仍不免擔憂，問道：「我知道賀嫂懂得武藝，但她怎會答應教小妹練武？」

賀秋嘆了口氣，說道：「主人對我賀家有大恩，二娘有此請求，我阿娘又怎能拒絕？半年之前，主人過世不久後，二娘便來找我阿娘，說她想跟我阿娘學武，我和我阿娘都認為這是因為……因為她想親手替主人和大郎報仇！」

這話一說，沈雁和沈綾都是大驚失色。

沈雁脫口道：「她怎麼知道……」

賀秋忙道：「主人和大郎遭人害死之事，我和我阿娘都守口如瓶，從來沒在人前提過半個字，更加不曾跟二娘提起。」

沈綾心想：「我也從未和小妹說起過此事。莫非……她偷聽到了我們的對話？」問賀秋道：「她知道仇人是誰麼？」

賀秋點了點頭，說道：「二娘在一張紙上寫了個『胡』字，釘在樹幹之上，整日對著那個字拳打腳踢。」

沈雁和沈綾心中一驚，都皺起了眉頭。

沈綾問道：「她學了多久了？」

賀秋答道：「有大半年了。」

沈雁站起身，說道：「這絕對不成！她是沈家小娘子，須得有大家閨秀的樣子！怎能阿爺一過世，阿娘因病疏忽了她，就任由她舉止粗野，學武尋仇？賀秋，妳去叫她來！」

賀秋答應了，向沈綾望了一眼。

沈綾知道小妹的性子，說道：「大姊，她不會來的。」

沈雁道：「那我便去找她！」

賀秋好生為難。二娘曾多次叮囑自己，她跟賀嫂學武之事，絕對不能讓任何人知道，而今自己不但告訴了大娘和二郎，還由著他們去她練武之地，此後她還會信任自己麼？

沈綾明白她處境為難，也清楚沈雒的脾氣，說道：「大姊且慢，此事須得從長計議。我這得準備出發去造訪盧家，待我辦妥此事，咱們晚點再找小妹談談不遲。」

沈雁也知道妹妹性情倔強，倘若就這麼闖去知秋苑，必將引發一場激烈的爭執，更無法令她改變心意，深吸一口氣後，勉強點頭說道：「好吧，你先去盧家，我也再想想該拿小妹如何是好。李大掌櫃說今日會出一批新的『沈緞』，我準備去織坊看看。」

她嘆了口氣，對著鏡子整理鬢腳，略略補了妝，對門外道：「叫門房備馬。」

于洛在外頭應了，沈綾說道：「大姊記得披上披肩，戴上暖帽。已是秋初，氣候有些涼了。」

沈雁說道：「知道了。」

沈綾望向賀秋，說道：「多謝秋姊姊幫我照看小妹。這樣吧，請妳跟二娘說，我今夜晚膳後會去她的住處找她，好麼？」

賀秋點點頭，說道：「是，我會去跟二娘說。」說完便輕巧地退出門外，無聲無息地去了。

沈雁望著鏡子，忍不住又嘆息道：「啐！雛兒這小精怪！家裡都這樣了，還這麼教人放心不下！」

沈綾只能盡力安慰姊姊，說道：「小妹向來有自己的主張，阿爺往年總說她腦子靈活，看事清楚，以後家中大小事情，也要她出力扶持呢！」

沈雁聽他提起父親，更是難受，說道：「阿爺寵愛小妹，甚麼都順著她，從小就任她整個桑園子到處亂跑，玩上一整天也不管。梳妝打扮、女紅繡花這些活兒，反而不讓她好學！」

沈綾微微一笑，說道：「小妹的性格，哪能讓她學繡花？可不悶死了她！但說到養蠶取絲，她可是一把好手，誰養的蠶都沒有她養的那般肥白健壯。我在南方時，她還給我出過主意，教我如何改變蠶兒的餵食，好讓蠶絲更加細軟呢。」

沈雁想起沈雛才四、五歲時，便曾捧著她自己餵養的肥大蠶兒向家人炫耀，緊繃的神情一緩，嘴角也不禁露出微笑。

沈綾又道：「小妹應是悲傷阿爺和大兄驟逝，一時哀痛過度，才懷著報仇之念，以練武來抒發心懷。待我們開導於她，並讓她多參與桑園等務，她便不會再去想這些事了。」

沈雁點點頭，說道：「話是這麼說，但胡家財勢逼人，那些被強佔的財產，如何討得回來？至於下手殺死阿爺和大兄的惡徒，似乎個個武功高強，我等都非武人，又如何敵得過？」

沈綾知道姊姊的疑慮有理，但他不願洩自家的氣，說道：「只要我們姊弟妹一條心，定能奪回家產，替阿爺和大兄討回公道的！」

沈雁嘆了口氣，說道：「我們得好好看著小妹，別讓她走歪下去。」又問道：「你去盧家時，打算如何應對？」

沈綾道：「我自當先表哀悼之意，請盧家節哀順便；若是談得融洽，便伺機提出維持婚約之議。」

沈雁點點頭，說道：「如此甚好。但你需當心，盧家共有七位身任官職的族人在河陰遇害，受創深重，必得慎言。」

沈綾道：「我理會得。」

沈雁又指出一些造訪盧家時應當留意之處，沈綾一一答應記下了。

沈雁見沈綾言行穩當、識得大體，放心不少；她看時候不早，說道：「我們都該出門了。」沈綾點頭道：「正是。」

姊弟倆來到前門，分別上了馬車，沈雁望了弟弟的馬車一眼，招了招手，沈綾也對大姊招招手，示意她放心。

沈綾先到了總舖，挑撿好了送去盧府的絲綢，便與李大掌櫃一同乘車造訪盧府。李大掌櫃和盧府管事相熟，先行遞上沈綾的名帖，求見盧三郎。管事不多時便快步趨出，說道：「沈二郎、李大掌櫃，兩位請。」

沈綾和李大掌櫃跨入盧家，一進門便是一座小巧清雅的庭園，穿過三扇月洞門後，來到一間竹製小軒。管事請沈綾和李大掌櫃在軒中稍候，另有青衣僕役奉上兩碗茗茶，看不出是何種茶，但清香撲鼻。

沈綾心想：「北方漢人世家仍以茶款客，不似我家慣以酪漿待客。」啜了一口茶，感到脾腑溫潤，與南方上好的紫陽茶不相上下。

他從軒中往外望去，但見軒旁是一潭碧綠色小池，池中種滿了荷花，十分雅致。他心想：「我們沈宅庭園雖大，花圃欄杆處處裝飾得金碧輝煌，但總缺了些典雅韻味，不但和南方僑姓大家難以相比，連北方世族也遠遠落後。外人常說我們沈家只是暴富之家，配不上書香名門的盧家，看來有其原由。」

等候了一會兒，便聽見腳步聲響，一個男子來到竹軒中。三年前河陰一役，盧家共有七位在朝中擔任官職的親族遇難，受創重大；由於長輩凋零殆盡，此時當家的是盧五郎的同胞兄長盧三郎盧明章。

沈綾見這位盧三郎約二、三十來歲年紀，身材高瘦，眉目清秀，膚色白皙，心想：「聽說盧五郎外貌英挺，想不到這位三郎也如此俊秀。大姊若與盧家有緣無分，實在太過可惜。」

盧三郎年輕時養尊處優，家遭劇變之後，他陡然成為盧家的大家長，顯然尚未適應過來，神色間猶帶著幾分難以掩藏的倉皇。他不知沈綾來意為何，只拱手為禮，神態謹慎，說道：「沈二郎光臨敝舍，未能親迎，還請見諒。」

沈綾年紀雖小，但頗有識人之明，察覺這位盧三郎可能和自己在南方的好友王十五郎一般，是個未經世事、心思單純的郎君，自己說話可以直接一些，便回禮說道：「盧三兄！舍姊納采禮上一見，轉眼已是數年；小弟疏於走訪，還請三兄原宥。我兩家原本婚期已定，就將成為姻親，可嘆世事無常，貴府遭變，敝舍亦遇不幸。過去數月，敝舍處於先父先兄熱喪，不便出訪；如今大半年已過，小弟才膽敢專程來拜訪，向三兄問安，並請貴府上下節哀順便。」

四年之前，盧明章曾隨胞弟五郎親訪沈宅行納采之禮，沈綾因主母羅氏嚴令禁止，並未出席；盧明章卻顯然不記得這等細節，聽他喚自己盧三兄，又說起納采禮和婚期等事，這才醒悟眼前少年乃是沈家大娘之弟，原本就將成為自己的親家弟輩，當即也客氣起來，說道：「沈二弟客氣了。年初尊君和大郎遭遇不幸，我等聽聞之時，皆驚痛交集，難以置信啊！」想起自己家中亦遭逢大變，不禁眼眶一紅，幾乎掉下淚來。

沈綾這些時日來忙於應付「沈緞」舖頭的生意，在家中還得面對孫姑、姑夫和兩位表兄的壓迫和冷嘲熱諷，不得不將父兄之喪的悲痛置諸腦後；這時見盧三郎真情流露，不禁好生感動，自己也紅了眼眶，說道：「盧三兄，您對我沈家如此關懷，為弟真不知該如何感激才是！」

盧明章抹去眼淚，說道：「我等原是一家人，別再說這些見外之言了。貴府大娘一切安好麼？」

沈綾心中一凜，知道自己必須適當地表達大姊的悲痛，好名正言順地維持婚約，當下小心翼翼說道：「河陰之變後，舍姊哀痛逾恆，整日以淚洗面，不肯離開閨房半步。不論家人如何勸解，她堅決不信盧五兄已然遇難。」

盧明章點點頭，黯然道：「大娘之心，和我母親一般一致。自從五弟在河陰失蹤之後，我等多次派人赴該處及左近搜尋，但始終沒有找到他的……他的……」他不忍心說出「遺體」兩個字，續道：「母親不肯放棄，說既然找不到，那便表示五弟可能並未遭難。她不斷派人去鄰近市鎮尋訪五弟的消息，然而三年過去了，仍然沒有半點消息。」

沈綾安慰道：「舍姊和尊慈一般，都深信五兄仍在世間，日夜向佛菩薩祈禱。所謂吉人自有天相，上天定當保佑五兄平安無事。」

盧明章點點頭，說道：「沈二弟說得是。母親絕不肯放希望，我和其他叔伯兄弟商量下，也認為母親年事已高，該當讓她保有五郎仍活著的想望，才不致太過哀痛，積憂成疾。」

沈綾聽他這麼說，心中一動，乘機說道：「三兄，不瞞您說，自從先父和先兄遇難之後，敝門主母病勢起伏，舍姊不得不撐持起整個家，這陣子實是心力交瘁；只她因心中猶抱一線希望，深信五兄仍在世，才能振作起來，一肩挑起沈家的重擔。因此，小弟有個想法，懇請三兄聽取斟酌。若有無禮不妥之處，還請三兄包容指正。」

盧明章道：「你說吧。」

沈綾說道：「小弟竊想，舍姊和尊慈一般，都深信五兄安好健在。如今先父不幸見背，舍姊須守父喪三年，不宜論及婚嫁；不如我兩家互通信使，確認維繫婚約，甚至定下三年後的婚期，如此尊慈和舍姊的心，便都能安穩了。」

盧明章聽了，連連點頭，說道：「賢弟說得甚是！倘若此時提出解除婚約之說，母親與大娘定然難以接受。這婚約最好能維持著，至於婚期，便暫且定在三年之後，也屬妥當。」

沈綾心中一鬆，忙道：「如此甚好。尊慈年歲已高，如此作法，只盼能撫慰她老人家之心，減輕悲慟之情。」

盧明章拱手道：「多謝沈二弟一番心意！」想了想，又道：「我只擔心耽誤了大娘。她畢竟年輕，未來的路還長著呢……倘若此時解除了婚約，便可早日另謀婚嫁了。」

沈綾忙道：「舍姊心中只有五兄一人，絕無另謀婚嫁之心。倘若解除婚約，只怕舍姊將傷心逾恆，一蹶不振。」

盧明章點點頭，說道：「五郎和大娘，原是一對璧人！唉！」兩人相對喟嘆一陣，盧明章道：「多謝沈二弟專程造訪敝舍，傳達大娘心意，為兄感激不盡。至於盧沈兩家的婚約，我三、五日後，便派人上貴府再次確定婚約，定下三年之期。」

沈綾拱手道：「多謝三兄體諒！世事難料，舍姊與貴府五兄倘若真正有緣，三年後必能順利結為眷屬。但願敝門有幸高攀，結為永世之好。只盼日後兩家勿要生分了，貴府若有任何需要，請不吝告知，敝門定當竭力襄助。」

盧明章見他小小年紀，這番話卻說得十分得體誠摯，不禁感動，握住他的手，說道：「沈二弟！為兄很承你的情。我兩家往後自當多多走動，不要見外了。」

回到沈宅後，沈綾來到飛雁居，向沈雁詳細報告了自己與盧明章的對話。

沈雁聽完，鬆了口氣，玉手支額，靠在案上，閉上眼睛，靜靜地流下眼淚，哽聲道：「小弟，多謝你了。」

沈綾伸手按在她的一隻手背上，安慰道：「大姊請寬心，好在盧三兄原本便有此意，我與他傾談之後，他立即便答應了。盧家將在數日內遣人來家中，提出確認婚約之意，並定下三年之期。屆時大姊不必親自出面，由我來接待，再讓嵇嫂轉告主母便是。此後，孫姑便不能再在大姊的婚事上做文章了。」

沈雁睜開眼睛，抹去頰上淚水，望向窗外。她心底知道，當年那個無憂無慮、憧憬婚姻的少女早已不復存在了；如今擺在她面前的，是父親和大兄留下的沉重家業，貪婪的孫姑一家，以及可恨的殺父仇人胡三。

當天夜裡，沈綾沒忘了自己的承諾，晚膳之後，便到小妹的住處尋她。

沈宅佔地寬廣，主人沈拓和主母羅氏居於獨棟的院落「鳳凰臺」，長子沈維和長女沈雁也各有「多寶閣」和「飛雁居」；在二女沈雒三歲那年，父母也替她建造了一片獨立的園子，因她名字中有個「雒」字，藉著「落葉知秋」的典故，命名為「知秋苑」。

知秋苑中共有五間房舍，分別是沈雒的寢室、衣物坊、書齋、浴間和膳坊，苑中原本配有二十五名僕婦婢女，近期被沈雁減至十名，負責打掃、整理、烹飪、縫紉等務。沈雒在苑中的衣物飲食一應俱全，她大可整日待在苑中，半步也不必離開。因她自幼喜愛蠶桑，沈拓特意將她的知秋苑建在桑園隔壁，圍牆上開了一道側門，能直接通往桑園。

沈綾和妹妹沈雒幼年時感情極佳，往往整日在桑園中一起玩耍，因此不時跟著小妹從側門進入她的知秋苑，見識到她居處的廣闊富麗，僕婢成群。那時兩個孩子年紀都小，儘管一個住在仙宮般的知秋苑，一個住在狹小破爛的廚房旁隔間，但兄妹倆從來都不以為意。

沈綾回想著往事，心想：「我已很久沒來小妹的知秋苑了。」

他往年來知秋苑時，都是從桑園的側門進出，這倒是第一次來到知秋苑的正門。他抬頭望向門楣，記得門楣上有塊寫著「知秋」二字的橫匾，乃是小妹十歲時自己所書，字跡秀麗，她甚為得意，因此讓人以金漆描畫於門匾上；但這時那塊匾上的字卻不再是「知秋」，而改成了「崇武」二字，筆力渾厚，龍飛鳳舞，勁道十足。

沈綾抬頭望著那匾上「崇武」二字，不禁發怔，心想：「賀秋說小妹認真學武，莫非她真已下定了決心？這兩個字看來是她親手所書，瞧這架勢，她練武應已有幾分進展了。但是她究竟為何要學武？當真是為了要替阿爺和大兄復仇麼？若要復仇，也有別的方法，單靠武力，又怎能成事？」

他見大門緊閉，便上前敲了敲門。過了一會兒，一人過來應門，門開一縫，卻是沈雒的婢女于沱。她是車夫于叟的小女兒，大娘沈雁婢女于洛的妹妹；姊姊于洛身形高䠷，面貌清秀，舉止文雅，為人細心，服侍沈雁極為妥貼；這妹妹于沱則是一張圓臉，為人憨厚老實，天真活潑，從小就跟沈雒玩在一起，沈雒因此將她留在身邊服侍。

于沱見門外竟是沈綾，不禁一怔，連忙行禮道：「二郎！」

沈綾問道：「二娘在麼？」

于沱有些猶豫，並不打開門，只道：「二娘……她正忙著呢。」

沈綾道：「不礙事，我在外廳等她便是。」

于沱仍不開門，壓低了聲音道：「不瞞二郎，二娘正在……正在讀書。她讀書時，命我不可讓任何人進苑打擾。」

沈綾心知小妹多半在練功，卻要婢女謊稱她在讀書，微微一笑，說道：「那我不打擾她，就在院子裡等候好了。」

就在這時，一團金色從門縫中倏地鑽出，直撲在沈綾身上，卻是他的愛犬金卷兒。自從沈綾離家後，金卷兒便跟隨沈雒住在知秋苑中，雖吃好住好，卻難免思念舊主；這時牠從後院聽見主人的聲音，聞到主人的氣味，頓時飛奔出來迎接，撲在他身上又舔又叫，猛搖尾巴，興奮不已。

沈綾見到金卷兒，自也極為高興，笑道：「乖狗兒，你都好麼？」他回家之後，便沒日沒夜地忙著裡外諸事，竟全然忘了金卷兒，心想：「我該帶牠回多寶閣跟我同住才是！」

金卷兒的三隻狗崽此時都已長大了，沈綾離去時牠們還小，早已不認得他，皆遠遠站著，不敢上前；直到沈綾笑著喚牠們近前，才一一被招呼撫摸。

沈雒雖在後院，卻聽見了金卷兒等狗兒們引起的騷動，高聲問道：「于沱，門外是誰？」

于沱只好回答道：「是二郎。」

沈雒在內喚道：「是小兄？快請他進來！」于沱這才打開門，讓沈綾進入苑中。

沈綾跨過門檻，通過一條青石板小徑，來到外廳；沈綾知道小妹原本長大後愈發便不喜花稍，這時她的屋中已然毫無裝飾，平實素淨至極，只在廳中角落放了許多刀棍沙包之類。

但聽小妹的聲音從後院傳來：「小兄，我在後院！」

沈綾信步來到後院，但見後院原本有個巨大的花圃，種植著菊花、牡丹、蘭花等各色花卉，這時整個花圃都被鏟平了，改成了適於練武的夯土地。沈雒獨立於後院當中，右手持著一柄短刀，正自揮舞，似是在演練一套刀法。

沈綾不懂得武術，但覺得看上去和賀秋的身法有點兒相似，心想：「小妹跟賀嫂學過一陣子武術，如今已有模有樣。卻不知她學的武術，和阿爺、大兄的武術有何不同？」

沈綾負手看了一會兒，沈雒練完了，收刀而立，轉頭望向沈綾，說道：「小兄。」神情甚是凝肅。

沈綾想起賀秋說她一心找胡三報仇，不禁暗暗擔心，但表面上只微微一笑，說道：「我不懂刀法武術，但妳舞刀時架勢十足，氣力充沛，看來練得挺不錯啊！」

沈雒將短刀放在刀架上，黯然搖頭，說道：「不，我練得不夠好。賀嫂說了，要想練好武術，第一得找到明師，而她自認並非明師；第二須得時時與人真槍實刀地打鬥，才能鍛鍊出真功夫。眼下家中只有秋姊姊能跟我對打，但她一來事忙，二來跟我對打時從不真正盡力，只靠我自己這般舞刀弄槍，進境有限得緊。」

沈綾「嗯」了一聲，不知該如何接口。

沈雒笑了笑，說道：「不說我的事啦。我還在想，你何時才會想起你的金卷兒，來這兒跟我討牠呢？」

沈綾伸手摸著金卷兒的頭，不禁好生愧疚，說道：「我回家之後，事情變化太大，尤其搬到大兄的多寶閣住下，竟然全忘了金卷兒！我若仍住在廚房旁的那隔間裡，定會想起牠、來妳這兒尋牠的。這陣子家中和總舖事情太多，我竟也是第一次來知秋苑探望妳。」

沈雒笑了笑，說道：「我當然知道你忙。」轉開話題，問道：「『沈緞』生意如何？」

沈綾跟她說了資金拮据、孫家四人插手經營、孫姑和大姊在總舖爭執不下，孫姑威脅要去盧家解除婚約好讓大姊嫁給表兄，以及自己今日剛剛為大姊造訪盧家，成功暫時維持婚約等情。

沈雒專注而聽，聽完之後揚起眉毛，惱道：「孫家都不是好人！住進我們家宅子，插手『沈緞』生意，還敢打大姊的主意，只為了貪圖他們自己的利益！」

沈綾嘆了口氣，說道：「大姊和我也是這麼想。但是礙於主母對孫姑萬分信任，一時也無法趕走他們。」

沈雒搖頭道：「大姊為了預防孫姑插手她的婚事，不得不維繫著與盧家的婚事，也實在太難為她了。」

沈綾道：「我明白大姊的心思，她對盧家的婚事其實早已死心，是否解除婚約，已毫無差別。然而為了抵禦孫姑逼嫁的威脅，她也只能同意暫且拖延下去。」

沈雒皺眉道：「阿娘病重，腦子更加糊塗了。我去探望過她幾次，她每回都念著要盡快替我找個人家、訂下婚事，又說一定要將家中財產全數留給我和大姊，一點兒也不給你。我勸她說，小兄是阿爺僅剩的兒子，家業不讓他繼承，世上哪有這種道理？我又跟阿娘說，小兄乃是家中最能幹之人，往後『沈緞』的生意都得靠他撐持了，不讓他接手生意，那不是自掘牆根麼？」

沈綾微微一呆，心想：「小妹整日在家中練武，想不到對家事仍有主意。」說道：「妳太抬舉我了。我年紀輕輕，經驗也不足，實在不知道自己能做多少事兒。要我撐持起家業，那是談何容易？」

沈雒對他調皮一笑，說道：「你當然成。咱們家四個子女中，最聰明的就是你了。」她臉色一黯，又道：「然而阿娘就是不聽。我勸了她許多回，每回她都大發脾氣，最後我只好不說了。總之，小兄，你別理會阿娘，沈家家業自然歸你，『沈緞』也得靠你經營，你一丁點兒也不必猶疑。」

沈綾一哂，說道：「主母自然不會聽妳的，妳也別再為了我而惹她不快了。」又道：「這陣子我和大姊為了維持『沈緞』經營，忙得不可開交，但盼能撐過這段時日再說。」

沈雒忽然轉開話題，望著沈綾，說道：「小兄，我有另一件事，一直想跟你提。」

沈綾見她神色嚴肅，便也正色道：「小妹請說。」

沈雒問道：「你對你的阿娘，可有絲毫印象？」

沈綾微微一呆，沒想到她會突然提起自己的母親，搖頭道：「一點兒也沒有。我聽他們說，我阿娘在我出生不多久後便死去了。」

沈雒搖頭道：「不是這樣的。我問過了賀嫂和喬廚娘，她們都認為你阿娘並未死去，應當只是離開了沈家。」

沈綾十分驚詫，說道：「小妹，這是真的麼？妳又為何……為何會問起關於我阿娘的事？」

沈雒聳聳肩，說道：「最初只是好奇罷了。有日我留意到，從小到大，宅裡不管是家人或是奴僕，從來沒人提起過你阿娘的事。我原本以為那是因為我阿娘禁止奴僕提起，後來好奇詢問之下，才發現僕婦奴婢們對你阿娘的印象非常模糊，我若不提起，他們便甚麼都不記得，甚至連她的容貌衣著都記不清楚。然而他們都很確定，你阿娘確實在家中住過一段時日，卻又似乎從來不曾……不曾真正見過她。」

沈綾心中一凜，想起了自己自幼便擁有的「隱身」之能，心中暗暗起疑：「莫非我阿娘和我一般，也能讓人見不到她？」追問道：「他們說了些甚麼？」

沈雒於是對沈綾複述了賀嫂和喬廚娘的言語，最後說道：「唯一能確定的是，那回阿爺出門做生意，只有賀大跟隨；後來你阿娘跟著阿爺一道回家，那時已懷了你。回家後沒有宴客，據說酒禮已在外地辦過了。賀嫂後來跟我說，阿爺那回應該是去南洋做生意，他們坐船出海，停靠了好幾個島嶼，造訪了許多古怪的王國。因此我猜想，你阿娘可能來自南洋。」

沈綾聽了，心中驚疑不定，多年來他一直未曾多想關於生母之事，左思右想一陣，才點點頭說道：「小妹，多謝妳跟我說這些事。妳若不提，我根本不會想起我阿娘，也不會去探問關於她的事。我一直以為……以為她很早便離世了。」

沈雒微微一笑，說道：「不必謝我。」她坐直了身子，又道：「小兄，你和大姊知道我跟賀嫂學武後，想必好生擔心。其實沒甚麼好擔心的，我懂得照顧自己。我之所以勤練武術，只是不知道自己還能做些甚麼別的。我們三個都想爭一口氣，都想有朝一日報阿爺和大兄的仇；你們一心振興經營『沈緞』，而我勤練武藝，以求自保，可說是各自努力吧！我有自知之明，知道自己這點兒三腳貓的把式，只怕連宵小流氓都打不過，當然不會莽撞地去做甚麼傻事。」

沈綾吁了一口氣，說道：「小妹，聽妳這麼說，我就放心了不少。妳答應我，做任何事之前都必須先跟我或大姊商量，絕不可單獨輕率行事，好麼？」

沈雒點了點頭，露出俏皮的微笑；這時她已有十二歲，面貌越來越似其姊，明豔秀麗中更多了幾分英氣。她走上前，伸手握住了沈綾的手，說道：「小兄，我答應你。但你也要答應我，絕對不可放棄家產，也不要離開家裡、拋下我們。好麼？」

沈綾也緊緊回握了她，心頭一熱，說道：「我答應妳。」

沈雒聞言，甚是歡喜。她喚侍女于洛點起油燈，拉著沈綾去隔壁桑園中的蠶舍看蠶兒，指點評論今年的新蠶；之後兄妹倆回到沈雒自行改名為「崇武居」的住處，談著絲綢，談著大姊，談著家中人事，談著沈綾在南方的見聞，談著沈綾心儀的王十七娘，談著往事和未來。直至夜深，沈綾才向妹妹告別，帶著金卷兒回到多寶閣，三頭小狗自幼隨沈雒長大，更熟悉沈雒，便留在了崇武居。

此後金卷兒便和沈綾一起住在多寶閣中，劉叟和小奴雖嫌棄狗兒骯髒麻煩，但在沈綾的賞銀和日益增加的威嚴下，自也不敢抱怨。金卷兒和往年一般，總睡在沈綾的榻旁，警醒勤懇地替他守夜。

自孫姑一家搬入沈宅、插手「沈緞」經營以來，已過了數月。七月初時，李大掌櫃、沈雁、沈綾和孫姑四人在「沈緞」總舖聚首，討論出售新貨、催收欠帳和出清舊貨的進展。

李大掌櫃對沈綾讚不絕口：「二郎這幾個月來勤訪主顧，收回了超過一半的欠帳，委實不易！我等平日派伙計去催收欠帳，十分裡往往收不到一分；二郎不但成功收回了一半欠帳，還出清了十萬兩的存貨，咱們未來半年的周轉已不成問題了！」

沈雁早已知道沈綾的成果，心中也甚為弟弟得意，微笑道：「可辛苦了綾弟。三個月內售出十萬兩的存貨，著實不易！如今桑園、絲坊、織坊和染坊的工資都付得出，今年生產新貨便不是問題了。」

孫姑在旁聽見了，心中酸溜溜的，說道：「將些舊貨賤價賣出，那有甚麼難的？誰不會啊？」

李大掌櫃和沈綾都不搭話；沈雁低頭看看帳本，才望向孫姑，慢慢地道：「孫姑說得甚是。這三個月來，兩位表兄花了超過五千兩銀子，宴請許多大主顧家中子弟，不知售出了多少新綢，又入帳了多少？」

李大掌櫃、沈雁和沈綾都望向孫姑。孫姑見了他們的臉色，知道他們怪罪自己的兩個寶貝兒子花了不少銀兩請客，卻連半分銀子的進帳都沒有，心中有些發虛，但仍強硬地說道：「我可沒說錯！二郎挑了最容易的活兒去做，將最困難的活兒派給我兒。這誰看不出來？實在太不公允了！」

沈雁神色平靜，緩緩地道：「孫姑，分派給兩位表兄的任務，可是經過妳同意並大力贊成的。誰知兩位表兄雖盡力宴飲吃喝，卻一分買賣也沒做到，確實令人出乎意料。」

孫姑聽她語帶譏刺，怒火頓起，一拍几案，喝道：「總之是不公允！輕鬆容易的活兒，都給了二郎；辛苦難辦的，便推給我家兄弟。李大掌櫃，你倒是給個說法啊！」

李大掌櫃咳嗽一聲，說道：「我陪著二郎造訪了百多家主顧，一一勸說求懇，看了不少臉色，吃了不少閉門羹。老實說，這活兒絕對說不上輕鬆容易。二郎年紀輕輕，卻甚有決心毅力，三個月來馬不停蹄地低頭拜訪各戶，就算沒有功勞，也有苦勞。」

孫姑無言可對，氣得漲紅了臉，怒喝道：「你們這夥人，全都故意偏向二郎！我這就跟弟妹說去，讓她來主持公道！」說著便氣沖沖地抓起外衣和包袱，奪門而出。

沈綾輕嘆一聲，始終沒出聲。

沈雁望向他，說道：「綾弟，你倒說句話啊！怎能任由孫姑如此欺壓你？」

沈綾望向大姊，苦笑道：「大姊應當知道，在孫姑面前，我說甚麼都不是，還是不說話得好。」沈雁無言以對。

沈綾望向李大掌櫃，問道：「請問李大掌櫃，阿爺過身後，他所有的『沈緞』份兒便暫由主母掌管，是麼？」

李大掌櫃點頭道：「正是。」

沈綾又問道：「阿爺原有四分之一，主母原有十分之一，那就是三成五了。大兄擁有的四分之一，如今需歸給沈氏宗族；胡三和孫姑各有一成，其餘二成則分散在八位掌櫃手中，對麼？」李大掌櫃又點了點頭。沈綾道：「既然如此，那麼主母和孫姑一共擁有四成五，乃是『沈緞』最大的東主。主母的意思，便足以決定『沈緞』所有事務了。」

李大掌櫃和沈雁都靜默下來。「沈緞」份兒的內情，他們自然都清楚得很，也都知道羅氏不讓沈綾繼承沈家和「沈緞」產業的心意堅決無比，絕不會動搖。

第三十九章　宗族

就在與孫姑聚會的數日後，沈雁忽然叫上弟弟沈綾，匆匆來到李大掌櫃在總舖的室中，說道：「事情不好了！」

李大掌櫃見大娘神色倉皇，一皺眉頭，連忙起身關上房門，讓姊弟坐下來，說道：「怎麼回事？大娘請說。」

沈雁喘了口氣，說道：「我見孫聰出門數日不歸，心中起疑，一問之下，才知道他去了南方！」

李大掌櫃和沈綾對望一眼，沈綾道：「莫非是為了爭取大兄的份兒？」

沈雁點頭道：「正是。我聽說，孫姑派了孫聰去建康面見二叔，試圖說服他同意將大兄歸給宗族的那四分之一份兒轉給孫姑代理。她若取得那四分之一份兒，再從阿娘手中獲取一些，『沈緞』可就真的成為他們孫家的了！李大掌櫃，我們該如何阻止才是？」

李大掌櫃性情沉穩厚重，處變不驚，這時他輕輕撥動算盤上的算珠，緩緩說道：「東家娘子應當不會輕易讓出她手中的份兒。然而眼下情勢不甚樂觀，倘若……」他不再說下去，但沈雁和沈綾自都知道，他的意思是倘若羅氏一病不起，那麼一切就要看她立下的遺囑了。

沈綾直接將話說明了，說道：「主母倘若惑於孫姑的言語，立下遺囑，將份兒全數遺留給孫姑，那麼……」

沈雁不禁大怒，拍案道：「我們家的財產已被那姓胡的強佔去了一大部分，如今孫姑竟也來插手橫奪！」

李大掌櫃輕輕嘆了口氣，說道：「大娘，容屬下說句逆耳之言。假若妳已嫁入盧家，但因擔心『沈緞』經營旁落，積極介入『沈緞』事務，那麼說到底，妳究竟是為了沈家，還是為了盧家呢？」

沈雁靜默一陣，才道：「我既尚未出嫁，那麼此刻所做的一切，當然都是為了沈家。未來我若出嫁了，便不應插手沈家之事，以免招人閒話。」

李大掌櫃道：「北方規矩，女子即使出嫁了，仍能參與娘家事務。孫姑此刻在東家娘子的授意下，回沈家處理事務、插手『沈緞』，可說名正言順，並無不當之處，很難指責她意在替孫家謀奪沈家財產。」

沈雁心知李大掌櫃說得有理，點了點頭，不再爭辯，長長嘆了口氣。

沈綾道：「依我猜想，主母應當不至於將自己的份兒轉給孫姑和孫家眾人。她若立下遺囑，定會將她手中的份兒一半給大姊，一半給小妹。」

沈雁疑惑道：「只將財產遺留給女兒，這在大魏律法可行麼？」

李大掌櫃道：「大魏男女平重，自然可行。但我等須得確認東家娘子是否曾立下遺囑，遺囑中又是否將手中的份兒平分給兩位小娘子。」

沈雁道：「我今夜去探望阿娘時，或可設法探問此事。」但又想母親病重，子女在探病時詢問遺囑和財產分配，實為不孝之舉、不祥之兆，於是搖了搖頭，說道：「還是不成，此事不宜在阿娘病情不穩時探問。」李大掌櫃和沈綾明白其中難處，也都搖了搖頭。

李大掌櫃道：「大郎歸給宗族的份兒不在少數，更為重要，須得謹慎處理。」轉向沈綾，問道：「二郎，你怎麼看？我從未見過沈拾郎君，也不知他和孫姑的姊弟情誼如何。東家往年曾說過，他的二弟在南方讀書作官，向來不喜經商等俗務，更不願沾惹絲綢事業，或許會聽信孫姑之言也說不定。你在建康沈家待過一陣子，以你看來，沈拾郎君將如何處理此事？」

沈綾搖頭道：「我也說不準。二叔是讀書作官的人，對絲綢生意十分陌生，對經商買賣也頗為輕視。孫姑早年孤身北來投靠我阿爺，二叔原本是不贊成的，後來孫姑在北方嫁得甚好，日子也過得不錯；我聽從兄弟們說起過，幾年前孫姑曾帶了姑夫和兩位表兄回返南方，舉止招搖，彷彿蓄意向二叔炫耀自己的財富。二叔頗感不悅，對這個阿姊的重商愛財甚為不齒。倘若孫姑對二叔提出要求，將大兄歸於祖產的四分之一『沈緞』份兒交由她處置，我想二叔為了省事兒，免得她煩擾不休，加上自己無心介入生意經營，很可能會答應她也說不定。」

沈雁大為擔心，說道：「她若取得大兄的份兒，往後我們可就再也制不住她了！」

李大掌櫃仍舊望著沈綾，說道：「二郎，我認為你應當去一趟建康，親自向沈二郎君剖析此事。你說如何？」

沈綾沉吟不決。

李大掌櫃道：「東家派到南方主事的洪掌櫃，是個厚實可靠、精明勤懇之人，東家生前對他極為信任。沈二郎君做出決定前，多半會請問洪掌櫃的意見。洪掌櫃若願意替你說話，請沈二郎君將大郎的份兒轉移給你，那麼事情就容易得多了。」

沈綾搖頭道：「轉移給我？二叔只怕不會同意。」

李大掌櫃道：「沈二郎君是讀書人，或許更重視宗族禮法。二郎即使並非嫡子，但按照南方的禮法，仍是沈家家產的唯一繼承人。雖說南北都以嫡長子繼承所有家業，但我聽聞南方習俗較不區隔嫡庶，倘若沒有嫡子，庶長子便可代替嫡子之位。二郎若如此與沈二郎君分說，他應當不會反對才是。」

沈雁望著弟弟，說道：「阿綾，我也認為你該去一趟建康。二叔若只聽孫姑一面之辭，做下的決定不免偏頗。」

沈綾在南方待了將近三年，但在祖宅中的大半時日，便只是跟著從兄弟們一起讀書起居；二叔乃是沈家在建康祖宅的大家長，性情威嚴肅穆，所有晚輩在他面前都畢恭畢敬，大氣也不敢透上一口。有時二叔來書房巡視，見到哪個子弟不認真，便當面喝斥，聲色俱厲，許多小輩往往被他嚇得全身發抖，臉色蒼白。

沈綾想起那段往事，也不禁有些躊躇。他雖已在洛陽「沈緞」任職大半年，閱歷大增，但也不過十三、四歲年紀，在二叔面前仍是個後生晚輩，很難想像自己如何能夠跟二叔平起平坐，商談亡父和亡兄的遺產安排。

李大掌櫃似乎明白他的擔憂，鼓勵道：「二郎，沈二郎君雖是你的長輩，但在北方沈家，你此刻可是名正言順的一家之主。若你能端起這股氣勢，拜訪時又不失晚輩禮節，沈二郎君想必會以禮相待的。」

沈綾只能硬著頭皮，說道：「好吧，我便盡快去一趟南方，拜見二叔，商討如何處理大兄的遺產。」

沈雁和李大掌櫃都露出喜色。李大掌櫃道：「最好帶了冉管事或喬五一起。」

沈綾會意，冉管事主理家中大小事務，包括家族帳目和書信往來等，而喬五則是父親沈拓生前的親隨，這二人可說是父親當年的左臂右膀，二叔應當知道這兩人的份量；他們其中一人若跟隨他去，便能彰顯他身為洛陽沈家之長的地位。

三人商討之下，認為冉管事對羅氏十分忠心，大約不會盡心助沈綾爭產；而羅氏此刻病重，家中諸多事務全靠冉管事打理，難以分身，因此決定只讓喬五跟隨沈綾南下。

出發之前，沈綾找了喬五來自己所居的多寶閣，和顏悅色地道：「喬五叔，你往年對阿爺忠心耿耿，時時跟隨阿爺出遠門，跋山涉水，風塵僕僕，實在辛苦了。」

喬五是個老實人，連忙道：「不辛苦、不辛苦！能跟在主人身邊服侍，是老僕的榮幸。」

沈綾凝視著他，說道：「喬五叔，眾多家人之中，應該數你最明白阿爺的心思。因此我很想聽聽你的想法，對我此刻的處境，又有何建議？」

喬五唯唯諾諾一陣，最後在沈綾直勾勾的注視下，終於嘆了口氣，說道：「二郎，你說得是。老僕跟隨主人日久，除了賀大之外，主人往年最放心的奴僕應當就數我了。我很清楚，主人生前屬意讓大郎繼承『沈緞』，如今大郎不在了，主人自然會希望由二郎來繼承。」

沈綾聽他這麼說，暗暗鬆了口氣，心想：「至少他並非站在主母那邊。」於是說道：「不瞞你說，我打算南下建康，試圖說服二叔和沈氏宗族將大兄遺下的份兒轉給我。如此作法，不知你是否支持？」

喬五拍拍胸脯，說道：「老僕當然支持二郎了！畢竟這是主人生前的願望，喬五自當盡力幫助二郎取得大郎的份兒，繼承沈家和『沈緞』。」

沈綾點點頭，坐起身向喬五拱手為禮，說道：「多謝喬五叔！我此番南下，許多事情都須倚仗喬五叔指點，方有成功之望。如此有勞喬五叔了！」

喬五連連搖手，說道：「二郎千萬別這麼說！這是喬五該做的，老僕一定盡力。」

兩日之後，沈綾帶上了阿寬，在喬五的陪伴下，啟程南行。因旅者只有三人，又未攜帶財貨，因此輕車簡行，取道潁水。沈綾來到潁水橫波渡口旁，知道這便是父兄遭難之處，特意在此停留一陣，流淚祭拜。

一路無話。抵達建康城後，沈綾和喬五討論，決定先去「沈緞」鋪頭拜見洪掌櫃，再去沈氏祖宅；沈綾同意了，於是入城後便先赴建康「沈緞」鋪頭。

沈綾離開建康之時，只是個地位甚低的沈家庶子兼學徒；此番歸來，卻成了沈家繼承人兼「沈緞」新東家，身分已是天壤之別。洪掌櫃十分重視規矩禮數，在沈綾的馬車到來之前，便率領了十五名伙計學徒列於絲舖門外，垂手肅立，迎接新東家。建康城居民從未見過這等排場，路人都不禁側目，也有好事者圍在一旁觀看，指點議論。

當沈綾的馬車來到舖前時，見到洪掌櫃和一眾伙計列隊相迎，也不禁一怔；他才跨下馬車，洪掌櫃和伙計們便齊聲道：「恭迎東家！」

旁觀路人見下車的「東家」是個十多歲的少年，都交頭接耳，竊竊私議起來。

沈綾臉上一熱，上前和洪掌櫃見禮，又和熟識的一眾伙計學徒打招呼，最後對洪掌櫃低聲道：「何須擺這排場？」

洪掌櫃露出微笑，說道：「回二郎的話，我不是教過你麼？這正是『沈緞』的規矩啊！」

沈綾想起父親往年造訪洛陽總舖時，李大掌櫃每回都率領伙計學徒列隊迎接，心想：「我怎能和阿爺相比？」這時只能點點頭，說道：「進去說話吧。」阿寬提著包袱，跟在他身後。他是自幼在北方長大的漢人，第一次來到南方大城建康，不禁大感好奇，東張西望；喬五在他身後咳嗽一聲，阿寬才趕緊收回目光，快步跟隨沈綾跨入絲舖。

洪掌櫃將沈綾和喬五迎入帳房，問起主人和大郎遇難之事，不禁唏噓落淚；又問起北方「沈緞」的情況，沈綾告知因收不回存放於胡家的近百萬銀兩，一度周轉拮据，幸而有洪掌櫃讓他帶上的三萬兩銀子，才度過難關，特意代大姊和李大掌櫃向洪掌櫃致謝。

洪掌櫃連忙推辭道：「何須謝我？這是屬下份當所為。」

他問起沈綾的來意，沈綾告知根據大魏律法，大兄因無子嗣，遺下的持分應歸於祖產，而孫姑打算勸二叔沈拾將大兄的持分轉予她代理等情。

洪掌櫃沉吟道：「依屬下所知，大郎的產業位於北方大魏境內，不歸大梁律法管轄。要將大郎遺下的份兒轉歸祖產，須得兩國官府批准蓋印，手續繁複，耗時費日，不花上兩、三年，絕對無法完成。因此依我之見，二郎應在遺產轉移開始之前，便盡早去與沈二郎君談妥此事，盡快中止大郎的遺產轉移，直接將大郎在大魏的持分轉到二郎名下，那就好辦得多了。」

沈綾甚感驚訝，說道：「洪掌櫃，你也支持將大兄的份兒轉給我？」

洪掌櫃笑道：「當然支持了！當年東家派我來南方開設絲舖，特意囑咐我多加照顧你，我就知道他老人家對你寄望極深。而你在我舖中做了三年學徒，認真勤快，比大郎當年只有更加出色。我當然支持二郎繼承家業，將『沈緞』發揚光大。」

沈綾遲疑道：「然而，二叔會同意麼？」

洪掌櫃沉吟道：「這就難說了。我認為二郎去見沈二郎君時，應當如此相勸：東家和大郎不幸遇劫喪命，沈家正面臨極大的困境；東家娘子出身鮮卑氏族，雖然熟悉『沈緞』生意，但不重視漢人禮法，而且又纏綿病榻，難以管事。當今之務，乃是讓沈家第二代早日開始接手家業，因此必須讓你名正言順地成為洛陽沈家家長，以及『沈緞』的繼承人。然而東家去得急，持分的問題並未解決；如今東家娘子手中有三成半，而你手中一丁點兒也沒有，若將大郎的持分轉讓給你，那麼你至少有四分一的份兒，進入『沈緞』管事，那就順理成章了。」

沈綾聽了這番話，與自己事先所想不謀而合，不禁點了點頭。

洪掌櫃又道：「沈二郎君若來詢問我的意見，我自當主張及早將大郎的份兒轉給你，免得沈家在北方因爭產而喧鬧不休，甚至對薄公堂，更生紛擾，對沈二郎君在南方的名聲也不好。」

沈綾心下甚是佩服，暗想：「洪掌櫃在南方待了三、四年，便將南方讀書作官人的心思摸得十分透徹，知道他們注重禮法，不懂生意，而且最怕訴訟糾紛，損害名聲。」說道：「洪掌櫃說得極是，我這就去拜見二叔。」說著望向喬五，說道：「喬五叔，我們去沈氏祖宅吧。」

喬五卻道：「二郎，雖是自家親戚，但在禮數上，我們還是該先投個名帖，讓沈二郎君知道你就將到訪，好預做準備。」

沈綾遲疑道：「我身為晚輩，拜訪家族之長，投名帖豈不是太過生疏了麼？」

洪掌櫃道：「南方人注重禮數，四年前東家初次帶大郎和二郎來建康時，也是先給沈二郎君投了名帖，才登門造訪的。二郎此番造訪沈家老宅，身分已是北方沈家家長，與往年大不相同了，自當遵照東家當時的作法才是。」

於是沈綾聽從喬五和洪掌櫃的建議，先寫了名帖，讓阿寬送至沈家祖宅給二叔沈拾，告知自己將於次日午時造訪。

拜訪當日，果如洪掌櫃所料，沈拾親自在門口迎接，極為鄭重。沈綾見了，大感受寵若驚，但在喬五的叮囑下，擺出成人的架勢，維持著從容的神情，向二叔恭敬跪倒，揖拜為禮，口稱：「二叔！」但想起父兄新喪，家事紛擾，在與父親一般的長輩面前，突然忍不住悲從中來，流下眼淚。

沈拾見他真情流露，也大為感動；他並不在乎沈綾是否庶出，也不在乎他此刻在洛陽沈家的地位，在乎的是他對父兄有著孝敬孺慕之心。沈拾見他哭得悲傷，心腸頓時軟了，自己也老淚縱橫，俯身將他扶起，說道：「侄兒快起！」

沈拾請沈綾入廳坐下，問起沈拓和沈維的喪事、主母羅氏的病況等。沈綾勉強收淚，一一回答，言語誠摯，條理清晰。沈拾見這孩子年紀雖輕，卻親身參與主理喪事，對主母羅氏的病情也瞭若指掌，回答得極為得體，暗暗點頭，心想：「我原本覺得這孩子個性謹小慎微，又太熱衷生意之道，不是個可教的後生。但如今看來，他重情知禮，或許正適合繼承他阿爺的家業。」

他問起沈綾來意，沈綾只能硬著頭皮，說道：「侄兒此番來訪，除了向二叔稟告阿爺大兄喪事外，還有件事想請求二叔應允相助。」

沈拾道：「你說吧。」

沈綾於是說了「沈緞」持分的困境，請求二叔同意將大兄的持分轉讓給自己等情。

沈拾聽完後，沉吟半晌，說道：「關於大郎留下的持分，我阿姊孫姑已派外甥聰兒專程來了一趟，與我談論過了此事。他還特意帶了一筆錢，說是要捐作祖產。」

沈綾心中一動，問道：「不知大表兄帶了多少銀兩捐予祖產？」暗暗著惱：「這筆錢絕對不是出自孫家的腰包，肯定是他們從家中或是總舖偷取挪用的。」

沈拾如實答道：「五千兩。」

沈綾點點頭，又問道：「不知二叔如何想？」

沈拾道：「我告訴他，事關宗族財產，我一個人無法定奪，須得召開宗族大會，方能做出決定。」

沈綾聽了，心想：「召開宗族大會，曠時日久，只怕更要夜長夢多。」於是問道：「二叔身為沈氏家長，自當秉公處理此事。請問依照沈氏的規矩，財產是傳女呢，還是傳子？」

沈拾道：「不只是沈家規矩，按照大梁律法，財產自然都是傳子不傳女。」

沈綾問道：「依我所知，大梁律法明定財產應全數傳給嫡長子；若無嫡子，那麼便當傳給庶子，是如此麼？」

沈拾摸著鬍鬚，說道：「正是。南方嫡庶之分，不若北方嚴格，倘若沒有其他嫡子，那麼家產自當由庶子繼承。不論在律法或宗法上，侄兒都不須擔心，沈氏宗族長輩們應當會同意將大郎的份兒轉移給你。」

沈綾暗暗放心，問道：「請問二叔，宗族大會將於何時召開？」

沈拾道：「沈氏的宗族親戚散居於南方各地，不易召集。恰好明年正月有個三年一度的宗族大會，將於建康沈氏祖宅的祠堂舉行，最好在那時討論此事，並做出決定，要再早也不容易了。」

沈綾聽了，心想：「此時才七月，要等到明年正月，還有大半年。不如我先回洛陽，明年正月再南來一趟。」於是說道：「如此甚好。請問二叔，屆時侄兒應當在場，參與聚會麼？」

沈拾道：「宗族親戚不清楚北方沈家和『沈緞』的狀況，你若能在場向眾位親族長輩解釋分說，自是最好不過。」

沈綾答應了。叔侄又談了一陣，沈綾才告辭離去。他回到建康「沈緞」總舖後，便將二叔的言語告訴了洪掌櫃。

洪掌櫃沉吟道：「明年正月麼？那也算快了。只擔心宗族大會上人多口雜，若無法做出決斷，卻又如何？此事很可能變得曠日費時，拖延無期。」

喬五則道：「更要擔心孫姑預先打點了宗族們，許給了他們點甚麼好處，讓他們支持她，同意讓她代管大郎的份兒。」

洪掌櫃搖頭道：「北方女子可以拋頭露面，當家作主，在南方可萬萬不行。南方婦女大多居家不出，甚少露面，除非窮苦人家，不然女子極少在外打理生意。孫姑想說服宗族讓她接管大郎的份兒，我想他們不會同意的。」

喬五道：「然則孫姑人在北方，南方親戚明白南北風俗殊異，倘若拿到了實質的好處，那麼仍大有可能依她的意思去做。」

沈綾想了想，說道：「我原本想先回洛陽，明年初再南來參與宗族大會。如此看來，這半年我或許該留在此地，防止孫姑賄賂宗族，並試圖說服宗族將大兄持分轉移給我。兩位以為如何？」

洪掌櫃道：「宗族大會若於明年一月舉行，那麼屬下認為二郎確實應當留下，利用這半年的時光，盡力遊說長輩，並親身參與一月的宗族大會。沈氏宗族親戚們見到你年紀雖輕，卻行事穩重、進退有度，定能放心將大郎的份兒轉移給你。」

沈綾點點頭，說道：「如此甚好。我這就寫信回洛陽，告知大姊和李掌櫃，我將在南方留到明年年初。」

沈綾想起自己上回離開建康之前，曾依照小妹沈雒的建議，請蠶娘改變蠶兒的餵食方法，想看看織出的絲綢是否更加輕薄細柔，更符合南方人的喜好。於是他向洪掌櫃問起新絲的情況，洪掌櫃甚是開懷，笑道：「極好、極好！我們依照二娘建議的方法餵食蠶兒，蠶兒吐出的絲果然更加細膩，織出的布雖較不禁用，但確實柔軟順滑，光彩照人。我們從今年開始，便全都轉用新絲了。二郎想瞧瞧麼？」

沈綾聽了，大感興奮，說道：「那當然了！我可以此刻就瞧麼？」

於是洪掌櫃引他來到舖頭後的貨倉，取出新製的絲綢，讓沈綾品鑑。

沈綾用手拾起，那絲帛竟如水一般直直滑下他的手掌，不禁點頭道：「好！光滑柔軟，當真如水一般！」又細細觀察織工和顏色，說道：「顏料入絲極深，見不到半點未染著之處。」

洪掌櫃道：「由於絲細，因此較易入色，而著色之後，絲身更具光彩；就是絲太滑了，織時絲線容易溜脫。織娘說道，機杼須得夾緊些，才能不停地織下去，不然很快就得重新穿絲了。」

沈綾點頭道：「做成過衣衫麼？」

洪掌櫃點頭道：「當然做成過；冬暖夏涼，十分好著。我命人給二郎做了幾件，不如請二郎試穿看看？」

沈綾喜道：「那太好了！」

洪掌櫃讓伙計取出幾件衫褲袍服，都是按照沈綾的身材做的。沈綾穿在身上，但覺觸膚細滑，透風清涼，果然極為舒適。然而沈綾回洛陽大半年，又長高了不少，給他縫製的衣衫短小了些，洪掌櫃見了，連忙讓裁縫重新度量沈綾的身材，趕緊加寬加長。

沈綾心想宗族大會至少在半年之後，籌思：「我在建康閒著也是無事，不如去見一見南方的大主顧。」於是他跟洪掌櫃提起這個想法，洪掌櫃建議他拜會「沈緞」現有的主顧，拉近關係，沈綾卻道：「那些老主顧都是你一手建立起的關係，我去拜訪他們，不過是錦上添花。我既然來到建康，就該去拜訪那些尚未成為主顧的人家，試圖開源拓業。」

洪掌櫃遲疑道：「建康許多人家仍堅決不買我們『沈緞』，如此上門拜訪，只怕不會受到禮遇。」

沈綾笑道：「我可不期待甚麼禮遇！我在洛陽拜訪了上百戶人家，一家家懇請他們清償欠債，白眼受得可多了，早就習慣啦。」

他讓洪掌櫃列出建康城中官宦富商之家的名單，計畫一家家去拜訪。沈綾在洛陽時曾花了三個月拜訪幾百戶人家，應對生面孔早已駕輕就熟，毫不畏懼；他知道沈家做的是絲綢生意，自己的穿著打扮十分重要，於是挑了一件洪掌櫃替他量身訂做的漢式長衫，用的是以新絲織成的寶藍團花吉祥紋綢綾，帽子和頭巾則以洛陽「沈緞」所產、較為厚重的天藍精緞所製。打扮整齊後，才隨洪掌櫃一起坐馬車，先去拜訪一戶姓趙的人家。

趙家乃是官宦之家，雖非南方大姓，但在建康城中地位頗為尊貴。抵達之後，只見出來接待的是個中年管事，穿著一身素淨布衫。沈綾見了，心想：「這趙家雖是作官的，但衣著樸素，連管事都只穿棉布衣衫。或許南方不興平日便穿絲著綢？是因為價錢太昂貴，還是無此習俗？」

趙管事向沈綾上下打量了幾眼，拱手說道：「恭迎沈二郎光臨敝舍。小人趙貴，乃是趙宅的管事。主人和主母事忙，囑小人負責待客。」命僕役奉上茶來，卻不等沈綾喝完一盞茶，便讓僕役送客了。

沈綾吃了個閉門羹，甚感沒趣，當日又拜訪了三家，也是一般拒人於千里之外，不但見不到家中主人，連內堂都進不去，只在門房坐坐，便被請了出去。

洪掌櫃安慰他道：「二郎別放在心上。南方人注重禮數，但不講情面，對陌生人尤其防範森嚴。」

沈綾苦笑道：「確實如此。看來要取得南方大戶人家的信任，還得花上一番工夫。我們回去吧，過幾日再來拜訪今日造訪過的幾家，帶上幾疋上好的秋冬絲綢，我要再試一次。」

洪掌櫃應了，心中卻想：「連日拜訪，只會繼續遭拒，又有何用？」建議道：「二郎，不如你去拜訪王家十五郎，從他那兒入手？」

沈綾想了想，搖頭道：「我和十五郎不過是童年時一塊兒弄犬宴飲的友伴，這回再來建康，是打算做長遠的正經生意，便不能單靠他這條路子。等我做成了幾筆生意後，再去找他不遲。」

洪掌櫃甚感不以為然，說道：「南方人就是看情面、講關係，識得王家子弟，乃是個大好的門路哪！只要亮出自己和王十五郎的交情，那就誰也不敢拒你於門外了。有這麼一個絕佳門路，卻不加利用，豈不可惜？」

沈綾卻執意不肯，說道：「我們再試試。要真不成，我再去造訪十五郎吧。」說這話時，他腦海中卻浮起一張秀麗的臉龐，鼻中彷彿聞到一股淡淡的幽香，憶起了十五郎的胞妹十七娘。自從家中生變後，他忙於處理父兄喪事、接手洛陽絲綢生意，已有許久未曾想起她。這時忽然憶起她來，不禁感到胸中一陣隱隱發痛，一股難言的惆悵瀰漫心頭：他知道自己此生就算有緣再次見到她，也不該亦不能有任何想望。

第四十章　王謝

幾日之後，沈綾和洪掌櫃再次造訪趙家，出來接待的又是那位趙管事。這回他臉色更加難看了幾分，冷冰冰地道：「沈二郎再度來訪，不知更有何事？」

沈綾笑吟吟地回禮說道：「好說，好說。貴府主人貴人事忙，小子怎敢不知好歹，連日打擾？今日來訪貴府，是想給趙管事送上幾疋『沈緞』新製的上好貨，供諸位挑撿裁用。」說著向案上的絲綢樣本一攤手。

趙管事望向那幾疋色彩花樣新穎、質地精緻的絲綢，皺起眉道：「沈二郎一番好意，小人只能心領了。如此貴重之物，小人當然不能收留。」

沈綾笑道：「這怎是貴重之物？說實話，『沈緞』在北方洛陽城中確實屬於上好的貴重之物。每當『沈緞』一出新貨，城中高官貴宦、巨賈富室皆不惜重金，爭相搶購。然而在南方，我們『沈緞』不重華麗奢侈，而重輕便涼爽，價廉實用，最適合管事家中的娘子和小娘子們剪裁製衣了。」

趙管事聽他這麼說，懷疑道：「你說價廉，這一疋要多少銀子？」

沈綾道：「今日帶來的樣品是贈送給管事的，不收任何費用。倘若有意添購，那麼一疋只要五十錢。」

趙管事驚道：「五十錢？當真如此價廉？」

沈綾笑道：「當然是真的。『沈緞』在建康城外有數十頃桑園，十餘座絲坊、染坊和織坊，大量生產絲綢，自然價廉了。」又道：「這五疋是去年剩下的貨，因此價錢就更低了些。洪掌櫃告訴過我，趙管事多年來十分照顧我們的生意，因此我特意來訪，將這五疋絲綢贈予閣下。若是覺得不便收下，那我便收您成本價二百五十錢便是。」

趙管事望著那五疋精美的絲綢，不敢相信只要二百五十錢，心中不禁暗起貪念：「不如我買下了，讓妻女拿去做幾條衣裙，倒也不壞。」於是露出笑容，拱手道：「那麼我就不推辭了。無功不受祿，這些我定得出錢買下。」

沈綾笑道：「那沒問題。趙管事的親戚朋友若有需要，我們舖頭裡的貨還多著呢。趙管事儘管說，我再替您送來。」

趙管事謝了，數了二百五十錢給沈綾，歡天喜地地送走了二人。

才出門，洪掌櫃便皺眉道：「二郎，二百五十錢可是大賤賣，只賣給趙管事幾疋也就罷了，怎能讓他告知親朋好友呢？以這個價錢出售，我們可是大大虧本啊！」

沈綾道：「北方仍累積了大量存貨，須得趕緊清一清。我已寫信給李大掌櫃，請他派人將十車的舊貨盡速運送到建康來。待趙家女眷見到趙管事的家人穿上『沈緞』，定會向他詢問，到時我們賣給趙家的絲綢，自然就不是這個價錢了。」

洪掌櫃擔憂道：「但也不能貴太多啊！趙管事自會跟他的主人說，你一疋只賣他五十錢；你若加了價，趙家人定要不高興的。」

沈綾笑道：「不會的。你相信我，趙管事絕不會告訴別人自己只花了五十錢一疋，不然人家定要懷疑他收了我們的賄賂。再說，你見到我今日賣的絲綢麼？那確實是次等貨，放了太久，都已有些霉味兒了，售價低廉一些，也是應當的。」

過了幾日，趙管事果然派了個小奴來到「沈緞」鋪頭，說道：「敝門主母說想看看貴鋪的新貨，請沈二郎得閒時，帶幾疋上好的絲綢來給主母過目。」

洪掌櫃聽了，又驚又喜，沈綾更是喜出望外，笑道：「機會來啦！」

兩人趕緊挑撿了十餘種精緻的絲綢新貨，帶去趙家；趙家自有僕婦將絲綢送入內屋，趙家的主母、姨娘和小娘子們各自挑了共二十餘疋。沈綾以正價五十兩一疋出售，單就趙家一家，便做了超過一千兩銀子的生意。

洪掌櫃高興至極，當夜自掏腰包，辦了一席豐盛的酒宴，請沈綾和伙計學徒們一同宴飲慶祝。

之後數月，沈綾成功地將「沈緞」賣給了建康城的許多中等人家，大多先從管事僕婦開始，讓家中的主人主母、郎君和小娘子等見到僕婦們身穿輕便精緻的「沈緞」，紛紛好奇詢問，有的派小奴來請「沈緞」找人帶新貨去家中觀看，有的親來鋪頭挑選採購；不出三個月，便清空了九成的存貨，連李掌櫃從洛陽送來的舊貨也全數售罄。

然而沈綾很快便遇上了另一個難題：南方真正的富貴人家仍舊對「沈緞」不屑一顧。數百年前因永嘉之亂而南遷的世族，如琅琊王氏、陳郡謝氏、陳郡袁氏、蘭陵蕭氏等，自認門戶清高，十分瞧不起北人，對於稍晚南遷的北人嗤之以鼻，稱其為「荒傖」和「傖父」。世族之中，又以王謝兩家地位最高。自從謝安在淝水一戰擊退苻堅，令東晉得以立足建康、偏安江左後，謝家便成為南方各朝最重要的官宦世家；王家也是一般，兩家歷代出了數十位宰相，三品以上的高官更是數以百計。

世族中人最重門品，當然知道沈家並非名門世族，又是在北方發的跡，更不相信「沈緞」能產出甚麼好貨，對之自是萬分鄙視。沈綾和洪掌櫃數次投名帖試圖造訪，皆被拒於大門之外。

沈綾頗感氣餒，打聽之下，才知道這些世家大族各自擁有廣大的莊園桑田，出產足量的米糧蠶絲、瓜果牲畜，因此宅中種種日常飲食衣物完全自給自足，不但充裕，而且精美，完全不須向外人購買。

沈綾皺眉道：「他們就算擁有自己的桑園絲坊，但並非如我們『沈緞』這般大量生產，也不會有我們藝室的師傅們設計出的各種新奇樣式和花色。我相當有信心，『沈緞』絕對比他們這些世家自己生產的絲綢精美百倍，而造價只要一半不到。」

洪掌櫃苦笑道：「即使如此，王家謝家那些世家大族業大財多，高傲得緊；他們吃的用的，都必是至珍至貴之物。世俗之人所產之物，他們可是看不上眼的。」

沈綾搖頭道：「那是因為他們沒真正見過我們的『沈緞』，沒得比較。我們造訪的那些中等富戶，之前不都沒見過『沈緞』麼？等他們裁剪成衣穿上身後，便會知道『沈緞』有多麼輕軟涼爽、令人愛不釋手啦！」說著拍拍身上的衣衫，露出滿意自得之色。

洪掌櫃不禁笑了，說道：「二郎說得是。但要讓王謝這等家族中人見到『沈緞』，可非易事。這些大家的女眷們足不出門，男子也只在自己和其他大家族的莊園中宴飲遊冶，大街上可是見不到這些大家郎君的。二郎，你仍不打算去拜會十五郎麼？」

沈綾一哂，說道：「我若去找了十五郎，就算他喜歡我們『沈緞』，人家也會說，那是他看在我們童年的交情之上，不好意思推拒罷了。我們要做大生意，就得讓他家中長輩女眷主動看上『沈緞』才行。」

洪掌櫃此時對他已十分心服，說道：「既然如此，那麼我們該如何進入王謝二家？」

沈綾沉吟道：「還是得從王謝兩家的管事著手。王謝兩家的管事是甚麼人？我們能去拜見麼？」

洪掌櫃搖頭道：「這兩家的管事可都是世襲的，在王謝府中不知做了多少代了，深受主人信任。他們跟其主人一般高傲，尋常人要見他們一面都不容易。許多想跟他們攀關係的，往往得整日守在管事府邸的後門外，等他們家的奴僕出來，便乘機上前說幾句話兒。」

沈綾苦笑道：「嘿，奴僕竟比主人還會拿架子！我們不只得去求奴僕，還得去求奴僕的奴僕！」

洪掌櫃也笑了，說道：「二郎，王家的那位王管事，咱們是認識的；他在王家管事中地位雖不高，但至少知道你是十五郎的朋友，也和『沈緞』打過交道。不如我們去找王管事，你說如何？」

沈綾搖頭道：「我想再等一等。如今城中稍為有頭有臉的人家，都已開始購買、穿著『沈緞』了，名聲遲早會傳開的。等王謝兩家聽聞了『沈緞』的好評後，我們再去拜訪，自能事半功倍。」

洪掌櫃只能點頭稱是。

十餘日後，沈綾讓洪掌櫃準備名帖和幾疋上好的新製絲綢，準備造訪謝家的鄒大管事。沈綾的二叔沈拾雖在建康任六品官，但沈氏在南方世族中屬於「次門」，和謝家這等「高門華族」的地位天差地遠；許多品級較沈拾更高的官員試圖與謝家攀交情，謝家子弟都不屑一顧，甚至當面羞辱，更何況投名帖的乃是沈拾的侄兒，不但身無官職，一介商賈，而且年歲尚幼？加上「沈緞」雖在洛陽名聲大噪，但在建康卻尚未建立口碑，因此鄒大管事只看了一眼名帖，便扔在一旁，更不理會，連回絕也省了。

然而一日之後，沈綾的名帖又送來了，這回措詞更加謙卑恭謹，還附上了一疋上好的新製「沈緞」。

鄒大管事見了，皺起眉頭，揮手道：「我不收這等毫無來由之禮，讓人送回去了！」僕役答應了，說道：「明日他們來時，我讓他們帶走便是。」

鄒大管事不悅道：「明日？他們明日還來？」

僕役道：「他們說了，您老一日不見他們，他們便日日都來造訪。」

鄒大管事有些動怒了，呸道：「這叫甚麼沈綾的傢伙，竟使出這等下作手段！我謝家可不吃他這一套！明日他們來了，你對他們說，往後再也不准來我謝家門外，不然我叫公人來，將他們都拉了去！」

僕役面露為難之色，支吾一陣，說道：「鄒大管事，您先別動氣。我瞧這少年人挺好的，絕不是故意來咱們家找碴的。」

鄒大管事微微一怔，問道：「少年？甚麼少年？」

僕役道：「就是沈家二郎啊！他才不過十來歲年紀，我看最多十四、五歲吧？但是行事挺沉穩周到的。他上回來訪，給咱們帶了些北方的甜食，還頗好吃的。」說著指了指案上的一碟糕餅。

鄒大管事剛剛才吃了一塊酥糕，覺得味道挺不錯的，正伸手去取第二塊，這時手指停在半空中，不禁有些尷尬，咳嗽一聲，說道：「這就是那……那沈二郎送的？」

僕役笑道：「是啊！他前日帶了十多樣北方甜食來，說是請我們幫他試吃，大夥兒吃了後，都認定這駱駝糕最好吃，因此他昨日又送了一籃子來，我便奉上一碟給鄒大管事嚐嚐。」

鄒大管事又取了一塊駱駝糕放入口中，但覺入口輕軟，甜而不膩，帶著些奶酥的香味兒，確實好吃。他皺眉道：「這甚麼駱駝糕……可給郎君和小娘子們嚐過麼？」

僕役道：「尚未。大管事，您說可以呈給主子們試嚐麼？」

鄒大管事忙道：「慢來、慢來，先別送去。他們嚐了若喜歡，指名要吃，我可不知上哪兒去買。」一邊說，一邊忍不住又取了一塊，放入口中。

僕役望著鄒大管事的神情，試探地道：「大管事，您要喜歡這駱駝糕，我請沈家二郎再送一籃來？」

鄒大管事皺起眉頭，勉強推開那碟駱駝糕，說道：「不必了。我其實並不怎麼喜歡。你跟他們說，別再送吃的來了。他們家的絲綢也別送來，我們謝家自給自足，只用上乘精品，不用外面的劣貨！」

僕役答應退去了。

這日，鄒大管事回到自己家中，跨入內廳時，但見妻子和幾個兒女圍在案旁，紛紛伸手取物，不知在搶甚麼。他湊上前一看，只見案上正放了一碟駱駝糕，妻子和孩子正你一塊，我一塊，吃得津津有味。

鄒大嫂回頭見到他，笑著招手道：「快來啊！這糕兒味道真不錯。我特地留了幾塊給你，不然早就給孩子們搶光了！」

鄒大管事忍不住沉下臉，喝問道：「這是誰送來的？又是那姓沈的小子麼？」

鄒大嫂睜大了眼，說道：「甚麼姓沈的小子？這是主人剛剛派親隨謝同送來家裡的，說給我們嚐嚐新。」

鄒大管事這一驚非同小可，忙道：「是主人派謝同送來的？」

鄒大嫂道：「是啊！怎麼了？」

鄒大管事心中忐忑，暗想：「原來這沈家二郎早已將這點心送去給了主人，我還在門房推辭拖延，不肯見他，豈非大大失禮？主人若已吃過這點心，想必喜歡得緊，才會讓謝同送來給我，有意讓我替他多弄一些。這回我可是大大失算了！」

他一邊苦惱自責，一邊望著妻子和子女津津有味地爭食駱駝糕，忽然留意妻子和兩個女兒都穿了一身新衣，不禁奇怪，問道：「今兒是甚麼日子，怎地都穿了新衣？」

鄒大嫂臉色一沉，佯怒道：「甚麼日子？你當真不知道？」

鄒大管事茫然搖頭，說道：「端午過了，又非中秋，甚麼日子？」

鄒大嫂雙手叉腰道：「今兒是我的生辰啊！我給自己和女兒們都做了身新衣，怎麼，你捨不得了麼？」

鄒大管事忙道：「怎會捨不得？好看得緊，好看得緊！」望了望妻子新衣的衣料，問道：「這料子是從哪兒來的？」

鄒大嫂笑道：「說來有意思，這是沈家二郎送來的。約莫一個月前，他就送了十幾疋料子來給我挑選。我和兩個女兒挑了幾疋顏色鮮豔的，剛夠工夫縫製衣裙。」說著低頭望望身上的新衣新裙，滿面得意之色。

鄒大管事細看妻女的衫裙，不禁暗暗讚嘆：「這絲綢的織工和花色，確實精緻少見得很，建康市面上可買不到這般貨色。」但他不高興妻子未曾詢問自己便收了人家的禮物，露出不悅之色，說道：「娘子，妳平日識得大體，這回怎地如此不謹慎？人家的禮物，妳竟沒問過我就收下了？」

鄒大嫂睜大了眼，吃驚地道：「你在說甚麼呀？沈二郎跟我說，這些絲綢是你送我的生辰賀禮，值得多少銀子，你都會償付給他，我怎能問你收是不收？你送給我的生辰禮物，我難道能不收麼？」

鄒大管事聽了，氣急敗壞地辯解道：「這不是我送妳的，他胡說！」

鄒大嫂頓時眯起眼睛，冷冷地道：「原來如此，我還道今年我過四十大壽，你放在了心上呢！沒想到你根本無意留心！哼！」說著一甩袖子，怒氣沖沖地轉身離去。

鄒大管事見妻子發惱，後悔莫及，連忙追上，拉住妻子的衣袖，陪笑改口道：「娘子莫惱！我剛才否認，是因為我請沈家二郎幫我瞞著妳，沒想到他一早就跟妳說了，我才不高興啊！妳這身新縫的衣裙好看得緊，花樣剪裁都極好，正適合妳！我說看來一點兒也不像四十歲，倒似位二八年華的小娘子！」

鄒大嫂轉怒為喜，嗔笑道：「你有這心，我就高興啦！這料子確實好，我替女兒挑的花色要更鮮亮些，你瞧，可好看麼？」

鄒大管事望向兩個女兒的新衣，一個穿的是淡綠底淺黃菊花紋，一個是絳紅底大紫雲紋，都極為鮮豔精細，剪裁合身，襯得兩個十多歲的女兒婀娜多姿，大方莊重。鄒大管事看了，也不禁點頭，說道：「不錯，不錯。」

鄒大嫂子得意地道：「我和你兩個女兒穿了這身新衣去拜見主人主母，可夠體面了吧？」

鄒大管事奇道：「妳們要去見主人主母？」

鄒大嫂子道：「是啊！中秋將至，謝府照例要辦賞月宴，所有家僕眷屬都要去給主人主母們磕頭謝恩，恭祝團圓的。此事，你這位大管事豈會不知？」

鄒大管事自然知道謝府每年中秋都會舉辦盛大的賞月之宴，邀請所有奴婢僕婦及其眷屬出席同慶，只是一時沒想到自己的妻女也將赴謝府拜見主人主母們，心中微微一緊：「她們這身衣裙太過出色，定會引人矚目。要是讓主母和小娘子們見到了，問起她們哪兒來的料子，又聽聞我多次推拒沈二郎，不肯見他，那我可就難處了！」

他眼望妻女興致勃勃地讚賞著彼此的新衣，暗暗嘆了口氣，知道自己已敗給了那少年沈綾，若繼續拒見，可就說不過去了。

次日，鄒大管事終於給沈二郎寫了個回帖，讓人送去「沈緞」，措詞甚是客氣，請他第二日午後來鄒府一敘，說有要事請教云云。

洪掌櫃見了回帖，好生驚訝，拍案道：「他竟真的答應見我們了！」

沈綾笑道：「我們不但給謝家僕役送上多種甜點，又給他妻子女兒送了這許多上好的『沈緞』，他怎能不見？」

午時剛過，沈綾協同洪掌櫃、喬五和阿寬及幾個伙計，挑了五十疋最新的「沈緞」絲綢，來到鄒大管事的府邸。這兒雖號稱鄒府，其實不過是謝家大宅的門房；只因鄒家世代替謝家擔任管事，財富遞增，地位提升，因此居所也漸漸氣派起來，人稱鄒府。

鄒大管事親自在門外迎接，神態一改以往，十分恭敬客氣，躬身行禮，說道：「沈二郎，我這幾日因忙著籌辦謝府中秋賞月宴，以致疏於招待了，還請見諒！」

沈綾笑道：「鄒大管事貴人事忙，千萬不必客氣！」

鄒大管事請一行人入內廳坐下，命僕役奉茶，接著便開門見山地道：「沈二郎慷慨餽贈絲綢予我妻女，內人和小女都好生歡喜。然而我身為謝家管事，這等禮物卻是不能收的。絲綢一共多少銀子，請沈二郎示下，鄒某必得依價奉還。」

沈綾既不推辭，也不爭辯，只直截了當地道：「鄒大管事，我在一個月前呈送數疋絲綢給尊府夫人和小娘子們過目時，謊稱是您送給尊夫人的壽禮，當真愧咎得緊，還請管事寬恕原宥。如今您既主動願意償付，我自然不能推卻。」

鄒大管事雖不高興他擅作主張，假托自己之名送禮給妻女，聽他坦然承認道歉，又想起妻女欣喜的模樣，也只能說道：「沈二郎的美意，鄒某心領了。」又道：「然而閣下多次造訪，只怕不只是為了代鄒人送禮給內人和小女吧？」

沈綾笑了笑，喝了口茶，說道：「鄒大管事不知是否聽聞過，敝門沈氏自建康北遷洛陽的因由？」

鄒大管事道：「鄙人洗耳恭聽。」

沈綾道：「先翁譽公原是建康人，四十多年前，他跟隨王主公諱肅投歸大魏、遷居洛陽；王主公成了大魏駙馬，先翁則於北方開展絲綢事業。在先翁譽公和先父拓公的苦心經營之下，『沈緞』成為大魏境內最大的絲綢商號，貨品甚至遠售至西域和南洋等地，敝門也因而成為洛陽城中首屈一指的富商。」

鄒大管事自然聽過關於「沈緞」的發家背景，點了點頭，說道：「我知道尊翁曾是王肅大人的親隨，深受王大人信任。尊翁和尊君在鮮卑人統領的魏地經營絲綢業有成，當真不易。」

沈綾輕嘆一聲，說道：「然而這都是過去的事了。洛陽城過去數年迭遭兵劫，皇權動蕩，只怕再也無法回復往日盛況了。而家門不幸，先父先兄在前往南方時遭盜匪搶劫，雙雙遇難。洛陽『沈緞』的生意自此一落千丈，欠債累累，幾乎難以周轉。先父數年前便曾南下建康，打算在此開拓生意，然而他須得兼顧北方事業，因此並未在南方花下太多心力。初來建康時，先父曾與您同席共飲；他曾對我說道，鄒大管事氣度宏大，熱情友善，是個值得結交的朋友。我來到建康之後，便記著先父的話，想辦法回報鄒大管事當年招待先父的盛情。我將敝舖絲綢呈送給尊夫人和諸位小娘子，正是為了報答您當年款待先父的情義。」

鄒大管事數年前確實曾招待過沈拓，當時不過是和其他友人一同宴飲，沈拓也受邀赴宴，兩人同席共飲，相聊甚歡，但時過境遷，自己早就忘卻了這事，沒想到這少年竟然知道這件往事，還以此為由向自己道謝，不禁大感羞慚，坐直了身子，拱手說道：「尊君慷慨大度，世侄身上確有乃父之風。」

沈綾聽他稱自己世侄，便也順勢改了稱呼，回禮說道：「多謝鄒世伯美言。鄒世伯想必也曾聽聞，愚侄身為庶子，在家中地位卑微；父兄過身之後，家中主母堅持不讓我繼承家業，因此我決定離開洛陽那是非之地，獨自南下，盼能在此開展事業。一來完成先父的遺願，二來盼能取得些許營利，好填補洛陽『沈緞』的虧空。」

鄒大管事對沈家的情況和沈綾的身世已略有所聞，這時聽他坦白直述「沈緞」的經營困難和自身處境，開誠布公，不禁暗暗驚訝：「這少年竟完全不遮掩自己的身世和『沈緞』的虧空，如此坦蕩，實屬少見。」於是說道：「承蒙世侄坦率相告。然而世侄多次來訪，想必是希望我代為引薦推介，好將『沈緞』售入謝府？」

沈綾微微搖手，說道：「愚侄並無此意。世伯或曾聽聞，過去這一個月中，敝舖已在建康出售了超過兩萬疋的『沈緞』，很受城中一般富貴之家的喜愛。如今整個建康城中，可說只有王謝兩家尚未賞光『沈緞』了。王謝兩家擁有大片桑園和自家絲坊，生產的絲綢細緻美觀，遠勝城中其他絲綢舖所製，貴府中人何以對外界生產的絲綢毫無興趣，愚侄完全明白。」他說著，從懷中取出一方紫底金蝠花樣的綢緞，正是以小妹沈雒建議的新絲所製、最最細滑精緻的緞料，遞過去給鄒大管事，說道：「然而這幅由敝舖剛剛製出的新緞，可說是前所未有，世所罕見。愚侄不敢藏私，恭請世伯鑑賞品評。」

鄒大管事接過了，立刻感到觸手細軟，輕柔無比，不禁好生驚嘆，問道：「這當真是以蠶絲織成？」

沈綾點頭道：「正是。這是敝舖今年以新法養蠶取絲織出的緞子，取名為『水緞』。我們『沈緞』的蠶兒都經過精挑細選，以特殊新法餵養，吐出的絲比一般的蠶絲堅韌耐用，同時還更加細幼滑軟；染色也有獨到之法，入絲深而均勻，鮮豔不退，所有花紋圖樣皆由『沈緞』的藝師繪製，由專職的織娘和繡娘依圖織成。『沈緞』因在洛陽起家，浸染了北方胡風，織出的花樣、選用的色彩，都帶著些許胡人風味，這在南方應不多見。更神奇的是，將這『水緞』製成衣衫穿上身，冬暖夏涼，舒適至極。」

鄒大管事不禁點頭，說道：「不錯。我見到內人和女兒所著衣裙，顏色花樣確實獨特，在南方從所未見。」

沈綾微微一笑，說道：「愚侄心中竊想，王謝兩家遲早會見到親朋友伴身著『沈緞』，也遲早會詢問來處。鑑於先父和鄒世伯往年的交情，愚侄便想應當及早來拜訪您，將『水緞』呈給您優先鑑賞，當貴府主人問起時，您便能盡快找到愚侄，讓愚侄將『沈緞』最新穎、最精緻的絲綢送來貴府，供貴府女眷趁新挑撿。敝舖新製的『水緞』並未在大市銷售，十分新奇，尋常人家絕不得見，或許正合小娘子及娘子們的心意。」

鄒大管事聽到此處，心中又是感動，又是慚愧，說道：「原來如此！我之前只道世侄多次遞送名帖，只是為了將貴舖的絲綢賣入謝家，我有責任為主人把關，因此多次婉拒推辭。如今看來，我可是會錯意了。世侄如此念舊，一心替愚伯著想，愚伯實在感激不盡。」說著跪起身，向他作揖為禮。

沈綾趕緊起身回禮，微笑道：「世伯何須如此多禮？」

鄒大管事伸手拍拍他的肩頭，笑道：「你忝稱我世伯，其實我年歲比尊君要少上得多，世伯之稱，委實擔當不起。不如你往後便稱我一聲鄒兄，我也不客氣，稱你一聲沈老弟如何？」

沈綾大喜，立即叫了聲：「是，鄒兄。」心中暗想：「他對我的稱呼從『沈二郎』轉為『世侄』，此刻竟成了『沈老弟』！這生意可是做定了！」

兩人相談甚歡，直至天黑，沈綾才告辭離去。

第四十一章　中秋

過了幾日，鄒大管事安排沈綾來到謝府拜訪。

沈綾進入大門，跨入謝府的前苑，不禁一怔。他在洛陽時，曾跟隨家人赴駙馬王肅的府邸拜壽，也曾因大姊沈雁和盧家的婚事，造訪過江北世族盧氏的宅邸；往年也曾去過王十五郎的犬舍和王家別苑的湖中八角亭等處，見識過世家大族宅邸的布置和氣度；但十五郎只是個少年，雖在家中十分受寵，畢竟不能在王家正院中宴請客人，品味講究也遠不如家中長輩。而所有沈綾此生曾見識過的庭園林榭，絕對沒有哪一處能和眼前的謝宅相比。

此地號稱「前苑」，實際上簡直就是座龐大的園林，佔地數百里，有山林、池囿、平原、丘陵，放眼一片青翠碧綠；遠處可見數座樓閣屋宅，隱於竹林樹蔭之間，有的樸實淡雅，有的金碧輝煌，想是謝家不同房系各自築建的屋苑宅邸。

鄒大管事望見沈綾滿面震驚之色，微微一笑，笑道：「沈老弟，這兒便是謝府了。」

沈綾定下神來，問道：「請問鄒兄，這裡面……這裡面整個都是謝府麼？」

鄒大管事笑了笑，伸手畫了一個大圈，說道：「門內方圓百里之地，都屬於謝氏所有。主人公的家族總有兩千之數，加上服侍的婢女奴僕，在這謝府裡長住的，總有兩萬多人。」

沈綾不禁讚嘆道：「此地與其說是府邸，還不如說是個城鎮啊！南方這等世家大族，北方可是從所未見！」心中盤算：「兩萬人！這生意可大了。即使謝氏家族不買『沈緞』，只要他家的婢女奴僕願意購買，那也會有個上萬人啊！」

鄒大管事道：「老弟見到的，只是前苑，主人和夫人等謝家親族，都居於後苑。那兒山林稀疏，地勢高闊，泉林山水，一應俱全；後苑的宅邸園榭，建造得自比前苑更加精緻幽雅，從後苑來到這大門，得坐上半個時辰的馬車。」

沈綾搖頭嘆道：「這等大手筆，全天下大約也只有在江左高門華族中得見！鄒兄，請問王家府第也是這般景況麼？」

鄒大管事點頭道：「整個建康城中，不，不只建康，整個江左，也只有王家可以和我們謝家相提並論了。王謝兩家隔著烏衣巷相對而居，已有數百年的歷史；兩家世代通婚，王家之女大多嫁與謝氏子弟，謝家之女大多嫁與王氏子弟，因此兩家的子弟多為表親，往來甚勤。」

沈綾道：「原來如此。我聽說王謝家族的子弟甚少外出；看來兩家子弟只須在這些苑子裡遊冶宴飲，便已足夠，一輩子不出家門也沒甚麼干係。」

鄒大管事笑道：「可不是？外面的花花世界，哪裡比得上王謝府邸的寬廣舒適？」

沈綾笑道：「唯一美中不足的是，獨缺『沈緞』！」

鄒大管事哈哈大笑，說道：「待我等為咱們謝府補上貴鋪的『水緞』，那可就十全十美了！」

沈綾望向鄒大管事，正色道：「鄒兄，你我自己兄弟，小弟有個提議，你可千萬別推辭。從今以後，我『沈緞』賣入謝家的任何綢緞，所有入帳，十分之一應歸鄒兄所有。」

鄒大管事聞言一驚，他當然知道「沈緞」若能向謝家販售絲綢，這筆生意可大了，但他從未想過沈綾如此大方，竟然願意給自己入帳的十分之一！他連忙推辭道：「無功不受祿，賢弟提的分紅，愚兄是絕對不能收的。」

沈綾笑道：「鄒兄怎會無功？鄒兄眼光獨到，別人還沒見到『沈緞』的好處，你便已慧眼識出了；你一心一意替主公家著想，跟我討價還價，硬逼著我給謝家一個大大的折價，這怎不是功勞？」

鄒大管事聽他堅持，便不再推辭，笑著道：「好吧，此事我等容後細談。」引他來到東方一處林苑，說道：「謝府的中秋賞月宴，便將在這東苑中舉行，我正派人打掃乾淨，添置燈籠掛綵等裝飾。到時主人家的女眷都將在涼亭中賞月，廂房則備有清茗果食。沈老弟，這正是向女眷們推介『沈緞』的大好時機。你說，該將絲綢該放在哪兒好？」

沈綾在巨大的東苑中走了一圈，來到一間臨水的廂房，說道：「這廂房位於角落，背山臨水，甚是幽靜。不如在這廂房中清出一間內室，置好檯案，便於展示絲綢。然而也須在左近闢出一間空室，用以堆放備貨。」兩人走入廂房，見內進的屋宇方正乾淨，通風卻無日曬，角落有間儲藏室，正好可以堆放物品。

鄒大管事道：「這兩間屋室平日甚少使用，我讓僕人清了出來，預先將絲綢放在這兒，到時便不須再費時費力搬運了。」

沈綾點點頭，問道：「鄒兄，你認為我們這回只展示新製的『水緞』，還是也能展示其他的『沈緞』？」

鄒大管事沉吟道：「『水緞』稀罕，但要價昂貴，只有主人女眷買得起；然而府中的侍女僕婦們眾多，她們恐怕會想挑些價位較低的絲綢。」

沈綾點頭道：「鄒兄說得是。我等該準備多幾款中上等的絲綢，然而我不熟悉貴府女眷的喜好，不知該如何挑選才是？」

鄒大管事笑道：「內人對此大有研究，不如請老弟來敝舍稍坐，與內人詳談？」

沈綾道：「倒不如請大嫂來敝舖一趟，我領大嫂參觀敝舖的貨倉，請她一一過目，細細挑撿，鄒兄以為如何？」

鄒大管事笑道：「你讓內人去挑撿絲綢，她可是再樂意不過了！」一口答應了。

兩人在苑中巡視了一圈，又討論了許多細節，安排妥善後才道別。

幾日後，沈綾派了一頂轎子去鄒府接鄒大嫂來到建康城沈家舖頭。沈綾和洪掌櫃親自在門口迎接，領她來到舖後的倉房，十多名伙計和學徒已在倉房中垂手恭候。

鄒大嫂抬頭環望倉中，但見四面牆上都是連接至屋頂的木頭櫃格，格中整整齊齊地擺放了上千種絲綢，各有不同織法、色彩和圖樣，只看得她嘆為觀止，驚呼道：「我竟不知綢緞竟能有這許多的花色樣式！」

沈綾笑道：「我們在北方的倉房，比這兒還要大上十倍哩！『沈緞』的顏色、花樣、款式，總共超過一萬種，共分成三大類：最精緻的上等絲綢，名為『上貢寶緞』，專供洛陽皇族貴宦選用；略次一等的絲綢名為『金玉珍緞』，供城中大富之家選用；再次之的貨品則稱為『沈氏精緞』，陳列於西陽門外洛陽大市的『沈緞』總舖，供一般洛陽居民挑購。另有一部分的『沈緞』則賣與慕義里的胡人商賈，經絲路轉賣至吐谷渾、于闐、朱駒波和乾陀羅等西域諸國。」

鄒大嫂看得目不暇給，雙眼發光，讚嘆不已，問道：「請問沈二郎，『沈緞』在這兒的倉存，是從北方運來的，還是在南方生產的？」

沈綾道：「這兒大部分的綢緞，都產於『沈緞』位於建康城外的桑園絲坊，採用的織法、色彩、樣式，都以迎合江東之人的喜好為主。」他指著東北角落的絲綢，說道：「然而也有一部分是從北方運來的存貨。北方近年戰亂頻仍，積貨甚多，因此我讓掌櫃們挑了較好較新的絲綢運來建康，看看能否在此售出。」

鄒大嫂看了看那些北方來的絲綢，說道：「這些雖非新貨，但也屬上品。而且花樣新穎，頗有胡風，或許主母和小娘子們會中意也說不定。」她轉過頭，攤攤手，苦笑道：「你們這兒的好貨太多啦！請問沈二郎、洪掌櫃，我該從何處開始挑撿才是？」

洪掌櫃笑了，引她來到最北邊的那區，說道：「這一區的綢緞，屬於上好之料。」

鄒大嫂問道：「價格呢？」

洪掌櫃道：「疋價都標在架上了。從這兒以西，每疋超過二百兩；中間這一區的料子，每疋在五十和二百兩之間；東邊那一區的，疋價都在五十兩以下。至於洛陽存貨，因是去年所製，全數以標價七折出售。」

鄒大嫂點了點頭，說道：「不如先從上好的綢緞看起，挑些主母她們可能會喜歡的。」於是她從最北邊開始，一疋一疋地觀看。她眼光極好，很快便從數百種不同的絲綢中挑出了約三十種，認為是謝府女眷會中意的，包括新製「水緞」，以及「金玉珍緞」中的上品；之後她又從價位中等的絲綢中挑了七十種，認為是謝府的僕婦、侍女等會喜歡的花樣款式。

洪掌櫃和伙計們忙著替她搬綢、收綢、記錄，最後由伙計謄抄成一張清單，一共一百種，每種綢緞有多少疋存貨，價錢幾何，都標明得清清楚楚。

之後洪掌櫃領鄒大嫂和沈綾來到舖頭的客室，坐定奉茶，討論細節。洪掌櫃道：「鄒大嫂子挑選甚精，然而數量不小，搬運儲存皆不容易。或許賞月宴那夜不必將所有絲綢擺放在謝府，每樣只需幾疋的樣品即可。等貴府女眷挑選擇定後，我們日後再如數奉上便是。」

鄒大嫂道：「洪掌櫃說得甚是。府裡辦賞月宴，我搬了這許多絲綢放在那兒，也不像個事兒。主人主母若見到了，或許要不高興的。但若只有三疋五疋，也絕對不夠。我建議昂貴的每種十疋，供女眷挑選；平價些的，則每種二十疋，好讓她們挑了後立即就能取走，不需賒帳，也不需等候。要是不足的，可日後再送貨收帳。」她眼睛一轉，又道：「然而咱們應當預先做好準備，當夜參與宴會的女眷總有百來人，我挑的這三十種，情勢若好，只怕很快便會一掃而空。不如，我再挑出三十種不同花樣的絲綢，你們準備好了，放在馬車裡，在苑外等候；若有需要，我便立即派小奴出來通知你們，從側門將貨送進來。」

洪掌櫃和沈綾都同意她的安排，洪掌櫃當即命伙計準備存貨，小心挑選，清理乾淨，以油布層層包裹妥當；之後在鄒大管事的安排下，洪掌櫃讓伙計將存貨搬上馬車，分成數日，分批跟著燈籠、結綵等裝飾品送入苑中，鄒管事和鄒大嫂命親信奴僕將絲綢搬入廂房內間存放。洪掌櫃鄭重囑咐鄒大嫂，該地必須不潮濕，無日曬，無鼠蟲，不然即使只存放數日，昂貴的絲綢也有可能遭到損毀。鄒大嫂甚是謹慎，從「沈緞」的舖頭取了防潮的石灰包，防蟲的檀香粉、樟腦片等，問明了用法用量，在絲綢搬至廂房後，她便親自一一安置防潮、防蟲的藥物，關嚴了窗戶，並以油布塞住窗沿，不讓雨水、露水或濕氣入侵。

一切正如鄒大管事、鄒大嫂和沈綾所料，謝府中秋賞月宴上，鄒家母女穿上了以「沈緞」所製的新衣赴宴，果然引起了眾人的注目；不只其他婢女僕婦爭相詢問她們從何處購得這絲綢，連謝家的主母和小娘子們都留意到了。眾人彼此探問之下，最後還是謝二媳婦忍不住了，叫了鄒大嫂去，親自詢問：「鄒大管事家的，妳身上這料子，卻是從何處購得？」

鄒大嫂笑吟吟地答道：「回稟二夫人：這便是名滿天下的洛陽『沈緞』哪！上個月正值奴婢四十生辰，鄒大特意請『沈緞』送了十多種絲綢來家裡任我挑選，每種都好看得很，最後奴婢挑了這一疋，裁了這身新衣。」

謝二媳婦問道：「還有別的花色圖樣麼？我倒想瞧瞧。」

鄒大嫂一拍掌，說道：「真正巧了，鄒大早早就看上了這『沈緞』，特地請舖頭送了三十種新製的絲綢樣品來，就放在臨水廂房那兒。二夫人要去看看麼？」

謝二媳婦聽了，眼睛一亮，當即道：「當然要了，快帶我去！」

當下二媳婦呼引了親近的五、六個姊妹妯娌，跟著鄒大嫂一起來到臨水的廂房。當她們見到檯上安放的三十種不同的「沈緞」後，忍不住皆雙眼發光、嬌呼連連；她們何曾見過這等花樣新穎，質地輕軟的料子？而且比之鄒家母女所著更柔滑輕薄，精美細緻，顯然貴重珍稀得多，讓這幾位媳婦和小娘子們更加滿意。她們要挑揀的綢緞，當然不能和僕婦所著同一等級，一眾女眷爭相摸弄搶看那些絲綢，愛不釋手。

鄒大嫂笑著道：「各位夫人、小娘子，這批貨是沈家剛剛新製出來的，因其輕柔如水，滑順如油，取了個好聽的名兒，叫作『水緞』。這可是還沒上市的貨哩！市面上是絕對見不到的。奴婢特意讓他們在上市之前，先送來這兒給各位過目；您們要喜歡，這便趕緊挑了，一疋只要五十兩銀子。更好的是，今兒只需付一半現款，另一半可以押著，讓帳房慢慢付清便是。」

女眷們見這絲綢要價不算太過昂貴，又只要一半現款，自是答應不迭，紛紛掏出私房錢給鄒大嫂。不到一刻鐘，這三十種綢緞便被她們給瓜分殆盡了。

當這些謝家媳婦女兒們喜孜孜地讓僕婦婢女將絲綢搬回自己的屋舍，自不免被其他女眷覷見，奔相走告之下，又有一群女眷來找鄒大嫂，問她是否還有貨。

鄒大嫂歉疚地道：「方才那三十款乃是『沈緞』給的樣本，每款只準備了十疋，是給諸位看看樣子的，但都已讓二夫人她們全數買去了。各位夫人小娘子若想要，我請『沈緞』趕緊送一批新貨來可好？」

女眷們頓時生起了希望，連忙追問道：「何時能送到？今夜成麼？」

鄒大嫂知道沈綾和鄒大管事的約定，任何沈家售入謝家的絲綢，鄒家都能得到十分之一的分紅，因此很是積極，壓低了聲音，說道：「我一早預料到『沈緞』會大受歡迎，便早早讓他們預備了更多不同花色樣式的綢緞，在酉時過後送來。我這便去瞧瞧，也不知送到了沒有？」

女眷們都心癢難熬，頻頻催促道：「快去、快去！」

鄒大嫂趕緊命小奴去側門通知等在外面的洪掌櫃等人，眾人匆忙將預備在外的新貨搬入苑中。

鄒大嫂回來後，笑嘻嘻地道：「他們早到了一些，新貨就在內廳裡呢！都已經擺放好了。各位想瞧的，便跟奴婢來吧！」

眾女眷喜出望外，爭先恐後地搶著去看。這回送來的三十種綢緞，和之前的三十種在顏色、花樣和質地上全然不同，沒有一種是重複的，其花色式樣更適合年長的婦女。原來鄒大嫂與洪掌櫃和沈綾討論之下，認為最先留意到鄒家母女新衣的，應是年輕的媳婦和小娘子，之後消息才會傳到年長的女眷耳中；因此第二批絲綢的質料較為厚重，顏色花樣也偏向素雅莊重，更適於中高齡婦女，正能迎合這群女眷的品味。當然，這三十種絲綢也很快就賣光了。

眾女眷仍舊不滿足，紛紛向鄒大嫂要求看更多的款式，有的指名道：「我要五房三媳婦取去的那一款，一模一樣的，要十疋。」有的道：「我要紫底黃花的綢緞五疋。」

先前已買到「沈緞」的女眷仍嫌不足，也派侍女來對鄒大嫂道：「六娘買的那一款，她想多做一件外衫，外加長裙，還要多買三疋。」

鄒大嫂忙著記下各人的訂單，一一確認謄寫，收下押金，答應盡快聯絡「沈緞」鋪頭，及早送貨過來。

謝家賞月宴上，合計售出了五百疋的絲綢，收入一萬六千兩銀子，現銀八千多兩，沈綾和洪掌櫃都是大喜。然而，之後數日接連收到的訂單更是源源不絕，比之賞月宴當夜出售的還要多出數十倍。洪掌櫃帶領伙計學徒們連夜依照清單備貨出貨，一一以精美的素色細綢包紮好，附上香籤，工整地寫下各房媳婦或小娘子的稱呼和所訂絲綢、已付押金、尚欠金額等，並且加了一句：「隨退隨換」，讓人更是願意放手添購，毫不猶豫。

接下來幾日之內，謝家眾女眷便收到了自己訂購的絲綢，自都欣喜不已。有些左看右看，不滿意先前挑的顏色花樣，便要求退換；洪掌櫃早已備好了數十本精緻的樣料冊子，收集了今年和去年最精緻華美的絲綢，讓鄒大嫂送入謝府供女眷們挑撿，只讓女眷們看得目眩神迷，難以取捨，不免又忍不住多添購了幾疋，將過年、明春、明夏甚至下個秋冬的綢料都預先挑購齊全了。

之後好一陣子，「沈緞」的伙計忙著處理謝家的更換和添加的訂單，忙得不亦樂乎。

洪掌櫃對伙計們耳提面命，叮囑道：「謝家可是我們眼前在建康最大的主顧，千萬不可輕忽。任何一位女眷僕婦要求退貨、換貨、退款，都一定得仔細照做，絕不能出半點紕漏，更不能有半分怠慢。」伙計們齊聲答應了。

洪掌櫃又提醒一眾伙計，出貨時一定得謹慎仔細，並且必得耐心記下每一位女眷的喜好、習慣、性情，未來可就著她們的偏好展示貨品。

沈綾則提醒洪掌櫃，自己已提議給鄒大管事十分之一的分紅；洪掌櫃連連點頭，說道：「我理會得。此番『沈緞』得以售入謝家，全靠了鄒大管事支持。謝家的所有帳目，我將謄抄一份給鄒大管事過目，務求翔實清楚。我們承諾給鄒家的分紅，只能多給，絕不能少。」

一個月後，謝家的訂單仍舊源源不斷，也開始有不少來自王家；謝王兩家乃是南方最大的世家，世代姻親，當一家開始購買「沈緞」之後，另外一家自然也不會落後。「沈緞」的建康總舖忙昏了頭，到了月底，洪掌櫃和沈綾等直花了七日七夜，才終於算清了帳，收入超過五十萬兩！兩人都歡欣鼓舞，洪掌櫃在城中最高等的酒樓訂了價值一千兩的美酒佳餚，跟伙計學徒們又一同宴飲慶祝了一番。

沈綾留意到，最受歡迎的幾款絲綢如「花好月圓」、「荷塘鴛鴦」、「碧竹青松」等，都是大姊主持的藝室近期的新品，因其圖樣新穎，格調高雅，色彩調和，織工精緻，大受南方王謝等高門世族的喜愛。

次日，沈綾寫了封信給大姊，告知南方「沈緞」銷售極佳的好消息，並指出她所設計的絲綢特別受到王謝兩家女眷的青睞，之後又通過建康最大的糧莊萬利糧莊，將三十萬兩銀子轉回洛陽總舖。沈雁得信後，又是歡喜得意，又是鬆了口氣，立即回信給弟弟表示感謝，說這筆錢再度解決了洛陽「沈緞」資金短缺的燃眉之急。

羅氏身在病中，聽聞消息之後，也不得不承認沈綾有點本事，但也因此而更加忌憚沈綾了，心中籌思：「我當時和那黑衣術士的約定，是不讓沈綾得到半分沈家在洛陽的產業。如今洛陽出事，『沈緞』不得不去建康發展，偏偏這沈綾又在南方立下了功勞，往後沈家在南方的生意，自然得由他掌管了。說不定此後南風壓倒北風，北方不斷虧損，反而只有南方營利，那可如何是好？」她惱恨憂急之下，病勢又更加沉重了幾分。

轉眼已是初冬，這日沈綾和洪掌櫃將新製的十來種絲綢搬上車，馳往烏衣巷王謝家。王謝兩家佔地遼闊，整條烏衣巷的左半全是王家的土地，右半則都是謝家的土地；兩家世代聯姻，走動甚勤，嫁出去的女兒往往跨過一條窄窄的烏衣巷，便回到娘家了。而因兩家世代交情緊密，門房都併成了一處；這門房位於烏衣巷口的一端，極為寬廣，由於巷口有座文士橋，因此給這門房起了個頗雅的稱號，叫作「傍橋居」。王家和謝家管事、守門、廚娘和馬夫平日便聚集於此，等候主人主母的吩咐，並交換城中小道消息和種種巷議街談。

這日沈綾來訪的，正是這座傍橋居。洪掌櫃先請守門的去給兩家的大管事報信，不多時，奴僕便將二人迎入傍橋居。沈綾觀望這傍橋居的布置，簡直比沈家的正廳還要精緻華美，種種布置和用料，絕非北方諸大家族可相比擬，心中暗暗讚嘆：「一個門房已是如此了，何況主人所居？」

這時洪掌櫃和沈綾跟隨僕人跨入傍橋居的內廳，但見廳內坐了三人，兩男一女，正自談笑；三人都是四十來歲年紀，衣衫皆高貴而華美，佩戴的玉帶首飾，無不珍稀貴重。若非沈綾知道這兒是王謝家的門房，這些人乃是頗有地位的王謝家中管事，都要以為他們是王謝家的主人主母了。

三人之中，身形高大的正是謝家的鄒大管事，另一位留著黑鬚的，是王家的周大管事，那位胖胖的大娘則從未見過。

鄒大管事笑著招呼道：「沈二郎、洪掌櫃，這位你們沒見過吧？她便是鼎鼎大名的張嫂，掌理王家廚房，王家幾百口的膳食都由她一手料理，可是王家的擎天支柱呢！」

沈綾和洪掌櫃上前向三人行禮，沈綾道：「鄒大管事、周大管事，別來順遂？張嫂，久仰大名！」鄒大管事、周大管事和張嫂都起身回禮招呼，甚是熱絡。

沈綾往年和十五郎交往時，曾參加過不少王家的宴會，深知張嫂的精湛廚藝，於是乘機誇讚道：「王家膳食素以精緻美味聞名大江南北，如冰凍蟹膏、水晶魚子、紅玉蹄膀等，那都是天下知名的珍饈；人人都說，這些菜色連皇宮的御膳房都做不出來！我家駙馬主公出身王家，總說王家祖傳的廚藝有多麼精細高妙，感嘆北方的廚藝根本是望塵莫及啊！而我洛陽家裡的喬廚娘則說，她要能來王家廚房做個切菜小奴，偷學幾道菜，這輩子可就值了！」

這一捧捧得恰到好處，張嫂呵呵而笑，說道：「沈二郎謬讚啦！我怎麼當得起？話說回來，你們沈家廚房的甜食才是舉城聞名的，駱駝糕、髓餅、琥珀餳、白鬣糖、細環餅、膏環等等，我們家小娘子們時時問我怎不去沈家討教討教，趕緊學了回來做給她們吃呢！」

沈綾笑嘻嘻地道：「髓餅、琥珀餳、白鬣糖、細環餅、膏環這些，乃是北方出名的甜食；至於敝府的冰糖楓汁餅、蜂王漿卷兒和駱駝糕，不瞞大娘說，可正是從王家偷師學來的！當年貴府的馬師傅跟隨駙馬主公北上洛陽，這三種甜點，便是馬師傅的祕傳絕藝。我們家的廚娘喬廚娘為了偷學這三種甜點，特地去駙馬家廚房幫手切菜洗碗，蹲了半年，才終於偷學到了馬師傅的幾項絕技。改天，我送上幾盒來請小娘子們品嘗，順便將作法教給張嫂，妳說好不？」

張嫂睜大眼道：「沈二郎，你當真識得做冰糖楓汁餅、蜂王漿卷兒和駱駝糕？」

沈綾笑道：「我自然不識得，但我有喬廚娘寫下的食譜作法，妳一看就明白了。」

張嫂大喜，連聲道謝。

眾人又閒談了一陣，洪掌櫃問道：「兩位大管事，今兒我們準備了些新製的『沈緞』來給主母和小娘子們過目，還是去老地方麼？」

周大管事道：「還是老地方。走，我領洪掌櫃去。」喚了幾個奴僕，命他們去開門打掃。

鄒大管事道：「二郎，你先在這兒坐一坐吧。」吩咐奴僕端上茶點招待。沈綾謝過，便在廳上坐下了。洪掌櫃帶了伙計們跟隨周大管事，將絲綢搬入隔壁的一間水榭，擱在一張張矮几上，仔細鋪平擺放，準備給主母和小娘子們鑑賞挑選。

沈綾坐在廳上，與張嫂和鄒大管事閒閒攀談起來。他在家中時慣常與奴僕相處，一點兒架子也沒有，出言溫和有禮，令人如沐春風，三人很快便聊開了。鄒大管事和張嫂問起北方諸事，沈綾說了近年來大魏皇室傾軋、洛陽兵亂的前後，鄒大管事和張嫂聽了，都深自嘆息。張嫂道：「北方給胡人佔據統治超過百年，竟自混亂至此？我們能在南方過上平靖的日子，當真是菩薩保佑啊！」

鄒大管事笑道：「怎只是菩薩保佑，而是聖上治國有方啊！」

張嫂連連點頭，說道：「正是、正是！說起我們這位皇帝，絕對是位菩薩皇帝啊！不知他何時會再次捨身出家？」

沈綾之前在建康「沈緞」舖頭做學徒時，便曾聽聞大梁皇帝捨身出家的奇聞，微笑道：「當今皇上究竟捨身幾回了？」

鄒大管事道：「自今上誅滅東昏君、代齊建梁，至今也有三十年了。聖上天縱英明，文才武功兼具，很多人都說他乃是菩薩投胎，降生於世，專為保育南民而來。皇上篤信佛法，至今已捨身出家兩次了。」

沈綾探問究竟，張嫂乃是長年禮佛的善信，對此極為熟悉，說道：「聖上第一次捨身出家，大約是四年前吧！那年的三月八日，聖上赴同泰寺捨身出家，在寺中待了三日才回皇宮，之後便大赦天下，改年號為大通。第二次是在兩年前，九月十五日，聖上第二次至同泰寺舉行『四部無遮大會』，當場脫下帝袍，換上僧衣，二度捨身出家。次日，皇上在寺中講解《大般涅槃經》，聽眾雲集；又過了幾日，聖上已在寺中待了十日了，群臣看不是辦法，必須得趕緊請回他才成，於是共同捐出一億錢，向三寶禱祝，請求贖回『皇帝菩薩』。幸而兩日之後，聖上終於決定還俗，回歸皇宮，繼續掌理朝政。」

沈綾嘖嘖稱奇，說道：「當今皇帝真是虔誠無比，身為萬聖之尊，竟然能夠捨棄帝位，出家為僧！」

鄒大管事微笑搖頭，說道：「依我看哪，聖上塵緣未了，雄心未泯。一日不北伐強胡，收復失土，終究是不會避世出家的。」

沈綾問道：「北伐？收復失土？北方的土地原來是大梁的麼？」

鄒大管事和張嫂都笑了起來，鄒大管事笑道：「二郎，你生在北方，竟然不知道北方原本是我們漢人的土地麼？」

沈綾臉上一紅，垂首道：「小弟孤陋寡聞，還請鄒兄指教。」他雖隨高先生讀過不少史書，但讀的大多是古史，近數百年來分裂爭戰不斷，並無廣為流傳的史書可供閱讀，因此他所知僅限於家族奴僕之間流傳的故事，並不完整。在沈綾出生之前兩百多年，北方便已為胡人佔據，南朝漢人偏安建康，形成南北分裂之勢；沈綾生於大魏統治之下的洛陽，主母和家中許多僕從都是鮮卑人，因此他只道北方向來便由大魏鮮卑人統治，並不知北方原來曾是漢人的土地。

鄒大管事和張嫂這些王謝家的奴僕則因主人南渡後，仍不時聽主人談起當年北方往事，因此對於過去百多年來的歷史十分清楚。於是鄒大管事跟沈綾說了永嘉之禍、衣冠南渡的史事，張嫂也在旁補充了一些。沈綾醒悟自己對近代諸事所知甚少，於是纏著鄒大管事和張嫂不斷追問。他們見沈綾年紀輕輕，容貌俊秀，言語有物，都對他頗懷好感，便知無不言，言無不盡。此後沈綾便常常來王家和謝家的門房，即使從未見到任何王謝家的子弟，但只跟他們家的管事和廚娘們談談說說，便已學到了不少知識，增長了不少見聞。

第四十二章　舊友

卻說沈綾在建康做開了「沈緞」的生意，「沈緞」名聲在城中漸漸響亮起來，但他始終未曾去拜訪童年好友王十五郎。轉眼到了十二月，這日大雪紛飛，久違的王管事親自來到沈家絲舖，告知十五郎邀請沈二郎赴王府一聚。

洪掌櫃聽聞了，笑道：「二郎，十五郎可終於來找你啦！」

沈綾也笑了，說道：「洪掌櫃，我雖不曾求十五郎引薦推介，不也做成了王謝兩家的生意麼？」

洪掌櫃此時對沈綾已是佩服得五體投地，豎起大拇指道：「二郎！你有志氣、有自信，不輕易求人，果然能成大事！」

沈綾輕輕吁了口氣，搖頭道：「其實並非完全如此。在謝府賞月宴之前，我可是半點信心也沒有。我之所以不肯向十五郎求助，不過是想背水一戰，試試自己的能耐罷了。我當時心想，若是半年內做不出個名堂，北方沈家財務拮据，支撐不下去，我就不得不登門拜訪十五郎，請求他幫忙啦！」

洪掌櫃笑了，說道：「二郎腳踏實地，卻也不忘留下後路，確是一流商人本色！」

次日，沈綾穿上童年時慣著的棉衫，帶了不少江南僑姓少年郎君和小娘子們喜歡的絲綢，來到王府東北角的邊門，打算和往年一般去往犬舍。沒想到這回王管事已在該地恭候，引他來到正門，恭恭敬敬地將他從正門迎入，逕直來到十五郎居住的廂房。

十五郎正坐在廂房之中的榻上，擁著火爐，觀賞著庭中的飄雪。他身披絲袍，衣領寬鬆，頭髮凌亂，看上去比往年更具風流韻味，但臉頰比少年時瘦削了些，膚色白皙，四肢也顯得更為纖弱。

兩人相見之下，都好生歡喜，十五郎爬起身，上前一把抱住了他，笑道：「兄弟，你長高了這許多！」

沈綾也笑了，說道：「十五郎！我時時掛念著你，掛念著你的阿寶！」

十五郎哈哈而笑，喚了獅子犬阿寶出來。這時阿寶已是頭成犬了，見到沈綾，衝上前不斷撲舔，興奮至極。

十五郎請沈綾進入廂房，坐下奉茗，兩人聊起近況；沈綾得知十五郎已滿十六歲了，今年初剛剛成了婚，娶了表妹謝秋娘。他對沈綾笑道：「若不是因內人跟我說起，我還不知道你已回到建康了呢！」

沈綾奇道：「嫂子怎會說起我？」

原來謝秋娘曾赴中秋謝家賞月宴，在宴上挑了數疋緋紅喜紋「沈緞」，給妹妹做嫁衣，贏得眾多親戚女眷的稱羨；她不經意間向夫君提起「沈緞」和沈二郎，十五郎這才知道老友已回到建康，驚訝地道：「『沈緞』的沈二郎？我識得他啊！」忙派王管事出去打聽，果然是昔年舊識，於是趕緊讓王管事請他來家中小聚。

二人睽別經年，這回重聚敘舊，都好生歡喜懷念；十五郎雖成了婚，但婚後的日子和少年時並無太大差別，仍舊每日和友伴們宴飲玩樂、吟詩逗犬。他無心出仕為官，因此並未繼續讀書，整日吃喝玩樂、遊山玩水，舒服日子也過得有些膩了。這回聽說童年好友沈綾回到建康，還成了「沈緞」的新東家，這可是件新鮮事兒，因此迫不急待地想與沈綾聚相聚敘舊，問起近況。沈綾說起北方大魏皇室的血腥傾軋，洛陽如何數度慘遭兵亂，大姊的未婚夫如何枉死河陰，接著又說了父兄計畫攜帶財物南下，卻在潁水橫波渡口遭盜匪搶劫屠殺，自己如何被大姊召回洛陽沈家，協助處理父兄喪事，努力挽救北方「沈緞」事業等情。

十五郎對這些皇室兵亂、盜匪喪事、生意虧空等事一無所知，只聽得驚異同情不已，一邊安慰沈綾，一邊追問細節。沈綾知道十五郎生性單純，詢問只是出於好奇，並無窺探隱私之意，於是將這幾年的經歷詳細說了，只避開提及自己在家中遇見巫者之事。

沈綾最後道：「北方大亂，南方卻平安無事，可謂幸運至極。如今北方情勢難料，我若有機會，必得早日將我姊妹接來南方避難。」

十五郎十分慷慨，一拍胸脯，說道：「你在建康安頓家人，若需要任何協助，只管開口，我定當盡力相助！」

沈綾謝過了，話鋒一轉，說道：「十五郎，依小弟所見，南北並不會永久分裂，而南方承平也未必能久。不過六、七年前，洛陽市場街頭車水馬龍，行人摩肩接踵，城中千百佛寺金碧輝煌，香火鼎盛，簡直是太平盛世！如今卻已是陡遭戰亂，兵連禍結，居民心驚膽戰，四散奔逃。梁朝皇帝勵精圖治，將梁朝整頓得民富兵強，建康城興盛繁榮，承平多年。然而最盛之時，往往暗藏衰敗之相；南北勢力消長，前景委實難以預測啊！」

十五郎擺手笑道：「二郎過慮了！南方不會有事的。自從晉朝衣冠南渡後，我們王家在建康已定居兩百多年了。江左遠比北方富裕發達，皇帝精明勤政，崇信佛法，佛祖一定會保佑我們的。」

沈綾笑道：「仰仗佛祖保佑，只怕不大可靠。大魏皇室比梁朝更加崇佛，胡太后不惜花費萬金建造永寧寺，結果也未受佛祖保佑，仍被叛軍扔入河中溺斃了。佛家有云：『各人生死各人了。』古語有言：『生於憂患，死於安樂』。此刻南方承平無事，那是最好；然而未雨稠繆，有備無患，才是上策。」

十五郎皺眉道：「大梁京城建康固若金湯，穩如泰山，城中誰也不曾有過半分憂慮。我若跟家中長輩提起甚麼有備無患、未雨稠繆，只怕要遭長輩責罵、同輩恥笑啊！」

沈綾笑了，說道：「十五郎說得也是，此事不宜多提。」兩人繼續飲茶談笑。

就在這時，屏風後忽然傳來一聲輕笑，一人笑道：「十五兄，沈二郎回來了，你竟不曾讓人來告訴我？」

沈綾聽見這聲音，如中雷殛，不敢置信地抬頭望向屏風。就如兩年前初次見到她那時一般，十七娘從屏風後轉出，玉顏依舊雅麗無匹，身形比往日更加婀娜；她款步來到沈綾身前，盈盈斂衽為禮，微笑道：「沈二郎，別來無恙？」這時十七娘已是個十四歲的少女，比往年少了一分稚氣，多了一分韻味。

沈綾看得呆了，他兩年來魂縈夢牽的女子，竟然再次出現在自己眼前！而她的姿容神態，只有比記憶中更加優雅若神，清靈若仙。

他連忙定下神來，跪起身恭敬回禮，說道：「十七娘，多承問候。多時不見，貴體康健？」他感到自己的語音微微發顫，只能暗盼十五郎和十七娘並未留心。

十七娘俯首回禮，答道：「尚且清安，有勞沈二郎垂問。」她在兄長身旁坐下，正面對著沈綾，臉上帶著從容的微笑，十五郎望向妹妹時，卻面露憂色。

沈綾暗生疑竇：「這是怎麼回事？十五郎看來為何如此不自在？」

十七娘卻神色自若，向沈綾問起別來諸事，沈綾簡單說了。十七娘早已聽說他父兄雙亡等情，聽完他的敘述後，頷首銜悲，輕聲道：「沈二郎還請節哀！孟子云：『天將降大任於斯人也，必先苦其心智，勞其筋骨，餓其體膚，空乏其身，行拂亂其所為，所以動心忍性，曾益其所不能』。沈二郎這兩年來經歷種種艱辛困難，實可謂『生於憂患』也矣！」側頭望向兄長，又道：「但盼我等並非『死於安樂』啊！」

十五郎連忙揮手道：「十七妹！何出此不祥之言？」

十七娘神色中帶著一分遠遠超過她年齡的悲哀，她低眉頷首，說道：「愚妹出言無狀，請十五兄和沈二郎勿要介意。」

三人又閒談了一會兒。十七娘的一顰一笑，舉手投足，都令沈綾如癡如醉，難以移開目光。過了約莫一盞茶時分，十七娘才起身告辭，從屏風後退去了。

待十七娘離去後，沈綾忍不住問道：「十五郎，十七娘……她還好麼？」

十五郎手扶額頭，搖頭長嘆道：「我這妹子啊，可讓我爺娘操透了心！幾番想給她說親，她卻千方百計地推拒。她都十四歲啦，早是該說親的年紀了。爺娘說了謝家、袁家甚至皇室蕭家的幾位郎君，她竟然全不中意！再這麼拖延下去，她可要嫁不出去啦！」

沈綾心中怦怦而跳，暗想：「莫非……莫非……」但又不敢再想下去，「當然不會的。她怎麼可能對我有意？」心想這是人家閨房私事，自己身為外人，實不宜多問，便轉開了話題。

過了幾日，十五郎又請沈綾來到家中。他關緊了門戶，神情惶惑，說道：「二郎！你上回跟我提起的事兒，我們再詳細談談，好麼？」

沈綾一呆，問道：「上回提起的甚麼事兒？」

十五郎壓低了聲音，說道：「就是有備無患啊！」

沈綾恍然，說道：「怎麼，莫非十五郎有何顧慮？」

十五郎皺起眉頭，說道：「我上回聽一位法師講經，他說世事無常，成住壞空，都只是一瞬之間。不瞞你說，內子剛剛懷上了身孕，我倆談將起來，都有些擔心，建康若有個甚麼變故，我們的子女可怎麼辦？我想起你說過要未雨稠繆，因此請你來商量商量，我們該如何預做準備才是？」

沈綾想了想，說道：「我有個主意，可供十五郎斟酌。」

十五郎眼睛一亮，問道：「甚麼主意？你快說。」年幼之時，他便常常請沈綾來給自己出主意，次次都頗為管用，因此對他信心十足。

沈綾望著他，說道：「十五郎，你信我麼？」

十五郎睜大眼道：「二郎何有此問？我當然信你，不然怎會特意找你來，請你給我出主意呢？」

沈綾笑了，說道：「我這次造訪建康，主要目的是參與沈氏宗族大會，商談先父先兄逝後的財產分配，同時也試圖拓展『沈緞』在建康的生意。先前我有心將『沈緞』賣入王謝家等高門華族，但我並未來尋你，請你幫我引介，而是自己想方設法，直到王謝兩家都大量購入『沈緞』了，我才來見你，你可知其中緣由？」

十五郎倒也不蠢，說道：「我也有此疑問，你當初為何不來找我呢？我定能替你引薦，如此你在我們王謝家推銷『沈緞』，可就容易得多了。依我猜想，你是不願濫用我們的情誼，並想證明自己不靠關係，也能做成生意，是麼？」

沈綾笑了，說道：「知我者，十五郎也！」

兩人相視而笑，對飲一杯。

沈綾又道：「言歸正傳。你問我如何才能未雨稠繆，我的主意很簡單。建康城王家目標太大、招人注目，我建議你及早在城外偏僻之地購置個莊子，莫讓人知道那是王家的產業；城中一旦有個甚麼風吹草動，你便能預先帶了妻小去該地躲藏，避過災禍。」

十五郎微微點頭，說道：「這主意好！但我該如何購置這莊子？」

沈綾道：「第一，你若不願讓家人知道，那麼我可以先代你置辦莊園，事成後再將地契轉到你的名下。至於銀錢，你可以跟家人說，你見我們『沈綴』生意甚好，想跟著賺點兒錢，因此給我一筆銀兩，算是在我們舖頭佔個份兒。」

十五郎點頭道：「如此使得。大約要多少銀子？」

沈綾道：「我去幫你物色一下，估計約須二至三萬兩左右吧？」

十五郎道：「那也不算多，我和內人自能負擔得起。那此事就煩勞二郎了。」

沈綾道：「自己兄弟，何須客氣？沈氏宗族會議將於明年一月召開，召開之後，我就得北歸洛陽了。購置莊園之事，我定會在離去前替你辦好。至於銀兩，你先別著急，我們『沈綴』舖頭有足夠的現銀，我先替你墊上，下回我南來時，你再還我便是。」

十五郎又是感激，又是寬慰，拉著沈綾的手，說道：「二郎，此事就拜託你了！」

沈綾回到舖頭後，立即便與洪掌櫃說了此事。洪掌櫃道：「這事不難，就是須花點工夫，費些時日，我們定能替十五郎辦好。」

次日沈綾和洪掌櫃一同去城外巡視桑園絲坊時，便順路物色了幾處莊園，問明了要價。回來後，沈綾便向十五郎報告了他看中的三個莊園，分析長短利弊，最後十五郎和妻子討論了，夫婦倆挑了一座在建康城外東北五十里外，遠在棲霞山腳的農舍，地勢隱密，有片不大不小的田園，作價二萬五千兩。沈綾於是以「沈綴」的名義買下了這塊田園和農舍；由於交割過戶費時耗日，他怕無法在自己離開建康前辦完，便交代洪掌櫃等地契到手後，再去王家悄悄交給王管事，請他轉交給十五郎。

而沈綾在建康成功拓展事業，名聲大噪後，沈拾對他更是大為肯定，在宗族大會召開之前，便已帶著沈綾拜訪了數位年高德劭的沈家族老，告知自己支持將沈拓嫡子沈維在北方「沈緞」的份兒，全數轉給庶子沈綾。

然而眾族老對北方「沈緞」生意完全不了解，只知道沈拓非常富有，聽說要將宗族產業轉給沈拓的庶子，都不大贊成，暗中對沈拾道：「沈拓在北方賺了大錢，卻一點兒也未曾分給南方的沈氏宗族。如今他和沈維不幸去世，沈維無嗣，財產歸於祖產，這乃是天經地義之事，我們南方沈家也能因而得到一些好處。為何要拱手讓給一個庶子？」

沈拾於是告知沈拓在洛陽的鮮卑妻子羅氏為了爭產，不願將任何財產留給庶子沈綾等情，最後說道：「二郎雖為庶子，年紀又輕，但他深受先兄的信任愛重。只嘆北方重嫡輕庶，鮮卑人尤甚，因此羅氏不斷從中作梗，百般阻擾二郎繼承沈家產業。若在我們南方，父親長兄過世，財產自然由次子繼之，毫無疑問。此事倘若由我處置，依照我們漢人的傳統禮法和宗族規矩，也定會將財產傳給二郎，而不會效法北方鮮卑胡俗。」

眾族老聽了，都不得不同意；事關胡漢禮俗，為了維護漢人正統禮法，在道義上自應支持此議。然而有位族老仍道：「但是我們南方沈氏祖產原本不多，近年愈發拮据，連子弟就學都難以應付。如今既然多了一筆財產，又怎能拱手讓出？我等又該如何向數百親族交代？」

沈拾嘆了口氣，說道：「據我所知，北方『沈緞』生意的收入，並不如我等想像那般豐厚。先兄遇難之前，便遭人侵佔了一大筆財富，他準備運來南方的大量絲綢和金銀，也遭匪徒劫掠，一點兒不剩；加上北方連遭兵亂，生意更是一洩千里。因此大郎的那些份兒，實際上並不值多少銀兩，未來能否定期替祖產增添月銀或年銀，可是難說得很。」

眾人聽了，都是大嘩起來，一個族老說道：「沈拓在洛陽城結交皇親國戚，靠著販賣絲綢賺了大筆財富，直是富可敵國，沈維的份兒怎麼可能不值錢？」

沈拾無奈，只好請了洪掌櫃來，給族老們解釋北方「沈緞」為何連年虧空。洪掌櫃說了一遍北方「沈緞」生意因連年戰亂而愈趨蕭條的情況，最後說道：「『沈緞』往年生意最好之時，能夠每年淨入十萬兩；大郎擁有四分之一，便等於年入二萬五千兩。但是北方兵劫連年，生意大不如昔，這兩年虧空甚大，今年只怕得虧上三、四萬，分派到大郎這兒，就得虧空將近一萬。明年如何，還不好說呢！洛陽情勢混亂，如此下去，北方『沈緞』也不知何時才能開始盈利？」

眾族老聽了，都皺起了眉頭，一個族老對沈拾道：「原來沈維留下的份兒並不真的值錢！但無論如何，要我等無端放棄一筆財產，殊不合理。若有相應的報酬，那還可考慮考慮。」

一切與生意經商相關之事，沈拾自己原本弄不清楚，於是對洪掌櫃道：「洪掌櫃，族老的意思，須煩請你轉告侄兒，待汝等商量之後再回覆吧。」

洪掌櫃回去後，便將族老的提議告訴沈綾。沈綾一攤手，說道：「我哪有其他財產去交換大兄的份兒？」

洪掌櫃想了想，說道：「二郎，沈家在北方和南方產業的經營，乃是徹底分開的。不如將南方產業的一部分捐入沈氏祖產，以換取大郎的份兒？」

沈綾沉吟道：「但是咱們在南方規模還小，即便打開了王謝兩家的生意，收入也得送去補北方的虧空，自個兒可還沒開始盈利哪！」

洪掌櫃道：「如今雖尚無盈利，但南方富裕穩定，未來數年，盈利自會大幅增長。」

沈綾想了想，說道：「但誰能決定此事？沈家在南方的產業，應當全在阿爺的名下吧？」

洪掌櫃露出微笑，搖了搖頭，說道：「二郎，東家當時早有遠見，他已將『沈緞』在南方的產業，全數歸於你一人的名下了。」

沈綾聞言一怔，脫口道：「此事當真？但是，當時阿爺曾跟二叔說過，南方『沈緞』的份兒，全都歸在祖產名下啊？」

洪掌櫃搖頭道：「非也、非也。東家當時雖對沈二郎君這麼說，但沈二郎君不懂得生意，並未深究。東家在成立南方『沈緞』後，便在建康成外購入數百畝良田，歸於祖產；其餘所有與絲綢營運有關的產業，則都歸於南方『沈緞』；而南方『沈緞』的所有份兒，全都在你的名下。」

沈綾又驚又喜，再次問道：「當真全都在我的名下？」

洪掌櫃點頭道：「正是。二郎若不信，我將產權文狀拿給你看。」於是取出當年沈拓南下時辦理的文狀，果然南方「沈緞」的產業全在沈綾一人的名下。此事大出沈綾的意料之外，令他一時呆在當場。

洪掌櫃道：「二郎，北方『沈緞』在未來三、五年內，看來都不可能有多少盈利了，至多只能停止虧損。至於我們南方，原本便已有十分可觀的盈利，加上你這幾個月爭取到的世家大戶主顧，今年的淨利應能超過百萬。東家當年便已預知，東家娘子一定不肯讓你得到北方『沈緞』的任何份兒，而大郎又將繼承北方『沈緞』的事業，因此東家將南方『沈緞』的產業全數給了你。東家的原意是想為沈家留下一條後路，如今竟真派上了用場，實在是高瞻遠矚啊！」

沈綾想了想，說道：「我既然擁有南方『沈緞』的份兒，那又何必去爭大兄洛陽『沈緞』的份兒呢？」

洪掌櫃搖頭道：「話不是這麼說。二郎，你須得替大娘、二娘，還有北方『沈緞』所有的掌櫃、伙計和工人們著想啊！北方『沈緞』若落入孫姑一家的掌持，只怕撐不了三、五年，就要關門大吉了。如此一來，所有伙計和工人都將失去活計，而兩位小娘子未來想要順利出嫁，只怕就更加不易。」

沈綾點點頭，說道：「因此我必得撐起北方『沈緞』，好照顧大夥兒的將來。」

洪掌櫃道：「正是。」

沈綾負手在屋中走了一圈，站定下來，說道：「不如這樣吧。我將南方『沈緞』的四分之一份兒捐出，做為沈氏祖產，由二叔代理；每年盈餘的四分之一歸於祖產，充作年銀。今年扣除成本和送去北方填補虧空的銀兩，剩下的盈餘總有四萬左右，因此沈氏祖產應能實收一萬兩；未來如何，就要看每年的生意了。你認為宗族會答應麼？」

洪掌櫃微微一怔，說道：「二郎，你太慷慨了！不如減少些，不必捐出四分之一，十分之一就夠了。」

沈綾想了想，說道：「二叔往年對我多所照顧，眼下也對我大力支持，而阿爺昔年亦有心回饋沈家宗族。我這麼做，阿爺和大兄想必會贊同的。」

洪掌櫃聽了，也只能同意。沈綾便將此議告知二叔沈拾，沈拾不懂得生意，但聽一年能進帳一萬銀，足能供應族中眾多子弟讀書和膳食的費用，便欣然同意了，並告知了族中耆老，眾人都極為歡喜，同聲贊成。

卻說沈家的宗族大會如期於次年正月召開，會中沈拾提出沈綾以南方「沈緞」四分之一的份兒交換沈維北方「沈緞」四分一份兒之議；眾族老知道北方的份兒此時並不值錢，而南方光是今年便能進帳一萬兩銀子，未來還可能有更多進帳，都更無異議。自此，沈拾順利讓宗族諸老同意將原本應當歸於祖產的沈維財產，直接轉予庶弟沈綾繼承。

消息傳到北方之後，沈雁大大鬆了口氣，慶幸不已；孫姑則勃然大怒，她早先已暗中派長子孫聰去往建康拜見二弟沈拾，帶去了五千兩銀子，向他遊說，明言絕對不可召開宗族會議，即使召開，也絕對不能讓沈綾繼承沈維的份兒。孫聰去了一趟建康，將銀子交給了二舅，也將母親的話轉述了，便以為自己的任務已然達成，可以交差了，早早得意洋洋地回到洛陽，對母親說道：「二舅窮酸得很，這輩子只怕沒見過那麼多銀子！他當然會願意替阿娘辦事了。」

孫姑當時撇嘴笑道：「你二舅是個窮官兒，跟富貴搭不上半點邊兒，只要給他一點兒好處，事情便容易解決了。」於是放下了心。她卻萬萬沒有想到，自己給的五千兩，和沈綾提議的每年一萬兩相差懸殊，沈拾和族老們權衡利弊，自然都站去了沈綾那邊。孫姑只覺灰頭土臉，無法向羅氏交代，於是趕緊去找了陸婇兒商量。

這時陸婇兒已跟著孫姑好一段時日了，孫姑對她愈發信任。陸婇兒想了想，建議道：「孫姑，依我說，如今妳只能去找我姨母，向她索討她手上的份兒了。」

孫姑擔憂道：「她會願意給麼？」

陸婇兒道：「倘若以大娘和二娘的將來為威脅，她或許會同意。」

孫姑認為她說得有理，於是立即去找羅氏，對她說道：「沈綾那豎子，委實奸詐！我都跟二弟說好了，他卻硬生生改變了二弟的決定，搶走了維兒留下的份兒。如今要掌握『沈緞』，只有一個辦法了！」

羅氏此時病勢更加沉重，半睡不醒地聽著，心中憂急如焚，問道：「妳快說吧，甚麼辦法？」

孫姑道：「弟妹！妳手中還有妳和拓弟總共三成五的份兒，倘若妳有個甚麼不測，這份兒自當傳給兩位女兒。但妳也知道，大娘莫名信任那豎子，二娘則年幼管不了事，這三成五若給了她們，就等同都給了那小子了。他已經擁有了四分之一，再加上妳手中的份兒，豈不是整個『沈緞』都要落入他手中了？」

羅氏急道：「那妳說，我該怎麼辦才是？」

孫姑道：「弟妹，妳該考慮將那三成五轉給我，讓我代表兩位侄女，加上我手中的一成，我們便有四成五了，如此才能抵抗沈綾那小子啊！」

羅氏雖病重，腦子卻還是清醒的，自然不可能將自己手握的份兒輕易拱手讓給孫姑。她微微搖頭，說道：「我明白姊姊的一片好心，但我除了手中的這些份兒，其餘甚麼也沒有了。『沈緞』的份兒，只能留給我的兩個女兒，絕對不能交給他人。」

孫姑還想再勸，羅氏只擺擺手，說道：「姊姊，多謝妳試圖幫我！倘若這是天意，那我也阻止不了。妳去吧。」

孫姑見她氣息虛弱，不敢再說，悻悻地去了。

孫姑離去之後，羅氏一咬牙，喚了嵇嫂來，吩咐道：「妳立即去請景樂寺那位江術士來。」

嵇嫂聽了，好生擔憂，勸阻道：「娘子！妳身子虛弱，不宜見這等術士巫者之流啊！他們素來陰氣深重，只怕會加重您的病情！」

羅氏卻堅持道：「我的病情纏綿日久，早已藥石無救啦！此時此刻可不顧得甚麼加重不加重了。快去、快去！」

嵇嫂無奈，只能說道：「今兒晚了，已是掌燈時分，宵禁開始，李叟不能出門啦。我讓李叟明日清晨去請便是。娘子喝了藥，先歇息吧。」

羅氏眼見天色已黑，只能答應了。

偶戲里的陋巷中，江淼獨自躺在一間破爛的舊屋中，望著漏水的屋頂發呆，難以入睡。他失去變戲法的生計已有數年了，一年比一年窮困潦倒，每況愈下；原本跟隨他的童子不是被他賣了，便是自己逃跑了，除了那個他向來寵愛的童女小玉外，便只剩下兩個年幼的童子還跟在他身邊。這幾年來他想盡辦法攢錢，但兵荒馬亂之中，城中居民完全無心看甚麼戲法表演；早年他還替人施展法術，驅邪消災，但因他法力有限，口頭說得漂亮，術法卻終歸無效，欺騙主顧太多次後，早已信用全無，之後便再也沒人來找他施法下咒。

他一直盼著能從沈家羅氏手中再敲一筆，但羅氏病勢纏綿，始終未曾派人來找他。他打聽之下，才知道沈二郎又去了南方，不禁大失所望，暗想：「那沈二郎又離開了洛陽，遂了羅氏的心願，她更加不會來找我了。」

至於沈綾南下是為了爭取亡兄遺留下的「沈緞」份兒，卻非他所能知。

這日清晨，江淼尚未起身，迷糊中但聽一個小童在屋外叫道：「師父，有個車夫來找您，說是沈宅派來的。」

江淼心中一跳：「沈宅？莫不是羅氏？她可終於來找我了！」連忙起身，隔著屋門問道：「甚麼人？」

大門外正是沈家禿頭車夫李叟，他在門外恭敬說道：「江先生，請問您今日可有空閒？我家主母有請江先生赴敝府一見。」

江淼知道自己須得擺出架子，才有機會狠敲一筆，當下假意推拒道：「本術士今日很忙，改日吧！」

禿頭李叟急道：「主母說道，事情緊急，命小的今日務必請先生來敝府一敘！」

江淼心中雖也急著想去見羅氏，但謹記著往年騙錢的伎倆，還是堅持拿矯作勢，喚了小玉進來替自己梳頭洗臉，又慢慢地吃了小童們奉上的乾饅頭，找出一件不大破爛的衣衫換上，直弄了半個時辰，才開門出來。不料這時在屋外等著他的，竟然是上次見過的，羅氏的貼身婢女陸婇兒！

陸婇兒身形矮小豐腴，一張圓臉帶著友善的笑意，說道：「江先生，好久不見啦。」

江淼心中一跳，連忙打躬作揖，說道：「陸小娘子！沒想到妳親自來了，怎不早說呢？」

陸婇兒瞪了他一眼，逕直跨入江淼的陋室中，再狠狠地瞪了小玉一眼，斥喝道：「出去！」

小玉被她嚇得臉色一白，趕緊竄出室去。陸婇兒關上房門，抬起頭，直視著江淼，說道：「你此番打算如何？再想耍甚麼伎倆欺騙我姨母，可沒有這麼容易了！」

江淼忍不住發惱，壓低聲音說道：「陸小娘子，上回的事，難道不全出自於妳的授意？是妳鼓動妳姨母來找我，更告訴我該如何應對妳姨母的要求。我一切全照著妳的指示去做，連那五千兩都分給妳了一半，妳還有甚麼不滿意的？」

陸婇兒「哼」了一聲，說道：「此一時，彼一時。當年我們能順利趕走沈二郎，還不都靠了我？我鼓動二娘去向她阿爺告狀，又在姨父耳邊說了不少話，姨父才下決心將二郎帶去南方長住。如今我們要再次趕走他，可沒有那麼容易了。」

江淼遲疑道：「那妳說我該如何才是？拒絕沈夫人的要求麼？」

陸婇兒微微搖頭，說道：「我有辦法。關鍵在於她那兩個寶貝女兒。你暫且裝作甚麼都不知道，就去探探她的口風；你也不必管術法是否能成，一見到機會，便盡量敲她一筆。」又道：「我偷偷來此見你的事，切莫讓外面那車夫知道了。快去吧！我留在這兒等你消息。」

江淼點點頭，吸了口氣，鎮定下來，整理衣容，跨出門外，對李叟道：「看在尊夫人一片誠心之上，我這就去見她吧！」

李叟早等得心急如焚，又不敢催促，見他終於出門來，大喜過望，連忙道：「江先生快請上車！」

不多時，江淼乘李叟的馬車來到沈家後門外，李叟引他進入後門，走上一條夾道，來到沈夫人羅氏於鳳凰臺的寢室之外，向嵇嫂稟告了。

羅氏仍舊病體虛弱，無法起身出室，命嵇嫂道：「讓江先生進來我室中，我有要事須向先生請教。」

嵇嫂引江淼進入室中，江淼見室中陰暗，藥味刺鼻，一股死亡的氣息瀰漫；床前掛著錦緞繡花帘子，幽幽掩住了床榻。

但聽羅氏在帘中說道：「嵇嫂，妳且出去，帶上了門。」嵇嫂應聲去了。

羅氏從榻上勉強撐起身，掀開床帘一角，狠狠地盯著江淼，責問道：「你答應過我的事情，為何沒有辦到？」

江淼見她神情冷肅，但臉頰瘦削灰敗，看來已病入膏肓，離死不遠，並不怎麼懼怕，於是也擺出同樣冷肅的神情，說道：「夫人！多年之前，妳曾囑我將貴府二郎趕離洛陽，我已替妳辦到了。他被貴府郎君帶去建康定居，顯而易見，妳讓我施展的術法已然奏效了。如今，二郎不是又去了南方麼？」

羅氏怒道：「但是他又要回來了啊！他去南方，是為了爭取宗族支持，以取得我兒的遺產。如今他不但要回來了，還將公然介入『沈緞』的經營！」

江淼只能嘴硬，說道：「妳當初要求我施展的術法，是讓他離開洛陽，離開妳的眼前，並沒開口說要讓他永遠消失，因此我只收取了五千兩現銀。如今尊夫和賢郎不幸過世，貴府情勢轉變極大，我當時所使的小術法，自然也就不管用了。」

羅氏又是惱怒，又是著急，勉強吐出一口長氣，才說道：「不錯，如今勢態緊急，更勝往昔。先生若能助我，不妨另開價格。」

江淼心中大喜，表面上勉強維持鎮定，但因心頭焦慮，手指不斷敲擊著茶几，敲了好一會兒，他才終於停下，望向羅氏，緩緩說道：「請問夫人，我若要價五萬銀，妳說如何？」

羅氏苦苦一笑，說道：「不瞞先生，我們沈家此時的境況，可是雲泥之別了。你或許聽聞過，我們存在糧莊的錢遭人侵吞，家中許多金銀財寶則被盜匪搶劫一空，生意更是一落千丈。我當年能出五千兩，現今……現今只怕連五千兩都拿不出。」

江淼內心一涼：「看來沈家如今只剩下個空殼子，竟然連五千兩都拿不出！那我還圖個甚麼？」

他勉強掩飾內心的失望，微微一笑，說道：「夫人說笑了。貴府即使這幾年生意不如往年，但家財萬貫，金山銀山，總還是有的吧？若連區區五千兩都捨不得、出不起，這財產繼承，還有甚麼可爭的呢？」

羅氏躺倒在病榻上，氣息微弱，低聲道：「你不懂得。我們『沈緞』的桑園絲坊、染坊織坊等，還是有不少的。我要替女兒爭取的，乃是『沈緞』的經營；而『沈緞』的生意要繼續下去，便不能變賣這些桑園作坊。因此我此刻手中能拿出來的現銀，確實不多。」

江淼點了點頭，想起陸媃兒曾說過：「關鍵在她那兩個寶貝女兒。」於是問道：「請問夫人，妳最心愛之物為何？或可以此交易。」

羅氏心中一跳，暗想：「我最心愛之物，自然是雁兒和雛兒了。但我怎能犧牲她們，以換取除去沈綾那豎子？這當然是不成的。我想要那豎子永遠離開沈家，正是為了要保護兩個女兒啊！」她感到如被當頭潑了一盆冷水般，立即說道：「先生若要索討我最心愛之物做為報酬，恕我不能應允。此事就此作罷，嵇嫂，送客！」

江淼心中一緊：「可別就此壞了事兒。」他穩穩坐著，並不起身，卻呵呵笑了起來，說道：「夫人誤會了，小人並不敢要求夫人給予最心愛之物。小人清楚明白，除了兩位愛女，夫人其餘應當甚麼都不吝惜才是。倘若小人能夠保證讓兩位小娘子繼承『沈緞』和沈家的所有產業，妳又怎會湊不出五千兩呢？」

羅氏臉色灰敗，搖頭道：「如今我臥病不起，家中的財務早已不歸我管了。我是真的拿不出五千兩。只不過，我有另一件物事，可以交給你。」

江淼揚眉道：「不知夫人所指為何？」

羅氏眼眶深陷，直視著他，緩緩說道：「我曾聽人說，巫者往往以他人的性命精魄，來鍛鍊自身巫術法力。我這條命原已不長了……我自願交給你。這可值得五千兩吧？」

江淼聞言，大驚失色，呆了一陣，才支支吾吾地道：「夫人是要……是要讓我取去妳的……妳的性命？」

羅氏緩緩點頭，說道：「正是。不單是我的性命，連我的精魄都能給你。然而在此之前，我必須確知你能否達成我的要求！」

江淼勉強定下神來，心念電轉：「我從她身上撈不到錢，卻能取得她的性命。然而她的性命又值多少銀兩？我術法有限，可不懂得如何取人精魄、鍛鍊法力。」他明知自己並無法達成羅氏的任何要求，仍硬著頭皮，裝作自信滿滿地道：「小人的術法，保證能令沈二郎離開洛陽，並且能夠確保洛陽『沈緞』和沈家所有產業，都由夫人的兩位親生女兒繼承，不讓沈二郎繼承半點。妳說如何？」

羅氏聽了，搖頭道：「不只如此，我還要他永遠離開，再也不能回到洛陽和沈家！而且不只洛陽的產業，沈家所有的產業，包括在建康的產業，也不能由他繼承半點，一切都須歸我兩個女兒所有。」

江淼微微一笑，心想：「小謊也是謊，大謊也是謊，有何差別？她人死之後，又知道甚麼？又怎能來找我算帳？」當下爽快地道：「好！沈家所有在洛陽和建康的產業，沈二郎都將無法繼承半點。我也將令他離開中土，永不歸還。妳說如何？」

羅氏點頭道：「如此甚好。然而我如何能夠確知，先生將會實踐諾言？」

江淼睜著一雙碧色的雙眼凝望著她，說道：「夫人！妳當真願意付出代價麼？」

羅氏一咬牙，說道：「我纏綿病榻，已逾數年，痛苦不堪，老早不想活了！只要你能趕走沈綾那豎子，確保由我的兩個女兒繼承沈家和『沈緞』的所有財產，那你隨時可取走我的性命，我毫不吝惜。」

江淼見話已說到這個地步，只能說道：「小人已明白夫人心意了，待我回去思慮數日，再給夫人確切的回覆，如何？」

羅氏甚是不耐，說道：「快，要快！搞不好我這條命轉眼就沒了，那你可就甚麼都得不到了！」

江淼站起身，拱手說道：「小人理會得。然而此事殊為不易，小人須得深思熟慮，確定自己所施術法能夠完全達成夫人的要求，才來跟夫人覆命。」

羅氏只能答應了，說道：「請先生盡速回覆，妾身在此恭候。」

江淼告辭羅氏，離開了沈宅，禿頭李叟駕車將他送回偶戲里的住處。江淼一路上好生煩惱：「沈夫人若願意給我錢，那就好辦了。但她一心將錢財留給女兒，只願意給我她的命！我要她的命有甚麼用？又不能賣了換錢。」隨即想起：「我不能用，或許可以賣給其他巫者？然而洛陽城中，又有哪個巫者懂得取用人的性命？」

他下車之後，獨自走入陋巷，回到破屋中，見陸媃兒仍在室中等他，便關上門，轉述了羅氏的言語。

陸媃兒皺起眉頭，說道：「看來我姨母當真不想活了，竟自願交出精魄！」

江淼問道：「陸小娘子，城中的巫者術士，妳可知哪個能利用人的性命魂魄修煉？」

陸媃兒眼睛一轉，嘴角一勾，說道：「我聽說城中剛剛來了一位法力高強的大巫，此人或許會有興趣。你等著，我去探問探問。」隨即快步出門而去。

第四十三章　國師

當日晚間，江淼喝得醉醺醺地回到家時，但見小玉迎上前來，說道：「師父，您有客人。」

江淼一呆，心想：「這幾年來我們門前車馬冷清，今日不但有羅氏來請，陸綵兒來訪，現在還來了客人？」問道：「來客何人？」

小玉道：「我不認識。是位老者，他在室中等您。」

江淼微微皺眉，問道：「老者？他叫甚麼名號？」

小玉道：「我問了，他沒說。」

江淼「哼」了一聲，在門外咳嗽一下，推門入室，但他的手才碰到門板，便感到室內傳來一股極為霸道的法力，掃過他的面龐身體，令他全身肌膚寒毛倒豎。

江淼心道：「好傢伙，來人是個巫者！」趕緊口念咒語，以法術護身，吸一口氣，才伸手推門，緩緩踏入室中。

室中昏暗，當中盤膝坐著一個老頭，看來總有八、九十歲了，身形瘦小，乾癟枯朽，臉上布滿皺紋，一雙老眼透出黃濁的光芒；他身上穿的是高貴的五色織錦花袍，乃是胡教薩滿的裝束。江淼感受到此人的威力，又見他衣著華貴，不敢缺了禮數，雙手交叉胸前，躬身向那老者恭敬行禮，說道：「大巫在上，容小人江淼參拜！」

那老者抬眼望向他，微微點頭，說道：「赫，連，壘。」

他說話簡潔有力，雖只吐了三個字，卻如三聲響雷一般，直直打入江淼的心底深處。江淼身為半巫術士，自然明白這三個字的意義：那是這老者的名號，這貌不驚人的老頭子，竟然便是眾所周知的大魏新任國師，赫連壘！

江淼隱約知道，赫連壘乃是來自北方的鮮卑族薩滿之長，世代忠於宇文氏族；宇文氏此時是北方鮮卑族中極有勢力的一支，因此能將本族薩滿送入大魏皇宮中，擔任皇帝國師。

江淼先是不敢置信，接著全身不由自主地顫抖起來，慌忙跪下，拜倒在地，頭也不敢抬起，口中直喊道：「國師在上，小人有禮！」

赫連壘睜著一雙黃濁的老眼，凝望著他，說道：「吾知，你有，童子，童女。需精魄。交吾，報酬，豐厚。」他說起話來幾個字一斷，似乎不大懂得說漢語，發音也頗為古怪，但意思再清楚不過。

江淼聽他向自己要童子童女，呆了呆，趕緊回答道：「啟稟國師，小人原本有十多個童子童女，但如今他們大多已散去了，只剩下三個，不，只剩下兩個。」他不捨得送走小玉，因此說少了一個。

但見赫連壘皺起眉頭，露出不悅之色，江淼靈機一動，又趕緊道：「但是我手中有一位貴女的性命，她自願將性命交給我，連精魄都願意給出！」

赫連壘揚起眉毛，「說！」

於是江淼說了沈夫人羅氏願意以性命換取趕走沈家二郎的交易。赫連壘聽完後，微微搖頭，說道：「須童男，童女，未過十歲，青春，健壯。沈夫人，四十？纏綿久病，精魄衰弱，無用。」

江淼忙道：「但她的精魄是自願交出，比之搶奪過來的好用得多，不是麼？」

赫連壘想了一下，微微點頭，說道：「確實。沈夫人，亦可。兩千銀。」

江淼原本希望能夠撈個過萬兩，聽他說只出兩千，不禁大感失望，但也只能躬身道：「多謝國師。」

赫連壘又道：「童子，一千。歲數？」

江淼感到全身一涼，知道赫連壘打算奪取自己徒弟的精魄，多半用於修煉返老延壽之術，不禁毛骨悚然，想著：「我能將他們交給赫連壘，讓他們去送死麼？」又一咬牙，心想：「我在洛陽早已無法靠表演戲法攢錢，也不需要徒弟跟在身邊了。眼下兵劫不斷，孤兒甚多，孩子容易找得很。我若轉去他處棲身，到時再收留一些孤兒做徒弟便是。」於是說道：「我手下那兩個童子，一個七歲，一個九歲。」

赫連壘點頭道：「可，都要。」

江淼道：「遵命，兩個童子，江某樂意交予國師。」

赫連壘卻再次搖頭，說道：「莫欺吾！童子二，童女一。共三。三千。」

江淼聞言，心頭一震：「他還要小玉！我能將小玉交給他麼？」

赫連壘看出他的猶疑，冷然道：「童子，延命；童女，回春。」

江淼聽過巫者多以童子施法，藉以延續性命，童女則另有祕法，能藉以返老回春。他心中更加恐懼抗拒，搖頭道：「我替國師另找一個童女吧。這個我想……我想留下。」

赫連壘搖頭道：「今夜，就要！三童男女，沈夫人，共五千。何如？」

江淼滿心不捨，猶豫不決，咬著嘴唇，不敢答應。

赫連壘等了一陣子，神情轉為冷肅，緩緩舉起手，伸出食指，指向江淼胸口。

江淼頓覺胸口悶塞，難以呼吸，他不知赫連壘正對自己施展甚麼法術，只嚇得心神俱裂，暗想：「赫連壘乃是大魏國師，皇上的御用大巫，地位崇高，巫術深不可測。我一個小小半巫，怎能與他相抗？」不敢再討價還價，慌忙道：「好！好！三個都給國師，加上羅氏，一共五千兩銀子，國師可不能反悔！」

赫連壘「哼」了一聲，放下手指，江淼頓時能夠呼吸了，但一時癱坐在地，難以動彈，全身冷汗，喘息不止。

赫連壘從懷中取出一個沉甸甸的牛皮袋子，扔過去給江淼，說道：「銀子，足三千。三童，領走。沈氏，可遲。」

江淼接住了，見赫連壘準備起身離去，忽然想起了沈二郎，慌忙道：「國師且慢！但是……但是沈夫人要我辦的事，我辦不到啊！我須得辦到了，她才會自願交出魂魄。」

赫連壘冷然望著他，問道：「何事，難辦？」

江淼道：「她要我趕走沈二郎，令他永遠不能回到洛陽和沈家；沈家財產也不能讓他繼承半點，須得全數由羅氏的兩個女兒繼承。」

赫連壘側過頭，說道：「此事，何難？」

江淼低下頭，囁嚅道：「沈二郎，那少年十分……十分古怪。我們居於洛陽的巫者術士，個個都想接近他，盼能從他身上吸取些益處，但誰都不敢動他。沈夫人要我施法逼那少年離開洛陽，但我根本無法對他施展任何術法啊！」

赫連壘瞇起眼睛，問道：「沈二郎，何人？」

江淼道：「他是絲綢大賈沈家的庶子，約莫十四、五歲年紀，之前曾被沈夫人羅氏趕去了南方建康，後來他父親和兄長遭強盜殺死，他回到了洛陽奔喪，並開始爭奪『沈緞』的經營和沈家的財產。」

赫連壘閉上眼睛，似乎在觀望沈綾這個人。他安靜了一陣子，忽然睜開一對黃濁的老眼，說道：「蠢哉，江淼！使人，唯巫術乎？」

江淼一呆，說道：「小巫蠢笨，不明國師所指為何？」

赫連壘道：「人心，詭異；可令，不爭。」

江淼仍不明白，說道：「請國師指點迷津。」

赫連壘蒼老的臉上露出一絲詭異的笑容，說道：「吾活百年，世代輔帝。萬事萬物，皆無必理。汝以為，沈二爭產？」

江淼道：「他當然有心爭奪家產了！沈家富可敵國，那麼龐大的家產，誰會不要？再說，沈家只剩下他一個兒子了，不由他繼承，又由誰來繼承？」

赫連壘身子前傾，緩緩說道：「吾告汝，沈二無心。信否？」

江淼一怔，說道：「那怎麼可能？我自然不信。」

赫連壘道：「易也！令自棄。」

江淼仍感到難以置信，說道：「沈二郎得到父親的遺產，乃是理所當然之事；他自然清楚情勢，因此特地去了趟南方建康，爭取宗族支持，取得了其兄的遺產。沈家這筆財富，無論如何都是他的。他怎麼可能自願放棄？」

赫連壘道：「人，巫，有所重，勝錢財。巫者，增法，延壽，不死；人者，親情，道義，天命。」

江淼聽了，雖同意國師之言，卻仍不明所以，滿面迷惑之色。

赫連壘顯得有些不耐，說道：「沈二至親，何人？」

江淼想了想，回答道：「他父兄已死，主母又對他百般嫌棄忌憚。我猜想他最親近的，應是他在世間僅剩的親人，也就是沈家姊妹吧？」

赫連壘點頭道：「然。保姊妹，棄家產。」

江淼皺起眉頭，說道：「沈二郎若繼承了家產，自當以這份家產照顧姊妹的生活，又怎會危害到她們？」

赫連壘再次露出古怪的笑容，說道：「全在汝。」

江淼大奇，問道：「我能做甚麼？」

赫連壘招手讓他近前，在他耳邊說了一番話。

江淼睜大了眼，驚道：「這怎麼行？羅氏……她怎麼可能同意？」

赫連壘搖頭道：「說服否，在汝言。」

江淼明白，這意指計策是否奏效，全在於自己能否說服羅氏。他側頭凝思，最後點了點頭，說道：「我試試。」

赫連壘顯得十分滿意，站起身，說道：「歸去！童子，童女？」眼光掃向屋外。

江淼一呆，心中一跳：「他要帶走小玉了！」但此時再想後悔，自已不及；他急得滿頭冷汗，張口欲言，但震於赫連壘的威勢，卻說不出半句話來。

赫連壘望向他，眼神凌厲，顯然不滿他拖拉延遲；江淼想起他方才只一舉手，便讓自己胸口疼痛，難以呼吸，不敢再次以身試法，只得對外呼喚道：「多子、哈子、小玉，你們進來！」

兩個男童和小玉趕緊趨入，行禮問道：「請問師父有何吩咐？」

江淼發現自己手中仍攢著那一牛皮袋子的銀子，忙將袋子藏在身後，咳嗽一聲，說道：「這位老先生，嗯，是位德高望重的巫者，你們快給他跪拜磕頭。」

三個童男童女當即跪倒，向赫連壘磕頭。

江淼續道：「這位老先生，嗯，他需要徒弟幫手。在我這兒，你們也知道，已很久沒活兒可幹了。我決定讓你們去幫他幹活兒，去那個……去向他老人家學習。」

兩個童男喜出望外，只道自己有機會跟著這位年高德劭的巫者學習術法，滿臉笑容地向赫連壘多磕了幾個頭，口稱：「多謝師父！」

小玉卻有些遲疑，偷偷望向赫連壘，她見這巫者不但蒼老，而且面目陰森，回頭望了江淼一眼，低聲懇求道：「師父，但是……但是我想留在您身邊，繼續服侍您啊！」

江淼聞言心中一痛，這時卻只能硬起心腸，斥責道：「誰讓妳頂嘴了？我不需要人服侍！我老早就想趕妳走了，也好少張嘴巴得餵。妳趕緊跟這位大巫而去，再也不要回來了！」

小玉眼中淚珠滾動，低下頭來，不敢再說。

赫連壘冷冷地喝道：「速行！」起身出門，兩個男童蹦蹦跳跳地跟在他身後，小玉在後拖著腳步跟上，一行人走出陋巷，上了一輛華麗的馬車，絕塵而去。

當日晚間，江淼獨自睡在破屋中，翻來覆去，難以入眠。那兩個小童也還罷了，小玉他卻萬分割捨不下。他雖只是個半巫術士，稱不上巫者，但畢竟擁有一些法力；他越想越不安，不知赫連壘將如何對待小玉？他真的將利用她施法，藉以回復青春麼？那又是甚麼樣的恐怖法術？

他再也忍耐不住，盤膝坐下，暗暗運用法力，試圖與小玉相連。小玉從四、五歲上便被他收養，已跟在他身邊八年了，師徒間建立起了深厚的聯繫，情同父女，平日往往能心意相通。這時他在心中呼喚：「小玉，小玉，小玉！」

他呼喚了一陣子，卻毫無回應。江淼只好加強法力，高聲呼喚：「小玉，妳在何方？回答師父！」

一片靜默中，江淼忽然感到自己被一團黑暗的濃霧包圍，前方傳來淒慘的尖叫聲，直令他毛骨悚然。他在施法時從未有過這般的經歷，不禁驚詫恐懼至極，趕緊睜開眼，發現自己並未回到自己的陋室，而是仍身處那團濃霧之中。他聽那尖叫之聲愈發刺耳，瞇眼瞧去，面前地上漸漸出現了兩個人形，血肉模糊，翻滾掙扎不已，不斷發出淒厲慘叫。

江淼看清了兩人的面目，正是自己賣給赫連壘的兩個小童多子和哈子！只見他們滿面鮮血，雙眼只剩下兩個窟窿，鼻中口中全是鮮血，赤裸的身上布滿了猙獰的傷口，不知經歷了何等恐怖的巫術，正遭受如何慘酷的折磨。

江淼趕緊閉上眼睛，掩住耳朵，不敢再看再聽，轉身舉步快奔，但不管他奔出多遠，卻始終無法離開那團濃霧。他背上冷汗淋漓，口中大聲誦念護身咒語，卻毫無效用。

忽聽一個聲音在耳邊響起：「二童死，此魂魄。受極苦，七七日。」

江淼聽那是赫連壘的聲音，更是嚇得幾乎昏厥過去，連忙跪倒拜伏在地，叫道：「國師饒命！」

赫連壘的聲音陰森中充滿了威脅，說道：「女童命，尚未取。」

江淼眼前陡然出現了小玉的面孔，但見她面色蒼白，眼神中滿是恐懼和控訴，一邊哭泣，一邊叫道：「師父！你怎能將我交給他？你見到他對多子和哈子做了甚麼？你見到了麼？你可知他會如何處置我？他說……我要受的痛苦，將比他們慘酷百倍，千倍，萬倍！」

江淼又是驚駭，又是悔恨，只能對著赫連壘連連磕頭，哭道：「求求國師，求您將小玉還給我！我、我甚麼都願意做！」

赫連壘仍舊未曾現身，只有他的聲音在江淼耳邊響起：「羅氏魂，速取來！」

江淼知道希望渺茫，但他不得不盡力一試，大膽問道：「國師！我若替您取得羅氏的魂魄，您可能……可能將小玉還我麼？」

赫連壘靜了一陣，似乎在考慮他的請求；過了良久，他才終於開口道：「羅氏，沈二！二魂魄，換女童！」

江淼一呆，脫口道：「國師要我去取沈二的魂魄？但是……但是……我做不到啊！」

赫連壘冷然道：「細聽。」在江淼的耳邊說出一段清楚而詳細的指示。江淼迷迷糊糊地聽著，不斷點頭。不知不覺中，江淼感到自己離開了那團濃霧，陷入一個支離破碎的夢境：

他見到兩個如花似玉的小娘子，大的約莫十八、九歲，小的十三、四歲，猜想正是沈家的兩位小娘子；她們身旁站著一個少年，正是沈二郎。他見到沈二郎身上發出一團柔和的光芒，籠罩在姊妹的身上，而在這團光芒之外，則是一片漆黑，充斥著猙獰、邪惡和凶險。

江淼若有所悟：「原來沈二郎能夠保護他的姊妹。離開他的保護，她們便將陷入無止無盡的黑暗和危難。」

夢境中的這一幕忽然消失，他看到滿面病容和仇恨的沈夫人羅氏，陰森恐怖的國師赫連壘正慢慢向她靠近。江淼嚇得心驚膽戰，心中只剩一念：「我得遠離這個國師！只教能救回小玉，讓小玉脫離他的魔掌，我甚麼都願意！」

次日，江淼一早醒來，頓時想起昨夜的經歷和惡夢，只感到全身痠軟，頭痛欲裂。他對赫連壘的恐懼已達極點，心想：「國師要我盡快去取沈夫人的精魄，還要我設法謀取沈二郎的精魄。我怎能違背他的旨意！更何況……更何況我得快點救出小玉啊！」於是拖著疲憊的身軀，再次來到沈府，去找車夫李叟。

李叟見這術士不請自來，微微一呆，趕緊進去通報嵇嫂。嵇嫂知道主母十分重視此人，趕緊將他請入羅氏的寢室。

羅氏聽聞江淼主動來訪，心中生起一線希望，振作起精神，半坐起身，問道：「先生可是同意了？」

江淼勉強定下神，裝出平日鎮靜冷傲的神態，緩緩說道：「夫人上回提議的酬勞，小人思量過後，決定接受。小人也細細斟酌了夫人要小人辦的事情，相信自己絕對能夠替夫人辦到。」

羅氏吁了口氣，說道：「那太好了！」

江淼接著道：「然而此一時，彼一時。我之前能夠以巫術迫使二郎離開，那是因為他是個地位低下的庶子，眼下卻困難得多了！如今他乃是貴府僅存之子息，更有沈氏宗族的祖先庇護，還有神佛保佑，此時此刻，欲以巫術加害，可是難上加難。」

羅氏皺眉道：「那該如何是好？」

江淼壓低聲音，說道：「由於術法不易奏效，因此小人替夫人想了一個萬全之策，須請夫人全力配合。」

羅氏道：「但說不妨。」

江淼回想著赫連壘的指點，說道：「小人竊思，要逼迫沈二郎自動放棄繼承家產，並遠離洛陽，只有一個辦法——那就是以兩位小娘子做為威脅。」

羅氏揚起眉毛，惱怒道：「兩個女兒是我此生最珍愛之人，我怎麼可能拿她們做為威脅？這是從何說起？」

江淼道：「夫人莫急，且聽我說來。事情很簡單：妳只須准許我去清楚告知二郎，倘若他堅持爭產，為免兩位小娘子們為他所害，妳便將逼迫兩個女兒出家為尼，一輩子與青燈古佛相伴！」

羅氏大驚失色，脫口道：「這怎麼成？女娘一旦入過尼寺，日後可就絕對嫁不出去了！」

江淼道：「正是。這正是小人替夫人籌畫的計策，當然並非真要這麼做，因此非但不須讓兩位小娘子知曉，更加不必讓任何其他人知道，只須由小人告知二郎即可。夫人需要展現的是妳玉石俱焚的決心；若妳以此相脅，那二郎一定會收手，自動退出爭產！」

羅氏皺眉道：「我正是為了替兩個女兒保住財產，才一心趕走那豎子。我若以愛女威脅他，又有何用？他又怎會在意我的兩個女兒是否出家為尼？」

江淼道：「他當然在乎。據小人所知，沈二郎原本便十分重視兩位小娘子，即使由他繼承沈氏所有財產，也一定會善加照顧兩位女娘。然而夫人真心所求，顯然不止於此？夫人盼望的，是令他無名無分，一無所有，甚至流落街頭，窮困潦倒。不是麼？」

江淼這番話，正正說中了羅氏的心思。她早知二女與沈綾關係十分親近，她們關懷沈綾，沈綾也非常在意她們；即使讓沈綾爭得了沈家家產，他也必將悉心照顧兩個姊妹，不會虧待了她們。然而她心中真正想要的，並非只有兩個女兒能夠繼承家產、得到照顧。她打從心底不能釋懷的，是想報復丈夫對自己的背叛，發洩自己十多年來的憋屈；她對庶子沈綾長年累積的憤恨忌憚，使她完全見不得沈綾得到沈家的一分一毫，只想將他徹底趕出家門，從此與沈家再無關連。

江淼望著她的臉色，知道自己所料不錯，於是繼續道：「倘若夫人聲稱將狠心逼迫兩位小娘子出家，二郎情急之下一定會讓步。夫人請想，二郎在這世間更無其他親人，除此之外，還能拿甚麼威脅他？」

羅氏知道沈綾關懷大女兒沈雁，對自己的小女兒沈雒更是愛護有加，思來想去，確實唯有利用這個弱點，才能逼迫他自願離開，分文不得。

她沉吟道：「然而……然而他若不信呢？」

江淼道：「夫人須得做得足夠逼真，方能生效。請妳給小人一紙書信，委託小人代妳去瑤光寺，為兩位小娘子申辦度牒。之後我便偷偷將度牒和書信拿給二郎看，告知是妳的意思，定能逼他就範。」

羅氏忍不住搖頭道：「瑤光寺？那兒的名聲很不好啊！」

江淼堅持道：「就是要瑤光寺！洛陽城中人人皆知，爾朱氏手下騎兵曾入寺淫穢，令瑤光寺名聲大惡。我若向沈二郎出示瑤光寺的度牒，他定會大驚失色，焦急萬分。屆時我將提出兩個條件：第一，他必須放棄繼承任何沈家和『沈緞』的財產，手中已有的持分，需全數轉移給兩位小娘子；第二，他必須盡快離開洛陽，不管去西域也好，去南洋也好，任他選擇。夫人可以命他帶上一些絲綢貨物、幾個伙計，假稱是去做買賣，好掩人耳目，免惹議論；但他須發下毒誓，這一去，此生便再也不可返回洛陽。」

羅氏質疑道：「毒誓？那足夠麼？他未來倘若反悔，那時我已離世，你如何保證他永遠不會回來？」

江淼壓低了聲音，說道：「不瞞夫人說，毒誓只是個幌子。萬全之計，自然是讓他永遠從世間消失。」

羅氏揚起眉毛，露出疑問之色。江淼續道：「等他離開洛陽後，本人便將施展法術，讓他遇上意外、葬身異地，如此便可保證他永遠不會回來了。」

羅氏原已料想到，聽他親口說出，不禁長長吐出一口氣，靜默片刻，終於點點頭，緩緩說道：「如此……如此使得。」在她心中，若能設法殺死沈綾，自然是永絕後患的上佳之策；但她畢竟出身鮮卑武將世家，又是富商之家的主母，要她幹下聘凶殺人之事，良心上畢竟過不去，更加不可能宣之於口。如今江淼主動提出要殺人滅口、永絕後患，藉以保證那人永遠不能回來沈家和洛陽，委實正中她的下懷；即便要她在近日內離世，到時也能瞑目了。

羅氏自知離死不遠，害怕來不及趕走沈綾，自己便撒手人寰，於是說道：「先生既確定此事能成，那麼這場交易便就此定下了。先生要的報酬，一旦事成，我將立即償付；先生此刻若需要任何銀兩物事，我定當盡力給予。」

江淼聽她信了自己，暗暗鬆了口氣，側頭想了想，說道：「小人此刻唯一需要的，是一封夫人的委託信，好去瑤光寺申辦度牒。」

羅氏同意了，於是喚了嵇嫂取來紙筆，當著江淼的面寫下了委託信，讓他去瑤光寺為女兒申請度牒，二人又商定了其餘細節。

商討完畢，江淼站起身，準備離去，腦中忽然浮現昨夜關於沈家兩位小娘子和沈二郎的夢境，忍不住道：「夫人，妳交託之事，小人定可辦成。然而事成之後，小人可不能保證兩位小娘子的安危。」

羅氏微微一怔，問道：「你說不能保證我女兒們的安危，那是甚麼意思？」

江淼腦中浮現先前夢境中見過沈二郎身上的光芒籠罩他的姊妹的情景，又忽然閃過小玉哭泣乞求的影像，禁不住打了個寒戰，猶豫一陣，才道：「以我所知，兩位小娘子的命運，與沈二郎的命運緊緊糾纏在一起，他可以說是她們的守護神。一旦沈二郎遠離，兩位小娘子便將失去守護神的庇護了。」

羅氏聽了，勃然大怒，拍榻叫道：「胡言亂語！甚麼守護神！他根本就是個瘟神，不知從哪兒來的賤婢私生子，我連他是不是先夫的親生兒都不知道！他阿娘是何方妖魔鬼怪，我更加不知！哼！那個賤婢就這麼來到我沈家，生下一個孽子，之後便不聲不響地消失無蹤。沈綾，哼！他憑甚麼待在我沈家，跟我的女兒爭奪財產？」

江淼見她全不聽信，只能放棄，說道：「夫人既然不相信沈二郎是兩位小娘子的守護神，執意要送走他，那小人自當照辦。」

羅氏咬牙道：「我的兩個女兒出身大富之家，聰明能幹，美貌出眾，我只須替她們守住她們應得的財產，她們此後的命運自當順遂平安，一世享受富貴榮華！」

江淼將雙手攏入袖中，並不接話，只道：「既然如此，事情辦成之後，小人便來收取報酬。」

羅氏明白他所說的報酬，便是自己的性命。她久病之下，臉色本已蒼白，這時更是面容灰敗，雙眼無神，聽了他的話後，只垂下眼瞼，輕嘆一聲，躺回靠枕之上，淡淡地道：「只要能趕走沈綾那小子，保住沈家的財產，全數留給我的兩個女兒，我死而無憾！」

江淼點點頭，回過身，無聲無息地走出屋去。他心中忽然浮起昨夜見到的景象：自己送給赫連壘的兩個小童多子和哈子，面目血肉模糊，全身赤裸，身上滿是傷痕血跡，慘呼之聲似乎仍在耳邊縈繞不去；江淼感到一股難以言喻的恐懼，他心底知道，自己一旦取了羅氏的魂魄，交給赫連壘後，羅氏便將遭受同樣的凌虐，而因她是女身，所受苦痛折磨只有更甚於那兩個童子。

江淼全身發冷，手腳瘓軟，心中只想：「我得盡快取了羅氏的魂魄，再想辦法取了沈二郎的性命，交給國師，才能救回小玉。無論如何，我都得救回小玉啊！我不是故意要害人性命，咒人於死。我江淼平生雖不乏行奸使詐、偷錢騙財之舉，但卻從未損傷人命。如今，我竟一次要取兩條人命！但我不過是依照國師的指令，奉命行事罷了。大巫之令，我難道能不聽從麼？」

第四十四章　脅迫

沈綾剛回到洛陽不久，這日乘坐馬車去往總鋪的路上，忽聽阿寬在車旁叫道：「甚麼人？你有甚麼事？」

馬車停下，沈綾探頭從車帘得縫隙看去，見到一個全身黑衣的男子站在車旁，雙手攏在袖中，一雙眼睛是古怪的碧色。

沈綾見到他眼睛的顏色，心中一動：「這人是個巫者麼？守靈那夜闖入家中的七個巫者，就有一個的眼睛是碧色的。」

但聽那黑衣術士道：「我要見你家二郎，有要事相告。」

沈綾定下神來，掀開車帘，問道：「請問閣下如何稱呼，有何事相教？」

這黑衣術士自是江淼了。他第一次距離沈綾如此近，感受到他身上散發出的奇異引力，身子不禁微微發抖，勉強呼吸幾次鎮定，才說道：「沈二郎，在下姓江名淼，受人之託，特來給你捎句話。」

沈綾望著他的臉，忽然認出：「他不就是那個在景樂寺變戲法、種出棗樹的術士麼？我曾闖入他的帳幕，見到他的徒兒們入帳來取從市場買來的棗子；而我被他撞見，匆忙逃出帳去，他隨後追了上來……是了，後來我聽見巨響，昏厥過去。就是那日，永寧寺頂寶瓶被大風颳落，砸傷了好些人；也就是在那一日，我莫名其妙地去了上商里，見到了大巫恪。」往事在他腦中飛快閃過，他定下神來，尋思：「他來找我做甚麼？」口中問道：「不知是誰託先生捎話給在下？」

江淼從懷中取出兩件物事，半掩在袖子中，遞給沈綾看。

沈綾認出是瑤光寺的度牒，上面寫著兩個出家女尼的名號，微微一怔；江淼掀開袖子，讓他看到度牒上二尼的原名，正是沈雁和沈雒。

沈綾大驚失色，脫口道：「此物從何而來？」

江淼睜著一對碧色的眸子凝望著他，說道：「這是我從瑤光寺取來的度牒。」

沈綾厲聲斥道：「這兩件物事顯然是假造！你這術士，究竟在玩甚麼把戲？」

江淼搖搖頭，說道：「並非假造，而是預造。」他壓低了聲音，說道：「託我去取此物之人，以及託我來捎話給你之人，正是貴府沈夫人。」

沈綾聽說這是出自羅氏指使，心中驚疑不定，說道：「主母若有事要交代於我，直接叫我去說便是，何須經你傳話？」

江淼不答，慢慢包好度牒，收入懷中，說道：「夫人自知離死不遠，因而下此決心。她囑我告你：若你繼續爭奪沈家財產，她便決意將二女送入瑤光寺出家為尼，一輩子不婚不嫁，逃離你的毒手！」又出示羅氏書信。

沈綾取過書信仔細一看，確實是羅氏署名。再望著江淼，見他神情嚴肅，顯見所言非虛，心想：「主母久病瀕死，神志不清明，竟然出此下策！她既找了這外來的古怪術士幫手，可見已抱了破斧沉舟的決心，也不知還有甚麼陰謀後著。她無法將我徹底趕走，竟打算拉著大姊和小妹做陪葬！」

片刻之後，江淼抽回書信，更不多言，向沈綾一躬身，轉頭便走。

沈綾忙道：「先生且慢！」

阿寬趕緊追上，伸手拉住江淼的手臂，但覺自己的手有如抓上一塊堅冰一般，凍寒至極，不禁驚呼一聲，慌忙縮回手來，連連甩手。

這時沈綾已跳下馬車，追上江淼，說道：「先生，請將話說清楚。她……敝主母有何要求？」

江淼見他神態驚慌焦急，心中暗感得意，站定腳步，回過身，凝視著沈綾，緩緩說道：「令府夫人有兩個要求。第一，你必須交出你手中所有財產，包括南方和北方的『沈緞』份兒，全歸兩位小娘子所有。」

沈綾望著他，問道：「第二呢？」

江淼道：「第二，你必須盡快離開洛陽，一世不可歸來！」

沈綾聞言，心頭感到一股難言的悲傷空洞，並非因為自己必須讓出家產、捨棄「沈緞」、遠離故鄉，而是因為他清楚知道，自己一旦離去，受害最深的正是自己的姊妹！羅氏是個精明的女人，且對兩個女兒疼愛入骨，她為何要這麼做？但人證物證在眼前，令沈綾清楚認知，她已被厭惡仇恨所徹底蒙蔽，為了逼迫自己放棄「沈緞」、遠離沈家和洛陽，她竟寧可賭上兩個愛女的一生幸福！

許多年前，當他被羅氏扔在洛陽街頭時，也曾對羅氏滿懷厭惡仇恨，盼望她從世間消失；但當時他此念一生，便感到心口如烈火燃燒般起來，劇痛難忍，只能趕緊抑止惡念。如今他清楚醒悟到，倘若自己當時讓惡念滋生茁壯，日久之後，恐怕便會如今日的羅氏一般——內心遭仇恨包圍蒙蔽、滿腹惡念，以致重病纏身；無中生有、以己度人，以致舉止荒誕，一切作為不但無法改變大局，反而將深深危及至親。

江淼見他臉色變換不定，不知他在想些甚麼，生怕他拒絕己議，只想趕緊敲釘轉角，說道：「貴府主母說道，轉移財產，只須一紙文書，不必聲張。之後你選個地方，西域、南洋、東瀛，哪兒都好，帶上些貨物，幾個伙計，就跟人說你要去某地開拓生意，離開洛陽後，就不必再回來了。此事需盡快辦成，因為她已沒有多少日子好活了。」

沈綾不知自己能說甚麼，靜了一陣，才問道：「多快？」

江淼道：「貴府主母說道，必須在十日之內辦妥一切。沈二郎，貴府兩位小娘子的一世幸福，就在你的一念之間了！」

沈綾臉色蒼白，靜默許久，才道：「我知道了。」

江淼點了點頭，表示滿意，回身走去，轉眼消失洛陽街角。

洛陽「沈緞」總舖之中，李大掌櫃獨自坐在帳房中沉思。他是生長於北地的漢人，年紀比沈拓長了十多歲，當年曾跟隨老東家沈譽一同在洛陽開創「沈緞」，貢獻甚鉅，深受沈譽的賞識，沈譽因而贈給了他二十分之一的份兒。李大掌櫃年高望重，不但是沈譽的生意夥伴，也算得上是沈拓的長輩；沈譽過世之後的五、六年中，「沈緞」由李大掌櫃全權掌管經營，沈拓在他身邊幾乎只是個學徒。直到沈拓年紀長了，能夠獨當一面時，李大掌櫃才慢慢將事業交還給沈拓。然而李大掌櫃在「沈緞」中仍一言九鼎，極有份量。

李大掌櫃是個極識大體的人，他知道自己雖持了不少的份兒，但畢竟不是沈家之人，始終只能扮演伙計的角色。這麼多年來，他早已賺夠了錢，成了洛陽城中的富戶之一，妻妾子女都過上了錦衣玉食的好日子。他別無所求，一心退休歸家，含飴弄孫；只是沈拓一直不肯讓他告老退職，不但請他繼續掌理「沈緞」總舖的帳簿，更給予他極大的信任和權力。李大掌櫃感念沈拓的禮遇，決定留在「沈緞」任職，到如今已有六十來歲年紀。

在沈拓和沈維雙雙遇難之後，「沈緞」沒了主人，李大掌櫃的角色頓時變得極為吃重；彷彿在一場突如其來的暴風雨中，船長和副手同時遇難，李大掌櫃便成了唯一懂得駕船的老船夫，這艘船非得靠他掌舵，才不致在暴風雨中翻覆淹沒。羅氏明白他的地位，對他向來十分尊重；而沈雁在父兄去世、母親病重之前，便已開始參與「沈緞」經營，卻大多專注於藝室的工作，多和其他藝師們一同設計新季的圖案花樣，其餘諸事便交給李大掌櫃全權處置。她行事懂事得體，每遇大事，必定請問李大掌櫃的意見，尊重他的判斷。

李大掌櫃衡量當前局勢：在沈綾自建康歸來之前，洛陽沈家和「沈緞」諸人便已得知，沈綾在沈氏宗族的支持下，已取得了大郎沈維所遺的持分。如今的情勢，羅氏持有「沈緞」十分之一與沈拓的四分之一，算上孫姑手中的十分之一，總計掌握了「沈緞」四成五的份兒，雖未過半，仍有著舉足輕重的地位。李大掌櫃知道，只要主母在世一日，沈家財產之爭，便一日不會結束。

果然，就在沈綾抵達洛陽後的第三日，羅氏派人傳話給「沈緞」的八位掌櫃，讓他們前來沈宅聚會。其中洪掌櫃人在建康，便由他的長子洪有忠代為出席。

李大掌櫃知道事情重大，預先找了其他六位掌櫃，加上洪有忠，來到總舖聚會；他關上房門，命伙計守在門外，不讓閒人接近打擾。

眾人坐定後，李大掌櫃便開門見山地道：「老東家不幸，遭此劫難變故。如今東家娘子召集大夥兒赴沈宅集會，想必是為了商討『沈緞』繼承事宜。本人今日邀請各位聚集於此，是想請問各位，對此事有何高見？」

沈緞的八位掌櫃中，洪掌櫃被派去建康主管「沈緞」在南方的事業；李大掌櫃主持總舖及分舖的所有經營；其餘六位掌櫃則分別主理「沈緞」的桑園、蠶舍、絲坊、染坊、織坊、胡商這六大項。這時其餘七人坐在帳房旁的會客室中，各自喝著酪漿，彼此觀望，一時無人出聲。

最先開口的，竟是洪掌櫃之子洪有忠。他從榻上半跪起身，對眾人團團作揖行禮，恭敬說道：「諸位叔伯在上，小侄在長輩面前，不敢妄發議論。然而奉阿爺之命，小侄須在此表達阿爺的意見，請諸位叔伯垂聆指正。」

李大掌櫃道：「賢侄但說不妨。」

洪有忠道：「二郎曾在南方跟隨阿爺做了三年學徒，因此我阿爺對二郎知之甚深。他認為二郎雖然年少，卻極有眼光毅力；二郎此番在建康只待了半年，便拜訪了上百戶南方吳姓和僑姓家族，大大開展了『沈緞』在南方的營生，甚至成功將『沈緞』售入王謝二家，如今每月入帳數萬，幾乎可比得上我們洛陽『沈緞』生意鼎盛之時。我阿爺認為，沈家家產繼承之事，乃是沈家內務，我等無從置喙。然而在商言商，若談論『沈緞』的成敗興衰，那麼阿爺認為二郎乃是百年少見的經營奇才，絕對能夠撐起『沈緞』事業，並將『沈緞』發揚光大。」

李大掌櫃點點頭，說道：「多謝賢侄代洪掌櫃表達意見。」轉頭望向其餘六位掌櫃，問道：「諸位掌櫃，請各抒高見。」

掌管染坊的周掌櫃咳嗽一聲，說道：「二郎確實勤懇能幹，堪負重任。尊君之議，我絕無任何不同意之處。然而我們是替東家做事的，東家財產的繼承分配，按理應依照東家的遺囑；若無遺囑，則應依照大魏律法，我等並無任何置喙的餘地，更不應私下討論此事。」

其餘幾位掌櫃聽了，都紛紛點頭，出聲表示同意。

李大掌櫃心想：「看來大夥兒都打算置身事外了。」

等眾人靜下來後，李大掌櫃說道：「各位的意見，我都贊同。然而坐在這兒的本人以及諸位，卻並非領薪的伙計，而是擁有持分的掌櫃。我們八人加在一起，共有『沈緞』二成的份兒。我們都不樂見『沈緞』虧空負債，而是希望生意興隆，客似雲來，日入斗金。各位說得沒錯，沈家本身的財產，不應由外人置喙。然而『沈緞』該由誰繼承，由誰來主掌營運，卻不但與我等大大相關，更是我等應當參與、決定之事。」

管理桑園的蘇掌櫃道：「李大掌櫃所言甚是。然而依照律法，持分最多者，便可決定由誰主理『沈緞』的運營。眼下持分最多的是東家娘子，此事自應由東家娘子決定。」

掌理蠶舍的魯掌櫃道：「東家娘子和東家一同掌理絲綢業務，已有二十餘年。眼下東家娘子持分最多，由她繼續掌理經營『沈緞』，自是最適當不過。」

管理織坊的劉掌櫃則道：「然而自從東家去世後，東家娘子便臥病不起，無法視事；依我所知，東家娘子屬意由大娘接掌『沈緞』。大娘從小在絲綢舖子長大，對紡織技術和藝室的工作十分精熟；她年紀雖輕，但過去數年來日日身處織坊和藝室之中，人人都看得出，大娘聰慧大度，處事成熟，主意新穎，近年藝室設計出的新款絲綢大受歡迎。依我拙見，我等應當遵從東家娘子的意思，讓大娘掌理『沈緞』。如此東家娘子可在背後加以指點，直到大娘經驗充足，能夠獨當一面時，便能正式接手了。」

其餘大掌櫃紛紛點頭稱是。

李大掌櫃暗暗皺眉，心想：「大家都受到東家娘子的影響，不敢表態支持二郎。」他平心靜氣地點點頭，說道：「大夥兒都支持東家娘子、支持大娘，這自是好事，但終歸不是長久之策。大娘和盧家的婚事雖然未成，但日後總是要出嫁的。她出嫁之後，自然便不能繼續執掌『沈緞』了，不是麼？」

眾人都無言以對。

洪有忠乘機說道：「李大掌櫃說得是。大娘雖好，畢竟是女兒家，正值荳蔻年華，幾年之內，定將嫁入門當戶對的人家，到時她再無暇分身照顧『沈緞』的生意，那可就不好辦了。依我阿爺之意，二郎雖是庶出，但東家乃是南方漢人，嫡庶之分向來不重，因此往年便對二郎十分重視，更特意將他送去南方歷練學習，有意栽培。在東家的授意下，二郎乃是南方『沈緞』的唯一東主；如今二郎又成功爭取到大郎留下的四分之一份兒，已是『沈緞』第二大持分者。若得到阿爺和各位叔伯們的支持，他便有四成五的份兒了，足可與東家娘子分庭抗禮，有資格入主『沈緞』、重振家業。我阿爺恭請各位叔伯斟酌，這幾年來洛陽多遭兵劫，皇帝甚至一度逃離京城，『沈緞』生意大傷，周轉困難，可謂風雨飄搖。若讓二郎掌持『沈緞』，合併南北生意，以南濟北，互相支持，才是長遠善策。」

李大掌櫃暗暗點頭，心想：「英雄所見略同。洪掌櫃和我一般，都見識過二郎的毅力、手腕和能耐，因此全心支持他。其他掌櫃對他所知不多，才無心反抗東家娘子，去支持一個沒有名分地位的庶出之子。」他身為大掌櫃中資歷最長者，須得維持中立，這時不能直接說出自己的想法，於是點頭道：「魯掌櫃、劉掌櫃和洪世侄所說，皆有道理。然而另有一事，不知大夥兒意見如何？那就是孫家插手『沈緞』之事了。」

一提起孫家，六個掌櫃都是一肚子氣，滿腔委屈，掌管胡商生意的康掌櫃大聲道：「呸！孫家沒一個能做事的人！從孫姑夫、孫姑到兩位郎君，個個好吃懶做，漂亮話說盡，事情卻是半點兒也做不成，偏偏喜歡胡亂插手！上回孫大郎從我這兒取去了幾十疋預備給波斯車隊的絲綢，遲遲不肯歸還，害我不得不臨時請織坊劉掌櫃趕緊幫我補貨，才勉強趕上了車隊出發的日程。」

掌管絲坊的史掌櫃也怒氣沖沖地道：「那兩位孫家郎君實在不成個樣子，不時帶些女娘們來我絲坊飲酒作樂，當我這是甚麼地方了！」

周掌櫃則抱怨道：「上個月，孫姑來我這兒討要『雨過天青粉』，那可是珍貴至極的染料，她隨意便取去了半桶，叫我臨時去哪兒補貨！險些來不及染好一百軸的青絲，若遲了交給織坊，織工也要給耽誤了。」

李大掌櫃等眾人都發過一番牢騷後，才道：「看來孫家確實犯了眾怒。我們這兒所有的人，全數反對孫氏四人介入『沈緞』生意，可是如此？」

眾掌櫃一齊點頭稱是。

李大掌櫃道：「至少我等有此共識，一定不能讓孫家中的任何人入主『沈緞』，最好一個都不要有。至於該由誰來主掌生意，只要是沈家之人，不論是東家娘子、大娘或二郎，皆好過孫家的任何人。各位可贊同此議？」

眾掌櫃都道：「不錯，我等贊同李大掌櫃之議。」

李大掌櫃道：「我們八人加在一塊兒，持有『沈緞』兩成的份兒，而這兩成的共同意見，便是孫家需全數退出『沈緞』的經營，並且主導生意者，必須是沈家中人。各位以為如何？」他的結論顯然與其他掌櫃的主張並不盡相同。除了洪掌櫃外，其餘六位掌櫃大都支持東家娘子和大娘，或是不願介入沈家爭奪遺產之爭。然而八人的意見倘若雜亂歧異，那便分散了力量，每個人手中的份兒都不足，連表達意見都不必了；若要讓這二成的份兒發出一個聲音，那便只能取其共識了。

眾人商討好一陣子之後，最終決定一體支持李大掌櫃的提議。

八人齊赴沈宅面見東家娘子、提出建言時，羅氏卻嚴厲警告一眾掌櫃，說「沈緞」仍在她的掌握之下，絕對不准讓沈綾插手生意。掌櫃們見主母病中仍如此三令五申、態度決絕，自都俯首聽命，唯唯稱是。而當掌櫃們述說對孫家的不滿時，羅氏卻不置可否，只淡淡道：「你們的意思我知道了。此事我自有主張。」便讓他們散去了。

當李大掌櫃將掌櫃們和洪有忠送走後，立即請了沈雁和沈綾姊弟來總舖聚會，關上門，告訴他們其他七位掌櫃的意見，以及主母羅氏的態度。

沈雁聽了，皺眉道：「定是阿娘通過孫姑給他們下了命令，要他們反對讓小弟繼承絲綢生意，轉而支持我。然而繼承財產這回事兒，並非阿娘說了算；我們大魏可不是沒有律法的，阿爺留下的份兒，如今只是暫時由阿娘保管。等……阿娘百年之後，便必須傳給小弟。那時小弟將擁有五成的份兒，『沈緞』怎能不歸他管？」

沈綾心中忐忑不安，自從那術士江淼來找過他後，他便已下定決心，為了保住大姊和小妹，他必須放棄爭產、遠離洛陽。這時他吸了口氣，緩緩說道：「大姊，妳和小妹乃是阿爺和主母親生之女，主母一心讓妳們繼承家產，原是無可厚非。再說，妳謹慎能幹，這一年多來，全靠妳在洛陽領著大夥兒度過難關，大夥兒都服妳，願意跟著妳辦事。小妹又擅長養蠶，更會是蠶舍絲坊的一大助力。」

沈雁聽他語氣，暗覺不對，轉頭望向他，說道：「阿綾，你何出此言？可是發生了甚麼事？」

沈綾自不能讓大姊知曉術士和度牒之事，只能裝作若無其事說道：「我這陣子為此事思慮良久，感到我們沈家若因爭產而僵持不下，不但將令家務和生意亂成一團，更要讓外人笑話不已。因此，我想出了一個辦法，盼能暫時擱置這個難解之結。」

李大掌櫃和沈雁都望向他，等他說下去。

沈綾道：「我想，大魏皇室傾軋不止，『沈緞』在洛陽的生意只有越來越難做；而建康位於大梁，畢竟不是我們熟悉之地，生意雖已起了個步，但未知能否進一步開展，也不知能否持久。有鑑於此，我打算拓展『沈緞』的版圖，親自出海跑一趟，帶上一批庫存中的舊貨，去南洋各地開拓生意。」

沈雁聽了，大驚失色，說道：「小弟，當此緊要關頭，你怎能離開洛陽？要開拓南洋生意，又何必你親自去？」

沈綾道：「『沈緞』創始於阿翁，在阿爺和大兄手中發揚光大。我對『沈緞』並無建樹，也是我著手拓展新頁的時候了。再說，阿翁、阿爺創業那時，哪回不是自己親出遠門，親自洽談生意？我當然也得親自去了。」

沈雁一時難以辯駁，但仍凝望著他，想探明他的真正心意。

李大掌櫃則點頭道：「二郎承襲父祖之風，有此壯志，令我萬分欽佩。然而拓展『沈緞』的南洋生意，並非至關緊要之事，可以從長計議，不必操之過急。」

不料沈綾卻說道：「我問過了喬五叔，初春正是赴南洋出海的最佳時機，因此我打算月底前便出發南下，趕在仲春前出海。」

沈雁驚道：「這麼急？」

沈綾點頭道：「錯過了這一季，就得再等一年了，因此必得盡快啟程。」他不顧大姊和李大掌櫃極力想出言反對，繼續道：「我這一去，總須數年方能歸來。這段時日中，便請大姊主持『沈緞』，如此不但順了主母的心意，更能止息自家爭產的鬧劇。」

沈雁見沈綾心意已決，低頭思索一陣，認為小弟說的確實也是個辦法，便說道：「然而你若離去，我又將以何名義主持『沈緞』？」

沈綾道：「此事不難。主母持有『沈緞』最多的份兒，由她任命大姊主掌，那便名正言順了。倘若主母不幸百年，而那時我尚未歸來，那也容易。我離去前，將寫下一紙文書，將手中現有的洛陽和建康『沈緞』的份兒，以及未來能夠繼承的洛陽『沈緞』份兒，平分為兩半，暫時寄託在大姊和小妹名下。那麼無論何時，大姊都能繼續執掌『沈緞』了。」

沈雁道：「那麼當你回來時，我們的份兒便將重歸你的名下，是麼？」

沈綾微一遲疑，隨即點頭道：「自當如此。託書如何措詞，須請李大掌櫃幫忙斟酌。不知您意下如何？」

李大掌櫃暗自籌思：「既然幾位掌櫃都不支持二郎主掌『沈緞』，他留在此地確實也十分為難。若要留在洛陽等候東家娘子病癒或病逝，那日子可當真不好過。離開一段時日，未始不是個轉機。」想了想，說道：「二郎，當此時刻，暫避是非之地，或許確是上策。」

沈綾聽李大掌櫃鬆口支持自己離去，終於鬆了口氣；沈雁見李大掌櫃也同意了弟弟出海的提議，她一向尊重李大掌櫃，心中雖仍滿懷疑慮和不願，也只能說道：「既然李大掌櫃贊成此議，阿綾，大姊自然也支持你。」

李大掌櫃又道：「然而還有一事，必須預先處置，那就是孫家了。眾掌櫃們對孫家叫苦不迭，須請二郎想個辦法，阻止他們繼續介入『沈緞』生意。」

沈綾點頭道：「此事我也想過。我手上的二成五，加上眾位掌櫃的二成，共有四成五的份兒。李大掌櫃，四成五，夠不夠寫下一份決議書，清楚寫明即使孫姑擁有一成的份兒，但我等拒絕讓孫家任何人參與生意？」

李大掌櫃想了想，說道：「或許可行。然而孫家四人都在『沈緞』領職，若將他們全數遣退，在東家娘子面上須不好看。」

沈綾道：「只要他們不介入『沈緞』的經營便好。若只是領個閒職，雖仍礙事，但等大姊正式執掌生意後，便能隨時辭去他們了。大姊，妳說如何？」

沈雁沉吟道：「阿娘雖在病中，人還是清醒的。我們此刻對孫家下手，只怕會惹得阿娘不快，進而出面阻止，那事情就更難辦了。」

沈綾明白她的顧慮，說道：「大姊既然有此擔憂，那麼，我們還是暫且別動孫家，先觀望一陣再說吧。」說著望了李大掌櫃一眼。李大掌櫃會意，知道沈綾打算背著沈雁私下處理孫家之事，於是點了點頭，表示明白。

沈雁聽弟弟這麼說，點了點頭，輕嘆道：「那麼如今便只剩下一件事了。」

沈綾也望向大姊，心中清明，說道：「此事須取得小妹的同意。」

李大掌櫃微微一怔，說道：「二郎，你儘管立下託書便是，何須取得二娘同意？」

沈雁和沈綾同時笑了，沈綾道：「李大掌櫃，你很少見到二娘，因此不明白她的性情。我們方才商量妥當的事兒，她很可能極不同意；她若不接受我打算託給她的份兒，那事情可就複雜了。」

李大掌櫃皺眉道：「她甚麼也不必做，只需受託代管這些份兒，又怎會不同意？」

沈綾嘆了口氣，說道：「小妹性情倔強，她會如何反應，可難說得很。」對沈雁道：「大姊，我今夜先去見她，告知她我打算去一趟南洋。她若堅決不肯接受委託，那我們便得再想想其他辦法了，或許我們得一塊兒去勸她。」

沈雁嘆息道：「小妹只聽你的話。我說甚麼，她向來當成耳邊風，置之不理。還是你自己去吧。」沈綾答應了。

當天夜裡，沈綾來到沈雒的崇武居。沈雒知道小兄絲綢生意繁忙，若非要事，絕不會來找自己，於是不等他坐定，劈頭便問道：「你做了甚麼事，怕我不高興，因此特地來見我，準備當面跟我說，是麼？你做了甚麼？」

沈綾微微一呆，只能硬著頭皮道：「那我就直說了。小妹，我決定出海一趟，去南洋巡視阿爺往年建立的據點，並試圖拓展『沈緞』在南洋的生意。」

沈雒挑眉道：「當此時刻，你怎會忽然想要去南洋？」

沈綾早已想好了理由，說道：「今日我和大姊及李大掌櫃談起繼承之事，李大掌櫃告知七名掌櫃中，只有洪掌櫃支持我，其餘六位都支持主母。因此只要主母主事一日，我便一日難以繼承『沈緞』。如今洛陽生意雖清淡，但也算恢復了大半，不至於關門歇業。我留在這兒，只會令家中衝突更加激烈，主母病情也難以好好調養。因此我決定暫時避開紛爭，遠赴南洋，如阿爺大兄當年那般親遊四方，開展生意。」

沈雒凝望著他，說道：「你手中有大兄留下的四分之一洛陽『沈緞』份兒，還有南方『沈緞』的份兒。你不在洛陽時，誰替你管你的份兒？誰代你做決定？」

沈綾心想：「小妹頭腦清楚得很，一下子就想到了這點上。」於是說道：「我打算將手中的分兒份成兩半，分別託付給大姊和妳。」

沈雒瞇起眼睛，問道：「託付？我們只是在你離開的這段時日裡，暫時代管你的份兒，是麼？你若不回來了，這份兒又當如何處置？」

沈綾忙道：「我當然會回來。回來之後，託妳們代管的份兒自然就歸還給我了。」

沈雒臉色一沉，慍道：「小兄，你是不是想違背你的諾言？」

沈綾心中一跳：「如何被她看穿了？」馬上裝作驚訝，說道：「我怎麼違背了諾言？」

沈雒神色嚴肅，冷然道：「你答應過我，不會放棄爭產，不會離開沈家。如今你竟然輕易便放棄了沈家的產業，還要遠離洛陽！」

沈綾只能盡力安撫她，說道：「小妹，我並沒有放棄爭產，只是暫時將份兒託給妳和大姊代管，直到我回來為止。往年阿爺和大兄多出遠門，往往一去就是數年，西域、南洋、東瀛，東南西北都跑過；而我，除了洛陽和建康兩地之外，甚麼地方都沒去過。我未來若要掌管『沈緞』，又怎能不自己出去闖蕩一番呢？這一去雖然可能要幾年的時日，但我一定會回來的。」

沈雒卻轉過頭去，冷冷地道：「你還要繼續騙我，當我是小孩子，那也由得你。我不知道你為何改變心意，但我清楚知道，你不是為了闖蕩事業才決定去南洋的。對麼？」

沈綾只能順著她的話頭，嘆口氣說道：「小妹，其實妳說得不錯。我想去南洋，確實另有原因，而妳應當最為清楚。此行我其實打算遍訪南洋諸島，試圖探尋我阿娘的來歷和下落。」

沈雒聽了一愣，想起正是自己告訴小兄他的母親可能來自南洋，不禁又是驚憂，又是自責，焦急地道：「小兄，你竟將我的話當真了？」

沈綾微笑道：「小妹，妳可是我的命中福星。多年之前，若非妳對阿爺說的那一番話，阿爺又怎會決定帶我去建康？我在建康學習極多，可說大開眼界；也是因為妳多方探問，才發現了我阿娘的來處。我思來想去，如今家業情況回穩，但主母病情反覆，想是我在跟前礙了她的休養。若我離家一陣能讓主母身子好轉，讓孫家人歇了作亂心思，不再妄動，亦是好處多多，因此才下定決心去南洋尋訪我阿娘。此行想必也將如建康之行一般，令我增廣見聞。」

沈雒聽小兄說要去尋訪自己的生母，自己當然不能阻止，只焦急地道：「但是……但是南洋那麼大，你打算如何尋她？」

沈綾道：「我打算讓喬五叔跟我一起去。往年他曾隨阿爺跑過幾趟南洋，熟悉『沈緞』在南洋的據點。我想將阿爺去過的地方都依樣跑一趟，四處探訪詢問，若菩薩保佑，或許便能打聽到我阿娘的蹤跡。」

沈雒望著他，眼神中滿是關懷和哀傷，幽幽地道：「小兄，無論你是蓄意躲避，或是有心尋母，對我來說都是一樣。你將再次離我而去，去到非常遙遠的地方，而且很久，很久不會回來。」說著眼眶一紅，幾滴淚珠滾了出來。

沈綾眼見小妹流淚，心頭一酸，不知能說甚麼，只能上前握住她的手，安慰道：「小妹，我一定會回來的。我對自己發誓過要照顧保護妳和大姊一輩子，不讓妳們受人欺侮或遭遇半點傷害，我一定會拚命做到。」

沈雒淚流不止，哭道：「不管如何，你此番遠去天涯海角，我只怕再也見不到你了！」

沈綾連忙安撫道：「小妹，千萬別這麼說，我只是離開一陣子罷了。我知道妳會思念我，我亦是如此，但妳還有大姊在啊！」

沈雒抹淚道：「大姊裡外事忙，哪有工夫管我？」又道：「她不管我也好。我就怕她和阿娘一樣，成日叨念著要早早替我安排婚事。還有那孫姑，整日在阿娘耳邊囉嗦，一心想說服她將大姊和我嫁給孫家兄弟！」

這正是沈綾最擔憂之事，只能勉強安慰道：「主母如此疼愛妳和大姊，一定不會違背妳們的心意，逼妳們下嫁的。」

沈雒冷笑一聲，說道：「阿娘以為逼我出嫁才是疼愛我，她認為對我好的事情，便逕直去做了，哪裡會管是否違背我的心意？」

沈綾想起那術士給自己看的兩張度牒和書信，心中一寒：「主母病得太重，腦子已然糊塗，甚麼都做得出來！她若聽信了孫姑的鬼話，硬逼大姊或小妹嫁入孫家，也非絕不可能之事。她對兩個女兒的愛和對我的恨，已到了玉石俱焚的地步，完全沒有道理可說，小妹的擔憂並非空穴來風。」安慰道：「主母清楚知道兩位表兄不成材，絕不會捨得把妳們嫁給那兩個傢伙的。只是怕……」

沈雒明白他的意思，說道：「我知道，阿娘久病不癒，你想說，如果哪日阿娘歸天，就沒人保護我了，是麼？我不需要阿娘保護，我能夠保護自己！哼，誰敢逼我嫁人，我就離家出走！」

沈綾連忙阻止，說道：「我離家後，主母身子定然會有起色，倘若主母真出了甚麼事，大姊也定有法子應對孫氏四人，不會讓孫姑插手妳的婚事的。妳千萬別做傻事！」

沈雒嘆息道：「倘若沒有人逼我婚嫁，我當然不會無端出走。」

沈綾想起自己來此的用意，說道：「那就一言為定了，小妹。言歸正傳，我此番前來，是想請妳答應暫管我的份兒，直到我回來。」

沈雒轉過頭去，咬著嘴唇，說道：「小兄既已決定要走，即使我不答應，又能如何？你直接將我的份托給大姊，不也一樣？又何必在意我是否同意？」

沈綾道：「妳是沈家非常重要的一份子，我當然需要妳的同意。往後的日子可能十分艱難，妳必須幫助主母和大姊撐起這個家。」

沈雒低頭沉吟一陣，才道：「好吧，小兄，我同意接管你的份兒。你和大姊比我明白人情事故，懂得經營生意，能夠撐持起『沈緞』的生意；至於我，我跟你們不同，我必須走自己能走的路。我絕不會讓阿娘替我安排婚事，也絕不會忘記阿爺和大兄的仇恨。」

沈綾聽她說得決絕，心中不禁擔憂，忙勸道：「小妹，妳千萬不可衝動！阿爺和大兄的仇，我們當然要報，但此事須得從長計議才是。」

沈雒望向窗外，幽幽地道：「我明白。你走了以後，剩下我孤獨一人，又哪有本事報仇呢？」

沈綾知道她仍惱怒自己決定遠離洛陽，放棄爭產，乃是毀棄諾言；而他心中清楚，只要主母不放下執念，自己便一日不能回到洛陽，也一日無法見到姊妹，心中不禁陣陣疼痛，啞聲說道：「小妹，我會盡快回來的。這段日子，妳一定要照顧好自己。秋姊姊留在家中，會繼續保護妳們；妳有甚麼心事，甚麼擔憂，總是能跟秋姊姊說，她一定會幫妳。」

沈雒眼中再次蓄淚，臉上卻已滿是堅決倔強之色，點了點頭，說道：「小兄，我答應你，我會照顧好自己。你也要答應我，一定要平安回來！」

沈綾見小妹答應了，點點頭，連忙說道：「我會小心在意的。南洋一程，阿爺自己跑過三回，大兄也跟著跑過兩回，喬五叔熟門熟路，會找最好的船夫，趁風浪不大時出海，定然平安無事。海外有好些『沈緞』的分鋪，都是阿爺早年親自創立的，到處都有落腳之處，也有熟人能夠照應。喬五叔為人又極為細心謹慎，有他跟著，定然一帆風順，萬事妥貼。」

沈雒破涕為笑，說道：「喬五叔我們當然可以信得過，我只擔心你。你看著沉穩內斂，實則野心大，膽子大，恨不得取得比阿爺和大兄更輝煌的成就，將『沈緞』銷售到全天下，你才高興了。」

沈綾一笑，心想：「世間只有小妹最了解我的心思。我確實有心跟隨阿翁、阿爺和大兄的足跡，闖蕩出一番成績。」

沈雒神情轉為嚴肅，說道：「小兄，南洋諸島都是外邦異域，風俗迥異，人心叵測。你要處處當心，勿冒險好勝。你一心尋找你阿娘，不免遇上種種艱險困難，定要善自保重才好。」

沈綾點頭道：「我理會得。」

沈雒凝視著他，緩緩說道：「小兄，不管你何時回來，我們總會重見的。」

第四十五章　離夕

沈綾離開小妹的崇武居後，卻越想越不放心。他知道自己並未得到小妹完全的諒解，這一離去，小妹不知會做出甚麼事來，甚感擔憂；但眼下離開沈家似是最好的方法，自己實在別無選擇。他經過萬福堂外的庭園中，想起在那年過年時，曾在廳外偷聽到大兄和賀秋的對話，又想起替父兄辦喪事時，曾在靈堂外見到七個白衣人闖入宅中，心中憂慮更添幾分，籌思：「這些巫者若是因我而來，那我離去後，他們應當也不會再來生事……但如果他們再次闖入家中，不斷騷擾大姊和小妹，卻該如何是好？」越想越擔心，於是命劉叟立即去桑園請賀秋來，盼能問清楚此事。

不多時，賀秋來到多寶閣沈綾的寢室外，輕聲問道：「二郎找我？」

沈綾讓她進來，關上房門，說道：「秋姊姊，我有件事情想問，是關於那些巫者的事。」

賀秋臉色微微一變，說道：「二郎請說。」

沈綾凝視著賀秋，問道：「我想請妳老實告訴我，妳曾說在守夜之時，不時見到巫者在牆頭窺視，也有巫者曾闖入宅中。我擔憂大姊和小妹的安危，因此若有甚麼我原本不知道的祕密，也是時候一探究竟了。」

賀秋臉色變換，一時並不回答。

沈綾放緩了語氣，說道：「秋姊姊，請坐下吧，慢慢說不妨。」

賀秋跪坐下來，雙手互握，又遲疑了許久，才道：「這些事情，連主母也不知道。大郎和主人都已去世，二郎既然問起，那也只有我能告訴你了。然而……然而我所知也不多，不知道該說多少才對。」

沈綾靜靜地道：「請說出所有妳知道的實情。秋姊姊，我不久便要再次離家，遠赴外地了。我應當知道甚麼，此刻便得全數知道。」

賀秋點點頭，吸了口氣，說道：「據我所知，事情是這樣的。早先，主人擔憂往年的仇人來家中偷襲，才讓我們一家輪流守夜。然而許多年下來，我們從未見到任何仇家夜訪。後來，大郎吩咐我們繼續守夜，卻是因為我們須得……須得保護你。」

沈綾一驚，質疑道：「保護我？為何需要保護我？是因為那些巫者麼？那些巫者究竟是何來歷，他們想傷我麼？」

賀秋連連搖頭，說道：「不，他們並非想傷害你，只是想接近你。那些巫者對我阿娘說過，他們對你充滿好奇，一直希望能靠近你，似乎是想從你身上得到某種好處。但我問了我阿娘，她也不清楚他們能從你身上得到甚麼好處。」

沈綾問道：「他們曾對妳們說過些甚麼？」

賀秋道：「他們平日一聲不出，從不說話；我聽見他們開口，只有在辦喪事那回。那時七個白衣人闖入家中，其中一個眼睛是金色的，最初對我頗為客氣，他開口說道：『我們對沈家絕無惡意，來此只為了觀望沈家二郎。』還說他們不會待太久，只要在遠處望你一會兒，便已足夠。我問他為何，他並不回答，只要我別追問。他說道：『此事甚難說清。我等只待半晌便離去，請小娘子不必聲張。』」

沈綾點了點頭，問道：「還有麼？」

賀秋道：「他們還提議，要我想法子讓二郎出來前院中走走，我若做到了，他們便答應立即離去，一個月內不來家中吵擾。我自然不同意，執意趕他們走。那金目人惱了，態度也凶狠起來。他對我道：『我數年前便已在上商里見過你們家二郎，若想傷害他，當時老早便下手了。就是此時此刻，我若想傷害他，諒妳也攔將不住。我好言相求，妳卻執意不肯，莫要逼我出手，對妳和你們家二郎都無好處！』」

沈綾暗想：「我當時的猜想果然沒錯，上商里的巫者也在闖入沈宅的七名巫者之中。」又想：「在我離開洛陽之前，或許應當造訪上商里，拜見大巫恪，向他請教關於巫者之事。」隨即想起江淼訂下的十日期限，自己在離開之前還有無數事情得辦，只怕抽不出空來，於是問道：「關於巫者之事，妳還知道些甚麼？」

賀秋一臉茫然，說道：「二郎，這些事情，我真的並不清楚。我阿娘知道的定然會比我多，你等她回來之後，再當面問她吧。」

沈綾知道賀嫂已離開沈家，出城尋找丈夫了，也不知何時才會回來，不禁嘆了口氣。他仍不願放棄，於是說道：「那麼不說巫者了。妳說我阿爺往年曾請你們一家輪流守夜，以防備昔時的仇家。我阿爺有甚麼仇家？」

賀秋想了想，忽然問道：「二郎，你見過老主人麼？」

賀秋口中的老主人，便是沈拓的父親，沈綾的祖父沈譽；沈譽在他出生前便已逝世，因此他從未見過祖父，便搖了搖頭。

賀秋道：「老主人曾是王主公的親隨；事實上，因老主人武術高強，王主公特意聘請他做自己的貼身護衛。」

沈綾聽聞過此事，點了點頭，問道：「那阿翁的武術，卻是從何學來？」

賀秋道：「老主人出身北山派，武藝高強，是北山老人最得意的弟子。主人和大郎的武功，則得自老主人親傳。」

沈綾一呆，這是他第一次聽見「北山派」的名頭，忍不住問道：「妳口中的『北山派』，究竟是甚麼？」

賀秋道：「武人分成許多派別，就跟巫者也有派別一般。不同派別的武人，武術源流相異，各有側重，互爭高低，彼此仇視爭鬥，那是常有的事。」

沈綾問道：「北山派之外，還有甚麼派？」

賀秋道：「那可多了。我娘說過，武林中有五流十七派，那還只是大的。小一點的流派，總有上百個。」

沈綾從未聽說過甚麼武林流派，不禁甚覺好奇古怪，又問道：「那麼妳又是甚麼派的？」

賀秋搖頭道：「我的武術是跟我阿爺阿娘簡單學的，粗淺得緊。但我阿爺的武功，也是老主人所授。」

沈綾心想：「原來賀大和阿翁大兄的武藝都是阿翁所傳！」於是又問道：「北山派還有些甚麼人？妳方才提到的北山老人，還在世上麼？」

賀秋道：「北山老人已經去世了。北山派的弟子，眼下應當還有七、八人，散布在南北各地，全數隱匿身分，不為人知。除了門主之外，誰也不知其他的北山弟子人在何方，隱身何處。」

沈綾問道：「北山派中人為何須如此小心謹慎，隱匿身分？」

賀秋答道：「那是因為北山派以暗殺為業。大多數的武林流派，都盼能光大本派的名聲，喜愛吹噓自己的武術有多麼高明，舉止招搖，注重排場。北山派卻反其道而行，不但沒有人知道北山派究竟位在何處，連北山老人也很少有人見過，門下弟子更是個個隱姓埋名，有的藏身官府，有的藏身市井，絕對不出風頭。當他們出手暗殺時，對方往往連自己是怎麼死的都不知道，有時甚至不知自己乃是死於北山派弟子之手。」

沈綾一怔，心想：「阿翁和阿翁大兄，竟然出身一個專事暗殺的門派！」問道：「北山派既然如此隱密，又為何會有這許多仇家？」

賀秋嘆了口氣，說道：「那是因為北山老人有個關門弟子，號稱『北山子』，年紀比其他師兄們都輕上許多，卻是個武學奇才，少年天驕。那北山子出師之後，便立即違背了師門教訓，既不隱藏自己北山派弟子的身分，更公然挑戰其他流派的高手，取勝之後下手狠辣，不是殺死對方，就是廢了對方一身武功。北山子的囂張行徑引起了武林公憤，人人都想殺他洩恨，但要找他時，卻又找他不著，只好去找北山老人算帳。」

沈綾完全想不到有此變故，大感好奇，追問道：「後來呢？他們不知道北山派位在何方，又如何能找到北山老人？」

賀秋道：「北山派並沒有一定的所在，但傳聞北山老人長年定居嶢山，這事江湖上很多人都知道。北山老人於是對北山弟子傳出密令，讓他們出手阻擋或除去這些前來尋仇之人。老主人在北山老人門下學藝時，據說就曾幫北山老人擊退殺死不少前來尋仇的武人，因而結下了更多的仇恨。」

沈綾點了點頭。

賀秋道：「後來有五十多名不同流派的武人，因不忿北山子的恣意橫行，也不滿北山老人拒絕主持公道，無所作為，決定聯手找上嶢山，要求北山老人為北山子的惡行給個交代。」

沈綾問道：「那是甚麼時候的事？」

賀秋道：「那是在我出生之前。聽阿爺阿娘說，應該是二十多年前的事了吧？」

沈綾問道：「後來呢？他們找到北山老人了麼？」

賀秋道：「當時北山派的弟子都聽聞了此事，全數聚集於嶢山，意圖保護師尊。因此那五十多名武人雖來到了嶢山，但都在暗中遭人殺傷，還沒見到北山老人的面，便已全軍覆沒。」

沈綾驚嘆道：「北山派只有七、八個弟子，卻能殺死五十多個高手？」

賀秋搖頭道：「據我阿娘說，那時北山派弟子人數甚多，總有二十多名弟子，後來連北山子都現了身，跟其他弟子聯手退敵。他們能夠以寡勝眾，那是因為對手在明，而北山派弟子隱於暗中；況且那五十多個武人如一盤散沙，北山弟子卻十分團結，因此能夠殲滅敵人。」

沈綾沉吟道：「北山派弟子雖保護了北山老人，但想必結下了更多的仇家。」

賀秋點頭道：「正是如此。敵人退去後，北山老人便召集弟子，詢問詳情。眾弟子們對師父陳情連連，北山派素來低調隱密，此番事情鬧得不可收拾，都是因北山子太過招搖而引起的。」

沈綾道：「北山子替師門招引了這場禍事，北山老人想必不能容忍。那他可遭到懲罰了麼？」

賀秋搖頭道：「儘管弟子們皆持此議，北山老人卻並未處罰北山子，那是因為，北山子乃是北山老人的獨生愛孫。」

沈綾聽了，不禁一怔。

賀秋續道：「北山老人一生只有一個獨子，疼愛逾恆，但那獨子體弱多病，無法練武；後來這獨子娶妻生下一子，不久後便雙雙去世了。這孩子便是北山老人的獨孫，北山子了。他自幼跟在北山老人身邊長大，北山老人親自傳授武功，因他資質極佳，北山老人對他極為寵溺。」

沈綾「嗯」了一聲，說道：「原來北山子不但是北山老人的關門弟子，還是他的親孫兒。」想了想，又道：「但是這親孫兒給他自己和北山派帶來這許多麻煩，他總不能偏袒愛孫，不加懲罰吧？倘若如此，其他的弟子怎能服氣？」

賀秋道：「正是。當時老主人就向北山老人直言稟告，就算不以師門規矩懲罰北山子，也應當對他嚴加管束，免得他再到處惹事。」

沈綾道：「只怕北山老人不但不忍心懲罰愛孫，甚至管不住他。」

賀秋點頭道：「確實如此。北山子當時也在場，他當然不願受到管束，當場就跟師兄們爭吵起來。他當時只有十多歲年紀，但武功卻遠勝餘人，北山老人又處處袒護他，因此師兄們雖聯手圍攻，卻還是讓他逃了去。自此以後，北山子不但繼續挑戰其他流派高手，更因惱恨師兄弟的無情，開始挑戰自己的同門師兄。據說他的輕功超絕，能夠悄沒聲息地欺到對手的身後，一招致命，神出鬼沒，防不勝防。不出兩、三年間，北山派原本有二十幾個弟子，在北山子的偷襲暗殺之下，最後只剩下七、八個。他們再度去找師父北山老人，求他主持公道、懲治北山子。但這時北山老人已年逾七十，更加制不住孫兒，便隱居起來不見外人，撒手不管此事。聽說數年之後，北山老人便鬱鬱而終了。」

沈綾皺眉道：「北山老人隱居避世之後，其餘弟子就只能任北山子宰割了。」

賀秋嘆道：「可不是！外人不知道北山弟子的身分，北山子可是知道的。比如老主人用沈譽之名，在洛陽做絲綢生意，別人不知道，北山子當然清楚得很。那年冬天，他來到洛陽沈家，自稱是北山派的新任門主，問老主人服不服他；老主人不服，他便向老主人下戰書。老主人不得已，只能出城與他較量，可惜不是北山子的敵手，被他打成重傷，不久後便去世了。」

沈綾皺眉道：「我從未聽人說起阿翁身體有何病痛，只知道他病逝得十分突然，原來阿翁竟是死於北山子之手！」

賀秋道：「正是。當時主人還很年輕，大郎也只是個七歲左右的孩童。老主人落敗受傷之後，便懇求北山子放過自己的兒孫；北山子見他們武功低微，不屑殺之，於是同意放過他們，但要求他們尊自己為北山派門主，並服從自己的命令。」

沈綾回想自己曾偷聽到的父親和大兄的對話，恍然大悟，心想：「阿爺確實提到過一個人，對那人的威脅大感忌憚。是了，當時大兄對大爺提議教我武術，阿爺對大兄說道：『那人還在外頭虎視眈眈。你我學了你阿翁的武術，已是朝不保夕了。我又怎能教你小弟？』大兄則說道：『阿爺過慮了。阿翁去世之時，那人便已答應放過我們，承諾不會再來找我們的麻煩。不然我們又怎能安然度過這許多年？』他們口中的『那人』，想必便是這北山子了！」又想：「這北山子猖狂任性，處處挑釁生事，阿爺和大兄在他手下，肯定十分難為。」問道：「北山子究竟是個甚麼樣的人？」

賀秋搖頭道：「我也沒見過他。但是聽阿爺阿娘說起過，他是個武學奇才，不但輕功出神入化，而且武藝精湛過人。他性情狂傲不羈，愛武成癖，除了追求高深武術、打敗天下高手之外，別無其他愛好。又聽說他平日喜歡浪跡江湖，甚少與武林人物打交道。」她頓了頓，再道：「我阿娘說起過，主人原本也打算傳武功給其他子女，但他知道北山子掌控欲望極強，若知道他的其他子女身負武術，定也會逼迫你們為他效勞。因此主人始終不敢傳武術給你們，並將你們瞞在鼓裡，用意就是為了避免將你們捲入這場紛爭。」

沈綾終於能夠體會父親當年的擔驚受怕、苦心隱藏，不禁長長嘆了口氣。

賀秋續道：「老主人去世後，主人便開始替北山子辦事；後來大郎年紀大些了，也開始替北山子效勞。他們為何那麼常出門，就是因為他們得不時奉北山子之命，出手奪取武林祕笈，或是除去北子的仇家。我阿爺也因熟知內情，為了協助主人和大郎，同樣須得奉北山子之命行事。通常他們出手殺人，一定選在洛陽城外，而且身著黑衣，蒙面出手，避免讓人認出；我阿爺往往負責把風及善後，好讓主人和大郎在暗中奪取祕笈、除去北山子的仇家，而不令他人發現。」

沈綾心想：「阿爺和大兄在經營絲綢生意之外，竟然還得替殺父仇人北山子到處奪取甚麼祕笈、殺死甚麼仇家，當真忙碌得很，又可悲得很！」問道：「後來呢？情勢可有轉變？」

賀秋道：「直到約莫六、七年前，主人感到自己已替北山子做了太多傷天害理的惡事，想要脫身，因此對他提出要求，說自己願意繼續為他辦事，但請求他放過大郎，讓大郎脫離北山派，專心經營絲綢生意，過尋常人的日子。但是北山子不能容忍任何人脫離他的掌握，聽了之後，大發脾氣，堅決不准大郎脫離北山派。主人甚至提出廢去大郎的一身功夫，讓他搬到南方建康定居，不問武林中事，北山子仍舊斷然拒絕，甚至暴跳如雷。」

沈綾皺起眉頭，說道：「原來，阿爺曾試圖讓大兄脫離北山子的掌握。」

賀秋道：「不錯。自那以後，主人便和北山子徹底鬧翻了。此後主人仍繼續應付自己往年曾傷害過的北山子仇家，還得防備北山子對自己出手。然而不知為何，北山子雖惱怒主人有心讓大郎脫離北山派，卻始終未曾向主人或大郎下手。」

沈綾問道：「許多年前，大兄不小心出手殺人，最後讓妳阿爺頂罪，莫非正是北山子設下的陷阱？」

賀秋搖頭道：「不，大郎和我阿爺誤傷人命之事，遠在主人和北山子鬧翻之前，自非出自北山子策畫。況且北山子雖行蹤隱密，性情偏激，但他行事任性粗率，往往意氣用事，並非工於心計、在暗中設計陷阱之流。」

沈綾又想起一事，問道：「那麼阿爺和大兄在潁水畔遭人偷襲，會不會是……是北山子下的手？」

賀秋搖頭道：「我和阿娘確實想過，但都認為不是。主人和大郎遭遇埋伏，敵人眾多，他們得分心顧及保護伙計和車上財貨，寡不敵眾，因而遇害。北山子性情高傲，獨來獨往，出手對敵之前，定然先下戰書，邀約對手至某地應戰，絕不會不聲不響地埋伏突襲，更不會邀約幫手。況且他的武功比主人和大郎高上許多，根本不需要埋伏或幫手，便能輕易取勝，而他也不屑奪走主人攜帶的財物。」

沈綾皺眉問道：「那麼下手殺害阿爺大兄的究竟是甚麼人？當真只是得到胡三報信的一群強盜麼？」

賀秋搖頭道：「我不知道，阿娘也猜想不出。但我阿娘堅信，此事一定和胡三有關。主人和大郎帶著財寶南下，除了家人之外，只有胡三知道此事。一定是他向盜匪透露了主人和大郎的行蹤，他們才能預先在穎水邊埋伏搶劫。」

沈綾聽她說得篤定，側過頭，問道：「有了證據麼？」

賀秋搖搖頭，說道：「我和阿娘得知此事時，所有的屍身都已被運回家了，連殺死他們的凶器也已被人取走。我們去河邊探查過，也未能找到任何線索。」

沈綾道：「最先趕到橫波渡口邊的是大姊。她說官差才到那兒，便認定下手的爾朱氏屬下流兵，但大姊不信，認為北方流兵不熟悉洛陽城的情況和地勢，怎會到穎水邊埋伏？又怎會知道阿爺和大兄的行蹤？」

賀秋道：「大娘的懷疑確實有道理，我阿娘也認為不是流兵所為。」抬頭望向沈綾，說道：「我們始終未曾找到殺死主人和大郎的凶器。最先到場的是大娘，不知她可見到了那些凶器麼？」

沈綾心中一動，想起大姊曾給自己看過，藏在她房中箱裡、血跡已轉為深赭色的四柄兵刃，不知為何，感到自己不應讓外人得知此事，於是搖頭道：「我不知道，她從未跟我提起此事，應當未曾見到吧？」

賀秋「嗯」了一聲，沒有再問下去，只道：「我阿娘原本便認定此事並非流兵所為，只因憑流兵的本事，是殺不死主人和大郎的。然而盜匪之中，或許不乏武功高強之人。」

沈綾陷入沉思。他對於武人之事所知極少，想不個所以然來，說道：「這些事情，妳跟主母、大姊或小妹說過麼？」

賀秋搖搖頭，說道：「主母病重，我阿娘當然不會將這些事情告訴她。大娘應已猜知此事和胡三有關，但她忙於挽救絲綢生意，無暇多想。至於二娘，她心思活躍，這些事情，還是別讓她知道太多才好。」

沈綾點點頭，說道：「妳說得是。方才妳告訴我的諸事，請絕對不可告訴二娘。」賀秋答應了。

沈綾道：「妳去吧。」賀秋告辭而去。

兩人卻不知道，這時一個黑影藏身於多寶閣的屋簷下，將二人的對話聽得清清楚楚，正是沈家二娘沈雒。

沈雒等賀秋離去後，又等小兄熄燈睡下，才悄悄離開屋簷，回到自己的居處，細細回思賀秋對小兄說的每一句話，直至夜深。

沈綾讓賀秋離去後，不知如何越來越不安。次日下午，他來到飛燕居，問起沈雁藏起的四件兵刃。

沈雁奇道：「你為何忽然問起？」

沈綾道：「不為甚麼，我只是想瞧瞧。」

沈雁取出床腳的那只描金紅漆檀木箱，從首飾盒取出鑰匙，打開箱上銅鎖，掀開箱蓋；箱中白綢依舊，但當沈雁掀開白綢時，姊弟倆都呆了：裡面竟然空空如也，甚麼也沒有！

沈雁臉色刷白，喃喃道：「怎麼會是空的……被誰取走了？」

沈綾皺起眉頭，回想自己曾見過的染血短刀、匕首、彎刀和短戟，說道：「阿爺的兵刃是匕首，大兄的兵刃是短戟，殺死他們的兵刃乃是短刀和彎刀，這四件兵器都不見了。」

沈雁低頭去看銅鎖，說道：「鎖未曾被毀壞，我也從未將鑰匙交給任何人。誰能偷走這裡面的物事？」高聲喚道：「于洛！」

于洛應聲進入房中，沈雁指著那箱子，問道：「妳可見人動過這只箱子？」

于洛搖了搖頭，說道：「奴不曾見人動過。」

沈雁又問道：「那我收藏鑰匙的首飾盒呢？」

于洛道：「也沒人動過啊。」想了想，又道：「是了，二娘今日早些來過，那時大娘已去了總舖。二娘在大娘寢室中待了一陣子，我當時不在室中，不知道二娘有沒動過大娘的首飾盒？」

姊弟對望一眼，心中都想：「該去當面質問小妹麼？」

沈雁讓于洛出去，問沈綾道：「阿綾，你昨夜去跟小妹談過了麼？」

沈綾點頭道：「談過了，但我們全無談及這箱子或其中兵器之事。」簡單述說了自己和小妹談話的情形，最後道：「小妹雖同意了暫管我的份兒，但顯然不肯諒解於我。須請大姊和我一道去勸說小妹，好讓她放下心頭不快。」

沈雁皺眉道：「小妹最近對我愛理不理的，又怎會聽我的？但你說得對，此事重大，我們須得盡力勸服小妹，別讓她心懷怨氣。只是……」她望向那只箱子，說道：「你若未曾提起，小妹怎會知道我藏起了這些兵器？若真是她，又為何將它們取走？」

沈綾搖頭道：「也並不一定是她取走的。我們還是該當面問她一問才是。」

於是當日晚膳過後，沈雁和沈綾相偕來到沈雒的居處。沈雁發現小妹的「知秋苑」這時已變成了「崇武居」，不禁皺起眉頭，伸手指著匾額，問沈綾道：「你知道麼？」

沈綾點點頭，說道：「我來過幾回，知道她將匾額改了。」

沈雁不斷搖頭，斥道：「太不像樣了！」

姊弟二人進入後院，沈雁見當地的花圃都已鏟平，變成了一個不折不扣的練武場；轉到後院，但見沈雒一身短打裝束，臉和手臂上多處瘀青，正在夯土地上練習拳法。

沈雁快步上前，拉起沈雒的手臂，探視傷痕，著急地問道：「小妹！妳身上的這些傷是怎麼來的？」

沈雒低頭望望，抽回自己的手臂，絲毫不以為意，說道：「我日日練功，當然會有些損傷，不打緊的。」

沈雁柳眉揚起，語氣嚴厲地說道：「小妹！妳怎能如此輕忽自己的身子？這些傷痕可能會留下疤痕啊！」

沈雒年紀雖小，脾氣倔強卻絲毫不遜其姊，嘟起嘴「哼」了一聲，說道：「我又不像妳那般想著要嫁人，哪裡在乎甚麼疤痕不疤痕？」

沈雁強壓怒氣，說道：「小妹，妳若多留心一些家中之事，便該知道我和盧家的婚約已名存實亡。不論我未來是否出嫁，我永遠都是沈家人、妳的同胞親姊。只要我有一口氣在，就能管妳！我已知道妳每日跟著賀家母女學武，現在妳聽好了，我不准妳再學武！妳身為沈家之女，怎能去學這些低三下四的武功？那是鄙陋粗人才去學的玩意啊！」

沈雒搖頭道：「大姊，妳說得不對。賀嫂和秋姊姊都是女中豪傑，怎能說是鄙陋粗人？妳對武功一知半解，便隨口批評，這豈是我沈家的教養？妳可曾見阿爺當年對賀家有半句不敬之言麼？」

沈雁見過父兄的兵器，自然知道他們其實都是武人，但不願在妹妹面前多談此事，助長她學武之心，於是說道：「阿爺心懷慈悲，出手解救幫助賀家，那是他老人家一片好心，這可不表示他贊成自己的女兒去跟賀嫂學武。」

沈雒昂起頭，說道：「我就是喜歡學武，不喜歡繡花，那又如何？我們又不是甚麼書香世家，沈家世代經營桑園絲業，原是商賈之家。我不必假裝自己是甚麼大家閨秀！」

沈雁這下可是真惱了，高聲道：「妳聽聽，這是甚麼話！妳要自降身分，別連我也拖了下去！」

沈綾見姊妹二人妳一言我一語，吵個不停，幾乎插不上口，趕忙搶上一步，隔在姊妹中間，提高音量說道：「大姊、小妹，我就將遠赴南洋，家中只剩下妳倆，如今不是自家人爭鬧不和的時候了！」

沈雁一頓，轉頭望向他，說道：「小弟，此事你當真不改變主意？」

沈雒也道：「小兄，你何必急著離去？多待個幾年再去也不遲啊！」

沈綾坐了下來，讓姊妹也在自己兩旁相對坐下，緩緩說道：「大姊、小妹，妳們應該清楚，事情的癥結在於主母不願承認我是沈家繼承人，甚至寧可將家業交給孫姑、姑夫和兩位表兄，也不肯讓我主理。此刻我若不離開，境況只會鬧得愈發難看。若我避開一陣子，事情才有可能出現轉機。」

沈雒搖頭道：「就算你離去了，阿娘的心意也不會改變。她只會趁你離去時另做手腳，讓你歸來後更難繼承家業。」

沈雁也嘆息道：「可不是？要讓阿娘改變心意，簡直是不可能的！」

沈綾舉起手，讓姊妹安靜下來，說道：「妳們聽我說。我的意思，是想讓主母將『沈緞』傳給妳們二人。妳們是主母親生愛女，無論如何跟她的關係都比外人親。沈家的財產若落在孫家和表兄手上，等主母年老了，他們又怎會善待她？有心在她老年時奉養她的，這世間也只有她的兩個女兒了，主母應當很清楚這一點。因此一旦我離去了，她便能安心下來，遠離孫家眾人，將家業全數交給妳們。」

沈雁皺眉沉吟，沈雒則搖頭道：「但若阿娘始終不承認你是沈家繼承人，那又如何？」

沈綾微笑道：「小妹，我擁有的『沈緞』份兒，只是暫時託付給妳們，讓妳們全權處置，等我回來後，妳們自當會全數歸還給我，讓我繼續經營『沈緞』，不是麼？妳們仔細想想，我們姊弟三人的目標是一致的：沈家的家產須得留給沈家的人，而不是拱手送給姑家孫姓之人，更加不能讓那姓胡的惡人白白佔去大半。與其自家人不斷爭奪財產、內鬥不休，不如讓主母見到『沈緞』在妳們二人的掌握之中，如此一來，她便能安心養病，諸事各歸其位，裡外一心。」

沈雁聽他一番話前前後後說得周全，微微點頭，說道：「然而阿綾，你也必須盡快回來才好，不要在外流連太久。阿娘的身子……你也知道，有可能撐不上多少時候了。」

沈綾點點頭，說道：「我理會得，我不會在外地耽擱太久。」

沈雒咬著嘴唇，眼眶忽然溢滿眼淚，「哇」一聲哭了出來，衝上前抱住沈綾，哭道：「小兄，我捨不得你走！」

沈綾伸手撫摸她的頭髮，安慰她道：「跑一趟船大約一、兩年吧，我就會回來了。小妹就當我出門收帳吧！大兄往年不也常跟著阿爺出門收帳，幾個月才回家一次麼？」

沈雒仍舊哭泣不止，沈雁也不禁紅了眼眶，她知道沈綾做出此決定，需有多大的智慧和勇氣；他的毅然離去，確實能夠解決眼前最大的問題，一旦他將家產託付給自己和小妹，母親和他之間便暫時沒有利害關係，也不會依孫姑讒言逼迫自己嫁給表兄，藉以將家產轉移至孫家；而小弟決定出海、遠走他鄉，從母親眼前消失，更加遂了母親的心願，讓她順心如意。沈雁心中明白，唯有他如此犧牲自己，才能快刀斬亂麻解決紛爭。至於未來如何，沈綾顯然信心十足；待他鞏固了「沈緞」在南洋絲綢銷售的據點，挾著出海闖蕩的閱歷，幾年後回到洛陽，要在「沈緞」中爭取一席之地，也為時未晚。只要自己和小妹同心協力打理好一切，大力支持他，屆時他要取回沈家和「沈緞」的財產，絕非難事。

沈雒顯然想不到這麼遠，只是越想越義憤填膺，抹淚說道：「小兄，這不公平！你孤身出海，替沈家開拓生意，卻不能繼承半分沈家家產！阿娘即使厭惡你，也不能做到這麼無情無義吧！」

沈綾平靜地道：「我身為庶子，原本沒想過繼承任何家產，因此從未有所期待。家門不幸，阿爺和大兄無端遭難，我若有心從中得利，那還算是人麼？小妹，妳不要想太多了，往後妳要聽大姊的話，和她一起齊心協力度過這段艱難的日子，好麼？」

沈雒咬著嘴唇，點頭道：「我知道了。」

沈綾望著小妹堅毅的神情，心中卻仍感到一陣陣不安，又說不出原因來。

沈雁望了一眼弟弟，又望向妹妹，想起一事，語氣嚴肅，問道：「小妹，妳今日早先曾來過我的寢室，是麼？」

沈雒點了點頭，說道：「我去找妳，想跟妳談談阿娘近期的藥方子，但妳不在，我就離去了。」

沈雁問道：「我房中床榻旁有個描金紅漆檀木箱，妳打開了麼？」

沈雒搖頭道：「甚麼檀木箱？我沒見過，更加沒打開過。大姊，箱裡有甚麼？」

沈雁和沈綾見了她的神情，俱是一愣；沈雒性情直率，從不說謊，更加不喜作假，她既說沒見過、沒打開過箱子，那麼一定不是她了。姊弟倆心中都想：「那會是誰？」

沈雒又問道：「大姊，妳丟了甚麼物事麼？緊要麼？」

沈雁不願讓妹妹知道自己收藏過殺死父兄的凶器，更加不願讓她知道那些兵刃已不翼而飛，於是只微微一笑，說道：「沒甚麼。箱子裡收藏了我最珍愛的胭脂，今日發現少了一盒，想問問是不是妳取走的。」

沈雒搖頭道：「我又不愛用胭脂，怎會去取妳的？就算取了，我也會跟妳說啊。」

沈雁道：「那倒是。」忽然感到口渴得緊，問道：「小妹，妳這兒可有甚麼喝的麼？」沈雒吐吐舌頭，說道：「我可真失禮了！」喚道：「于沱！快給大娘、二郎準備酪漿甜點來。」

姊弟三人便坐在沈雒的崇武居中吃喝閒談，不知不覺直至傍晚。沈雒看看天色，說道：「天都快黑了，不如你們留在我這兒用晚膳吧！」不等大姊小兄回答，便吩咐道：「于沱，去跟喬廚娘說，請她將晚膳送來我這兒。」于沱答應去了。

夜風吹來，撲面清涼，沈家姊弟三人在沈雒的崇武居外廳中用了晚膳，面上雖有說有笑，但各懷心事，都無法真正高興起來。

送走兄姊之後，沈雒心中仍怦怦而跳；這是她生平第一次對大姊和小兄說謊，滿懷焦慮，只能暗暗慶幸他們未曾起疑。她今日從大姊房中取出的四柄兵器，此時正靜靜地躺在她的床榻之旁：殺死父親的短刀，殺死大兄的彎刀；父親手中執持的匕首，和大兄手中執持的短戟。她小心地清洗了阿爺的匕首和大兄短戟，將它們擦得發亮，打磨得鋒利無比。望著柄底刻的「拓」、「維」二字，沈雒默默發誓：「總有一日，我要找出殺死阿爺和大兄的真兇，以他們的兵器報仇雪恨！」

夏末秋初的一個清晨，沈綾拜過了父兄的靈位，又去主母羅氏臥房門外拜倒，說道：「主母在上，父兄不幸見背，主母臥病，小子不能隨侍在側，替主母分憂，實為不孝。所幸大姊精明能幹，小妹聰慧靈巧，兩位都是女中鬚眉，自能撐持沈家門戶。小子今日辭別主母，出海南洋，開拓『沈綴』版圖。若不成功，絕無面目歸家。請主母保重貴體，小子日日祝禱您長命百歲，健康長壽。」

羅氏躺在病榻之上，聽著沈綾在門外的言語，清楚明白這沈綾有口無心，對自己絕不諒解，只不過基於晚輩禮數，不得不來此辭別，說幾句禮貌之言。她也知道，自己託付術士江淼的事情終究辦成了：沈綾主動放棄繼承財產，已白紙黑字將他此刻擁有以及能夠繼承的財產，全數轉移給自己的兩個愛女；接下來他將遠離洛陽，獨自去南洋「拓展生意」。羅氏心中雪亮，沈綾這一去，便不會再回來了。江淼已做出安排，如同當時那群盜匪在穎水橫波渡口的草叢中埋伏、突襲沈拓和沈維的車隊一般，沈綾也將在他的路程上永遠消失於世間。

羅氏輕輕吁出一口氣，感到一股難言的輕鬆快意；即使計畫成功意味著自己將付出報酬、交出性命，但只要她的女兒們能夠繼承沈家家業，一輩子受沈家庇護，不遭沈綾橫手奪產，那她死也死得了無遺恨。

沈綾在門外等候了一陣子，屋中依然沉寂無聲。過了一會兒，嵇嫂才門開一縫，對他擺了擺手，低聲道：「主母正歇息著。你去吧。」

沈綾又磕了三個頭，站起身，對嵇嫂躬身說道：「請多多照顧主母。」轉身離去。

當日沈綾便和喬五及阿寬兩人，帶上了十車新製的絲綢，離家而去。

他的大姊沈雁和小妹沈雛站在門口依依相送，二人眼中都噙滿了淚水。

第六部

風雨飄搖

步登北邙阪，遙望洛陽山。洛陽何寂寞，宮室盡燒焚。
垣牆皆頓擗，荊棘上參天。不見舊耆老，但睹新少年。
側足無行徑，荒疇不復田。游子久不歸，不識陌與阡。
中野何蕭條，千里無人烟。念我平常居，氣結不能言。

——〈送應氏〉，魏・曹植

第四十六章 箱神

卻說沈綾一離開洛陽，術士江淼當日便來尋羅氏，請她盡快支付「報酬」。

羅氏雖捨不得女兒，但既已做出承諾，心知肚明難以反悔，只能說道：「你給我一些時日，待我交代後事，與二女告別後，你便能取走我的性命了。」

江淼被國師赫連壘催得急，又擔心小玉的生死安危，忍不住變了臉色，不悅地道：「沈夫人，我們事先說好的，妳答應事情一辦成，便立即支付報酬，這報酬對我來說至關重要！妳想多活一、兩日，對我來說，可是大大地不妥。妳這麼拖下去，說不得，我只好親自取走報酬了！」說著橫眉怒目，露出凶狠霸道之態。

羅氏自然知道，江淼的言下之意是要以咒術直接奪走她的精魄；然而她卻不知，江淼的術法淺薄，其實根本無法以咒術取人性命。而且心甘情願交出的精魄，和強迫取走的大有不同，赫連壘在使用她的精魄修法時，自能覺察其間差別，江淼又怎敢擅自奪走羅氏的性命，交給赫連壘一個硬奪而來的魂魄，招惹國師之怒？

羅氏聽了，心中暗暗驚駭，「與其受他咒術而死，不如選個時辰，自願離世，倒能安詳一些。」當此時刻，她心底不禁生起了一絲悔意。在沈綾離去之後，她頓時感到鬆了一口氣，彷彿心上的一塊大石頭被移除了，終於又能夠順暢呼吸，精神振作許多，病勢似乎也略有好轉。這日早晨，兩個女兒來問安伺候時，她望著愛女們，胸口充斥著無盡的關愛和疼惜，這兩個女兒都如此美貌聰慧、乖巧體貼，自己心中只希望能永遠伴在她們身邊，永遠保護愛惜她們，如何捨得就此拋下她們？

然而她清楚知道自己已踏上了一條無法回頭的路。深吸了口氣，她對江淼道：「該給的報酬，我一定會給。只請先生給我一日一夜的時光，讓我和女兒妥善話別，交代後事。我只要一日一夜，懇請先生答允我這最後的請求！」

江淼雖焦急難耐，但心想給她一日交代後事，羅氏交出魂魄時想必更加心甘情願一些，只好勉強答應了。

於是羅氏當日便分別召見了冉管事、李大掌櫃，仔細交代沈宅和「沈緞」的銀錢諸事；傍晚後，她讓嵇嫂來到自己榻前，要她取出自己從娘家帶來的首飾、珠寶和錢財，儘管一大部分在三年前已被沈拓帶走、遭強盜所劫，但剩下的仍不乏極為稀罕的珍寶。

羅氏讓嵇嫂一件件取出，吩咐哪件該留給哪個女兒，其餘私房錢財和羅家的遺產又該如何分配給兩個女兒等。

嵇嫂自羅氏少女時便擔任她的貼身婢女，跟著她一起嫁到沈家，在她身邊服侍了數十年，這時眼見羅氏對家人一一交代後事，心中雪亮，不禁悲痛難忍，熱淚盈眶。

最後羅氏取出一枚純金珍珠頭簪，那是她少女時最珍愛之物。她微笑著，將頭簪遞過去給嵇嫂，說道：「這是給妳的。我知道妳往年一直很喜愛這枚頭簪，好好收存吧。」

嵇嫂心中又是悲苦，又是感動，情不自禁地握著羅氏的手，眼淚撲簌簌而下，哽咽道：「娘子，您別這樣……我捨不得您啊！」

羅氏也不禁難受，低聲道：「我也捨不得啊！但是……但是如妳親眼所見，這些日子來，我的身子每況愈下，再拖下去，也是這般光景，不如早早撒手，也算是個解脫。」

嵇嫂忍不住問道：「娘子，您的病，莫非和那江湖術士有關？我見妳每見他一回，病勢便更沉重一分。莫非那人……那人對您施展了甚麼咒術麼？」

羅氏不願讓她知道自己請託江淼趕走沈綾之事，連忙搖頭，掩飾道：「不是的。我找那位先生來，主要是請他施展術法護祐兩個女兒，別無他事。我當然也問過他，我的病況是否有救，但他說我這是往昔業力所致，我的福德不足，壽限將至，他也愛莫能助。」

嵇嫂嘆息道：「娘子，我從小便跟著您，看著您嫁入沈家，替沈家侍奉尊翁、生養子女、經營生意，有哪一點兒做得不好了？您出身尊貴，為人勤懇忠貞，慷慨慈悲，不吝施捨，又有哪一處不足了？又怎會福德不足？」她頓了頓，鼓起勇氣，說出藏在心中已久的一個疙瘩：「我、我就是想不明白，主人為何會在外地娶妾，還堅持要帶她回家，生下那個可惡的孽子？」

嵇嫂的這句話，正正說到了羅氏的心中之痛，令她也不禁濕了眼眶，心中糾結難已，悲淒地道：「我也不明白啊！妳是見到的，自從我嫁入沈家以來，處處依隨他漢人習俗，事老扶幼，還努力學習絲綢生意，不管怎麼說，我自認是個守職盡責的主母。妳瞧，大郎和大娘二娘都那麼俊秀出色……是，我是該多生幾個兒子，但這可不是我一人能辦到的……他整日出門在外，我自己一個又能如何呢？」

嵇嫂抹淚道：「可不是？娘子，這不是您的錯。主人成日不在洛陽城裡，總在外地奔波，忙活生意。我更不明白他為何得時時親自出門？派個掌櫃去做買賣，不就好了麼？『沈緞』的生意已經這麼大了，何必那麼拚命，事事親力親為，還帶上大郎一塊兒，父子倆成天不在家，都不知在外面究竟是做何生意，還是有些甚麼別的……」

羅氏聽她這麼說，心頭忽然靈光一閃，脫口道：「妳說得對！他們父子倆為何總要出門，而且每回出門都去那麼久？莫非……莫非拓郎在外面……在外面另有家室？」

嵇嫂一驚，說道：「這……這不會吧？」

羅氏沉吟道：「若拓郎在外另有家室或營生，大郎絕不會瞞其他著我。但洛陽城其他的商家東家，確實少有這麼經常親自出門做生意的。拓郎肯定有甚麼其他事瞞著我。」

主僕二人相對無言，此時沈拓死去已有三年，她們心中就算有何疑問，也已無從解惑了。

嵇嫂忽然想起一事，說道：「娘子，主人離去前，不是在書房留下了一個箱子麼？」

羅氏皺起眉頭，問道：「甚麼箱子？」

嵇嫂道：「那時主人讓您找出家中財寶，包裹妥當，讓他帶去南方，他自己則在書房清理物事。我見到書櫃角落有一只紫檀木的箱子，問他是否帶去，他說不必，這箱子須得留在家中，絕對不能離開沈家。當時小婁在旁嘟噥了一句：『箱裡不知有甚麼寶貝？』主人聽到竟然勃然大怒，指著叫小婁滾出去，並說小婁再也不准踏入主人的書房。」

羅氏大感好奇，說道：「妳說的這甚麼箱子，我怎地從未見過，也從未聽拓郎說起過？這箱子現在何處？」

嵇嫂道：「應當仍在主人的書房裡吧？那時我見主人將箱子留在書櫃裡了。而且那箱子有上鎖的，也不知主人是否將鑰匙留下。」

羅氏道：「妳找個僕從，去將那箱子搬來我這兒，我要看看。」

嵇嫂應聲去了。不多時，兩個奴僕搬來一只三尺見方的黑檀木箱子，放在羅氏的榻前；兩人抬得十分辛苦，可見這箱子雖不大，顯然十分沉重。

嵇嫂讓兩個奴僕出去，關上了門，說道：「娘子，就是這只箱子。」

羅氏見箱子以銅鎖鎖著，點點頭說道：「我從未見過這只箱子，至於這鎖……嵇嫂，妳將我所有的鑰匙都取來。」

嵇嫂來到羅氏的儲藏室，找出了一盒子的鑰匙。

羅氏道：「妳一把把試試。」

嵇嫂一一試了，卻沒有一把鑰匙能打開那鎖，搖頭道：「都不成。」

羅氏皺眉想了想，說道：「拿我枕頭後的那只箱子。」勉強撐起身，讓嵇嫂從她的枕頭後取出一個木箱，遞去給她。

羅氏打開了，取出裡面的一支純金鑰匙，說道：「這是我和拓郎剛剛成婚時，他親手交給我的。他當時對我說道，沈家的家當全都在這兒了；他信任我，因此將整個沈家全都交給我掌管。但他從未告訴過我，這支金鑰匙是用來打開甚麼的。嵇嫂，妳去試試。」

嵇嫂接過了金鑰匙，試著打開黑檀木箱上的銅鎖，竟然「咔啦」一聲，當真打開了。主僕二人對望一眼，都感到又是驚訝，又是好奇。

嵇嫂緩緩打開箱蓋，往裡望去，低呼一聲。

羅氏忙道：「裡面是甚麼？拿過來，我要看！」

嵇嫂小心翼翼地將木箱移到羅氏的榻前，羅氏撐起身，往箱內看去，只見最上面覆蓋著一幅白色絲綢，綢上沾染了深褐色的汙漬，似乎是血跡。

羅氏見了，膽顫心驚，顫聲道：「這是甚麼？妳……妳取出來看看。」

嵇嫂猶疑一陣，雙手發抖，伸入箱中，取出白綢；羅氏也湊上前去，但見白綢顯然出自「沈緞」，看來頗為陳舊。

羅氏道：「拿給我瞧瞧。」

嵇嫂將白綢交給羅氏，羅氏接過了，馬上感到一股難言的震動，整個腦子倏地一片空白，眼前霎時大放光明，亮得她幾乎睜不開眼。她想問嵇嫂是否也見到了這古怪的光亮，然而胸口卻彷彿受到重物壓迫，完全說不出話。就在這時，她前方忽然出現了一個人影，那似乎是個女子，一身白衣，身形修長苗條，面目卻如籠罩著一層薄霧般，看不清楚。

羅氏見那女子慢慢向自己走近，不禁又驚又懼，尖聲問道：「妳是誰？」

那白衣女子的身形若隱若現，停在羅氏身前三尺之處，開口說道：「沈夫人，妳走上錯路了。現在回頭，還來得及。」

羅氏聞言一震，忽然感覺一股悔恨如排山倒海般向她襲來，將她整個人都吞噬淹沒。

她想起自己已同意將性命交給那黑衣術士，不禁掩面痛哭起來，泣不成聲地說道：「來不及了，來不及了！」

白衣女子的聲音溫和如風，輕聲道：「還來得及。那術士江淼急著取妳魂魄，那是因為他一心救回他關愛的徒兒，因此應承了一位高強的大巫，要將妳自願交出的魂魄給他、供他修煉巫術。妳需知道，魂魄被巫者取去，是件極為恐怖痛苦之事。妳的魂魄將被他牢牢鎖住，不斷遭受難以忍受的折磨，無法停歇，其至苦至痛猶如置身十八層地獄。而如此恐怖駭人的處境，可以延續無限長、無限久。」

羅氏驚詫無比，抬頭說道：「我以為死了便是死了，給不給精魄，都毫無分別……」

白衣女子搖頭道：「不，妳錯了。妳不懂得巫術，因此不知道巫者有多麼厲害。」

羅氏忽然心中一跳，說道：「妳是誰？妳也是巫者，是麼？妳為甚麼會在這兒？難道妳一直……一直藏在那木箱裡？莫非妳是拓郎身邊的巫者？啊？妳究竟是誰？」

白衣女子輕嘆一聲，聲音仍舊柔美動聽，語音中滿是耐心，「強兒，妳聽我說。妳不必知道我是誰，我只是不願見妳陷入無止無盡的痛苦，那不值得，對妳的兩個女兒也沒有任何好處。我可以幫妳，讓妳避免遭那邪惡大巫禁錮折磨。」

「強兒」是羅氏閨女時的小名，除了嵇嫂外，連夫君沈拓和子女都不知道。羅氏呆了呆，說道：「我腦子糊塗了，妳就是嵇嫂，是麼？只有她知道我的小名。」

白衣女子的臉面雖然難以看清，羅氏卻能感到她露出了微笑。白衣女子說道：「我不是嵇小花。」嵇小花是嵇嫂的小名，沈家上下只有羅氏一個人知道，其他人都從未聽過這個名字。

羅氏更是確定，說道：「妳就是嵇小花！只有她知道我的小名！我快死了，因此腦子不清楚了，見到了幻象！」

白衣女子維持著微笑，說道：「妳說得都對。妳快死了，妳的腦子也不清楚了，才會跟那術士打交道，達成交易。但是，妳此時見到的並非幻象。我是真實的。」

羅氏睜大眼望向那女子，似是能清楚見到她衣衫上的紋路，那件白衣乃以絲綢所製，卻並非「沈緞」出產的絲綢，布面之下似乎隱藏著某種奇特的花紋。但不論羅氏如何努力觀望，卻始終望不清白衣女子的面容，只感覺到她膚色雪白，容貌清靈秀美，應是個世間少見的美女。

白衣女子的語音溫軟柔和，她緩緩說道：「妳不必害怕。相信我，我會保護妳，送妳的魂魄上路，不被那術士取走，不落入那恐怖大巫的手中。」

羅氏心中恐懼，口唇顫抖，說道：「妳……妳不也是個巫者麼？莫非……妳自己要奪去我的魂魄？」

白衣女子搖搖頭，說道：「不，我不是巫者。我不需要修煉巫術，更加不需要取人魂魄。」

羅氏質問道：「那妳究竟是甚麼人？為甚麼藏在……藏在我夫君的黑檀木箱子中？妳一定是妖魔鬼怪一流，才會躲在那只箱子裡！」

白衣女子笑了，說道：「也難怪妳會害怕。不，我不是躲在箱子裡的鬼怪。那箱子中含藏著沈拓很多的祕密，我只是其中之一罷了。比如說，沈拓從小隨父學武，也教了沈維武術；他們父子二人，常常出門去，在外地暗殺敵人。妳懷疑沈拓和沈維為何總在外頭奔波，這就是原因。」

羅氏聽得呆了，無法相信地搖頭道：「不！拓郎怎麼可能會武術？他連馬都不愛騎……」

白衣女子指著箱子，說道：「妳瞧。」

羅氏望向榻邊的那只箱子，但見箱中躺著一柄陳舊的匕首。她伸手取出了，仔細審視，見到匕首的柄底刻著一個「拓」字，包紮握柄的棉布上滿是汗漬，呈灰黑色，顯是長年使用之物。

白衣女子道：「這是沈拓十歲至二十歲時隨身攜帶的護身匕首。妳瞧，這兒還有幾枚飛鏢，那是他成年後常用的暗器。」

羅氏取起飛鏢看了，見它們刮痕累累，也是經常使用之物。她撫摸著那柄匕首和飛鏢，眼前浮起夫君持著它們時的神貌，懷疑道：「但是……但是……他怎能一直瞞著我？我還以為，這輩子他只瞞過我一件事，就是那豎子之母……」她越想越悲憤，伸手捶著床榻，怒道：「拓郎懂得武術，卻為何一直瞞著我？為何將這些物事都鎖在箱子裡，深深掩藏？他究竟還有多少祕密，不曾讓我知道？」

白衣女子輕聲安慰道：「妳別往心裡去。沈拓雖藏起這只箱子，卻將鑰匙早早便交給了妳，不是麼？他老早便將箱子交給妳保管，正是有意將所有祕密都說與妳知道。只是他去得太急，未能來得及交代罷了。」

羅氏雙手掩面，痛嚎起來。自從丈夫和兒子去世之後，她便陷入極度的黑暗絕望，連眼淚都流不出，病勢也因而更加沉重。這竟是她第一次因丈夫和兒子之死流淚，這一哭，便哭得聲嘶力竭，無法停止。

白衣女子坐在她身邊，將手放在她的背上。

羅氏感到她的身上傳來一股清涼之氣，不似一般人的體溫，倒似是一陣清風或是晨霧，若有若無地圍繞在自己的身畔。

白衣女子輕聲道：「沈拓有太多的祕密不能讓妳知道，但是他對妳確實非常尊重愛惜，這點妳千萬不要懷疑。」

羅氏忍不住轉過頭，往白衣女子的臉面望去，卻仍舊看不清她的容顏。羅氏伸手捉住白衣女的手，厲聲問道：「妳為何知道那麼多關於拓郎的事？妳是他的甚麼人？為甚麼……為甚麼我看不見妳的臉？妳究竟是誰？」

白衣女子嘆了口氣，湊近羅氏的耳邊，輕輕地說了一句話。

羅氏聽了，只驚得臉色大變，高聲叫道：「妳！是妳！原來妳一直沒走，一直躲在我們家裡！」

白衣女子搖頭道：「不，十五年前，我確實離開了沈家、離開了洛陽城。妳此刻見到的我，不是我的真身，只是我的元神。我將一部分元神留在了那塊白綢之中，因此能出現在妳面前。」

羅氏茫然道：「元神？白綢？」

白衣女子道：「元神就是我的本命。檀木箱中的那幅白綢，是我生產時所用，沾有生產時的血跡，因此能留存著我的元神。妳的夫君沈拓留下了那塊白綢，他一直想告訴妳真相，但還來不及全盤托出，便遭遇不幸了。」

羅氏想起丈夫愛子慘死，忍不住再次痛哭起來。白衣女子伸手輕拍她的背脊，說道：「沈拓沒有對不起妳。對不起妳的是我。我不能奢求妳原諒我，也不能奢求妳多照顧那個孩子。我知道他已被妳逼迫離開洛陽，準備出海，遠赴南洋了。」

羅氏想起江淼的話，忍不住道：「他去不到南洋的！」話一說完，想起自己意在致他人之子死亡，心中怦怦而跳。

白衣女子似乎全不在意，只微微一笑，說道：「不要緊，我都知道。那術士說沈綾一出城，便將取他性命，讓他永遠無法回到洛陽。但不管是那術士自己，或是他身後那個恐怖大巫，都無法傷害他。我清楚知道，他此行將平安無事。」

羅氏一呆，正要開口，白衣女子舉起手阻止她，緩緩說道：「妳不必擔心，也毋須自責。妳並未起心殺他，只是意圖將他趕走罷了。妳不是真正心地惡毒之人。提議殺他的，是那術士和他背後的大巫，跟妳一點兒關係都沒有。這份惡業，須算不到妳頭上。」

羅氏聽了這話，突然心頭一鬆，點了點頭，說道：「我確實無心致人死命。但我絕對不讓他回到沈家，奪走我女兒們該得的家產！」

白衣女子平靜地道：「在未來的某一日，他必將平安回到洛陽。但妳可以放心，他即使歸來，也不會和妳的兩個女兒爭奪家產。人各有命，妳的女兒們之吉凶禍福，亦非妳所能左右。」

羅氏嘆了口氣，說道：「雁兒原本那麼好的姻緣，誰知盧家那位郎君竟如此短命，不幸死在河陰！這等折難，對一個女孩兒家來說，實是難以承受啊！」

白衣女子輕嘆一聲，心想：「她們都將各有一番磨難，九死一生，這還不是沈雁最大的折難。」只說道：「大娘性情堅毅，外柔內剛，任何磨難，她都定能順利度過的。」

羅氏點點頭，說道：「我卻更擔心雛兒。她性情天真，沒有雁兒那麼成熟穩重。如今她阿爺去了，大郎也去了，誰來保護她呢？誰來替她安排婚事呢？」她心中有太多憂慮掛念，竟與這陌生古怪的白衣女子談起了自己心底最深處的擔憂。

白衣女子輕拍她的手背，說道：「妳別擔心二娘，她的性情比大娘更加堅強，更加不折。」口氣忽然轉為嚴肅，說道：「沈夫人，我今日能見到妳，也算妳我有緣。妳已與那術士做了交易，我也無法阻止。妳應該知道，自己時日不多了。我最多只能幫妳一個忙，在妳離世之時，守護妳的魂魄，領妳立即去投胎轉世，方不致落入那恐怖大巫的手中。我欠妳一份情，因此一定要幫妳這個忙；我不能眼睜睜地看妳落入那惡人之手，承受那無止無盡的苦楚。但是妳必須聽我的話。在離世之時，必須誦念我的名字；而我的名字，方才已告訴妳了。」

羅氏愣愣地望著她，低聲道：「妳沒騙我？」

白衣女子道：「我不會騙妳。妳一定要相信我。」

羅氏低下頭，說道：「但是……我答應了那術士，要將自己的魂魄交給他。他說，我若不盡快給他，他……他會……」

白衣女子嘆了口氣，說道：「我知道。但我只能救妳，可管不了旁人了。」

羅氏心頭不禁升起一股深沉的恐懼，緊緊握住白衣女子的手，說道：「我不想死後受那無邊的折磨！妳……妳一定要救我！」

白衣女子柔聲道：「妳放心吧。好好入睡，遲些跟妳的兩個女兒道別。今日子時，我將來此接妳。」

羅氏聽話地躺倒在榻上，心中感到一股奇異的平和寧靜，輕輕閉上了眼。

她和那白衣女子的一番對答，在嵇嫂眼中，只不過是一瞬間的事。嵇嫂依照羅氏的吩咐打開箱子，取出那紫黑色、沉重的物事，放入羅氏的懷中，接著便見她閉上了眼睛，臉上神色變換不定，最後止於平靜安詳，嘴角帶著微笑，沉睡了過去。

第四十七章　後事

當日傍晚，沈雁從總舖回到家時，嵇嫂已在門口等候，雙目紅腫，神色哀傷，說道：「大娘！主母請妳立即去見她。」

沈雁見了嵇嫂的神情，心中一緊，大感不祥，趕緊來到母親的房中。但見母親的臉色比往昔更加灰敗，眼眶深陷，嘴唇蒼白乾燥，看來已病入膏肓，命不久長。

羅氏招手讓嵇嫂近前，示意嵇嫂扶自己起身，用枕頭墊在她的背後。她全身無力，身子軟軟地斜靠在枕頭上。

沈雁來到榻前，跪倒在母親身旁，心中哀痛難言，忍不住流下眼淚，低低喚道：「阿娘！」

羅氏伸出瘦骨嶙峋的手，握住女兒的纖手，說道：「雁兒！妳和盧家的婚事不成，娘心裡一直好生歉疚，感到對妳不住。」

沈雁勉強忍住哽咽，安慰母親道：「阿娘何出此言？阿爺阿娘替女兒安排了盧家的婚事，那是你們疼愛女兒。之後發生的災禍，又有誰能預料得到？這是女兒的命，自不能怪誰，阿娘千萬不必感到歉疚。」

羅氏嘆了口氣，說道：「妳聽我說來。最早那時，我一心想將妳嫁入盧家，妳阿爺原本是不贊成的。其實妳阿爺中意的，是做鹽鹵生意的張重喜家。他們家的三郎當時未婚，雖不怎麼能幹，人倒是溫厚善良。而且鹽鹵生意不論在盛世亂世都同樣興盛，妳若嫁了過去，一輩子都將富裕優渥，無憂無慮。」

沈雁聽了，好生震驚，顫聲說道：「阿爺曾考慮將我嫁給鹽鹵張家的三郎，但是阿娘不同意，不是麼？」

羅氏點點頭，說道：「我不同意，因為我相信妳能嫁得更好。我對妳阿爺說，妳若嫁入世家，妳的兒子自幼讀書，將來入朝為官，妳便能受蔭晉封，那麼未來的身分地位，榮華富貴，可就遠遠超過我們沈家了。誰知……」

沈雁過往也曾懷有無數憧憬，想像自己嫁入盧家後將有何等風光前景，不禁幽幽地嘆了口氣，說道：「這都是過去的事啦。如今我是不打算出嫁了，只想留在家裡照顧阿娘，經營生意，虔誠禮佛，念經度日，也就是了。」

羅氏連連搖頭，說道：「不、不！妳千萬不可放棄自己的一生幸福。沈家的家產是妳們姊妹的，妳妹妹年紀小，妳得替她撐起這個家。孫姑不久前來找過我，向我索討份兒。我清楚告訴她，我絕對不會將我手中的份兒轉手出去。我自知命不久矣，已立下遺囑，我手中『沈緞』份兒，一半給妳，一半給雛兒。不論妳們未來是否婚嫁，都將繼續持有這些份兒。儘管『沈緞』此刻欠債甚多，這一半份兒眼下並不值多少錢，但就算最終絲綢舖子不得不收了，『沈緞』擁有的桑園、絲坊、染坊等產業還是很值錢的，萬不得已變賣了，妳們守著這筆財富，自能安穩地過上一輩子。我希望妳們姊妹倆同心協力，守住沈家家業，千萬別讓沈綾那豎子奪去了！雁兒，妳一定要答應阿娘！」

羅氏喘了口氣，又道：「至於妳外祖父母的宅子和財產，待我去後，也都是妳們姊妹的了。漢人不興讓女兒繼承家業，也不興讓婦道人家持家掌舖，我們北方鮮卑人可不來這一套，女子婚前婚後持有的產業，都受到律法保護的。往後妳們就是沈家的主人了，知道麼？」

沈雁雖已料到母親會如此立下遺囑，想到母親對自己的深厚關愛，不禁悲痛難已，伏在榻邊哭了起來，叫道：「阿娘！」

羅氏伸手輕撫她的頭髮，愛憐橫溢，說道：「阿雁，妳可知道，妳是最令我驕傲的孩兒？阿維雖聰明能幹，但他和妳阿爺更親近，從小就跟在妳阿爺身邊，跟著他到處奔波經商，我見到他的時候實在太少，太少了。」

沈雁聽了，心中一動，勉強止淚，望向母親，心想：「莫非阿娘已知道了阿爺和大兄的祕密？」

羅氏自顧自說了下去：「他那時約莫十六歲，從南方回來那時，我便覺得自己彷彿不認識他了；好似這個兒子已變成了另一個人，跟我一點兒關係也沒有了。當然，他的樣子也變了，十多歲的孩子，自然會長高長大，但是他的性子似乎也不同了。他原本就沉靜穩重，那次回來後，他變得更加安靜，望著我時，總有些試探的意味，彷彿在看我是否還認得出他。對了，那賤婢，就是那時節跟著妳阿爺來到家中的。」

沈雁聽著，回想當時情景，忽然感到一陣驚悚詭異，說道：「我記得那次大兄回家的情景，那時我大約十一歲吧？我確實記得大兄的模樣變了許多。但是阿娘，您恐怕記錯了？小弟的阿娘不是那時來的。那時小弟已經在家裡了，總有五、六歲了吧？」

羅氏眼神顯得十分困惑，說道：「不，我記得很清楚，那賤婢是那時節來到家中的。妳阿爺帶了她和阿維回家，我感覺妳阿爺和阿維都變了個人，兩人都蓄意避著我。我猜想，可能因為妳阿爺在外納了妾，無顏面對我，才故意避著我，待我明顯地生疏了。但妳大兄不該對我這麼生疏啊！不管妳阿爺是否納妾，他都是我的親生子，為何他的態度會改變呢？是因為他站在他阿爺那一邊，因此冷落了自己的阿娘麼？」

沈雁聽得心頭暗驚，噤不敢言，心想：「阿娘病得這麼重，連話都說不清楚了，記憶也混淆了。」隨即想起：「阿娘口中所說的情景，我也印象深刻。那年阿爺和大兄從南方回到家，兩個人都有些奇怪；我心中有些起疑，但也不曾多問。阿娘說得不對，那次他們從南方回來，並不是和小弟的阿娘一起。小弟那時已有五、六歲了。我記得很清楚，小妹總跟小弟一塊兒玩。她只比小弟小一歲，兩人常在花園中玩耍，而我常在花園的角落裡一邊繡花，一邊看著他們玩兒。是了，那年阿爺和大兄回家時，小妹和小弟正在花園中玩彈石子，小妹趴在地上，衣衫都髒了，我趕緊拉她起來，帶她回知秋苑更衣。我還回頭要小弟趕緊回廚後去。」

沈雁心中回想著往事，但見羅氏閉上眼睛，喘了幾口氣，長嘆道：「妳大兄啊，真是可惜了！我們家如此好的家世，他生得又是一表人才，卻始終未曾娶親。他若娶了親、生了子，今日又怎會有這繼承家產的問題？妳大兄不但高大英俊，聰明能幹，而且知書達禮，加上我們沈家的財勢，誰家的女兒不想嫁給他？那時節，媒婆常來家中等著見我，送我禮物，試圖跟我攀談。但我每回跟妳阿爺或大郎提及此事，他們總有理由推托，不是說生意太忙，就是說很快又得出門。生意再忙，出門再久，親事都還是可以定下來的啊！」

沈雁聽了，心中也想：「這確實古怪。大兄比我大了五歲，我十三歲就定了親，他遇難時已有二十好幾，親事卻始終沒有半點眉目。」

羅氏睜開眼，似乎想到了甚麼，呼吸急促，說道：「我知道了，我知道了！他們一直瞞著我，不讓我知曉，我如今才終於明白其中原因！」

沈雁忙問道：「阿娘，您知道了甚麼？」

羅氏說道：「妳阿爺瞞著我，在外地娶了妾室，還讓她跟回家來，在家裡生了孩子。他一直覺得對不住我，而阿維因為站在妳阿爺那邊，也覺得愧咎，因此每當我提起娶親之事，便讓他想起妳阿爺納妾之事，心懷愧咎，因此始終不肯答應。」

沈雁搖頭道：「我想並非如此。」

羅氏似乎未曾聽見，皺起眉頭，自顧自地道：「我知道，我知道！他們那回去南方，一定發生了甚麼事情。阿維一定跟他阿爺一樣，也在南方娶了親，只是他們父子都不敢告訴我，一直瞞著我。說不定，說不定阿維在南方的妻子已經生了孩子，而那孩子，才是我們沈家真正的繼承人！」

沈雁一怔，心想：「阿娘病得太重，胡思亂想了。阿爺和大兄長年在外，若大兄若在外地有意中人，也並非不可能之事。然而他又何必隱瞞？」口中卻安撫地說道：「阿娘，倘若如此，跟著他們一道上路的奴僕定會知道內情。您問過喬五叔麼？」

羅氏微微搖頭，說道：「我沒問過。喬五憨厚老實，他就算知道甚麼，也一定守口如瓶，絕不會對我說的。」

沈雁嘆息道：「如今阿爺和大兄都去了，我去問喬五叔，他多半會說。但是……但是喬五叔已隨小弟出發，去往南方了。」

羅氏望向她，微微搖頭，說道：「雁兒，不、不要問喬五。我不管阿維在南方是否娶妻生子，即便有這回事，我也不會承認。那對外地的母子就跟那豎子和他阿娘一般，在我眼中，都是不該存在的人，跟我一點兒關係也沒有。這世上我在乎關心的人，就只剩妳和雒兒了。妳倆是我的親生女兒，是和我最親的人。無論如何，我的財產只會留給妳們。不管是誰，都不能來跟妳們搶奪！」

沈雁安慰母親道：「阿娘，您別擔心，我不會讓任何人奪走我們沈家的財產。」

羅氏忽然咬牙切齒，說道：「但是那個姓胡的，他奪去了妳阿爺上百萬銀兩！害死妳阿爺和大兄，他一定有份。我們絕不能放過他！」

沈雁忍悲安撫道：「阿娘請放心，有朝一日，我們定會找他討回公道。」

羅氏聽了，似乎放下了心，但聽她說「我們」，又擔起心來，說道：「那豎子！我知道妳們對他頗有好感，當他如兄弟般看待。不錯，他是妳兄弟，但他不是我兒子。我命妳們絕不能讓他繼承沈家的財產，知道了麼？」

沈雁沉默不語；她心知肚明，由沈綾繼承沈家財產不但名正言順，而且他比自己精明能幹得多，若想重振「沈緞」，還得倚靠他才成。但這番話她當然不敢對母親說，只能藏在心中。

羅氏又道：「還有雛兒，我擔心她得緊。這孩子脾氣倔強，跟那豎子又太過親近，我怕她將來會吃虧。」

沈雁道：「我會盡力照顧阿雛的。」

羅氏道：「我知道妳會盡力照顧她，我只怕雛兒不肯聽妳的話，獨斷獨行。妳答應我，她哪日若擅自離家，妳定得盡快派人去找她回來。她若不肯回家，或是尋她不得，妳便得替她守住她的這一份家產，別讓人奪去了。她這脾氣，我看將來要找個好人家嫁去，也是不容易的。我只希望她手上留著這份財產，日子過得愜意，那就足夠了。」

沈雁道：「雁兒答應阿娘，一定會守住阿妹的產業，照顧她一輩子。」

羅氏點點頭，安穩地閉上眼睛，說道：「很好。」

等到沈雛來到母親寢室中時，羅氏已氣若游絲了，她沒對小女兒交代甚麼話，只微笑著撫摸著她的臉頰，神情疼惜留戀。姊妹倆圍在母親榻邊，都忍不住低聲啜泣。

子夜很快便到了。羅氏忽然伸出手，緊緊抓著枕邊的一幅沾有汙漬的白綢；姊妹倆都不知道那是甚麼，也不知道處於彌留之際的母親為何要握住這幅又髒又舊的白綢。

羅氏感到那塊白綢觸手冰涼，卻有著一種奇異的溫度；她知道，當子夜降臨，有個溫柔而強大的白衣女子將來到自己的榻邊，握住自己的手，帶自己上路。她輕輕在心中誦念那女子的名字，安心地吐出最後一口氣，嘴角露出笑意。

姊妹留意到，當母親撒手離世時，臉上帶著淺淺的，滿足而平和的笑容。

那夜，沈家主母羅氏久病離世。

子時過後不久，江淼便趕到了沈宅。他急著取得羅氏的魂魄，悄悄來到羅氏的臥房外，從窗中見到羅氏已死在榻上，嵇嫂跪在一旁哭泣，她的兩個女兒也在榻邊痛哭失聲。江淼大喜過望，從懷中取出招魂幡和收魂鉢，口中低聲念咒，呼喚羅氏的魂魄前來，心想待她的魂魄被招魂幡招近，便能將之收入收魂鉢，趕緊送去給國師赫連壘交差。

然而，江淼的咒語念了一遍又一遍，羅氏的魂魄卻並未依約而至。

江淼甚感不耐，心想：「這婆娘依戀自己的軀體，依戀那兩個女兒，因此不肯離開麼？」於是探頭望向窗內，搜尋羅氏的魂魄。

豈知一看之下，羅氏的魂魄並不在羅氏的遺體之旁；江淼以法術在寢室中巡視了一圈，卻遍尋不到羅氏的魂魄，大感奇怪，心想：「她可能不知道自己已死，魂魄遊蕩到宅子的別處去了？」

於是江淼在沈宅各處遊走，口中念著招魂咒語，手中揮著招魂幡，從沈氏夫婦的居處鳳凰臺、廳堂、客堂、祠堂，以至大娘、二娘、二郎的住處，最後搜尋到了花園、馬廄和廚下，卻一無所獲，羅氏的魂魄竟無影無蹤。

江淼又驚又怒，內心更多的是恐懼和慌亂：「她的魂魄怎地不見了？人死之後，魂魄總要依附在遺體上七日才可離開。她自願將魂魄交給我，我只需來到她的遺體旁引走魂魄，便能向國師交差了。但她的魂魄怎會不在這兒？即使趕著去投胎轉世，也不可能這麼快啊！」轉念又想：「莫非她的魂魄已經消散了？但是……一般人的魂魄怎會一死便消散？除非是高僧大德，死後立即脫離輪迴，遁入涅槃；要不就是惡人邪魔一流，一輩子作惡太多，死後魂魄立即被閻王抓去地獄。但我瞧她絕非高僧大德，也不像甚麼惡人邪魔啊！」

江淼苦思冥索，卻完全摸不著頭腦，當然也無法向沈家諸人詢問。他和羅氏談論立約時，只有他們兩人在場，連羅氏最親近的僕婦嵇嫂都被遣了出去，並不知道羅氏答應了他甚麼；就算嵇嫂在場，聽見了二人對話，她一個尋常人，又怎會知道主母的魂魄跑去了哪裡？

江淼在沈宅搜尋了大半夜，仍舊一無所獲，滿心慌亂焦急，眼見就將天明，只得先悄悄離開了沈宅。

他提心吊膽地回到偶戲里的住處，一路上不斷思索：「我該如何是好？國師一定會惱怒得緊！更要緊的是，我該如何換回小玉？」隨即想起：「是了，我該立即去找國師，稟告此事，並請他幫忙。但我該去哪兒找國師？是了，國師當然是住在皇宮裡。」想到此處，立即舉步往皇宮奔去。奔出沒多遠，又忽然想起國師赫連壘曾告訴他，沈二郎明日將會渡過洛水，而國師會在洛水畔布下羅網，以巫術困住沈二郎，殺人奪魂。他趕緊改變方向，往洛水最大的渡口快奔而去。

當江淼趕到洛水時，天色已大明。他在離河岸十餘丈處停下腳步，彎腰喘息；即便離河畔尚有一段距離，已能感受到左近殺氣騰騰，充斥著巫術的惡意。

江淼站直身子，口中念了幾遍護身咒語，輕聲喚道：「國師、國師！」晨風徐徐，岸上蘆葦迎風搖曳，四周一片靜謐，似乎杳無人跡。但江淼知道，國師赫連壘一定就在左右，想必還帶了不少巫者或武人手下埋伏於此，準備擊殺沈二郎。

江淼生怕自己不慎闖入赫連壘的陷阱，反遭毒手，於是提高了聲音，叫道：「國師！江淼在此！」

過了半晌，但見左側的草叢晃了晃，赫連壘瘦小的身形陡然出現在蘆葦叢中，他身後冒出了五、六個形貌古怪的人，有的手持法器，有的手持兵刃，看來都是赫連壘手下的巫者或武人。

赫連壘來到江淼面前，眼神凌厲，冷冽地道：「羅氏，魂魄，何在？」

江淼吞了口口水，連忙跪倒，連連磕頭，說道：「啟稟國師！羅氏已死去，但我……我找不到她的魂魄！」

赫連壘神色更加陰森，瞪視著他，低喝道：「你，無能！魂，遭劫！」

江淼趕緊又磕了幾個頭，說道：「小的無能！小的無能！國師，您說她的魂魄是被人劫去了麼？那劫魂的巫者法力高強，小的不是他的對手！請國師出手協助，奪回她的魂魄！」

赫連壘「哼」了一聲，說道：「不急。沈二，即至，取命，助我！」

江淼忙道：「小人來此，便是意在助國師擊殺沈二郎。敬請國師吩咐，小的赴湯蹈火，在所不辭！」

赫連壘往洛水一指，說道：「水巫，入水，等候。二郎入水，抱緊，沉河底，溺斃。」

江淼微微一呆，他出身水巫，卻不料赫連壘早就知道了，並清楚水巫一族都能長期潛伏於水中；而躲在水中將人拖入水中淹死，乃是水巫的拿手好戲之一。

江淼點點頭，說道：「謹遵國師之命。」頓了頓，又問道：「小人這就入水麼？」

赫連壘再次揮手，叫道：「現在，立刻！」

江淼不敢耽擱，立即奔到洛水邊，望著黃濁的河水，吸了一口氣，湧身跳入冰冷的河水之中。

他漂浮在陰暗混濁的河水裡，離河面約一丈，能夠隱約觀望到河面的動靜，但河外的人卻看不見他。

河水冰冷無比，江淼打了幾個哆嗦，卻不敢離開水中，繼續閉氣，耐心地等候著。過了許久，他感到身子越來越冷，雖能夠長期閉氣，卻抵受不住寒冷，全身開始不停發抖，於是緩緩在水中移動手腳，試圖讓身子暖和一些。又等了許久，正當他想要將頭探出水面時，忽然感到一股震動，巨大的水波從頭上襲來，將他直直往河水深處推去。

江淼大吃一驚，不由自主地往河水深處沉落，隨即感到背部用力撞到甚麼硬物，原來他竟被那股大力推得撞到了河底的硬石。

江淼忍著劇痛，勉強睜大眼睛，但身周水流漩渦急繞，眼前全是泥沙，甚麼也看不清。江淼感覺到事情不大對勁，趕緊伸腿踢水，往河面游去，游了好一陣子，才終於「噗」的一聲，頭露出了水面。只見一艘船正緩緩往河的對岸駛去，船上似有五、六人，兩個船夫划著槳，一個少年坐在船頭，眺望對岸，顯得十分輕鬆；另有一個中年和一個青年，站在少年身旁。

江淼認出，那少年正是沈家二郎沈綾，他身邊的二人想是他的奴僕和隨從。

江淼心中驚惶疑惑：「國師呢？他不是要將沈二郎扔入水中，讓我抱著他沉入河底，將他溺死麼？」

他回頭往岸邊望去，卻一個人也沒有，既見不到赫連壘，也見不到他那五、六個手下。江淼不敢獨自去追那小船，趕緊游往岸邊，濕淋淋地爬上了岸，在岸邊低喚道：「國師！國師！」

然而岸邊除了風吹蘆葦之聲外，只有一片死寂。

江淼感到全身冰冷，身子不斷發抖，不知自己是因河水奇寒，還是因為岸邊充斥著強大巫術？他在蘆葦叢中奔了一圈，輕聲呼喚：「大巫！國師！」

他鼻中忽地聞到一股血腥味，腳下也踢到一物，低頭一看，竟是一具屍身，看面目衣著正是赫連壘的其中一個手下！那人雙目圓睜，口角流血，已然斃命。

江淼嚇得呆了，往後退了一步，又踢到另一物，又是另一個手下的屍體。

他大口吸氣數次，才勉強定下心神，在附近搜索了一圈，找到了六具屍體，唯獨不見國師赫連壘。他又在周圍找了一圈，並未找到赫連壘的人或屍體。

江淼想不出河岸上究竟發生了甚麼事，這些巫者和武人，怎地一轉眼就都死光了？國師赫連壘又去了哪裡？自己是不是要再去殺沈二郎？

剛一起念頭，江淼忽然感到一陣柔和的暖風拂來。他一驚抬頭，但見一個白衣女子獨立於洛水的水波之上，長髮垂肩，背對著自己，正緩緩踩著漣漪，往對岸行去。

江淼強烈感受到從那白衣女子身上散發出的巨大吸引力，似乎比沈二郎更加強大、更加懾人。忽然之間，一股大力壓在他的胸口，令他僵在當地，無法動彈。

他直勾勾地盯著那白衣女子的背影，霎時想通：那股力道由白衣女子所發，而白衣女子出現在洛水之上，用意似是為了保護沈二郎不受國師赫連壘傷害；赫連壘手下的巫者和武人可能皆已喪命於這白衣女子之手，而赫連壘亦不是她的敵手，已狼狽逃逸而去。

江淼感到心驚膽戰，這是甚麼樣的天仙鬼怪，竟能輕易殺死這六名巫者和武人，並驅退國師赫連壘？

他眼望著那白衣女子的背影隨著沈綾那艘小船逐漸遠去，壓在胸口的重擔才漸漸減輕，一下子全身顫抖，頭昏眼花，肚腹翻滾，撲倒在地，猛然將昨夜吃的乾饅頭全嘔了出來。他仰天躺倒在河岸的泥土地上，不斷喘息，心中動念：「我得趕緊離開這兒。如果有人見到我跟一群死屍躺在一塊兒，定會以為我是凶手。」但他全身乏力，更無法站起身，只能手腳並用，一步步往蘆葦叢中爬去，直到全身都隱藏在蘆葦之中，才停下休息。他從未感到如此虛弱，心中卻只掛念著小玉，心想：「赫連壘不知逃去了何處？他回到皇宮了麼？我該去哪兒救回小玉？」

江淼一想起小玉，便想起自己手下兩個童子多子和哈子，和他們在國師赫連壘手下受盡折磨的淒慘情狀，心中只想：「我得救出小玉！我得救出小玉！」然而他越是試圖打起精神，身子便越感虛弱，最後完全癱平，連一根手指也動不了。

他閉上眼睛，展開與小玉的聯繫，眼前浮起了許多景象：

他見到國師赫連壘一跛一拐地逃回了皇宮，神態狼狽至極。國師一入宮，便立即奔到一間密室，打開房門。江淼看得清楚，坐在室中的正是小玉！她滿面恐懼，神態驚慌。

赫連壘伸手指向小玉，她不自由主地站起身，舉步向赫連壘走去。赫連壘伸出手，緊緊扣住她的手腕，將她拉出密室，來到隔壁一間小室之中；小玉開始哭叫掙扎，卻無法掙脫赫連壘的掌握。

赫連壘將她摜在地上，一邊叱罵，一邊念咒。江淼知道赫連壘就要取她的性命、以她的魂魄修煉法術，好讓自己受到重創的功力得以恢復，忍不住高呼一聲：「不可！」

然而他絕望地明白，自己完全無法阻止將要發生的事；他眼望著小玉扭曲的臉龐，聽著她驚恐的慘叫，再也無法承受，再也無法眼睜睜地望著她經歷那極端慘烈的苦痛。江淼仰天大叫，勉力斬斷了自己與小玉之間的聯繫，霎時之間，所有的痛苦和慘叫全都止息了，只剩下一片詭異的平靜。

江淼睜開眼睛，直直地瞪眼看著慘白的天空，感到全身乏力，彷彿虛脫。

如果他無能到連小玉都無法保護，活著還有甚麼意思？

或許……他可以自身替代小玉？但他知道赫連壘絕對不會接受；他是個中年巫者，小玉則是個童女，他們二人在大巫赫連壘眼中的價值自是天差地遠，赫連壘不可能答應讓自己去代替小玉。更何況赫連壘受創極重，必須立即藉由童女來修煉，恢復法力，絕不肯延遲一時半刻。

江淼萬念俱灰，緩緩再閉上眼睛，知道自己如此無能又失敗，只能一死了之，以逃避此後清楚明白小玉即將長期承受的折磨苦痛，以及終生無窮無盡的悔恨及歉疚。他的巫術雖不高明，但要以巫術快速結束自己的性命，還是能辦得到的。他伸手入懷，取出了一顆渾圓的水晶球，球中有青色和赤色兩股煙霧盤旋纏繞。江淼低聲道：「紫霞龍目水晶……水巫之寶。自我之後，便再也無主了！」手一鬆，水晶滾到了一旁的枯黃草叢之中。

江淼深深地吸了一口氣，放鬆全身，開始讓自己的魂魄脫離軀體，飄浮至半空中。

在他的魂魄離開身體之前，他的心中仍充滿了疑惑：「那個白衣女子究竟是何方神聖？她的吸引力為何如此強大，甚至比沈二郎更加懾人，而她一轉眼變殺死了六個巫者和武者，甚至連國師赫連壘都不是她的對手，不得不狼狽逃去！她又為何要保護沈二郎……」

這些念頭還沒動完，江淼便斷了氣。他的魂魄飛到了天上，他看到洛水彎彎曲曲地橫亙在大地之上，看到載著沈二郎的小船駛向對岸，早已去得遠了；也見到那白衣女子，仍舊行走於洛水的波浪之上，載沉載浮。忽然之間，江淼見到那白衣女子回過身來，緩緩飄到自己的肉身之旁，俯身從草叢中拾起了那顆水晶球，收入懷中。白衣女子抬頭望向浮在半空的江淼魂魄，露出了一個歉意的微笑。

江淼望著那一笑，頓時心中一片清明，明白了一切，也在剎那間釋懷了一切。

羅氏去世的幾日之後，羅氏的父母竟也相繼離世。

沈綾身為沈家唯一子息，理應由他主持喪事，這時他離家已有數日，沈雁立即派奴僕去追他回來，但兵荒馬亂之中，奴僕不知沈綾選擇哪一條路南下，最後並未追到人。沈雁只好派人送了封急信去建康「沈緞」，請洪掌櫃代為轉告主母病逝的消息，請沈綾見信立刻返回洛陽。然而因交通受阻，這封信竟延遲了數月才送到建康，而沈綾那時早已離開建康，出發去往南方，與大姊的信息就此錯身而過。

苦苦等不到弟弟回音的沈雁，身為家中大娘，又是羅氏親生女，自然得擔當起主持母親羅氏和外祖父母喪事的重任。她明白家中拮据，不能如辦父兄喪事時那般排場，因此盡量精簡節約，努力將喪禮辦得得體。

冉管事卻對此十分不滿。之前沈雁為了減省開支，在父兄的葬禮花費上已頗為撙節，又辭退了家中所有年資不足十年的僕役奴婢，曾遭到冉管事的極力反對；這回沈雁主辦母親和外祖父母葬禮，竟再度與冉管事大起爭執。

冉管事雖知曉宅中財力大不如前，但他也從羊帳房處得知沈綾在南方賺入了不少銀兩，「沈緞」和沈宅暫時不虞匱乏，認為之前主人和大郎的喪事已經辦得太過簡樸，如今給主母和兩位老人家辦喪事，應當不惜錢財，辦得隆重肅穆才是，好讓人知道沈氏已恢復了往年的富裕輝煌。

然而沈雁卻不這麼想。她認為父兄遇禍，母親久病，家中數度發喪，「沈緞」生意大不如前，這些災難洛陽城人人都看在眼裡；沈綾去南方經營「沈緞」、賺錢補空之事不宜廣為人知，因此沈家這回辦喪事仍應適節合度，以免遭人議論。兩人僵持不下，最後冉管事甩袖離去，憤憤地道：「大娘不如將屬下也辭去了吧！」

七七之後，沈雁將外祖父母葬於羅氏祖墳，將母親羅氏與父親同穴合葬於城外高地、阿翁沈譽的墓旁。家中僅有兩名孝女，在墳前祭告之後，灑淚而歸。

而離家已遠的沈綾只道自己一離開洛陽，家中便會歸於平靜，然而事情並未如其所願。手中持有「沈緞」十分之一的份兒的孫姑，在羅氏過世之前，早已全面參與「沈緞」事務，她擅長鑽營，很快便買通了其中三位掌櫃，在「沈緞」佔有舉足輕重的一席之地。原本沈綾離開前已與李大掌櫃做出安排，讓沈雁能夠輕易趕走孫家眾人，然而就在這時節，李大掌櫃竟忽爾中風，臥榻不起，未及將沈綾的計畫告知沈雁，更加無力執行。

弟弟沈綾不在身邊，妹妹沈雒又閉門不出，沈雁不得不獨自應付在旁蠢蠢欲動的孫姑，獨自撐起沈家和「沈緞」的重擔，日復一日，不禁大感心力交瘁。每日朝暮，她向佛堂中的白瓷觀音供奉禮拜時，總不忘向觀音祈禱，希望小弟此行順遂，早日歸來。

而在崇武居中，沈雒繼續勤練武術，不問世事，然而她也懷著和大姊一般的祈願，盼望小兄一路平安，盡早歸家。

第四十八章　迎風

自小兄沈綾離家遠赴南洋、失去音訊後，光陰飛逝，沈家二娘沈雒轉眼已有十五歲，長成了一個亭亭玉立的少女。

父母雙亡後，大姊沈雁主持家務和「沈緞」的生意，忙得焦頭爛額，沒有工夫看顧妹妹，只一心命她留在自己的住處，並嚴令她不可繼續練武。

沈雒小小年紀遭逢家中劇變，性格轉為叛逆，愈發我行我素，自阿爺阿娘死後，家中便再沒人能管得住她了。她自幼與小兄沈綾感情非常好，沈綾不但聰穎和善，對她又萬分愛護，而母親羅氏卻對沈綾極力排斥，不但對他冷言冷語，又在沈拓面前不斷說沈綾壞處，反對讓他讀書學數，禁止他參與絲綢生意，處處貶抑。沈綾既無親生阿娘，又無其他靠山，從小到大只有妹妹沈雒一個人支持他、鼓勵他；而羅氏對親生的長子沈維和兩個女兒寵愛有加，更加凸顯出沈綾地位低下，飽受冷眼。即使在母親去世之後，沈雒對於母親苛待小兄的作為仍覺難以釋懷。

但她同情大姊沈雁，如今眼見姊姊忙得不可開交，不願再給大姊增添煩惱，才勉強同意乖乖留在居處，但仍持續練武。

沈雒整天待在自己的崇武居中，練武進境停滯，氣悶已極。一日，她忽然想起許多年前，自己曾隨母親和姊姊去景樂寺看過戲法，心想：「那個黑衣術士能夠在空中自由飛舞，想必也懂得武術？我該去找找他，看他願不願意教我在空中飛舞之術。」

她想到便做，當日就說要去景樂寺禮佛，讓于叟駕了馬車載她前去。

到了景樂寺，她才發現當地大門緊閉，牆上貼了一張破爛的布告，載明戲法表演全數停止，恢復日期未知。原來自從洛陽兵劫、爾朱氏佔領皇宮後，洛陽城居民都戰戰兢兢，無人敢上街閒逛，更加無人有興致去景樂寺看戲法，因此寺中戲法早已停演多年，連寺門都已封起。

沈雒不肯輕易放棄，等到路上行人稀疏之時，便躍牆而入。但見景樂寺中一片安靜荒涼，寺中僧人也一個不見。

她信步在戲法表演場上走了一圈，又跨入寺廟，眼見正殿上的彌勒佛像依舊笑眯眯的，只是身上布滿蛛絲塵土；一旁的文殊和觀音菩薩，一尊橫倒在地，另一尊身上泥彩剝落，景況好生淒涼。

沈雒呆呆地望著大殿中的幾尊佛像，回想上次和姊姊來此拜佛看戲時，景樂寺香火鼎盛，遊人香客摩肩接踵之情，和如今的荒涼殘破兩相對照，簡直恍若隔世。她心中籌思：「戲法不演了，那位黑衣術士和他的手下童子不知去了何處？」

她自然不知道，那黑衣術士江淼不但曾數度來到她沈家、面見她的母親羅氏，更曾受羅氏之託辦事、驅逐沈綾；而沈雒如何也猜想不到，她的阿娘竟願意以自己的精魄換取沈綾無法得到沈家家產，並且永遠離開洛陽；她想尋的江淼也因協助國師赫連壘在洛水上截殺沈綾不成，已喪命於洛水之畔。

沈雒尋找不到黑衣術士，只好怏怏然出寺，回到馬車上。于叟見她神色低落，說道：「二娘，景樂寺可是關門了？」

沈雒道：「大門鎖著，看來已有很久無人出入。寺中僧人不知都上哪兒去了？」

于叟道：「想是都遠遠避開了。爾朱氏不似皇家那麼崇佛，不但在寺廟駐兵，對出家人也毫不尊重。如今僧人們能夠回親友家或城外寺院暫住的，都已逃走躲起來啦。」

沈雒道：「那些變戲法的人呢？他們不知去了何處？」

于叟道：「洛陽城裡凡唱曲兒的、擺弄樂器的，都住在調音里和樂律里。至於變戲法的，那要看他們是巫者還是一般術士。巫者居無定所，至於術士嘛，聽說有許多聚居於偶戲里。」

沈雒大喜，說道：「我要找術士，你快帶我去偶戲里吧！」

于叟無法拒絕二娘的要求，只好載了她來到偶戲里。然而該里十室九空，異常荒涼；沈雒見一間屋外堆著十多個人偶，有僧人、小販、女子、童子等造型，不知原來演的是哪齣偶戲，這時人偶面目骯髒，衣衫破爛，手腳斷折，令人不忍卒睹。街上空蕩蕩的，房舍看來大多已無人居住，有的窗戶洞開，窗內只見布滿灰塵的陳舊几椅；有的大門雖緊閉著，門上的木板卻破敗多孔，看來一推就倒。

沈雒來到街巷深處，才找到幾戶仍有人居的房室。她去敲了幾家的門，詢問曾在景樂寺表演戲法的黑衣術士，卻都說不知道，有的說：「偶戲里的人都另謀生計去了，表演術法的術士又怎會留在這兒？」

沈雒大感失望，快快然隨于叟回到家中，尋思：「我本想請黑衣術士教我飛身之術，但我連他的人都找不到，那是毫無希望了。賀嫂又離開了，那我該怎麼辦才好呢？」她再想起洛陽城往年的興盛熱鬧，以及今日的破敗落寞，不禁倍感心酸淒涼。

次日清晨，沈雒聽得有人在外敲門，婢女于沱來報，說是孫姑來探。

沈雒無精打采，說道：「請她在外廳坐吧。我就出來。」

她勉強梳洗更衣，來到外廳，但見孫姑坐在廳中榻上，陸婇兒跪在她的身後。二人正竊竊私議，四隻眼睛望著沈雒放置在廳中的種種兵器、沙包、木樁等練武之物，神情又是驚恐，又是鄙夷。

孫姑見沈雒出來，頓時收起驚鄙之色，滿面堆歡，笑吟吟地道：「阿雒！來，姑母特地給妳送上廚房新做的點心，快吃一些吧！」

沈雒不冷不熱地道：「多謝。」她望了陸婇兒一眼，見她一張圓臉上滿是諂媚的笑容，對自己行禮道：「二娘！多日未見，妳氣色可真好啊！」

沈雒「嗯」了一聲，並不回答，心想：「這人往年曾向阿娘告狀，讓阿娘得知我曾與小兄通信，還當著我的面將小兄的信全數燒掉。她原本跟在阿娘身邊服侍，如今竟成了孫姑的心腹？看那模樣，不知她肚子裡又在打些甚麼鬼主意？」

但見陸婇兒向孫姑使了個眼色，孫姑似乎會意，便望向沈雒，假作關懷地道：「阿雛，妳近來可好麼？」

沈雛從大姊口中得知孫姑曾與母親一起謀畫如何趕走小兄，又知孫姑此刻仍把持「沈緞」，處處與大姊作對，令大姊頭痛得緊，一股怒意油然而生。她冷冷地道：「我都好，不勞過問。」

孫姑替她倒了一碗酪漿，給自己也倒了一碗，說道：「妳整日躲在苑裡不出來，我們都擔心得很。妳的小表兄昨日還問我呢，雛表妹怎樣了？他很想來看看妳，我看他那麼擔心，便讓他今兒跟我一塊兒來了。」

陸娽兒也道：「二娘，妳真該多去鋪頭走走，那兒熱鬧得緊，近來生意挺不錯的哩！孫二郎整日在鋪頭幫忙，人人都誇他認真勤奮，辦事得力。他常常問起二娘，說不知二娘是不是一切安好呢？」

沈雛正想說自己不想見二表兄孫明，孫姑已往外叫道：「明兒，明兒！進來吧。你表妹說想見你呢！」

孫明早已等在門外，聽了母親呼喚，立即推門而入，滿臉堆笑，對沈雛躬身行禮，叫道：「雛表妹！」

沈雛臉色一沉，冰冷地道：「明表兄。」

孫明裝作沒見到她的滿面厭惡，仍舊笑嘻嘻地道：「表妹，妳長高了這許多哪！人也愈發美貌了。哈哈，哈哈。」

沈雛上下打量他片刻，臉上半點笑容也無，才說道：「表兄你卻是越來越胖，越來越醜了。怎麼，你搬入我沈家之後，吃食太好，日子太悠閒了，懶散揮霍，因此才變得如此癡肥麼？」

此言一出，孫明的笑容頓時僵在臉上，惶然地望向母親求救；陸婇兒和孫姑聽沈雒出言如此直率無禮，也都吃了一驚。

孫姑不料這小娃兒竟敢如此侮辱自己的愛兒，怒從心起，斥責道：「阿雒！妳出言怎地如此粗鄙？妳阿娘若聽見了，定要大大惱怒！」

沈雒翻眼道：「我阿娘會說甚麼，妳又知道了？」

孫姑眉毛豎起，提高聲音道：「妳阿爺阿娘不幸去世，我身為妳的親姑母，自有責任管教妳。妳阿娘去世之前，特別囑託我要好好教養妳，妳竟敢不聽我的話麼？」

沈雒站起身，肅然道：「我阿娘早早教過我，女兒家的閨房，不可隨便讓臭男子進入。因此，明表兄，你若不立即出去，可別怪我不客氣了！」

孫姑更是惱怒，叫道：「明兒是妳親表兄，甚麼叫臭男子？」

沈雒打開房門，站在門口，等著孫明出去，諷刺道：「親表兄？我只知道他一進我屋中，便滿口戲言，一臉猴相，毫無正經！」

孫明只道她佯作生氣，仍舊涎著臉，湊上前安撫道：「好表妹，親表妹，妳別生氣，表兄心中疼妳，妳該當知道的才是啊！」伸出手去，便想摸摸她的臉頰。

沈雒雙眉豎起，喝道：「這可是你自找的！」她出手奇快，伸手在孫明的肩頭一引一推；孫明還來不及驚呼，身子便已飛出門外，摔倒在地，跌了個狗吃屎。如今的沈雒已練了數年武藝，身手力道都遠勝常人，對付身形肥胖、手無縛雞之力的孫明，只是輕而易舉之事。

孫姑和陸娞兒見狀都嚇得尖叫起來，孫姑怒斥道：「阿雛！妳做甚麼？竟敢打妳表兄！」

陸娞兒則在旁勸道：「二娘！就算妳心情不佳，也不該出手打人啊！都是自家人，怎麼說動手就動手呢？」

沈雛「呸」了一聲，「陸娞兒，我們沈家之事與妳何干？閉上妳的臭嘴！」

陸娞兒被她的話堵住了口，一張月圓臉漲得通紅，一時說不出話來。

這時孫姑已衝出門外，扶起孫明，焦急地道：「明兒，你沒事麼？那小潑婦打傷你了麼？」

沈雛叉腰站在門口，說道：「我好言請他出去，他賴著不走，還對我動手動腳。我只不過摔他一跤，已算十分客氣的了。孫姑也請吧，不要再來這兒了！妳的癡心妄想，門都沒有！」說完「砰」的一聲，關上了房門。

孫姑大怒，用力搥拍門扉，高聲狂叫道：「沈雛！妳給我記著！我自有辦法整治妳，妳們姊妹倆，誰也別想逃出我的手掌心！」

沈雛閉門不理。孫姑搥罵了一陣子，才和陸娞兒一起扶著兒子，狼狽離去。

那天夜裡，沈雛獨自坐在屋中，望著屋中的油燈發呆。她忽然聽見門外微微一響，已知道是誰，便開口說道：「秋姊姊，請進。」

門外的果然便是賀秋，她甚感驚訝：「二娘耳音這麼好，竟能聽見我的腳步聲！」於是推門而入，輕輕關上門，說道：「二娘。」她原本以為沈雒今日和孫姑一場大吵，此刻一定暗自氣苦，面色難看，卻不料沈雒神態鎮靜自若，毫無悲憤之色。

賀秋擔憂地問道：「二娘，妳還好麼？」

沈雒搖搖頭，露出微笑，說道：「我沒事。秋姊姊，請坐下，我有事要跟妳說。」

賀秋忙道：「不，二娘面前，我怎能坐下？」

沈雒抬頭望向她，有些調皮地眨眨眼，說道：「妳不坐下，我便不說。這件事可是至關緊要，妳坐下來，好好聽著。」

賀秋便在墊上跪坐下來。

沈雒緩緩說道：「阿爺和大兄遇難，阿娘也病逝了，大姊忙著掌理家中內外，而小兄出了海，家中只剩下我一個人了。」

賀秋點了點頭。

沈雒又道：「如今孫姑搬來家中賴著不走，以長輩自居，但我和阿姊都清楚得很，她不過是來家裡奪權謀財的。阿娘在世時，她心疼我，總想幫我找個好人家出嫁；如今孫姑對我可不曾抱著一絲一毫的好心，只想逼我嫁給她那不成材的兒子，好名正言順爭奪沈家財產，或者是將我當成籌碼，隨便嫁了出去，換取她自己的利益。」

賀秋嘆了口氣，說道：「二娘所言，明眼人都看得出來。只是辛苦了大娘，須得不斷與孫姑周旋。」

沈雒嘆息道：「大姊聰慧才高，只可惜她婚事不成。若非如此，她有盧家做靠山，以盧五郎之妻的身分來掌管『沈緞』，誰還敢欺侮她，打她的主意！」

賀秋也不禁嘆息，說道：「大娘和盧家的婚約仍在，只是……只是怕不能成了。」

沈雒笑了笑，說道：「大姊不讓我學武，實在太過迂腐。但我明白大姊的性情心思，因此不會怪責於她。只是她太不明白我，如此限制壓抑於我，對我實無好處，反而大大有害！」

賀秋忙道：「大娘一片好心，對二娘只有關懷疼惜，二娘千萬別這麼想。」

沈雒道：「我心裡想甚麼，便要坦率說出來。我若不說不想，這世間還有誰會替我說這些話，誰會替我著想？秋姊姊，妳知我最深，關心我也最多。我想妳早已知道，我要的不是沈家的錢財，也不是嫁入甚麼名門世族。我只想替阿爺和大兄報仇！」

賀秋身子微微一震，沒有接口。

沈雒神色堅決，說道：「大姊既然禁止妳阿娘教我武功，那我就只有一條路可以走了——我要離家出走，尋師學武！」

賀秋大驚失色，說道：「二娘，離家出走？這怎麼成？」

沈雒道：「怎麼不成？我當然知道，離開家後，事事困難，舉步維艱。因此我需要妳幫幫我，也需要賀嫂相助。請告訴我，妳們的武功是在哪兒學的？我該去何處，請哪位師傅教我？這世間誰的武功最高？」

賀秋抿著嘴唇，沉思良久，才道：「我得去問問我阿娘。我的武功是跟我阿爺阿娘學的，我阿爺的武功是跟老主人學的，而老主人的師父北山老人已經去世很多年了。」

沈雒道：「這我知道，但妳阿娘一定知道幾位其他門派的高手明師，妳去幫我問問吧。」

賀秋著急道：「但我阿娘出門去尋我阿爺，已有好久不曾回來了啊！」

沈雒笑了笑，說道：「她人不在洛陽，卻不斷跟妳通信，不是麼？妳寫信去問她，不就成了麼？」

賀秋心中一凜：「二娘怎知道我在和阿娘通信？」口中說道：「這……我盡力試試吧，也不知我阿娘知不知道？」隨即告辭出去。

如此過了一個多月，賀秋雖答應要代為詢問賀嫂如何尋訪武術高手，但在沈雒追問了無數次後，賀秋都只說賀嫂並不知道甚麼其他的門派，也不知道有甚麼高手武師，無法推薦。

沈雒只好放棄再問，心想：「明師究竟在何方？我總有辦法打聽得到。整日坐在家中，消息是不會從天上掉下來的，我得自己出門去打聽。」

然而她也知道，自己若以沈二娘的身分出外探聽消息，只怕阻難重重。她思慮再三，終於想出了一個主意。她來到往年大兄和小兄的居處多寶閣，打開了沈綾的衣櫃，取出幾套男子的衣衫；大兄沈維身形甚高，衣衫對沈雒來說太大了；而小兄沈綾留下的衣衫又不多。她勉強翻出了幾件，那是家中織室在沈綾從建康回來奔喪那段時日替他做的，剪裁得宜。沈雒試著穿上，稍微整飾一下，倒也合身。

於是沈雒扮成男裝，請車夫于叟載自己到洛陽城中的大市之旁。該地酒樓林立，從四面八方前來洛陽的商賈旅者都聚集於此，互通有無。

沈雒找了家寬敞乾淨的酒樓，名叫「迎風樓」，掌櫃是鮮卑人，複姓尉遲；他在洛陽經營這迎風酒樓已有數十年，接待南來北往的商旅，見人極多，閱歷深厚。一眼見到沈雒，他便被這少年的英氣所懾，心中暗忖：「這少年看來並非旅者，而是本地人。他舉止沉穩，氣度大方，衣著雖並非奢華，質料絕對是出自富貴之家的子弟。面貌看來有些秀氣，然而眼神銳利，充滿叛逆，不好相與。」

尉遲掌櫃心中一邊動著這些念頭，一邊親自上前招呼，說道：「鄙人乃迎風樓掌櫃，複姓尉遲。請問貴客如何稱呼？」

沈雒答道：「敝姓羅，行三。」為了隱藏身分，她決定用母姓。

尉遲掌櫃聽了，想不起城中有哪家羅姓如此，但也不敢輕忽了，當下只道：「原來是羅三郎。請問三郎想要吃點甚麼？飲酒麼？」

沈雒平日並不飲酒，這時聽掌櫃的問起，便道：「貴樓有些甚麼酒？」

尉遲掌櫃猜她不願張揚家中富貴，於是說道：「敝酒樓上中下品之酒皆有。貴客若不介意，待鄙人介紹一款中等價位的黃黍酒，口味甘而清淡，您不妨試試。」

沈雒同意了，便在酒樓角落坐下，打算傾聽來往的商旅和江湖人物談話，盼能從中得到一些消息。不多時，伙計端上酒爐、酒壺和酒杯，沈雒自斟自飲，感到暖酒入腹，十分舒暢；但她不敢多喝，只喝了小半壺便停了。

不多時，但見一個道士走進酒樓，身後跟了個十多歲的小道童。那道士手中持著一柄拂塵，長鬚飄飄，看來仙風道骨，不似凡人。伙計上來招呼，安排道士和小道童就座；道士叫了一壺濁酒，幾樣小菜，接著便與身旁的道童高談闊論起來：「徒兒，咱們來到大魏首都洛陽，這可是天子腳下，英雄雲集之地。你師父雖號稱武功天下第一，但在這洛陽城中，可不能大肆張揚了。」卻不知他是故意還是無心，語聲甚響，這幾句話，坐在周圍的酒客都聽得清清楚楚。

沈雒心中好奇，起身走到道士座位之旁，抱拳說道：「這位道長，在下最敬重武林高人，想請您喝一杯酒，不知道長可願賞面？」

道士抬頭向她打量，見她面目清秀，談吐清朗，衣料精細，想是洛陽某戶顯達人家子弟，於是露出微笑，說道：「這位郎君，多謝閣下好意！貧道恭敬不如從命。然而你口中所謂的武林高人，貧道可是當之不起啊。哈哈，哈哈！」

他口中雖說當之不起，但神色洋洋自得，顯然深信自己正是沈雒口中所說的「武林高人」。

沈雒叫了伙計來，說道：「我檯上的黃黍酒，取一壺來給這位道長。」伙計答應了，趕緊去張羅黃黍酒。

沈雒在道士的檯邊坐下，問道：「請問道長尊號如何稱呼？」

道士笑了笑，說道：「貧道道名上永下謙。」

沈雒道：「原來是永謙道長。請問道長師承為何？」

永謙道人側頭看著她，露出不悅之色，說道：「這位郎君想必不是武林中人。老實說，以貧道今日在武林的身分地位，豈容人探問師承？若非貧道見郎君年輕意誠，只怕要直斥你太過無禮了！」

沈雒心想：「探問師承，又有甚麼無禮了？」她不懂武林規矩，此時只能客氣地賠罪道：「晚輩年少識淺，不懂武林規矩，還請道長恕罪！懇請道長指點，為何不能探問他人師承？」

永謙道人嘿嘿冷笑，說道：「所謂武林高人，名滿天下，江湖上誰不知其師承？直言相問，自屬無禮！再說，武功到了如貧道這等地步，只要使出一、兩招，明眼人立即便看出師承了，何須開口相問？閣下不如領教貧道幾招，就不知郎君是否有此膽量？」

沈雒乃是洛陽富貴至極的大家小娘子，生平何曾見過如此傲慢無禮之人？又何曾有人如此對她說話？她微微一怔，心想：「恃才傲物者，多有過人之處。不如向他請教幾招，看看他的武功究竟有多高明，我也能從中學習學習。」

於是她收斂容色，站起身，恭恭敬敬地行禮，說道：「晚輩失敬了。道長武術高強，晚輩孤陋寡聞，有眼不識高人。如此便請前輩賜教幾招，好讓晚輩開開眼界，終身受益，感激不盡。」

永謙道人挑眉望向她，滿面不屑，微笑道：「不錯，我若教你幾招，你這輩子啊，嘿嘿，說得不錯，可就受益不盡了！」說著拍拍道袍的下襬，緩緩站起身來，雙手負在身後，站著三七步，斜眼望向沈雒，說道：「上吧！」

沈雒再次行禮，說道：「請前輩指點，晚輩得罪了。」說著搶身上前，一拳打向永謙道人胸口。這是賀嫂教過她的一招「兜心拳」，訣竅在腳步迅捷，出拳快速，直攻敵胸。這一拳當然還有許多後著，敵人若伸臂格擋，或後退閃避，或出招攻擊，她都知道該如何應對。然而，最讓她料想不到的事情發生了：這一拳竟然直直打上了永謙道人的胸口！永謙道人驚呼一聲，仰天倒去。

沈雒還道他是假裝中拳，倒下後將有甚麼厲害後著，想起賀嫂的叮嚀，立即舉起雙掌守在身前，防備敵人反擊。

不料永謙道人「砰」一聲跌倒在地，雙手捧著胸口，哼哼唉唉地爬不起身。他身旁的道童嚇得臉色發青，趕緊上前攙扶，口中叫著：「師父、師父！」

永謙道人慢慢爬起身來，滿面憤怒，指著沈雒喝道：「小娃子，你不是好漢，竟然出手偷襲我老人家！」

沈雒一怔，說道：「偷襲？我與你對面過招，何來偷襲？」說著望向四周其他酒客，以眼神相詢。

酒客中都是好事之人，這時都起鬨道：「老道方才明明說了『上吧！』少年也回答了『請前輩指點，晚輩得罪了』，之後才出招的。你老人家自己托大，不曾防備，讓人家一拳打中了，還怪人偷襲！」另一個酒客叫道：「你要公平打鬥，不如再過一次招吧！你老人家武功若當真高強，這回有防備了，自能教訓這小娃子一頓。」

永謙道人「哼」了一聲，高聲道：「待我好好教訓教訓你這小娃娃一頓，教你知道人外有人，天外有天，小小年紀，豈可如此狂妄，目中無人！」

沈雒沉住氣，抱拳說道：「前輩指責得是。晚輩有請前輩再次指教。」

永謙道人這回有了防備，舉起雙掌，擺個架勢，守禦胸口要害。

沈雒過去數年來，早晚苦練基本功，日日與賀秋對招，雖缺乏實戰經驗，但對於拳腳攻防已極為熟悉。這時她也採守勢，等候永謙道人先出手；她雙腿側立，左前右後，前三後七，氣沉丹田。

永謙道人大吼一聲，右手肘往後一縮，一掌向沈雒面門推出。

沈雒微微一怔，賀嫂教她武術時，總告誡她出招定要毫無徵兆，讓人不及防範。這永謙道人出招前不但大吼一聲，還預先縮了手肘，擺明了讓對手知道自己即將出掌，給了沈雒足夠的工夫防禦回招。於是她毫不猶疑，讓步側身，先避開這一掌，接著繞到永謙道人的左側，一眼便見到對手的五、六個破綻，右手掌擊出，正中永謙道人的背心。

永謙道人原本向前出掌，被沈雒在後心一擊，無法收勢，這回向前撲倒在地，又是跌得十分狼狽。

這一來，沈雒更是驚訝無比，收掌而立，望著撲倒在地的永謙道人，心中驚疑不定：「是他太過無用，還是我練功真的有一點兒成效了？」

小道童再次奔上前去攙扶師父，急叫道：「師父，您沒事麼？」

永謙道人掙扎著爬起身，鼻子撞得血流不止，臉色鐵青，這回卻不敢再指著沈雒斥罵挑戰了，只恨恨地道：「你這小娃子，小小年紀，卻如此奸詐下作！不敢跟人正面過招，只會從人背後偷襲！」

這話說得理不直、氣不壯，軟弱無力，旁觀酒客聽了，都大大地不以為然，一片噓聲，紛紛叫嚷：「藝不如人，就早早服輸認栽啦！還在這兒多嘴多舌，丟人現眼！」「那少年英雄這回可沒偷襲了，是你先出手的，只是他快你一步，躲過你的一掌，出招將你打倒。我們旁觀者看得清楚，這可是公平對決，並無偷襲，也無取巧。你還不認輸？」

永謙道人自知理虧，見眾酒客吵吵嚷嚷，不是指責自己不肯服輸，便是嘲笑自己武藝太差，一張老臉漲得通紅，拍拍身上灰塵，昂起頭，肅然道：「原來這洛陽城中，盡是陰險狡詐、偏袒護短之輩！」說完之後，全不理會酒客們的鼓譟指責，領著小道童跨出酒樓大門，揚長離去。

一個伙計追上叫道：「兀那道爺，你可還沒付酒錢哪！」

沈雒這時已回過神來，從懷中摸出一錠碎銀，放到櫃檯上，說道：「算了吧，我替他付了便是。」

尉遲掌櫃拾起銀子，感到沉甸甸的，總有半兩重，永謙道人和他的道童不過喝了一壺濁酒，叫了幾樣小菜，哪裡值得這麼多錢？心想：「這位郎君當真慷慨。」他不願佔客人便宜，忙連聲道謝，說道：「多謝郎君！然而這銀子太多了，我給您找數吧。」

沈雒搖頭道：「不必了。」

其餘酒客仍談論不止，有的笑罵那道士裝模作樣，有的稱讚沈雒武藝高強，出手大方，也有的來到沈雒面前，伸出大拇指，稱讚道：「郎君武藝高強，一拳便擊倒了那老道士！當真是英雄出少年啊！」「如此精湛的武術，天下少見！」「原來洛陽武術第一，就在咱們眼前了！」

沈雒聽著酒客們的誇讚之詞，也不禁有些飄飄然。她笑了笑，心想：「那道士道貌岸然，一副高人模樣，其實也不過如此；想來世間不乏沽名釣譽之人。但是，我又該如何才能找到武功高強的明師呢？」想到此處，得意之情盡去，滿心失落，又喝了一杯酒，便快快離去。

第四十九章　燒塔

從此以後，沈雒日日在迎風酒樓或其他酒樓、茶肆中閒坐，一見到貌似身負武術者，便上前請人喝酒，與其攀談，詢問來處，打到聽世間有些甚麼武功高強的門派或名師。

在小兄沈綾去往南洋之前，沈雒曾偷聽到賀秋和沈綾之間的對話，得知了一些關於北山老人和北山子之事，於是她與酒樓中的江湖人物傾談時，便會有意無意間提及北山派，試圖探聽關於北山派的消息；然而她遇見的武人大多從未聽聞北山派的名頭，即使有所聽聞，也只隱約知道往年曾有一位號稱北山老人的傳奇人物，武功極高，行蹤隱密，至於北山子之名，則更無人聽過。

轉眼幾個月過去了，沈雒見識了不少江湖人物，明白了只從外表衣著，甚難看出誰人武術當真高強，誰人只是裝模作樣；就好似她最初遇到的那個永謙道人，便是虛有其表，口裡說得天花亂墜，手上可沒半點真實功夫。沈雒甚感苦惱，她想過自己可以乾脆一點兒，一見到江湖人物，便上前挑戰，打不贏自己的，那也不用多說了；能打敗自己的，便虛心求教，請問他們的師承。但不停這麼做又未免太引人注目，只怕很快便會暴露出自己女扮男裝、出身沈家的真實身分。

就在這時期，洛陽情勢越來越混亂，城中風聲鶴唳，風雨飄搖；只是久居洛陽的百姓這幾年來慣見城中兵戎爭戰，不再驚慌，也不逃難，安然不動，照舊度日，靜觀其變。

自從五年之前爾朱氏率師攻入京城，在河陰淹死太后和小皇帝、大殺百官、另立新帝元子攸以來，城中便爭戰不斷；四年前皇族元顥在南梁皇帝的支持下攻入洛陽，皇帝離城避難；三年前皇帝元子攸設計殺死了爾朱榮，爾朱榮之侄爾朱兆引兵入洛陽，絞死元子攸，另立皇帝元曄。

近日局勢又有轉變。一年之前，原為爾朱榮手下的漢人將領高歡和爾朱氏反目，領兵攻入洛陽，殺死兩位傀儡皇帝，又另立了一個皇帝元修，自任大丞相。同年七月，高歡調十多萬大軍攻下晉陽，爾朱氏敗逃自殺；一度攻佔洛陽、挾持皇帝、擁兵自重的爾朱氏一族，就此徹底滅亡。高歡在晉陽修建大丞相府，遷六鎮民兵於晉陽周圍鎮守；他人雖不在洛陽，卻派親信在洛陽操控朝政。而皇帝元修不忿繼續受高歡挾持，正暗中扶植另一個權臣宇文泰，盼與高歡相抗。

沈雒所處的大魏首都洛陽城，經歷了多位皇帝輪番登基、繼而被殺的交替流轉之中，其動亂可想而知。

永熙三年二月某日，天色昏暗，雷電交鳴。沈雒與平時一般，來到迎風酒樓飲酒。約莫午後時分，忽聽遠處傳來一聲暴雷，酒客和伙計們都感到天搖地動，不禁面面相覷。不多時，便聽城中傳來陣陣驚呼喊叫之聲。

尉遲掌櫃冒雨出門探視，但見門外大街上許多行人快步奔走，情狀惶急。他伸手拉住一個快速奔過的路人，問道：「怎麼回事？」

那路人臉色慘白，語無倫次地道：「被雷打中了，雷打中了！整個兒燒起來了！」

沈雒和其他酒客都已來到酒樓門檐之下，七嘴八舌地問道：「甚麼被雷打中了？甚麼燒起來了？」

路人喘了口氣，說道：「當然是永寧寺塔啊！」

眾人都大吃一驚，一齊抬頭往東方望去；從酒樓這兒可遙遙望見永寧寺塔，但因雨勢太大，又有其他樓房遮掩，看不清楚。

沈雒道：「上三樓瞧瞧！」

所有酒客都滿心驚詫好奇，一擁而上，來到三樓，打開窗戶，透過雨幕，往東方皇城望去；但見永寧寺塔仍舊高高聳立，塔頂幾乎被黑雲所遮蓋，然而眾人仍能清楚見到頂端冒著火光，果然已燒了起來。

沈雒擔心地問道：「塔上有人麼？不知有否傷亡？」

一個酒客道：「我常去永寧寺燒香，和那兒的知客僧相熟。那塔上平日無人留居，一個月只派僧人上去打掃一回。今兒雨下得這麼大，應當也無人在塔中清掃吧？」

沈雒吁了口氣，說道：「希望沒有傷亡才好！」

尉遲掌櫃道：「記得約莫七、八年前，城裡颳起大風，幾百間房屋倒塌，連大樹都被拔根而起。那回塔上的寶瓶被風吹落，砸到地上，傷了不少人。」

沈雒聽了，登時想起那段經歷：那日她隨父母兄姊赴駙馬府拜壽，之後跟母親和阿姊一起去永寧寺禮佛，又去一旁的景樂寺看了戲法；母女三人離開景樂寺不久，便聽見寶瓶落地的驚天巨響；自已當時想回去瞧瞧，阿姊卻不贊成，堅持回家。到家之後，發現父親和大兄去總舖視察新貨，尚未回家，她們擔心得很，直到父兄平安歸來，母女三人才鬆了口氣。

然而那時父親發現小兄沈綾尚未回家。沈雒仍記得，母親當時說早已讓車夫于叟送他回家了，父親喚于叟來問，于叟也說他送了二郎回家，卻沒看著他走入家門，不知他上哪兒去了。後來天黑之後，小兄終於回到家，遭父親一頓責罵，驚駭哭泣；自已當時挺身迴護，替他爭辯，父親才終於息了怒。

沈雒回想著往事，心中動念：「當時我便感到有點兒不對勁，阿娘一定未曾讓于叟送小兄回家，于叟害怕阿娘責怪，因此順著她的言語，向阿爺撒了謊。我和阿姊那時下馬去買事物，不記得買甚麼了，大約是阿姊喜愛的首飾、胭脂一類吧？我們回來時，小兄便已不在馬車上了。莫非阿娘那時將他留在了街頭，任他自已步行回家？那時小兄才八歲啊！」

沈雒想著想著，心中甚感不忿，然而小兄已離家遠赴南洋，母親也已去世，再去追究這些往事，自已沒有意義。

但聽那個常去永寧寺的酒客接口道：「可不是？那寶瓶不知有幾百斤重，這麼從天而降，那力道可大了！當時幸好我人不在寺中，只聽寺裡僧眾說起，那時可砸傷了幾十人不止。後來他們去挖掘那寶瓶，直挖入地下一丈多，才將寶瓶全掘了出來。」

沈雒回過神來，問道：「後來呢？寶瓶可安放回塔頂了麼？」

酒客搖頭道：「那寶瓶是銅鑄的，從二十多丈高處跌落下來，自然已砸爛了。太后當時命工匠重新鑄造了一個寶瓶，再次裝上了塔頂。所幸之後便再沒颳過那麼大的風，寶瓶安然無恙。豈知今日塔頂竟給天雷擊中了！」

一個伙計膽怯地道：「你們可記得麼？寶瓶跌落之後不到兩年，胡太后便遭爾朱榮殺害了！」

眾人一聽，都議論起來：「當年寶瓶被大風吹落，確實是不祥之兆！」「如今永寧寺塔被雷擊中，胡太后早已死去，惡兆不知將應驗在何人身上？」

眾人望著雨中熊熊燃燒的永寧寺塔，都感到一股難言的不安籠罩。

沈雒心中則想：「當時小兄從洛陽城中獨自步行回家，想必恐懼惶急得很。不知他當時走近了永寧寺麼？他一個孩子獨自在洛陽街頭行走，要是恰好走進了永寧寺，指不定就會被寶瓶砸中！」

她卻不知，沈綾當時確實去過永寧寺，也去景樂寺看了戲法；也就是在那時，沈綾被黑衣術士發現追趕，匆匆逃走，之後才發生怪風突起、寶瓶墜落之災；而沈綾逃得太累昏睡過去後，竟離奇地去到上商里，見到那兒的巫者和大巫佫等人。

但聽尉遲掌櫃皺眉道：「永寧寺塔那麼高，要滅火可難了。」

一個酒客道：「這雨勢不小，希望能將火給澆熄了。」

另一個酒客搖頭道：「不容易啊！整座塔都是木頭造的，一燒起來，即使下大雨也澆不熄的。」

眾人站在迎風酒樓的三樓，默默地望著遠處燃燒不止的永寧寺塔，久久無言。

果然被那酒客說中的是，永寧寺塔這場大火直燒了三個月才完全熄滅；期間寶塔木製架構遭到毀壞，九層寶塔轟然崩塌，成為一片廢墟。即使寶塔已崩塌了，塔下的廢墟仍繼續燃燒著，久久無法熄滅。

永寧寺因高聳入雲，原本便甚易遭受雷電風雨之襲；然而自胡太后興建永寧寺十八年來，雖曾有過寶瓶遭風吹落之災，卻從未遭遇雷擊。這時胡太后死去已有六年，永寧寺多次遭闖入城中的兵馬佔據，原已年久失修，這回慘遭雷殛，焚燒連月，所受毀壞更加嚴重。當此戰亂之世，自然無人有心或有錢修復該寺，這座一度曾為天下最高，雄據洛陽城中心的永寧寺塔，從此傾圮崩壞，成為一片廢墟。

之後發生的事情，當時洛陽城中之人自然都未能料及。就在永寧寺遭雷擊後的三個月

注《洛陽伽藍記・卷一》：「永熙三年二月，浮圖為火所燒，帝登凌雲臺望火，遣南陽王寶炬、錄尚書長孫稚將羽林一千救赴火所，莫不悲惜，垂淚而去。火初從第八級中平旦大發，當時雷雨晦冥，雜下霰雪，百姓道俗，咸來觀火，悲哀之聲，振動京邑。時有三比丘，赴火而死。火經三月不滅。有火入地尋柱，周年猶有煙氣。其年五月中，有人從東萊郡來云：「見浮圖於海中，光明照耀，儼然如新，海上之民，咸皆見之。俄然霧起，浮圖遂隱。」至七月中，平陽王為侍中斛斯椿所挾，奔於長安。十月而京師遷鄴。」序：「暨永熙多難，皇輿遷鄴，諸寺僧尼，亦與時徙。」

後，即該年五月，皇帝元修因不滿高歡把持朝政，召兵企圖襲擊晉陽；高歡調二十萬大軍自晉陽南下，直指洛陽。永熙三年七月，元修眼看無法抵擋，決定逃往關中，投奔權臣宇文泰。當時帝胄宗室、股肱宿臣、親軍將校及家眷萬餘人，匆匆逃離洛陽，播遷關隴；宇文泰奉元修為帝，定都長安，此即西魏之始。當年八月，高歡率兵進入洛陽，清除元修的殘餘勢力；同年十月，高歡立年僅十一歲的元善見為帝，遷都鄴城，城中諸寺僧尼也隨之東遷，是為東魏之始。從此之後，大魏分為東西，兩個皇帝元修和元善見各由宇文泰和高歡所擁立，朝政皆掌於兩位權臣手中。

自東西魏分裂之後，大魏的兩個皇帝都遠離了洛陽，洛陽城反而落個清淨，不再有人率軍前來攻打了。沈氏不屬皇室宦官，主人主母又相繼離世，且「沈緞」生意已遠不如往年興旺，因此沈氏並不在迫遷之列。洛陽居民雖惋惜永寧寺遭天雷焚毀，並感嘆洛陽不復為帝都，然而這個七、八十萬人口的大城猶如百足之蟲，死而不僵；只是往年街頭行人川流不息、摩肩接踵，市面熙來攘往、繁華熱鬧的景象，已是不復得見了。

沈雒記得從前父親沈拓和大兄沈維都喜愛飲酒，她竟偶爾也跟著父親飲過一些昂貴罕見的美酒，但向來不喜歡酒的刺鼻嗆口味道。然而這半年來，她竟因時時在迎風樓中盤桓，酒量漸漸好了起來，甚至能開始辨別酒的品種和優劣。她從家中地窖裡找出幾罈父親生前珍藏的美酒，回到自己的崇武居，自酌自飲，倒也頗有樂趣。

沈雒見到不少酒瓶上都印有「劉」字，想起父親往年常帶著大兄去延酤里，並曾提起他總是向一位名叫劉白墮的釀酒師沽酒，心中十分好奇，這日便讓于叟駕馬車，載自己來到延酤里劉師傅的酒鋪。

鋪門內的櫃檯後坐著一個神色落寞的中年人，正是劉白墮的學徒小王，如今人都稱他王掌櫃。這些年因為戰亂，洛陽城大為蕭條，來這兒沽酒的人也少了。他抬頭見一輛馬車來到門前，從車裡跳下一個衣著華貴的少年，心中一喜：「可終於有主顧上門了！」趕忙打點起精神，起身迎客。

沈雒跨入酒鋪，王掌櫃立即迎上前來，見這少年面目清秀，卻是十分面生，忙笑著招呼道：「請問貴客想沽酒麼？」

沈雒抬頭看看門外的匾額，上面寫著「劉家酒鋪」，笑道：「你們這兒不賣酒，難道還賣別的？」

王掌櫃拍拍自己的頭，說道：「是、是，敝鋪只賣酒。郎君中意甚麼口味的酒？是偏愛濃郁，抑或喜好清淡？是偏愛甘甜，抑或喜好辛辣？」

沈雒被他問倒了，想了想，說道：「我也不知。我家中收藏不少貴鋪的酒，我也喝了不少，感覺罈罈都極醇美，各有特色風味。先父先兄不時來此沽酒，我卻不知他們平日沽的都是何種酒？」

王掌櫃聽了，再次細細打量她的面貌，心中暗罵自己：「這位可能是昔日大主顧之子，我竟完全認他不出！」只能小心翼翼地問道：「小的眼拙，還郎君請見諒！請問尊君、尊兄高姓大名？」

沈雒道：「敝門乃是絲綢沈家。」

王掌櫃大驚，脫口道：「原來你便是沈家二郎麼？」

沈雒微一猶豫，想要否認，但又不想解釋自己是女扮男裝，於是說道：「不錯，我便是沈家二郎。」

王掌櫃向她上下打量，忽然眼中含淚，哽咽道：「沈二郎！尊父和尊兄兩位可都是好人哪！往年他們每年總要來先師這兒幾回，沽幾罈先師的得意佳釀。」

沈雒一驚，脫口道：「劉師傅已仙逝了？」

王掌櫃道：「正是。這幾年世道不安，城中混亂，先師心情抑鬱，不幸得了肺病，於一年前去世了。」

沈雒雖未見過劉白墮，卻喝過許多罈劉白墮親手釀的酒，對他甚感仰慕，嘆息道：「先父先兄最愛尊師所釀美酒。我無緣拜見尊師，實是人生一大憾事！」

王掌櫃抹去眼淚，抬頭望向沈雒，說道：「沈二郎，數年之前，尊君曾來敝舖訂了三百罈『鶴觴』，說是要給貴府大娘大婚所用，並已付了一百罈的訂金。先師為此忙碌了大半年，釀成了一百罈。那時他已抱病在身，卻聽聞貴府大娘的夫家盧家在河陰出事，便暫時停下了。之後又隔了一陣子，先師的身子骨每況愈下，囑我去貴府傳信一百罈『鶴觴』已釀好，隨時可取，但剩下的兩百罈恐怕無法交貨了。我到了貴府，卻見到處掛著白幔，才知郎君不幸遇害，大郎也……」

沈雒想起父兄遇盜遭難，而大姊的婚事也早已作罷，物是人非，世事無常，不禁難受起來；但她近日來已堅毅了許多，心中只是微微一痛，便輕嘆道：「莫提了，這些都是往事啦。」

王掌櫃又道：「尊君給的訂金，剛好足夠支付一百罈酒，恰好二郎今日造訪敝舖，我才正好跟你提起。請問二郎，這一百罈酒該如何處置才好？」說這話時，心中不免有些忐忑：「他若要求我退款，我舖裡可沒有這許多現銀啊！」

沈雒聽了王掌櫃的言語，說道：「多謝掌櫃告知。我知先父為阿姊的婚事訂了三百罈酒，卻不知他已付下訂金，而尊師已釀成了一百罈。這樣吧，過幾日我讓家中車夫來此將酒運回家去便是。」轉念一想，又改口道：「不，我家中也無人能飲這許多酒。不如請掌櫃將酒送去大市旁的迎風酒樓，我和那兒的尉遲掌櫃相熟，我去跟他說一聲，算我寄放在他那兒，讓他代我沽出吧。」

王掌櫃答應了，於是安排了馬車，兩日後便將一百罈酒都送去了迎風酒樓。

沈雒離開劉家酒坊，駛出數十丈，經過一座破舊的宅子時，于叟忽然想起甚麼，指著那宅子緊閉的黑漆大門，說道：「二娘，這兒住著主人和大郎的朋友哪！」

沈雒對一切關於父兄的事情都充滿興趣，聽了心中一動，忙道：「是麼？于叟，快停下車。」

于叟勒馬而止，沈雒從車中觀望那座宅子，見門上並無門牌或門匾，問道：「你怎麼知道阿爺和大兄有朋友住在這兒？」

于叟道：「有回我載兩位去劉師傅那兒沽酒，經過這宅子時，主人讓我停了車，說要帶大郎去探訪一個朋友。他們下了車，在門外敲了幾下銅環，不多久便有人來開門讓進。

主人和大郎在宅裡待了有約莫一個時辰，離開時言笑晏晏，看來十分快活的模樣。宅裡大約住著主人十分親近的朋友吧！」

沈雒更加好奇，說道：「我從未聽說阿爺和大兄有朋友住在這兒。待我去拜訪拜訪。」於是跳下車，上前敲門，敲了半晌，才有個六、七十歲的老僕來開門，但門只開一縫，似乎充滿戒心。

沈雒客氣地問道：「請問貴主人在家麼？」

老僕似乎耳朵半聾，聽不清楚沈雒的問話；沈雒又大聲說了一遍，老僕才答道：「主人不在家。」說著便要關上門。

沈雒更感好奇，伸手擋住門，說道：「我父兄曾是貴主人的好友，可以讓我進去看看麼？」拿出一錠碎銀，便塞入老僕手中。

老僕面上似乎頗為不願，卻握緊了手中碎銀，側過身說道：「郎君請進。」

沈雒跨入宅中，但見這宅子十分陳舊，庭院廳堂雖俱在，只是封存已久，少有人跡。她在庭院中四處走了一圈，見老僕在廚下忙著煮水備茶，甚覺過意不去，於是說道：「老丈且莫忙活，貴主人既然不在，在下不好打擾，這就去了。」老僕見她要走，似乎鬆了口氣，當即送她到門口，關上了大門。沈雒前腳一出門，便聽見老僕在裡面門上了門閂。

然而沈雒不知道的是，她離開那座破舊宅子之後，一對夫婦從後屋轉了出來。男子身形高大，一張長方臉，竟是失蹤已久的賀大！而他身旁的婦人粗手大腳、身形健壯，一張鵝蛋臉紅通通的，正是賀嫂！

賀大神色陰沉，說道：「小王掌櫃那邊傳話來，說沈二郎忽來造訪劉師傅的酒坊。我還道是沈綾那小子，原來卻是二娘！」

賀嫂道：「秋兒說她一心尋訪明師學武，多次要她問我可以上哪兒去找，可別讓她瞧出破綻才好！」

賀大沉吟道：「她怎會知道這座宅子？難道是沈拓和沈維往年曾來此謁見門主，讓車夫見到了，才帶了她來？」想了想，對妻子道：「若要對大娘下手，最好先將二娘驅逐離城。妳可有甚麼辦法？」

賀嫂道：「我可以讓秋兒去遊說她，讓她去個甚麼遙遠的地方尋師，她這一去，總要幾年才會歸來。」

賀大搖頭道：「別將事情攬到自己身上。不如我安排個人，去二娘常去的那甚麼酒樓，引她去個甚麼遠地，但也不能太遠，對付完大娘後，咱們便得對付她了。」

賀嫂點頭道：「你估量得是。」又道：「二娘對秋兒十分信任，想必會讓秋兒跟在身邊。倘若如此，秋兒便能緊緊看著她，我們就更加不需擔心了。」

賀大道：「妳去跟秋兒說說，就算二娘不要她跟，她也一定要設法跟上。」

賀嫂應道：「我理會得。」又道：「此事該讓門主知道麼？」

賀大道：「我等和沈家的仇怨，與門主並無干係。然而門主或許會想知道此事，待我找機會向他稟報便是。」

賀嫂點頭稱是，快步從後門離去。

這日沈雒來到了迎風樓，尉遲掌櫃問起那送來的一百罈酒，沈雒不願提起這些酒是為了大姊的婚事而訂，便說道：「那些酒是我從劉白墮師傅的酒舖中沽來的。劉師傅仙逝後，他的弟子須得清空存貨，因此賤價賣給了我。我家中放不了這許多酒，盼能寄放在貴酒樓中。我生平最敬重武術高手，尉遲掌櫃若在酒樓中見到此等江湖人物，便請取酒出來款客，如此可好？」

尉遲掌櫃自然熟知釀酒奇人劉白墮的名聲，見這羅三郎平白送來一百罈酒讓自己請客，那自是再好不過，當下便連聲答應了。他於是在酒樓門口貼了個布告，說迎風樓藏有劉白墮師傅所釀美酒，凡是懂得武術的江湖人物來到洛陽迎風酒樓，便可得贈一壺傳奇酒師的名釀「鶴觴」。尉遲掌櫃讓伙計們在城中大肆宣揚，消息很快便傳了出去。洛陽原是四方交通要道、買賣頻繁之地，來往過客甚多，聽說有免費美酒暢飲，武人們都爭相造訪，好一品劉白墮的名釀。此後迎風酒樓日夜高朋滿座，生意興隆；許多不是武人的酒客也想分一杯羹，有的會假說自己身懷武術，有的則老實說不懂武術，但願意花錢買美酒品嘗。一百罈酒為數甚多，尉遲掌櫃在徵得沈雒的同意後，若有非武人的酒客問起，便以公道價錢出售，酒金則歸於沈雒。

沈雒見尉遲掌櫃為人正直光明，對他十分信任，尉遲掌櫃告知賣了多少罈酒，收了多少酒金，她也不加查問，便收下了，當成自己的私房錢。如今沈家財力大不如往年，孫姑和大娘沈雁爭著當家作主，原本每月歸於二娘沈雒的例銀已有數月未給，沈雒所居崇武居的僕婦奴婢工資也有數月未發了。沈雒也不去跟大姊或孫姑索要，只以賣酒的收入來支應崇武居奴僕的工資，照顧他們的生計。

約莫冬末時節，洛陽城中大雪紛飛，將近傍晚，許多商賈旅者見天寒地凍，都紛紛來到迎風酒樓喝一杯酒，暖暖身子。沈雒也來到了酒樓，在樓上一個慣坐的角落位子坐下了，啜著暖過的「鶴觴」。

這些日子以來，沈雒的見識已大有長進；她年幼時在富貴之家成長，甚少出門，家中來來去去只有僕婦婢女，見過的人物甚少；這陣子在酒樓中男扮女裝，時時與陌生人打交道，漸漸地學會了江湖人物的禮數規矩，懂得如何措詞遣句，才不致得罪人、莫名招惹糾紛。看的人多了，也較能從來人的衣著打扮、言談舉止中推測出該人的出身來歷、功夫高低；但也有許多她看走眼的，明明一副高手模樣，其實功夫奇差，或者是樸實無奇的農漢或車夫模樣，卻是外家高手。

這段時日裡，她一共與三、四個武人動過手、比過試，一來因她自知武術淺薄，不敢獻醜，二來也怕洩漏身分，因此她甚少與人過招，多半只請對方飲酒，閒聊攀談；如此不但長了見識，也交了不少朋友。然而她始終未曾找到甚麼確切線索，能讓她去尋訪拜師。

這個冬夜裡，沈雒一邊飲酒，一邊想起父兄都是武人，武術想必甚高，但自己從小便被蒙在鼓裡，全不知情，因此未曾有機會向父兄學武，實在可惜之至。正想時，忽見樓下來了個漢子，約莫三十來歲年紀，穿著樸素，儀容乾淨，身上揹著個包袱，看來便是個尋常做買賣、趕收帳的生意人。然而他衣衫甚薄，似乎毫不介意天寒地凍，而且身形健壯，腳步沉穩，正是個會武之人。

沈雒心中一動：「這人雖是生意人打扮，但瞧他的架勢，武術或許不差。」於是下得樓來，對伙計吩咐道：「取酒待客。」她乃是此地常客，伙計立即答應了，自去廚下取酒。

沈雒來到漢子的檯旁，抱拳說道：「請問尊駕可是外地人？在下想請您喝一壺酒，不知閣下可願賞面麼？」

那漢子抬頭望向她，拱手道：「多謝盛情。在下是青州人，剛剛來到洛陽。」

沈雒見那人一張方臉，頰邊有些鬍鬚，眼神銳利，指節突出，手掌粗厚，顯然是練過外功的，於是單刀直入，問道：「瞧閣下形貌，可是懂得武術？」

漢子笑了笑，說道：「不過粗懂皮毛而已。我在城外聽人說起，都道這洛陽迎風酒樓中有位郎君，專請武人享用上好的『鶺鴒』，不知可是閣下麼？」

沈雒道：「不敢，正是在下。」

漢子拱手道：「郎君若不介意，且請坐下，與在下共飲一杯。」

沈雒在他對面坐下了，伙計已奉上一壺暖好的酒，兩只酒杯。兩人對乾了一杯，漢子問道：「請問郎君貴姓大名？」

沈雒道：「敝姓羅，排行第三，人稱羅三。請位閣下如何稱呼？」

漢子道：「在下姓邊，單名一個和字，家裡做的是生漆買賣。」又問道：「不知羅三郎專請武人飲酒，有何因由？」

沈雒道：「在下有心結交江湖朋友，同時也喜歡聽聞武人拜師學藝、行走江湖的奇聞軼事。閣下若不介意，可能告知貴師承何處麼？」

邊和微微搖頭，說道：「此事說來話長。在下原是青州富商之子，因自幼喜愛武術，吾父便請了位武師來家中傳授武術。我跟隨那位武師學了三、五年，不以為足，一心想自己去外頭闖蕩，再尋明師。」

沈雒心想：「這人的情況，竟與我一模一樣。」問道：「尊君可曾同意麼？」

邊和嘆了口氣，說道：「我阿爺自然堅不准許，我性子急躁，決定不告而別。唉！那時我只有一十六歲，年輕氣盛，不知天高地厚。我去到黃河邊上時，聽人說起嵩山上住著不少武藝超卓的高人，於是便上山尋師。」

沈雒忙問道：「可尋著了麼？」

邊和道：「我在嵩山上尋到了一位外家師父，專練鐵砂掌。我隨師父學了三年，練就了一雙鋼鐵般堅硬的手掌，力道強勁，能夠破磚裂石。」說著舉起自己的手掌，沈雒見他手掌皮膚粗糙黝黑，似乎就如鋼鐵一般堅硬。

沈雒感到他仍有話說，便問道：「後來呢？」

邊和道：「我學成之後，便辭別了師父，再尋得一位專教腿功的師父，苦練下盤功夫，又練了三年才練成。此後我一旦蹲上馬步，任七、八個人合力來推，都推我不動。」

沈雒心想：「原來學武術並非找一位師父便夠，還需尋找不同的師父，學練不同的武藝。」

但聽邊和續道：「我學成鐵砂掌和下盤功，已然花了六年的時光。我原本心想，自己應能在江湖上掙一口氣了，於是趾高氣揚地下山來。豈知我才下山，便遇到一位跛腳老僧，當面嗤笑我的功夫是三腳貓。我氣不過，和他動起手來，沒想到過不上三招，我便被那老僧打得趴在地上！我鐵砂掌練是練了，卻一掌也沒能打到他身上；下盤功夫儘管紮實，但被那老僧一絆一推，就跌了個狗吃屎。」

沈雒「啊」了一聲，深感同情。

邊和神色黯然，說道：「我心灰意冷，暗想自己拜師學了六年功夫，但在這老僧手下，卻連三招都過不去，豈不白白浪費了人生？我當時就想，這位跛腳僧人武藝奇高，近乎神人，我若能向他學得幾招功夫，那可就天下無敵了！然而等我回過神來，想去請老僧收我為徒時，他卻早已去得遠了。這位高人來如影，去如風，當真是神龍見首不見尾！我在左近的山上山下尋找了一個多月，卻無論如何也找他不到，這才死了這顆學武之心。我心想，我若非學武天分不足，便是與明師緣分不夠，也不必再徒勞無功了。因此我便回到青州的家，跟隨我阿爺做了生漆買賣。」

沈雒心中大感好奇，問道：「閣下遇見的這位跛腳老僧，可是在嵩山山腳下麼？」

邊和道：「正是。那時我已下了嵩山，約莫來到少室山腳附近。是了，我正是在少室山腳遇見他的。」

沈雒點點頭，心中暗想：「這少室山不知在何處？離洛陽遠麼？」

邊和笑了笑，說道：「莫非羅三郎有心去尋那位老僧？我遇見那位高人，該是十多前的事了，當時我便找他不到；十多年後，我心想，他老人家更加不可能留在該地。」

沈雒道：「邊兄所言甚是，在下只是好奇罷了。天下多有奇人異士，在下最愛聽這些故事，雖不得親見其人，卻心嚮往之。」

邊和話鋒一轉，說道：「然而世事難料！就在我從青州來此的途中，經過嵩山腳下時，竟又遇見了那位跛腳老僧！你說，世間事情是否巧合得緊？老僧認出了我，還跟我打了招呼哩！」

沈雒大喜，忙問：「那位老僧此刻人就在嵩山腳下？」

邊和道：「正是，在山腳的一間小寺之外，我也記不得寺名了。他老人家還笑著問我是否仍一心習武？我回答說：『多虧師父點醒了我，不然只怕我仍癡迷武術，到處跟人爭勝打鬥，老早丟了性命呢！』老人家聽了似乎十分滿意，笑著點頭去了。」

沈雒驚嘆道：「原來這位老僧是特意來點化邊兄的啊！」

邊和笑道：「可不是？人生際遇，各有不同。我當年若有幸追隨老師父學武，那走上的可能是完全不同的道路了。但如今我這景況，說來也實在不壞，全靠老師父當年的點化啊！來！容在下敬羅三郎一杯。」

沈雒舉杯相敬，兩人各飲了一杯。

邊和吁出一口氣，讚嘆道；「好酒！聽人說，這酒是釀酒奇人劉白墮師傅所釀，當真名副其實！」

沈雒道：「不錯，這酒正是出自劉師傅之手，可嘆他老人家已然仙去多年。這『鶴觴』乃是他去世前精心釀製，已成絕響，確實十分珍稀。在下得以此美酒款待天下武人，也算是對得住劉師傅的在天之靈。」

邊和笑了，說道：「不瞞羅三郎，這十多年來，我幾乎從未想起那段少年時離家出走、拜師學武的往事了。往昔沉迷於練武的光陰、對學武的狂熱，也好似早已煙消雲散。此番來到洛陽，只因聽說迎風酒樓的美酒只款待武人，才憶起年少往事，心想自己確實學過幾年功夫，還能充當充當武人，因此厚著臉皮來此討一杯美酒嚐嚐。這決定可當真對了！能一嚐『鶴觴』滋味，此生無憾啊！」一番坦率直白之言，說得沈雒也笑了。

二人對飲漫談，直到夜深，才彼此告別。

第五十章　尋師

沈雒回到家中，回想著邊和的言語，心癢難熬，暗自籌思：「那邊和所說的跛腳老僧，武功顯然不同凡響；當年他或許因見邊和年少氣盛，因此出手給他個教訓，免得他武藝不足便步入江湖，遭受更大的挫敗，甚至喪失性命。邊和想拜他為師，到處尋他，但那老僧想來不願收他為徒，因此避不見面。如今他卻又出現在嵩山腳下了！我定要設法找到這位跛腳老僧，請他教我武術。」轉念又想：「即使找不到跛腳老僧，聽邊和說嵩山和少室山一帶似乎多有高明武人，我該去該地盤桓一陣子，四處探訪，看有沒有機緣遇上明師。」

她知道家中車夫于叟往年常常跟著父兄出外經商，識得道路，於是次日便去馬廄找于叟，問道：「于叟，你聽過少室山麼？」

于叟道：「少室山？不就在嵩山左近麼？」

沈雒接著問道：「那麼嵩山在哪兒？」

于叟道：「嵩山乃是五嶽之中嶽，就在登封城外。」

沈雒追問道：「那麼登封又在何處？」

于叟道：「登封離洛陽不遠，就在城外的東南方，不過幾日路程。」

沈雒心中甚喜，但她不想讓人知道自己有意去少室山，於是又問道：「那麼黃山、華山、泰山和峨嵋山又在何處？」

于叟有的山清楚方位，有的山雖知道，卻不知其所在，有的山他連聽都沒聽過。沈雒問了二十多座山後，于叟不禁好奇，問道：「二娘，妳問這麼多山做甚麼？」

沈雒笑道：「往年高先生給我和小兄說史書，講到許多山川，我都沒聽說過，也不知道在哪兒。這幾日回頭看高先生教過的書，想起你多走四方，見多識廣，因此來問問你罷了。」

于叟聽了，笑道：「原來這許多山也是有學問的。」也沒有多想。

等到春末時分，沈雒不動聲色地安排了諸事，悄悄收拾了個包袱，帶上少許錢財，便準備離家。離開幾日前，賀秋發現了她的意圖，立即去找她，說道：「二娘！妳打算出門尋訪明師嗎？請讓我同去，跟隨陪伴妳。」

沈雒原本打算誰也不告訴，獨自離去，但賀秋堅持道：「我答應過二郎要保護二娘，可不能違背我的諾言。妳想想，有我跟著妳上路，若有事情也有人商量，比之妳單身上路，豈不更好？」

沈雒拗不過賀秋，又不想驚動大姊，只好答應了。她選了個風和日麗的春日清晨，揹上包袱，便與賀秋一同踏出沈宅、展開了旅程。

自從上回沈雒將孫姑和孫明趕出自己的崇武居後，孫姑便恨上了她，再也不肯到她的住處來。因此直到沈雒離家一個月後，孫姑才驚然發現侄女早已出走。

孫姑雖厭惡沈雒，但她名義上乃是掌理沈家諸事的長輩，這小娃子在她眼皮下悄悄離家出走，那可是大大丟臉之事，令她不禁勃然大怒，立即叫了沈雒的婢女于沱來質問，又叫冉管事和喬廚娘來問話。

于沱來到孫姑面前時，見她神色暴怒，頓時便嚇哭了，跪在地上哭哭啼啼的，說不出話來。在孫姑的嚴詞逼問下，于沱只能戰戰兢兢地回答道：「二娘從幾年前開始，便一心學武，可能……可能出門拜師學藝去了。」

孫姑早已知道沈雒練武多年，這時為了甩脫責任，裝作大驚失色，問道：「學武？她跟誰學武？」

于沱答道：「以前跟賀嫂學，後來停了。」

孫姑甚怒，罵道：「那個粗魯悍婦！」問道：「賀嫂人在哪兒？」

于沱道：「她好久前就離去了。她的丈夫賀大原本在獄中，兵亂時被人劫走，一直下落不明。賀嫂擔心不過，因此就出門去尋他了，至今沒回來。」

孫姑大怒道：「區區一個僕婦，竟敢擅自離家而去！她可問過我了麼？」

于沱不敢回答，在孫姑的逼問下，才道：「據我所知，她應是得到了大娘和二娘的同意後，才離去的。」

孫姑氣得幾乎暈去。沈雒還是個孩子，性情向來叛逆，不懂事也罷了；但沈雁明明知道自己如今也是沈家之主，卻擅自准許賀嫂離去，不但未曾取得自己的同意，甚至未曾詢問過自己的意見，這算甚麼？她暗暗咒罵：「沈雁這小女娃！我定要讓她知道我的厲害！」勉強壓下怒氣，說道：「賀大失蹤，賀嫂也離去了。他們不是還有個女兒麼？她在哪兒？」

于沱道：「她叫賀秋。她……她也不見了。」

孫姑怒道：「她也乘機逃跑了？」

于沱搖頭道：「不、不，我猜想她……她是跟著二娘一道離去的。很可能二娘帶了她一塊兒，路上好有個伴吧？」

孫姑臉色轉為鐵青，冷然道：「因此賀秋是二娘同謀，老早就知道二娘打算擅自離家！」

于沱不敢答話，生怕孫姑要怪罪於己，認定自己也早知二娘打算出走，卻不曾向她通報。事實上，于沱當然老早便知道二娘打算離去，二娘的包袱也有讓她幫忙收拾的。她父親于叟是沈家的車夫，她從小在沈宅出生，五、六歲上便做了沈雒的婢女；沈雒對她萬分信任，當她是自己友伴一般，因此于沱從未想過要背叛二娘，也不曾向任何人洩漏她有意出走的計畫。倘若此時當家的仍是沈拓或羅氏，于沱擔心他們責備自己的阿爺于叟，或許會偷偷去跟阿爺說，讓他告知主人主母；但此時面對的是孫姑，于沱對她毫無敬意，因此想都沒想過要去向她通報此事。

這時喬廚娘和嵇嫂都趕來了，喬廚娘是個心地善良的婦人，只道孫姑擔憂沈雒的安危，於是插口說道：「賀秋細心謹慎，若有她跟在二娘身邊，二娘安全應是無虞吧？」

孫姑對沈雒安全如何並不在意，只打算逼她嫁給自己的二子孫明，好讓孫家能進一步掌握沈家家產；豈知沈雒竟有本事跑了，完全破壞了她的計畫，因此她心中的憤怒遠遠多過擔憂。這時她聽喬廚娘這麼說，怒不可遏，拍案叫道：「安全無虞？天下這麼亂，她阿爺和大兄兩個大男人都能被盜匪殺死，兩個小女娃兒又怎麼可能保護自己周全！喬廚娘，妳還知道些甚麼？快說，她們上哪兒去了？」

喬廚娘趕忙搖手道：「我真的不知道啊！我平日都在廚下，並不在二娘苑裡服侍，甚麼都不清楚啊！」

孫姑大怒，說道：「我們沈家對賀家有恩有義，他們竟然如此報答我們！」

喬廚娘不知該如何作答，嵇嫂擔憂二娘沈雒，插口道：「她們去了不知多久，咱們是不是該趕緊派人出去，將她們追回來啊！」

孫姑想了想，搖頭道：「我聽她苑中奴僕說道，人已走了一個多月了。我又不知道她打算上哪兒去，哪能找得到？這個沈家的不肖女，她要走就讓她走！竟敢做出這般敗壞家風、丟人現眼的事兒，最好永遠不要回來！」

喬廚娘和嵇嫂聽孫姑這麼說，互望一眼，都想：「孫姑對二娘半點也不關心。沈家這兩位小娘子，小小年紀便失去父母兄長，唯一的兄弟又被主母逼迫離去，再也無人保護，命運可當真乖舛啊！」心下都不禁淒然。

沈雁那日從「沈緞」總鋪回家後，才得知小妹和賀秋一同出走了，大為驚憂，趕緊向嵇嫂和喬廚娘詢問，但家中誰也不知道她們去了哪裡，孫姑也一副事不關己的模樣。

沈雁知道事情已無可挽救，只能獨自來到小妹的崇武居中，撫摸著她的床榻衣物，默默哭泣了一回。她心中清楚，小妹性情果決，如此不告而別，那麼短期之內是一定不會回來的了。

沈雁回到自己的飛雁居，感到周圍安靜得可怕。原本熱熱鬧鬧的一個家，如今只剩下自己一個！她想起不過八年之前，大年夜時，父母、大兄、小妹、小弟在萬福堂團聚，一起品嘗父親和大兄剛沽回來的劉家美酒、享用御賜的白馬寺蒲萄；轉眼父兄遭土匪劫殺，母親病逝，小弟遠赴南洋，小妹也離家出走，她這沈家長女，竟成了沈家僅剩的一人了。

而她依然未能全權主持沈家及掌理「沈緞」；母親去世之前曾讓孫姑住進沈宅，將家事和「沈緞」都託付給了她。如今孫姑以沈家之主自居，處處令沈雁感到縛手縛腳，芒刺在背。她知道孫姑一心想逼自己嫁給她的長子孫聰，好蠶食、吞噬沈家財產；幸而自己與盧家的婚約仍在，盧五郎雖失蹤多年，但名義上並未解除婚約，令孫姑不敢擅自改動自己的婚事。沈雁也知道孫姑有心讓小妹嫁給她的次子孫明，但遭小妹嚴詞喝退，為此心存憤恨；如今小妹離家出走，孫姑的算計再次落空，想必更加氣惱了。

沈雁想起八年前的團圓宴上，孫姑、姑父和兩位表兄也在場，但當時她沉浸於與盧家訂親的喜悅之中，更未留心孫家四人。這時她回想起來，隱約記得孫氏兄弟耳中聽著父親談論自己婚事，臉上似是露出悻悻然的神情；不知是孫聰還是孫明，其中一個貪飲美酒，竟至當場嘔吐，弄得一片狼藉；還有一個將蒲萄藏在袖子裡，起身時蒲萄滾了滿地，當眾出醜。那時沈雁身為富可敵國的洛陽「沈緞」家的女兒，便十分看不起這兩個寒酸的表兄，只撇嘴而笑；母親倒是豁達大度，並不以為意，還幫那偷蒲萄的表兄遮掩了過去。

然而沈雁清楚記得那時孫姑尷尬的神色，和那眼神中深深掩藏的怨恨嫉妒。她想到此處，感到全身一寒，忽然明白過來，孫姑對自己一家向來萬分眼紅，即使父親生前盡力照顧她和她的一家，孫姑仍不滿足，心中始終懷著一股怨氣，才會行事如此卑劣無恥。

沈雁心中煩躁難已，喚道：「于洛！取酒來！」

侍女于洛知道大娘極少飲酒，聽了不禁大感驚訝，問道：「大娘，您要喝酒？」

沈雁道；「不錯。快幫我去地窖取一罈來。」

于洛問道：「請問大娘要何種酒？」

沈雁道：「就要阿爺往年愛喝的那種。叫甚麼來著？是了，叫『鶴觴』。妳給我暖一壺來。」

于洛答應了，便命僕役去地窖中取酒。當時劉白墮曾給沈家多送了三、五罈「鶴觴」，還放在地窖中。不多時，于洛便端上一壺暖酒，放在沈雁的梳妝檯上。

沈雁抬頭望向她，問道：「于沱在二娘身邊服侍，想必老早便知道她有心離家出走，是麼？」

于洛不敢隱瞞，低下頭，說道：「我阿妹應該是知道的，只是她也未曾告訴我。」

沈雁凝望著她，問道：「那麼于沱可知道，二娘打算去何處？」

于洛搖了搖頭道：「我阿妹全不知情。她說，在出門之前，連賀秋都不知道二娘打算去哪兒。」

沈雁嘆了口氣，心想：「小妹行事謹慎，行前隱瞞自己的去處，那也是她的作風。」說道：「好了，妳出去吧。別進來吵擾我。我自己更衣就寢便是。」

于洛答應了，退了出去。

沈雁坐在梳妝檯前，望著銅鏡中的自己。此時她年過二十，風華正盛，雙眸黑白分明，美豔依舊；然而她卻感到自己彷彿早已年華老去，歷盡滄桑，眼神中含藏著無盡的悲痛無依。沈雁不敢再望向自己的倒影，伸手替自己斟了一杯酒，仰頭喝盡，肚腹中升起一股暖意，令她感到稍稍快活些。她對著油燈，自斟自飲，直喝完了一整壺酒，才醉倒在梳妝檯旁。

自此之後，沈雁每夜都得飲上一壺酒，才能入睡。然而夜夜借酒澆愁，獨自買醉，並未能讓沈家子女中僅剩的大娘脫離苦境。她與父母兄長生死永隔，與兩個弟妹則天南地北，遠遠分離；家中只剩下不懷好意、驅之不去孫家四人。她淒苦地知道，八年前那般順心快活、無憂無慮的日子，已是求之而再不可得了。

第五十一章　達摩

沈雒和賀秋換上男子裝束，帶上一個包袱的銀兩衣物，在家中挑了兩匹中等之駒，便雙雙騎馬離開洛陽城，逕往少室山去。奔馳了一天，到了晚間，才由賀秋出面，找了間客棧要房下榻，並未引起任何人注意。

之後行出數日，二女便來到了少室山腳，住進一間小客棧，開始在山腳下尋訪。山下的小寺甚多，也不知邊和遇到跛腳老僧的寺院究竟是哪一座；二女一間間造訪，探問是否曾有位跛腳老僧來此掛單，各寺都說沒有。過了幾日，兩人打探不到任何關於邊和口中那位跛腳僧人的消息，便決定上少室山去尋訪其他的寺廟。然而接下來十餘日的尋訪，仍舊一無所得。

沈雒不肯放棄，說道：「這座山很大，還有許多地方我們尚未去過。明日我們到了山腰之後，走左邊那條路，看看它去往何處。」賀秋答應了。

這日夜裡，賀秋整理行囊時，微微皺起眉，對著沈雒道：「二娘，付了這十多日的房錢之後，我們的銀錢就只剩下二十兩了。用完之後，卻該如何？」

沈雒聞言一愣，她一個大家小娘子，從小衣食無憂，從來沒想過錢用完了之後該怎麼辦。她望向賀秋，反問道：「秋姊姊，妳說該怎麼辦？」

賀秋愁眉深鎖，她從小在沈家桑園採桑餵蠶，也從未獨自在外行走過如此之久，更加不知道如何快速攢錢。她沉吟道：「這附近的登封城中有一間『沈緞』鋪子，我們或許可以去那兒，向掌櫃的取一點兒銀錢來使。」

沈雒搖頭道：「不，我們絕不能去找家裡的鋪子。一旦露臉，孫姑和大姊就會知道我在哪兒了。這樣吧，我們將兩匹馬賣了，省下草糧費用；我見這山上有幾間荒廢的寺廟，空無人居，不如我們明兒便搬出這客棧，在山上找間空廟住下，就不必再付房錢了。」

賀秋問道：「那我們吃甚麼？」

沈雒建議道：「我們用賣馬換的錢，在山下買一大袋米，山上撿點柴，每日煮粥吃，也能過上幾個月吧？」

賀秋點點頭，說道：「好吧，就這麼辦。除了米之外，我們還得買個鍋子；只吃白粥也太難過了，我另買點醃蘿蔔和酸菜帶上吧。」

沈雒點頭道：「好主意。」

於是二女賣了馬，換得了幾百兩銀，打點了鋪蓋、米糧、鍋碗等物，次日便結了帳，離開客棧。為了避免人懷疑，兩人將鋪蓋等包袱放在一輛租來的馬車上，請車夫運上山，說是要上山供養給某個寺廟的僧衣和米糧。

到了山腰，她們打發了車夫，自己揹起沉重的包袱，走上一段陡峭的山路，直走了一個多時辰，才來到沈雒之前曾見到過的一座隱密空廟。這廟裡供著一尊彌勒佛，可能因為地點太過偏僻，香火早已斷絕，佛像也十分殘破，身上原有的金漆都已被人刮去了。

二女在小廟前後探視一周，見這小廟荒廢已久，久無人跡，只有些狐狸和獐子的腳印。她們在小廟東側找了個不漏水之處，打掃乾淨，鋪好床榻；賀秋去廟後找個角落當作廚下，放好了鍋子碗筷等物。一番整理妥當，已到了午時，兩人都餓了，二女趁著天色還亮，去山上撿了一捆柴，又找了個山澗取了水，讓賀秋在廚下生火煮米。

沈雒生為大家小娘子，這些粗活自然一概不會，這時仔細觀看賀秋如何揀柴、生火、煮米，心想：「幸而有秋姊姊跟了我來，不然我連如何生火煮食都不懂得。我須得將這些活兒都學會了，往後才能養活自己啊。」

天色黑了以後，二女便在廟東的角落睡下了。

四下漆黑一片，廟外風聲簌簌，寒氣逼人。這是沈雒第一次睡在冷硬的地板上，她們帶進來的鋪蓋棉被甚薄，根本無法禦寒；她不禁冷得發抖，忍不住往賀秋那兒靠近了一些。

賀秋低聲問道：「二娘，冷麼？」

沈雒搖搖頭，說道：「我沒事。」即使又冷又怕，她仍勉強裝出堅強勇敢之態。

直到夜深，沈雒聽見賀秋發出鼾聲，她卻仍睡不著，聽著外面夜梟的嗚嗚叫聲，心頭一陣惶恐，只能告訴自己：「我一定要撐下去。如果連這點兒苦也吃不得，我還學甚麼武功，說甚麼替阿爺和大兄報仇？」她想起阿爺往年對自己的諸般寵愛，以及對那些惡人的怒氣，更加堅定了學武報仇之心，咬牙忍了半宿，直到天明才昏昏入睡。

之後數日，二女為了節省米糧，每日只吃早晚兩餐，每餐都是稀粥配鹹菜；白日便在山上四處尋訪跛腳老僧，順便撿柴取水。

沈雒很快便學會了一切的活兒，開始幫忙撿柴、生火、煮粥、打掃，做起來竟也十分俐落。生活雖清苦，但沈雒咬牙忍受，一句抱怨也沒有。賀秋見她對這等山居生活越來越甘之如飴，也甚感驚訝，心想：「二娘自幼養尊處優，沒想到她竟撐得住這等苦日子！」

如此過了月餘，進入秋季，天氣漸漸轉涼，賀秋知道二人靠著現有的衣著被褥很難度過冬天，於是掏出剩下的一些銀錢，和沈雒一起下山買了厚重的棉被和冬衣，又購入了米糧、鐵釘、釘鎚等物，回到廟中。兩人上山砍了一些木柴，將廟窗用木柴封得嚴實了些，預防冬季寒風和大雪颳入廟中；新買的棉被雖厚重，但真正遇到嚴冬之際仍不足夠保暖，夜間必得生起火，才不致凍死。然而這個彌勒廟破爛得緊，要是在廟中生起火來，一不小心，只怕整座廟都要給燒了。

兩人商量之後，決定在廟牆內以石頭搭起一個炕，火口開在廟外；冬天晚間從外面堆柴生火，睡在炕上便能保暖了。沈雒又趁著秋季結果，去山上摘了不少果實，掛在屋簷下曬乾，好在冬日時食用；賀秋則獵到了幾頭野兔獐子，剝皮風乾，當作冬季的糧食。加上山腳購買的米糧，兩人相信應能一起度過這個冬季，而不致冷死餓死了。

沈雒仍舊堅持每日去少室山行走兩個時辰，探索不同的路徑，試圖尋訪邊和所說的跛腳老僧。冬季降臨時，第一片雪花從天邊飄落，沈雒已幾乎踏遍了整座少室山，仍舊毫無所獲；山上百來間佛廟、道觀、仙宮、神洞等她都尋訪遍了，卻始終未能尋得那位跛腳老僧。

但沈雒仍天天清晨起身練功一個時辰，之後便上山撿柴採果，尋訪高人，找不到也並不失望焦慮。賀秋也不多說甚麼，每日打理糧食住處，準備過冬，偶爾陪伴沈雒練功，或伴隨她上山尋訪。

小雪初降後不多久，嚴冬跟著來臨。就在年底的某一日，天上雲層低垂，彷彿鉛塊一般，接著颳起一場巨大的風雪。這雪直下了三天三夜才止，幸而她們已預先在廟中架起火爐，縮在爐邊取暖；偶而從窗縫望出去，只見外面一片白茫茫的，雪塊足有拳頭大，從天上不斷落下，數尺外的事物都已看不見了。窗外風聲呼呼，令整間廟不時搖晃，發出吱嘎聲響。

沈雒不禁擔心地說道：「這廟老舊得緊，不會被雪壓倒吧？」

賀秋也有些害怕，遲疑地道：「這廟荒廢了總有個三、五年，經過了這許多個冬天都未倒塌，應當足夠堅實吧？」

幸而當初建造寺廟的木工並未偷工減料，小廟在這場大風雪下巍然支撐，屹立未倒。三日之後，大風雪終於停下，賀秋試圖推門出去，卻推之不動，原來門外積雪五尺，早將門給封住了。兩人花了半日的工夫，才將門前的雪推散，勉強能將門打開；但積雪不只在門旁，連門外通往山路的小徑也被積雪遮蓋了三尺之深。

沈雒皺眉道：「咱們想要出去，還得挖出條通道才行。」

賀秋道：「我們沒有鐵鍤子，鏟雪可不容易。」

沈雒拍拍手掌，說道：「這會兒鏟雪太辛苦了，我們儲存了足夠的柴米過冬，也不急著出去，不如就在這兒等雪融化吧！」

於是二女一起檢點了糧食柴火，見還有半屋子柴，小半袋米糧，加上秋天時預備的鹹菜和肉乾、果乾等，儉省地吃用，應能撐上一個月。至於飲水，二人原本每日要走個三里路，去山泉接水挑回，但此時雪積門外，直接挖些雪來燒成水便成了，倒是十分省事。

於是二女關上廟門，安然在廟中過冬。她們偶爾在廟中空地上蹲馬步、練拳腳，讓身子暖和一些。

自從那場大雪之後，天氣始終未曾放晴，每日仍大大小小地落著雪，但沒有上回那場大雪那麼猛烈，而且不再颳大風了。

如此過了十餘日，天氣才漸漸放晴，冰雪開始融化，廟外傳來淙淙融冰流水之聲，甚是悅耳。這日賀秋再次開門，但見門外的雪已融化了大半，天候雖冷，但天色碧藍，冬陽露臉，最冷的時候顯然已經過去。

二女都感到精神一振，穿上厚重的棉製冬衣出門。她們分頭辦事，賀秋覓路下山，以剩餘肉乾向村民換購買米糧，沈雒則上山撿柴打獵。冬天日短，二女趕在天黑前回到小廟，補足了庫存。

過了冬天之後，沈雒身形抽高了一些，整個人瘦了一圈，卻也結實了許多，一眼望去，再也沒人看得出她是出身洛陽絲綢大家的千金小娘子了。

這日午間，二女正揹著柴下山時，忽見道上一人迎面而來，身形瘦長，衣衫單薄，腳下行走如飛。

沈雒定睛看去，但見那人膚色黝黑，目若銅鈴，鬈髮蜷曲，絕非中土人士。來到近前，看得清楚，那人滿面皺紋黑斑，年紀看來非常老邁，不知是否已超過百歲了？但他的體格舉止卻絕對不像個百歲老人，不但腰板挺直，而且步履輕健，快捷如風。

賀秋望了老人幾眼，並未多留心，繼續往山上行去。

沈雒卻停下腳步，上前對那老人說道：「這位老先生，山上積雪未消，道路濕滑，不易行走。請問您老人家打算參訪哪一間寺廟？」

老人銅鈴般的眼睛望向她，開口說了一句話，竟非漢語！

沈雒微微一呆，說道：「我聽不懂，請問老先生說的是甚麼語言？」

老人雙手合十，向二女行禮，表示歉意，接著便繼續往山上走去。

賀秋說道：「膚色這麼黑，或許是扶南人，又或是天竺人？」

沈雒問道：「那都是些甚麼地方？」

賀秋道：「從前我聽喬五叔說起過，扶南和天竺人的膚色都很黑；扶南人鼻子寬大，身材矮小；天竺人也是膚色黑，但鼻子細窄，身材高瘦。」

沈雒沉吟道：「那人的頭髮蜷曲，鼻窄目深，或許是從天竺來的。我看他身上穿著的袍子頗似僧袍，說不定是位僧人。」心中好奇，說道：「我跟上去瞧瞧，看看他要去哪座寺廟。」

賀秋想要阻止，但沈雒已轉身拔步，追了上去。奇的是，兩人方才不過說了幾句話，那老人竟已走得不見影蹤。沈雒加快腳步，提氣快奔，賀秋在山下叫道：「二娘，當心啊！」

沈雒回頭叫道：「放心！妳先回去吧，不必跟來。」

賀秋皺著眉頭，面有難色，但背上柴堆甚重，只能依言先回破廟去了。

沈雒沿著山道奔了許久，才遠遠見到那老人的背影出現在山道最高處。她吸了一口長氣，拚命往上奔，想一鼓作氣追上他，但兩人之間的距離始終未能拉近，反而越來越遠。奔出一段路，山徑變得彎曲蜿蜒，老人轉過一個山坳後，沈雒便再也看不到他的身影了，只能勉力加快，腳步不停。她感到雙腿發軟，身上的柴堆愈發沉重，於是決定卸下柴堆，藏在路邊的草叢中，提氣繼續往山上追去。

奔出一陣，沈雒在山道上轉了幾個彎，老人依然不見蹤影；幸而前日下過雪，雪中留下了老人的足跡。沈雒蹲下身觀察，老人的木屐腳印每步相隔甚遠，在雪上留下了淺淺的印痕。沈雒低下頭，見自己的足跡竟比老人的足跡深得多，心想：「老人身子甚高，看來體重不輕，怎地在雪上留下的足跡如此淺？此外，他走路怎能如此之快，莫非是位仙人？或者，是位武術高手？」

她按捺不下心中好奇，於是跟著足跡，直追上去。

這一追，便追到了黃昏時分。沈雒不斷回頭記憶來路，確定自己能夠尋路回去。又奔出一陣，山路忽然變得十分陡峭，她必須手腳並用，才能繼續前行。而那老人還是只留下淺淺足跡，似乎這陡坡更難不倒他，輕輕鬆鬆便跨步而上。

沈雒攀得氣喘吁吁，一直攀到山坡頂上，迎面便是一片高聳的山壁，光滑如刀切；她看見山壁腳下有個一人高的山洞，那老人的足跡便止於山洞之外。

仰頭望去，但見那山壁直入雲霄，高不見頂。沈雒站在坡頂略事休息，直到喘過氣來了，才緩步來到山洞外三丈處，恭敬地說道：「前輩！請恕打擾。晚輩一心學武，懇請前輩憐憫晚輩虔誠學武之心，應允指點一二。」她說完之後，山洞中一片寂靜，也不知道那老人是否在洞裡；即使在，也不知他是否聽得懂自己的言語。

她等候了一陣子，便跨步上前，來到洞口一丈之外，往內望去。只見那洞並不大，勉強能容三人；此時那老人正盤膝坐在洞中，面對著石壁，一動也不動。沈雒偷偷湊上前，看見老人雙手交疊放在盤起的腿上，雙目微閉，呼吸緩慢悠長。

沈雒不敢打擾，於是在洞外坐下，學著老人的樣子盤膝而坐，雙手放在膝上，微閉雙眼，慢慢呼吸。她只坐了一會兒，便覺得瞌睡得很，勉強睜大眼睛，提起精神；過了一會兒，又感到煩躁得很，忍不住想起身舒活筋骨。

她勉強忍住，繼續坐在當地，心中尋思：「老人究竟甚麼時候會睜開眼睛？等他睜開眼時，我定要求他教我如何才能走得這麼快、足跡又這麼淺。是了，我在這兒枯等也沒意思，既然知道他住在這山洞，明日再來找他便是，」

想到此處，便欲站起身來，卻聽那老人突然開了口：「坐下，勿動。留心，呼吸。」這幾句話卻是漢語，只是口音頗重，但沈雒能夠聽懂。

她微微一呆，心想：「我要跟他學的是武功，又不是呼吸。人們每日都不停地呼吸，誰不會了？」轉念又想：「這老人既然有心指點於我，我便該乖乖聽受，給他留下好印象，往後才有機緣求他傳授我其他高深武功。」於是靜靜坐著，雙眼微閉，注意呼吸。

起先，沈雒還能留心自己的呼吸，感受氣息從鼻子吸入，進入胸腹，又從鼻子呼出。但過了一會兒，便思緒紛飛，萬念齊至：「秋姊姊不知怎麼了？我待回兒該如何下山？天若黑了，看不見路怎麼辦？我剛才放在路邊的那捆柴，不知有沒有被人撿了去？」就在這時，老人又開口道：「專注呼吸。」

沈雒一驚：「他怎麼知道我分了心？」於是再次努力專注於呼吸。

接著不知過了多久，每當她分神時，老人便會開口，有時提醒她，有時只是咳嗽一聲，或輕輕發出「嗡」的低沉聲響，讓她重拾專注。

天色漸漸黑下，沈雒卻完全未曾察覺，心思只停留在自己的呼吸和等候老人的提醒之上。

直到半夜，一輪明月升到半空，那老人才呼出一口長氣，說道：「很好。可下山。明日，再來。」

沈雒這才睜開眼睛，感到心思從未如此通透明澈，彷彿以前都是透過濃煙厚霧視物，如今煙霧忽然散開，她能夠將世間萬物看得清清楚楚，明明白白。她又是驚訝，又是好奇，忍不住問道：「我剛才在做甚麼？」

老人微微一笑，說道：「妳剛才，在活著。」

沈雒疑惑道：「我不是一直都活著麼？」

老人道：「平日，做夢。只有剛才，真正活著。」

沈雒若有所悟，說道：「那我現在是醒的麼？」

老人道：「是睡是醒，全在一心。」

沈雒想了想，皺起眉頭，問道：「心是甚麼？」

老人道：「非內，非外；無形，無色；不生，不滅；不增，不減。」

沈雒陷入深思，靜默不語。

老人又道：「妳去吧。」

沈雒向老人跪倒禮拜，說道：「晚輩明日再來。」便下山而去。

沈雒在黑暗中憑藉著月光沿原路下山，摸黑走了許久，直到滿天星辰，才終於摸回了小廟。

這時早已過了半夜，賀秋擔心至極，見她回來，大大鬆了口氣，忙問：「二娘！妳去哪兒了？怎地這麼晚才回來？妳迷路了麼？」

沈雒搖搖頭，說道：「我沒事。我找到那位老僧了。」

賀秋快手在火上添柴，替她熱起一鍋粥，說道：「快來火邊取暖，吃點兒粥吧。」

沈雒這一路下山，始終保持著心思清明，完全不曾感到冷，也不覺得餓。直到聽賀秋說了這兩句話，她才陡然發現自己既冷又餓，於是脫下濕透的棉袍和鞋子，趕緊來到火爐旁，將手腳湊近火爐取暖，又接過賀秋遞給她的木碗，慢慢啜起粥來，熱粥入肚，只覺香甜可口，異常滿足。

賀秋問道：「二娘找到的這位老僧，可是邊和口中所說的那位跛腳老僧？」

沈雒搖頭道：「不是。這位老僧並沒有跛腳。」說完便繼續小口喝粥。

賀秋望著她，等她開口。沈雒喝了半碗粥後，才慢慢說出將自己追到山上，在山洞中找到老人，跟隨老人靜坐的前後。

賀秋大感奇怪，問道：「二娘就在那兒坐著？坐了這麼久？」

沈雒點點頭，說道：「我坐在那兒時，心思一片澄靜，一點也不覺得自己坐了很久，連天黑了都不知道。」

賀秋「嗯」了一聲，說道：「這老人想必是位天竺高僧。」

沈雒點頭道：「妳說得是。他雖沒有剃髮，穿的袍子也不似僧袍，但他絕對是位僧人。他不但懂得靜坐調息，一定也是一位武功高手；他行走時腳步快捷，我根本追他不上！而且他落足輕巧，在雪上幾乎不留痕跡，委實驚人。」她說到這兒，雙眼發光，說道：「秋姊姊，我決定了，我明日要再次上山找他，請他教我武功！」

賀秋微微皺眉，說道：「一位天竺高僧卻識得武功，這不是很奇怪麼？我在洛陽見過的高僧都只會念經說法，沒見過會武功的。」

沈雒道：「誰曉得？或許天竺高僧都會武功也說不定？佛法是從天竺傳來中土的，可能早期傳來時失去了武功這一門，也未可知。」

賀秋沒說甚麼，只道：「他若是位高僧大德，那麼想必不會害人。二娘跟他學靜坐也好，學武功也好，應當不致有甚害處。」

沈雒點點頭，但又不禁焦慮起來，心想：「就不知他肯不肯教我？」

次日清晨，天還沒亮，沈雒早早便起身，隨便喝了半碗冷粥，便匆匆穿上棉袍皮靴，沿著昨日的路徑，來到老人面壁的山崖下，果見老人仍坐在洞中，面對著石壁，一動不動。

沈雒來到洞口，恭敬跪倒，說道：「多謝大師昨日指點我靜坐調息。但是我更想學的是大師的武術，懇請大師教我！」

老人並不回答，也不移動，彷彿完全沒有聽見。

沈雒跪在洞外的雪地上，動也不動，運用起老人昨日教她觀照呼吸的方法，讓自己的心思沉靜下來，內外空明，一片靜寂；於是她心也不慌了，就直挺挺地跪在那兒，雙眼微閉，呼吸細微，似有若無。

一老一少便如兩尊石像一般，一在洞內面壁，一在洞外長跪。

這日天色陰沉，過了午時，羽毛般的雪花從天而降，落在沈雒的頭上肩上，幾乎將她整個人都蓋住，變成了個雪人。沈雒仍專注於呼吸，不理外物，對身上的積雪渾然不覺。

直到天色全黑，月亮升起，那老人仍舊不動。時候長了，沈雒開始氣力難繼，漸漸無法將心神集中在呼吸之上，不久便感到身上寒冷無比，肚中飢餓難忍，膝蓋和兩條腿更是完全麻痺，刺痛不已。沈雒只痛得眼淚滿眶，但她努力咬牙忍受，心想：「我若連這點苦都吃不了，還談甚麼學習高深武功？」想起自己倘若求師失敗，落魄回家，必將面對一番嘲笑羞辱，又想：「哼，我若無法堅持，自己認輸了，回家去受那孫姑取笑奚落、譏嘲汙辱，那我還不如死了算了！」於是勉力堅持下去。

然而在冷、餓、累、痛輪番夾擊之下，她每時每刻都在堅持和放棄之間掙扎搖擺。最後她打定主意：「我便跪個一天一夜，到了明日清晨，他若還不答應，那就表示我無緣向他學習武術，到時再說吧！」

漫漫長夜就在寂靜、寒冷和痛苦之中過去了。

次日清晨，旭日初升。沈雒的意識陷入半昏迷之中，也不知自己是否曾睡著過。總之過去的幾個時辰中，她絕無間斷地在痛苦、疲倦、瞌睡、懷疑之間徘徊，幾乎時時要昏暈倒下。她微微睜眼，隱約見到一絲曙光，心想：「天亮了，我終於等到天亮啦！」

她想要移動身形，卻感到全身僵硬，無法動彈。原來昨夜累積在她身上的雪在夜裡已結成了冰，將她整個人都冰封住了。

沈雒頓感驚慌，動念：「我要凍死在這兒了！」第一個慌亂的念頭過去後，她隨即讓自己鎮定下來，暗想：「這冰層應當並不太厚，我使勁運動手腳，想必能掙破。」於是大口吸氣，緩緩吐氣，試圖融化口唇邊的冰雪。幾個呼吸後，她感到臉面稍稍溫暖了些，呼吸也順暢了些；她吐出一口長氣，使勁舉起右手，哐啷一聲，冰塊碎裂，她的手終於能夠移動了！她舉起僵硬的手，抹去臉上的積雪，望向洞中的老僧，卻見他已回過身來，面對著自己。

老人凝望著她，臉上露出微笑，隨即開口以口音濃重卻順暢的漢語說道：「曾有弟子在我洞外跪了一天一夜，求我傳授他佛法。妳這兒跪了一天一夜，卻是求我傳授妳武術！荒唐啊荒唐！」

沈雒聽老人開口說話，大喜過望，全身彷彿忽然充滿了精力，趕緊運動手腳，拍抖去身上積雪，向老人拜下，說道：「請求大師首肯！弟子一心求教，懇求大師收我為徒！」一邊說，一邊咬牙忍著全身的疼痛，盡量不呻吟出聲。

老人銅鈴般的眼睛對她上下打量，說道：「妳資質甚佳，若隨我學習佛法，今生必能有成。妳當真只想跟我學武？」

沈雒堅定地點點頭，說道：「不錯，懇請大師教我武術。我若得報大仇，定將再來此地，求大師傳我佛法。」

老人一哂，說道：「只怕到得那時，已然太遲了。」

沈雒不明白他的意思，心想：「我學好武術，下山報仇，不過幾年工夫；到時再回來跟大師學佛法，並不會太遲啊？」卻沒想到老人年紀老邁，很可能沒有這幾年的工夫可等。她說道：「只要我能學得大師的武術，讓我得報父兄之仇，我一定立即回到大師身邊，向大師學習佛法。」

老人不置可否，只閉上了眼睛。

沈雒問道：「請問大師是否來自天竺？您是位佛教僧人麼？」

那老人睜開眼，回答道：「正是。我來自天竺，是個僧人，法號菩提達摩。約莫三十年前，我乘船來到中土，在南方遊歷多年，造訪了許多佛寺和法師，也學會了說漢語。我傳的法門，叫作『禪宗』，旨在讓人明心見性，見性成佛。」

沈雒道：「那麼大師的武術傳承呢？」

菩提達摩笑了，說道：「妳就只關心武術。我這也算不得甚麼武術，只是幼年在天竺家鄉時為了健體強身，師父們教給我的一些鍛鍊身體的法門罷了。」

沈雒再躬身行禮道：「請大師教我這些法門，我一定認真學習！」

菩提達摩沉吟一陣，才說道：「我不必飲食，妳卻不能餓著，餓著肚子可沒法學習。妳已在這兒跪了一天一夜，想必也累了，先回去吃點東西，午後再來吧。」

沈雒聽他鬆口答應教自己武術，興奮至極，拜謝之後，便蹦蹦跳跳地往小廟奔去，一時將全身的寒冷、疲倦、疼痛，全數拋在了腦後。

賀秋見沈雒徹夜不歸，天一亮便守在路口等候；這時沈雒從山上快奔而下，一見到候在門口的賀秋，便又笑又跳，大叫道：「大師願意教我了！」

賀秋露出驚訝之色，說道：「當真？二娘快進來，外面凍極了。」

沈雒進入廟中，匆匆說出了自己跪在洞外一天一夜，終於打動了大師的經過。

賀秋連忙問道：「二娘何時開始向高僧學武？」

沈雒道：「我換件衣衫，吃點兒食物，這就回去山上，開始跟大師學習武功。」

賀秋道：「那太好了。我給二娘煮了粥，妳快趁熱喝吧。」

沈雒快手換下一身濕透的衣衫，在火旁取暖，又匆匆喝了一碗粥，雖仍感到全身疲勞不堪，雙腿和膝蓋疼痛不已，但至少已不冷不餓了。她道：「秋姊姊，這兒的柴米糧食，就都要勞煩妳了。我此後整日都會在山上隨大師學武，可能只有晚間才回來這兒歇息。」

賀秋微笑道：「二娘不必擔心。妳來到少室山，正是為了尋訪明師練武；如今找到了明師，他又願意教導二娘，這可是天大的喜事。柴米這些雜務，我自能打理。我更可早晚替二娘送水送食上山去，免得妳日日上下奔波。」

沈雒喜道：「那太好了。先多謝妳啦！」她心急如焚，一喝完粥，又疾步出門而去。

賀秋望著她飛快奔去的背影，卻沉下面色，微微皺起了眉，心中籌思：「那老僧只教人靜坐呼吸，想必並非甚麼真正的武術高手，讓二娘去跟他學學也不妨。但我還是該向阿爺阿娘稟報一聲才是。」

匆匆返回的沈雒攀上山崖，來到菩提達摩面壁的洞穴外，見他仍面對著山壁而坐。菩提達摩聽見她的腳步聲，並不轉身，只道：「妳坐下。我傳妳武藝之前，妳必須先受戒。」

沈雒微微一呆，說道：「大師是說五戒麼？我在洛陽家中時，父母曾帶我去寺院受過五戒了。」

菩提達摩道：「甚好。那麼五戒第一為何？」

沈雒道：「是不殺生。」

菩提達摩點點頭，說道：「不錯。無論妳為何習武，都必須恪守不殺之戒。即使對方威脅妳的性命，或與妳有深仇大恨，妳都不可犯下殺戒。能做到麼？」

沈雒遲疑道：「但是……但是有惡人害死了我的父兄，我怎能饒他不死？」

菩提達摩道：「各人犯下的惡業，便須承受其惡報；因果報應，履試不爽。我教妳武藝，不能讓妳以殺人復仇為務。任何恩怨是非，皆應以直報怨。妳知道麼？」

沈雒聽了，雖仍不明所以，但渴望習武之心熾盛，仍拜倒說道：「我知道了。我答應大師，此生恪守不殺之戒。即使練成了武藝，也只以自保為務，對仇人則以直報怨，絕不傷害人命。」

菩提達摩聽她這麼說，便點了點頭，說道：「甚好。我有一些武術口訣傳妳，妳仔細聽好了。」

沈雒喜道：「請大師指點。」

菩提達摩道：「初基有二：一曰清虛，一曰脫換。能清虛則無障，能脫換則無礙。無礙無障，始可入定出定矣。知乎此，則進道有其基矣。所云清虛者，洗髓是也；脫換者，易筋是也。」

沈雒聽不明白，只覺得深奧無比，想了想，問道：「請問大師，您說的這些口訣，我可以寫下來麼？」

菩提達摩沉吟一陣，說道：「這也不是甚麼祕密。我的禪門弟子曾將我的教法記下，集結成一部《二入四行論》。妳想將我健身強體的方法記載下來，那也並無不可。」

於是沈雒快速揀了幾捆柴，興沖沖地下山去，賣了柴換錢，買齊了紙墨筆硯，回到山上，找了塊平整的大石，鋪好紙張，備好筆硯，盤膝坐好，請菩提達摩將剛才所說的心法一字一句念出，一筆一劃地記下。這時她才慶幸自己幼年時曾隨高先生讀書，並練過好幾年的書法，不但識字齊全，而且字跡秀麗工整，不多浪費紙張。

一老一少直花了三日的工夫，才將這部心法寫下。寫完之後，沈雒一字字讀出，請菩提達摩指正修改；之後沈雒小心翼翼地將全文謄抄入冊，再請菩提達摩檢閱。菩提達摩翻閱之後，點頭道：「完整正確，很好。」

沈雒十分高興，問道：「請問大師，這部心法應當以何為名？」

菩提達摩答道：「這部心法教人如何徹底改變體內的筋骨氣血，就叫它《易筋經》吧。」

沈雒答應了，在書冊的首頁寫下了「易筋經」三個大字，自己看看，頗感滿意。她抬頭問道：「大師，這些口訣究竟是甚麼意思？請您講解給我聽吧。」

菩提達摩讓沈雒盤膝坐好，說道：「我一句句講解，妳便照著去做。做不到時，須得告訴我。」

沈雒答應了，盤膝坐好。菩提達摩便開始講解《易筋經》的內容，主要是修煉內息和理順經脈的方法，以及如何啟動體內氣點和脈流的要訣。沈雒並不知道，這正是武功中練氣的精髓，只是當時在中土尚未流傳，而她是唯一一個由菩提達摩親傳口訣的弟子。

最初開始修煉之時，沈雒感到萬分艱難；菩提達磨所說的運氣之法，她只能做到一、二成，有時根本做不到。她甚感苦惱，頹喪地道：「大師要我氣沉丹田，將氣從任脈引導至督脈，但是我怎麼都做不到啊！」

菩提達摩答道：「那是因為妳在丹田累積的氣息尚不足夠。須得修習一段時日，才能累積足夠的真氣，之後妳才能練習如何掌控自如。好比山上的小溪，若是山頂沒有水源，不管妳如何希望這條溪水流淌下山，就算溪道早已經在那兒了，水卻永遠不會順著溪道流去。」

沈雒若有所悟，說道：「我明白了。我如今該下的功夫，就是積蓄水源。」菩提達摩點頭稱是。

於是沈雒接下來的時光，皆專心練習聚氣丹田。半年後，她感到丹田中的氣偶有澎湃洶湧之勢，似乎聚集得夠了，便試圖將氣息引導至任脈和督脈；然而這股氣息卻不聽使喚，運行了幾寸後，又忽然渙散無蹤。

沈雒甚感氣餒，對菩提達摩說了自己的感受。菩提達摩道：「急不得。所謂『水到渠成』，妳慢慢積累，積累夠了，水自然能在渠中暢流無阻。」

山中不知年月，光陰如梭，沈雒經過長久習練，終於能夠將氣息聚於丹田，引導至全身經脈，無所不至。

菩提達摩隨後又傳授了她一段經文，要她記下，命名為《洗髓經》，講述無始鍾氣、四大假合、凡聖同歸、物我一致、行住坐臥、洗髓還原的要訣。

菩提達摩教給她的大多為內功，外功招數只限於強身健體、防身自衛的拳腳功夫，但這也足夠沈雒苦練數年了。

時光匆匆而過，此時沈雒整個人的身形氣質，已不再是當年的小娘子模樣。她的體格精瘦健壯，英氣十足，只是圓臉大眼仍帶著幾分稚氣。她每日上山跟隨菩提達摩練氣調氣，習練武功招式，夜晚則隨菩提達摩禪坐入定，偶爾躺在洞口禪睡整夜，體力精神都漸漸臻於顛峰。這時她已能夠一口氣從山腳奔到山頂，毫不疲累，而且步伐快速，落足輕捷，竟不輸於菩提達摩。

這日，沈雒來到山洞時，見到菩提達摩橫臥在地，不再面壁，甚感奇怪。她急忙叫道：「師父！您沒事麼？」

菩提達摩緩緩轉過身來，咳嗽了兩聲，臉色比平時蒼白許多，才緩緩說道：「世間無常，身如糞土。我在此面壁已有九年，該當下山傳法了。妳已學全了我的《易筋經》、《洗髓經》和數種拳腳功夫。唯一還沒傳妳的，是《菩提道》。眼下我的時候不多，妳先記下了，以後再慢慢自學便是。」

沈雒聞言大感不捨，說道：「師父要去何處雲遊？弟子願跟在師父身旁隨侍，好繼續向師父請教。」

菩提達摩微微一笑，說道：「我將在中土的大江南北遊走一遭，造訪名山古寺，尋找禪宗傳人。此行長久而不定，必須單獨前去，妳不應跟隨。」

沈雒咬著嘴唇，說道：「但是師父，就算我抄下了這部《菩提道》，也不能自習啊！我練習《易筋經》和《洗髓經》便花了三年的工夫，每一句每一字都須依靠師父引導，方能有成。師父的這部《菩提道》想必更為高深，我怎麼可能自行摸索學習呢？」

菩提達摩道：「這不要緊。我在傳妳口訣之外，也將詳細講解，直到妳全數明白為止。妳此刻有了《易筋經》和《洗髓經》的基礎，繼續學下去，也不會遇上太大的困難。」

沈雒無奈，只能再次去山下買了紙筆，來到洞口，恭請菩提達摩口述《菩提道》。她專心將全經寫下，為怕抄錯，反覆請菩提達摩檢視，之後又抄了一份副本。

抄寫完畢後，沈雒依照經文，一字一句向菩提達摩請教，菩提達摩則不厭其煩地詳細講解。沈雒怕自己記不清楚，於是將菩提達摩的講解抄錄於另一部書冊中，先寫下自己的提問，再寫下菩提達摩的回答，並且來回恭請菩提達摩檢視，確認無誤。她生性仔細謹慎，也將這部注釋謄抄了副本。

又三個月過去，菩提達摩將《菩提道》講解清楚了，沈雒也再想不出別的問題了，於是開始試圖習練《菩提道》，才剛剛起了個步，便自知離學成尚有很長的道路。

菩提達摩道：「我花了九年時光，在這少室山上面壁禪修，如今已得所欲得，成所欲成，今日便將下山而去。妳我師徒的緣分，也到此為止了，妳回家去吧！妳幫手抄錄的《易筋經》和《洗髓經》，我願贈予少林寺，做為收留我九年的回報；至於那兩部經書的副本和《菩提道》及《菩提道注釋》，妳就留下研習吧。只是切記，勿讓這兩部經書落入惡人手中，須挑選心地善良光明之人，方可傳授。」

沈雒恭敬答應了。她知道就將與師父分別，忍不住跪倒在地，泣不成聲，說道：「弟子捨不得離開師父！」

菩提達摩微笑道：「妳我相處三年，這場緣分，彌足珍貴。然而緣聚緣散，苦空無常，原是佛法根本，不必傷悲。妳曾說過，此番相會，只欲向我學習武術，幾年之後當再回來尋我，隨我學習佛法。然而我將不會再回到此山，學法之事，此生只怕無緣。」

沈雒這才感到無比惋惜，心想：「師父遠從天竺而來，便是為了弘揚禪法。我捨其珍寶，取其糟粕，只學會了師父的內功武術，卻沒學到師父的禪門心法，實在愚蠢啊！」

然而此時後悔，已然太遲；三年前的沈雒除了學武報仇之外，心中更無他念，別說是高深禪門心法了，就算取天下所有最稀罕的珍寶任她挑撿，她也會選擇習武，而捨棄奇珍。沈雒醒悟自己的愚蠢，也知道已無可補救，只能流淚說道：「多謝師父三年來的教導，弟子感激難言，終身不敢或忘。此番無緣向師父學法，乃是弟子莫大的損失。弟子必將盡其一生，研習師父的禪門心法。」

菩提達摩笑了笑，隨手撿起一片枯葉，持於手指之間。說道：「緣既已結，便不消散。此生無緣，尚有來生。」

沈雒若有所悟，說道：「弟子明白了。弟子今生癡迷，錯過了大好機緣。此生無緣學得師門心法，來世定將繼續尋訪我師，再續師徒之誼。」菩提達摩微笑點頭。

沈雒向菩提達磨跪倒，恭敬地拜了三拜，目送師父的背影下山而去。

師徒二人留下的這數部經書，正是傳於後世的《易筋經》、《洗髓經》、《菩提道》及《菩提道注釋》。菩提達摩離開少室山時，將《易筋經》和《洗髓經》留在了曾寄居的少林寺，日後成為少林寺的鎮寺之寶；這兩部經的抄本、《菩提道》和《菩提道注釋》，則由沈雒懷藏，日後成為沈家的傳家之寶，之後又輾轉傳到了大興城南終南山上的寶光寺之中，卻已是後話。

注　菩提達摩乃中國禪宗始祖。曇琳《菩提達磨大師略辨大乘入道四行觀序》云：「法師者，西域南天竺國人，是婆羅門國王第三之子也。」《洛陽伽藍記》云：「西域沙門菩提達摩者，波斯國胡人也。」學者多認為菩提達摩應是天竺人。《二入四行論》為其親傳，由弟子曇林紀錄。由於菩提達摩曾在少室山上面壁九年，傳說往往將菩提達摩與少林派及少林武功連結在一起，認為菩提達摩乃是少林派的創派始祖。然而菩提達摩是否當真會武，少林派的《易筋經》和《洗髓經》是否真由菩提達摩所著，大可存疑；而現今所存的這兩部經文，多以為後世偽造。

第五十二章 落花

卻說沈綾去往南方後不久，沈家主母羅氏和其父母便相繼去世，大娘沈雁忙著替母親和外祖父母籌辦喪事，心力交瘁；不料喪禮結束後不到半年，妹妹沈雒便離家出走、下落不明。沈雁大感淒涼孤獨，原本不愛飲酒的她，竟因孤獨悲痛而開始借酒澆愁。

在沈綾離開洛陽之前，曾與李大掌櫃和大姊沈雁討論如何趕走孫氏一家。沈雁當時說道：「阿娘雖在病中，人還是清醒的。我們此刻對孫家下手，只怕會惹得阿娘不快，出面阻止，那事情就更難辦了。」

沈綾知道大姊孝順母親，也知道主母若硬要干預，憑著主母手中的持分，確實頗為棘手，於是私下和李大掌櫃商量道：「既然大姊不願在此刻出手對付孫家，那麼我們只能預先做出安排了。我將留下私蓄現銀五十萬兩，請你先去與孫姑談妥，讓她寫下字據，同意在日後出售她手中的十分之一持分給我。倘若主母仙去，那麼大姊和小妹手中將握有我和主母手中持分的一半，便各是三成，加上從孫姑手中購回的一成，她們便能握有『沈緞』七成的持分。再有掌櫃們的支持，到時要趕走孫氏一家，應該絕無困難。」

李大掌櫃點頭道：「如此安排甚好，待我著手處理此事。」於是他一番威脅利誘，終於取得了孫姑的字據，承諾在日後將手中持分出售給沈綾。

因此在沈綾離開之前，他和李大掌櫃已在暗中做出了妥善的安排；沈綾離開後一年，手中份兒就將全數平分託給姊妹代管，包括沈綾從孫姑手中購得的份兒。如此只要羅氏一過世，李大掌櫃便能憑著沈雁手中的份兒，加上所有持分者的決議書，趕走孫家四人。

然而事情卻出乎所有人的意料之外。羅氏去世後，喪禮期間，李大掌櫃竟忽爾中風，全身癱瘓，手足僵硬，無法動彈。李家陷入一片慌亂，連忙延請名醫診治，卻毫無起色。沈雁親自去探望李大掌櫃，見他躺在榻上，雙眼發直，口涎不斷從嘴角流出，顯已無法言語行動，心中悲痛，握著李大掌櫃的手，掉下眼淚，說道：「李大掌櫃，你怎能就此丟下『沈緞』，丟下我們啊！」李大掌櫃雖身不能動，頭腦倒是清醒的，他有著滿腔言語得向沈雁交代，卻甚麼也說不出來，只急得眼角垂淚，卻是無可奈何。

自從李大掌櫃病倒後，「沈緞」的大掌櫃之職便由劉掌櫃代理；但劉掌櫃原本只負責織坊，對「沈緞」的其他營運並不熟悉，沈雁只得一手扛起「沈緞」的經營，從早忙到晚，不得歇息。羅氏的持分已過戶給了她和沈雛，而沈雛尚未成年，又離家出走，她的份兒自然由大姊代管。即使如此，沈雁手中的份兒加起來也只有三成五，由於李大掌櫃忽然中風，沈綾之前預計收購的孫氏持分、轉讓自己的持分予姊妹、聯合決議書等安排都未能執行，而孫姑亦花言巧語說得了幾位掌櫃暗暗支持她，因此沈雁始終未能趕走孫姑；孫姑仍在帳房中領著職務，丈夫和兩個兒子也仍任意揮霍著「沈緞」的錢財，毫無節制。

原本沈雁平日僅掌理「沈緞」的藝室，負責設計絲綢的圖紋花色，「沈緞」其餘的生意經營，則全靠李大掌櫃一手掌理操辦。此時李大掌櫃忽然病癱，沈雁只能勉強全面接手，立刻左支右絀起來。由於北方兵亂，東西分裂，洛陽不再是帝都，「沈緞」的生意自然遠不如昔，規模遽減；但靠著南方「沈緞」的支持，仍能勉強維持經營。沈雁知道洛陽「沈緞」處於風雨飄搖之中，實在無法白白養著孫家四人，於是在生意稍稍穩定之後，便決定對孫姑動手。她聯絡了在洛陽的幾位掌櫃，加上人在建康的洪掌櫃，憑著人多勢眾，準備跟孫姑攤牌，逼她主動辭去職位，退出「沈緞」。

沈雁心想孫家畢竟是親戚，在父母雙亡、兄死弟離的情形之下，總不好對血親太過冷酷無情，於是私下找了孫姑，溫言道：「孫姑，在我沈家最為艱困危難之際，您來家中幫忙照顧，我和阿娘都很承您的情。然而您也知道，『沈緞』生意大不如前，必須節省開支，精簡人事，才能夠撐持下去。你們四位頗有貢獻，然而『沈緞』花費在四位的薪金實在太多，難以負擔。我和掌櫃們多番商討之後，不得不做出這個困難的決定，心中都好生歉疚。然而為了『沈緞』的未來著想，不得不出此下策，還請孫姑顧全大局！」

孫姑聽了，臉色十分難看，說道：「阿雁，妳這是甚麼意思？」

沈雁將自己與幾位掌櫃們共同擬定，要求孫氏一家退出「沈緞」的決議書給她看了。孫姑仔細閱讀了那封決議書，沉默良久，最後抬頭直視著沈雁，恨恨地道：「沈雁，我可看錯了妳！兔死狗烹，鳥盡弓藏！哼，妳以為自己站穩了腳跟，便能下手屠殺功臣了？好啊，走便走！我孫姑怎能讓人掃地出門？我們全數自行退職，十日內搬離沈宅。妳可滿意了吧？」說完便豁然起身，頭也不回地去了。

沈雁伸手撫著額頭，緊閉雙眼，心想：「我沈家已是家破人亡，如今連親戚間都撕破了臉，鬧得如此難看，豈不可悲！唉！往年沈家定是造了甚麼孽，積下太多惡業，才不受菩薩保佑，以至淪落到今日的境地！」

她想到此處，長嘆一聲，勉強振作精神，來到佛堂之前，虔誠獻花禮拜，心中的哀傷鬱結卻難以解除。

又過數日，這天夜裡，沈雁從總鋪回到家，身心疲累不堪，拖著腳步，回到自己的飛雁居的寢室，準備更衣，卻聽婢女于洛在外說道：「大娘，婇兒在外等候求見。」

沈雁皺眉問道：「甚麼事？」

自從羅氏過世後，陸婇兒便一直跟在孫姑身旁，形影不離。沈雁對陸婇兒一向並無好感，但聽她在門外高聲說道：「大娘！我家主母和兩位二郎在西廳備了筵席，請大娘賞面光臨。」

沈雁聽她稱孫姑為「我家主母」，彷彿已將自己的母親完全忘了，更是不快，沒好氣地道：「為了甚麼事兒開筵席？我今兒倦了，讓他們自個兒消遣吧。」

陸婇兒道：「大娘不記得麼？今兒是孫家二郎的生辰啊！孫姑請大娘好歹露個面、賞個光。自己家人，不拘甚麼禮數。大娘若是已卸妝更衣，就穿著便衣赴席也不妨的。」

沈雁疲倦得很，不想赴宴，但陸婇兒在外勸說不休，不肯離去。沈雁想著孫家眾人幾日後便將遷出沈宅，這或許是自己最後一次與這些人打交道了，於是便勉強答應了。她穿著寬鬆的便服，來到西廳，但見燈火輝煌，廳中擺著數張矮几，孫氏兄弟已坐在案旁，舉杯飲酒，一旁還有四個打扮妖嬈的樂伎，彈唱著小曲。

沈雁一皺眉頭，走進廳中，問道：「孫姑呢？」

孫聰見到她，滿面堆笑，起身說道：「表妹！我阿娘忽然身子有些不適，進去休息了。表妹既已來此，便喝一杯吧！說甚麼也是自家親戚，今兒可是明弟的大壽啊！」

沈雁無心和這對兄弟閒扯，望向那些樂伎，皺眉道：「我們沈家不興這等樂伎，你將她們遣去了！」

孫聰和孫明互望一眼，無奈之下，孫聰只好讓那四名樂伎收拾了樂器離去，然後說道：「表妹，她們都走啦。妳坐一會兒吧，不需太久，喝一小杯意思意思便好。」

沈雁無心跟這兩個表兄飲酒，說道：「我不喝了。你倆自便吧。」

孫明望了兄長一眼，壓低聲音，說道：「表妹不喝也不要緊。我們今日請表妹來此，並非真為了慶祝我的生辰，而是因為我們在分舖聽到了一件事兒，想說給表妹知道，一起參酌參酌。」

沈雁被這句話吸引注意，於是來到案旁坐下，問道：「哪一間分舖？甚麼事兒？」

孫聰對她使個眼色，望望入廳斟酒的僕婦，微微搖頭，示意不可在奴僕面前談論此事。沈雁只好耐心等候，待僕婦斟完酒，上完菜，便吩咐道：「我和兩位郎君要飲酒談事兒，若不喚你等，便別進來。」僕婦答應了，出廳時便順手帶上了房門。

沈雁望向二孫，問道：「甚麼事？」

孫聰和孫明做出神祕之態，孫明去窗邊探望，確定廳外無人；孫聰則舉起酒杯，說道：「我們邊喝邊談，莫讓外人起疑。」

沈雁見他們如此神祕兮兮的，心想不知這兩隻猴猻有何大事要對自己述說，便隨意飲了一口酒，說道：「你說吧，不會有人進來的。」

孫明回到案旁，對兄長點點頭，低聲說道：「外面沒人了。」

孫聰點點頭，又替沈雁倒滿了酒，說道：「表妹，這件事情，我們思慮良久，才終於決定跟妳說。事情挺大的，怕嚇著了妳，妳且多喝一杯，我才敢說。」

沈雁大感不耐煩，搖頭道：「我不會嚇著的。你說吧！」

孫明壓低聲音，說道：「事情關乎一位長年在『沈緞』任職的大掌櫃。此人一向極得表妹信任，此事定然大出表妹的意料之外。表妹妳喝了這杯，我便為妳詳盡說來。」

沈雁無奈，只好喝了那杯酒，催促道：「快說吧！」但不知為何，她忽然頭暈目眩起來，兩兄弟的臉愈發模糊，之後竟發覺自己的眼睛越來越難以睜開，她這才感到事情不對了！只見孫聰和孫明相視而笑，又一起望著自己，笑容猙獰可怖。沈雁心中驚恐，但這時她已陷入半昏沉之中，全身無力，癱軟在地，雙眼閉上，只感到有人來到自己身旁，伸手來解自己的衣帶。恍惚之中，她聽見有人說道：「要幹此事，只能趁今夜了。事情一了，我們便得連夜走了！」

另一個不耐煩地道：「這我豈有不知？你還不快點兒！」

沈雁不明白他們在說些甚麼，眼前一片黑暗，腦中一片迷霧，昏了過去。

次日，沈雁清醒過來時，發現自己躺在飛雁居臥室的榻上，只感到頭痛欲裂，一時想不起昨夜發生了何事。她看看窗外日頭已高，心中一驚：「我怎地睡到這麼晚？」猛然想起昨夜和孫氏兄弟喝酒之事，一摸身上，這才發現自己竟全身赤裸，不禁又驚又怒！她匆匆檢視身子，猜知自己已受汙辱，氣恨得連連喘息，幾乎再次暈去。

她喘著息，環望寢室，但見室中一片狼藉，滿地衣物和酒食殘跡，自己心愛的擺設跌了滿地，東倒西歪，有的甚至不知所蹤。她明白過來，昨夜那兩頭禽獸想必將自己抬回了寢室，不但在自己的閨房中肆意凌辱，更將財物一劫而空。

沈雁感覺頭昏眼花，眼前發黑，忍不住大哭出聲，只哭得聲嘶力竭。而屋外一片寂靜，竟無任何人進來詢問或探望，貼身婢女都不知上哪兒去了。沈雁感到孤獨無助至極，心想自己不如一死，順手抓過榻邊的一段白綢，顫巍巍地踩上矮几，將白綢扔過屋樑，打了個結，放在頸下，打算就此上吊自盡。

就在此時，一個人影來到窗外，見到沈雁站在几上的身影，驚呼出聲，趕緊闖入寢室，緊緊抱住了她，叫道：「大娘不可啊！」

沈雁低頭望去，但見來者竟是嵇嫂。自從母親過世後，嵇嫂因悲傷過度，整日躲在自己的居室中以淚洗面，極少出來；這日早晨，她振作起精神，想起主母生前曾對自己交代，要她將遺下的珠寶首飾、私房錢和羅家遺物等交給大娘，於是來到了飛雁居，卻恰好撞見沈雁準備上吊自盡，趕緊將她救了下來，忙問究竟。

沈雁哭哭啼啼、斷斷續續將昨夜的事情說了。嵇嫂聽完，破口大罵：「孫家那兩頭畜生！往年主人和主母對他們何等照顧，這幾個人面獸心的混蛋，竟敢做出這樣卑鄙無恥之事！」

沈雁淚流不止，抓著嵇嫂的衣袖，啞聲說道：「這事……這事絕不能說出去。」嵇嫂會意，點頭道：「不錯，事關大娘的名節，說出去定要遭人非議。是、是，我決計不說。」又垂淚道：「妳阿爺阿兄遭匪所害，阿娘也盛年而逝。大娘，沈家全靠妳一個人了啊！妳怎能這麼想不開呢？」

沈雁這時緩過了氣，稍稍平靜了一些，但仍感到頭痛欲裂，全身發軟。嵇嫂見她微微發著抖，讓她在寢室中等著，匆匆取了熱水來，服侍她清洗頭臉身子，穿好衣衫，口中喃喃道：「于洛呢？那些婢女都跑去哪兒了？」

沈雁心中也大感疑惑，自己居處有三、四名婢女，昨夜怎地一個不見，任由她遭孫氏兄弟蹂躪，竟無人知曉，更無人出手相救？她道：「嵇嫂，煩妳幫我去找找她們。」嵇嫂於是來到門口，高聲呼喚于洛，卻無人回應；嵇嫂只得去屋外去尋，許久之後，于洛的聲音才在遠處響起：「我在這兒！」

沈雁見于洛匆匆奔進屋來，不禁怒道：「妳跑去哪兒了？」

于洛臉色蒼白，低頭道：「我……我睡著了。昨夜大娘去西廳和兩位孫家郎君飲酒，婇兒喚我去一旁吃喝，我只喝一口酪漿，便甚麼都不記得了……一直睡到天明。」

沈雁驚怒交集，「那陸婇兒竟卑賤至此，聯手外人來害我！」問道：「其他婢女呢？」

于洛一臉茫然，搖頭道：「我不知道。」

沈雁忽然想起昏迷之前，曾聽見孫氏兄弟的言語，心中一震：「他們膽敢對我做出這等齷齪之事，原來早已準備妥當！莫非……莫非他們另有其他陰謀？」忙道：「于洛，快請劉大掌櫃和冉管事來家裡見我！帶上帳本，要快！」

于洛答應了，匆忙出去傳話，又回來服侍沈雁梳頭上妝。

沈雁來到廳上時，劉大掌櫃和冉管事已在當地等候，兩人面色灰敗，一齊向她跪倒，說道：「大娘！屬下失職，竟讓孫家給坑了！」

沈雁大驚，忙問：「怎麼回事？」

冉管事垂首道：「家中錢財，全被孫姑盜取一空，只剩下……只剩下三千兩不到。」

劉大掌櫃道：「孫姑不知如何從總舖偷得了『沈緞』所有的地契、坊契、舖契，又取得東家娘子的印信，將『沈緞』的所有產業抵押給了胡三，借去五百萬兩銀子。如今借據和所有的地契等都在……都在胡三手中。」

沈雁這一驚非同小可，幾乎沒再次昏倒過去。她絕沒想到孫姑和孫家父子竟有膽使出這等陰招，還是在自己母親新喪不久之時！她顫聲問道：「他們人呢？」

冉管事道：「已經搬出沈宅，離開洛陽城了。我聽僕人說，他們這幾日都忙著收拾物什，今晨便匆匆出城去，婇兒也跟著不見人影了。」

沈雁問道：「可知他們的落腳處麼？」

冉管事道：「孫家在城外有些遠親，城中混亂那時，他們曾躲在那兒。我已派人去找，但那家人也已搬空。」

一股涼意襲上沈雁全身，如今她父母雙亡，兄弟一死一去，連親妹妹也離家出走，沈家只剩她一人，竟然遇上這等巨禍！

就在這時，門外僕人稟道：「胡氏糧莊胡三來訪。」

沈雁和劉大掌櫃、冉管事對望一眼，心中都知道：胡三這是來討債了。

沈雁只能勉強壓下心中的驚惶憤怒，出來會見胡三。

胡三神情得意洋洋，坐在廳上，見到她出來，也不起身，只擺擺手，說道：「侄女仍在喪中，請節哀順便。」

沈雁冷冷地瞪著他，說道：「請問胡三伯有何指教？」

胡三笑了笑，取出一張借據，上面寫的正是五百萬兩，悠哉地道：「侄女，妳親姑、姑夫和表兄們幹的事兒，妳想必已清楚了。妳說，這該怎麼辦才好？」

沈雁怒道：「冤有頭，債有主，這錢不是我借的，銀子也不在我這兒。你要討債，便去找孫家，與我無關！」

胡三做出驚訝的神情，緩緩從懷中取出一疊抵押紙據，說道：「那五百萬兩，我可是看在『沈緞』的三座桑園、五十座絲坊、染坊和織坊之上，才同意借給他們的。如今他們捲款潛逃、不知去向，『沈緞』的這些財產，我就只能扣押變賣，用以還債了。侄女，妳說如何？」

沈雁臉色刷白，嘴唇顫抖，一時說不出話來。

胡三望著她的臉色，顯然極為享受此時此刻。他將借據放在一旁，伸出手壓著，凝望著沈雁，緩緩說道：「若要我不立即變賣，那也可以。但是侄女，妳得答應我一件事。」

沈雁心中暗覺不祥，抿嘴不語。

胡三站起身，走上前，直逼到沈雁面前半尺處，低頭在她耳語道：「侄女！妳號稱洛陽第一美女。我不要別的，只要妳答應我一件事。」

沈雁全身一震，陡然明白了他的意思！這頭險惡豺狼，不但吞佔沈家錢財、涉嫌害死自己父兄、騙走「沈緞」的所有財產，如今竟想逼迫自己跟了他！沈雁怒得幾乎暈去，但覺胡三在自己的耳邊吹了口氣，只感到噁心已極，「啪」的一聲，揮手便狠打了他一個耳光！

胡三被打得偏過頭去，微微一呆，伸手撫著臉，退後幾步，奸笑了起來，顯得渾不介意，說道：「我給妳三日。妳仔細想想。若不同意，『沈緞』的一切財產便全數歸我，我將立即變賣一切，遣散所有伙計工人。妳還不出錢來，沈家這棟大宅，當然也歸我了。」他緩緩繞著沈雁走了一圈，又道：「妳若同意，那麼三日之後，我便派花轎來接妳，也算是明媒正娶了。妳嫁過來，就是我的第七房小妾。我胡三乃是洛陽有頭有臉的糧莊大賈，妳嫁給了我，也不會太丟妳阿爺阿娘的面子啊。」說完哈哈長笑。

沈雁大怒，起身喝道：「出去！給我滾出去！」

胡三色迷迷地望著她，眼中露出一絲猙獰，說道：「等妳嫁入我胡家，看妳還敢不敢如此對妳的郎君說話？」轉身出廳而去。

沈雁瞪著他的背影離去後，才軟倒在地，掩面哭了起來。盧家五郎遭難，父兄橫死，母親病逝，弟妹離家，這麼多的困境她都挺過來了，豈知前途還有更多的磨難在等著她！

此時家中奴僕婢女們都已得知孫家幹下的好事，沈家就將破產，擔憂自己的出路，又怨懟大娘之前大刀闊斧地裁減奴僕，因此除了嵇嫂和于洛兩人之外，更無其他人來安慰沈雁或幫她出主意。沈雁知道自己孤身一人，再無任何倚靠，更沒有任何人會對自己伸出援手。沈家的重擔，她原本自知肩負不起，此刻果然壓垮了她。

沈雁顫巍巍地回到飛雁居，不敢回入自己的寢室，只躲在佛堂中哭了又哭，想了又想。她痛苦地籌思：「要是我抵死不從，胡三那頭豺狼便將盡吞沈家產業，我絕不能讓此事成真！若我……答應了他，便能想方設法保住沈宅和『沈緞』，等候小弟和小妹歸來之時，再謀奪回家業。」她徹夜未眠，坐到天明，才下定決心，咬牙對婢女于洛吩咐了，讓于洛去胡宅回話。

三日之後，一乘小轎來到沈家，將沈家大娘沈雁接走，成為了胡三的第七房小妾。

當日胡三在家中設宴請客，將洛陽城的富商巨賈都請了來，大肆炫耀自己娶了洛陽第一美女為妾。席間他高聲說道：「沈拓老弟乃是我最親近的好友，他這寶貝女兒，可是我從小看著長大的。沈拓老弟遭難之前，便曾將女兒託付給我；我身為沈拓的好兄弟、好朋友，怎能不盡心照顧他的遺孤呢？這女娃兒自幼便對我頗有情意，多次求我娶她為妾。我見她孤苦伶仃，家業凋零，禁不住她的苦苦哀求，終於心軟答應，也算是對得起老友了！」

眾人聽了，都心知肚明定是胡三使了甚麼奸險手段，才逼著已逝舊友的孤女嫁給自己為妾，目的只是為了佔有這個如花似玉的小娘子；但他口頭既說是沈雁苦苦哀求嫁入胡家，眾人也只能假裝相信，紛紛稱讚胡三對好友遺孤伸出援手，善加收留照顧，為人忠厚重義云云。

沈雁在宴上將這些話都聽得清清楚楚，只恨得咬牙切齒，心想：「這些人往年也是阿爺的朋友，如今不但見死不救，更落井下石！胡三尤其卑鄙可恨，乘人之危，逼我下嫁。我沈雁不報此仇，誓不為人！」

然而她一個年輕妾婦，父母雙亡，無財無勢，無依無靠，又能憑甚麼報仇？她告訴自己，此時只能忍耐。希望還是有的：去了南洋的弟弟沈綾，還有離家出走、下落不明的妹妹沈雒，他們總有一日會回到洛陽，助自己奪回一切、雪恨大仇。

沈雁嫁入胡家之後，身為第七房小妾，又曾是大富人家的女郎、號稱洛陽第一美女，自然大受其他六房的排擠。剛嫁過來時，沈雁滿懷憤恨，從不給胡三好臉色看，多次頂嘴，甚至動手再打過胡三一個耳光。胡三大怒之下，拽著她的頭髮，將她拖到胡家祠堂前，讓她跪著，並喚了一眾妻妾子女、僕人婢婦前來祠堂圍觀，當眾以皮鞭狠狠抽打了她一頓。

胡三一邊揮著皮鞭，一邊高聲辱罵道：「好個沈家大娘！妳真以為自己還是沈家嬌貴的女娘麼？妳此刻是我胡三的人，比這兒所有先來的人都要低一等。妳敢拿架子，耍脾氣，看我不打得妳皮開肉綻，苦苦求饒！」

沈雁被打得全身鮮血淋漓，幾乎暈去。皮肉上的疼痛她尚能忍耐，然而更可怕是胡家其他人望向她的眼神：這些人望著她，如同看著一條狗一般，即便今日她被胡三當場打死，也只有輕蔑睥視，毫無同情憐憫之意，甚至暗暗慶幸叫好。

沈雁咬牙暗想：「我若死了，只會讓這些人更高興。我不能死！死了，怎有報仇的機會？」於是忍氣吞聲，趴伏在地上，任由胡三將她折辱得夠了，這才停手。

從此之後，除了毒打咒罵之外，胡三更時常想出別的方法折磨於她。當客人來訪時，他不時命沈雁出來侍奉客人，當著客人的面說道：「這就是沈拓的大女兒，號稱洛陽第一美女的『沉魚落雁』了。你們瞧瞧，確實長得挺美的，是不？」

客人們大多識得沈拓，性情老實的，便不搭話；有的即使認識沈拓，但為了恭維胡三，便跟著稱讚沈雁的美貌，說道：「胡三兄，你年紀也不輕了，還能娶到這樣一位年輕貌美的小妾，可謂老來得春哪！」

胡三卻假裝皺眉，說道：「胡說，胡說！幸運的怎會是我？幸運的可是這小娘們兒。她若不是嫁了給我，現今不知已淪落到甚麼地步了！妳說是不是，阿雁？」

沈雁只是裝聾作啞，垂睫不答。

胡三有時甚至當著她的面，跟客人咬著耳朵說些悄悄話，還不斷斜眼瞟她，顯然在說些關於她的胡話，惹得客人吃吃偷笑，沈雁也只能視而不見，強自忍耐。

胡三的獨子早死，事業由三個侄兒幫手經營；獨子留下一個獨孫，取名胡金寶，這年剛滿七歲。胡三將他當成掌上珍寶一般，直寵到天上去，因此胡金寶小小年紀便驕恣蠻橫，無法無天，加上吃得如頭小肥豬一般，體重已超過一般成人。胡三有時為了懲罰沈雁，便要她爬在地上，讓胡金寶如騎馬般跨坐在她身上，以籐條為馬鞭，催著她滿院子跑。沈雁纖瘦單薄，往往一會兒便爬不動了，被沉重的阿寶壓垮在地，無法動彈。胡金寶便跨在她身上揮鞭呼叱，破口大罵，逼迫她繼續前行。胡三在旁看得呵呵大笑，並讓家中妻眷僕婢齊來圍觀，看背負著沉重胡金寶的沈雁在院子掙扎爬行，任眾人指點取笑為樂。

有時胡三大宴賓客，也會特意叫出沈雁，當著眾人之面奚落取笑於她，令她無地自容；或是找個藉口在賓客前狠狠叱罵她一頓，甚至打她耳光，伸腿踹她，直到賓客紛紛勸止，胡三才假裝氣呼呼地罷手。眾人皆知，胡三如此故意當眾凌辱沈雁，目的自是為了抬高自己，讓整個洛陽城的人都知道，城中首富沈拓不但遇害身死，更且失去了所有的家產，他美冠全城的大女兒淪落為胡三的囊中物，只能任其玩弄擺布。

胡三對沈雁的種種侮辱折磨，實非常人所能忍。

如此兩年過去，沈雁從地位尊貴的沈家大娘，變成了任人凌虐欺侮的小妾，整日低著頭，默默忍受胡家眾人的嘲諷蹂躪。這時她已有二十多歲年紀，容顏仍舊極為美貌，神情卻極其憔悴。洛陽城中人提起她，都不免深深嘆息：「好個美人兒，只可惜命運乖蹇，被胡三那頭豺狼給霸佔了！不但霸佔，還如此欺辱虐待，實在可憐！」

而沈雁心中從未有一刻忘記，霸佔凌虐自己的這頭豺狼，正是害死父親兄長、奪去沈家財產的家門大仇人！

第七部

海角天涯

遭紛濁而遷逝兮，漫逾紀以迄今。情眷眷而懷歸兮，孰憂思之可任？
憑軒檻以遙望兮，向北風而開襟。平原遠而極目兮，蔽荊山之高岑。
路逶迤而修迥兮，川既漾而濟深。悲舊鄉之壅隔兮，涕橫墜而弗禁。
昔尼父之在陳兮，有歸歟之嘆音。鍾儀幽而楚奏兮，莊舄顯而越吟。
人情同於懷土兮，豈窮達而異心！

——〈登樓賦〉節錄，東漢・王粲

第五十三章　遺孤

卻說那年沈綾離開洛陽沈宅，乘船度過洛水，旅程風平浪靜，一路無話。而大魏國師赫連壘率人在河岸布下陷阱、意圖刺殺他，白衣女子出手殺死赫連壘手下，逼得國師狼狽逃去等情，他自是一無所知。

沈綾抵達建康後，便先去「沈緞」鋪頭安頓。他花了數日工夫，與洪掌櫃清點「沈緞」在建康的產業，包括桑園、絲坊、染坊、織坊和鋪頭等，以及所有大主顧的名單，同時將過去數月的帳目也過了一遍。他見南方生意興旺，足能補貼北方的虧空，鬆了一口氣，寫信告知大姊，並讓大姊盡快派人將更多的絲綢存貨運到南方出售。然而沈雁關於主母去世的信延遲未達，以致他並不知主母羅氏已然過世。

數日後，沈綾去祖宅拜訪二叔，報告洛陽家中諸事，並詢問南方情勢，得知南梁皇帝蕭衍仍在位，但年紀越老，便越寵信親近，尤其縱容自己的弟弟和侄兒等皇室親族。

沈綾聽了，擔心地問道：「二叔，皇帝年紀漸老，百年之後，繼位的太子如何？」

沈拾嘆息道：「這正是問題所在啊。昭明太子雅富文才，天下敬重欽服，可惜英年早逝。剩下的幾位皇子皆年幼，才能皆遠不如昭明。尤其是早年過繼來的侄兒蕭正德，更是人品低劣，很不受聖上看重。偏偏他年紀最長，過繼後的那些年裡，上下都當他是嫡子；

然而皇上之後又生了好幾個兒子，他便失去了太子之位。蕭正德為此大感不滿，皇上也很覺虧欠了他，於是對他異常照顧縱容。」

沈綾微微皺眉，心想：「洛陽混亂，兵戎不斷，建康此時相對平靖，但也不知能再維持多久。『沈緞』做的是太平生意，一旦發生戰亂，便難以為繼。我們在建康的規模也不必擴充太大，倘若遇上亂世，還得留下足夠的資金。」他想到此處，便決定採取保守謹慎的方針，因此再來到建康「沈緞」鋪頭，交代洪掌櫃在自己回來之前，不可擴充染坊絲坊，也不可加聘人手，務求清除往年的積貨。

洪掌櫃問道：「若有餘利，便都暫且存下，暫且不要擴大產量，是麼？」

沈綾道：「正是。北方生意，我也將如此安排。未來三、五年，需謹慎保守，不宜擴張，靜觀待變。」洪掌櫃知道他年紀雖輕，卻頗有識見，這幾年又經營得宜，便道：「謹遵東家指示。」

安排妥當後，沈綾便請喬五著手準備帶往南洋的貨物，預計下月初赴廣州南海郡的港口出海。

喬五曾隨同沈拓和沈維出海了兩回，可說是熟門熟路，很快便挑了前兩回在南洋賣得最好的花色式樣，打點了五萬疋的絲綢，打包準備運往南方港口。

就在出發之前，忽然有個十多歲的年少童僕來找喬五，開口便說要面見沈二郎。喬五問起事由，童僕只道：「我替我家主母帶口信來給沈二郎。」

喬五不以為意，問道：「請問貴府主母高姓？可是『沈緞』的主顧麼？」

童僕搖頭道：「不是。我家主母乃是沈大郎之妻。」

此言一出，喬五先是一呆，才疑惑地問道：「哪家的沈大郎？」

童僕道：「就是貴府的沈大郎，已經過世的那一位。」

喬五在洛陽時，便不時有招搖撞騙之徒來沈家認親，他早知最佳應對之法，就是嚴詞指責，一概不認。這時他臉一沉，冷冷地道：「胡說！我家大郎從未娶妻生子，你家主母怎會是我家大郎之妻？」

童僕不慌不忙，躬身道：「閣下可是喬五麼？我家主母這麼吩咐，我就這麼說。她說喬五若問起，就說是八年之前，貴主人和大郎一同南來做買賣，在丹陽城停留了三個月。我家主母就是在那時嫁給了貴府大郎，大郎並將她安置在丹陽城外的宅院中，留下了一筆錢財供她花用。不多久，主母生下了一對小郎君和小娘子，寫信去洛陽向沈大郎報喜。大郎立即回了信，並替子女命名。」

喬五聽了，警覺事態嚴重，四周望望，確定屋中無人，起身關上了門戶，回到原位。他神色嚴肅，再次打量那童僕，見他約莫十一、二歲年紀，衣帽鞋襪樸素整潔，似乎是出自好人家；雖面貌平庸，但言語清楚，顯得十分穩重。

喬五定下心神，緩緩問道：「請問貴主母姓名為何，住在何處？」

童僕道：「主母姓容，和沈大郎同為肖鼠，與沈大郎於大梁普通七年，即孝昌二年三月七日大喜。因大郎趕著出海，不及辦酒，然而換帖聘禮都是做足了的。小郎君和小娘子生於普通八年正月一日，肖兔。我主母和子女居於大郎替他們置辦的宅院，就在丹陽溪旁的桃花塢邊上。」

喬五聽他說得有模有樣，彷彿真有其事，感到背上冷汗直流，呆了一陣，才道：「你說她想見……貴府主母想見二郎？」

童僕道：「正是。主母得知二郎繼承了大郎的家業，那是因為沈家並不知道大郎已成婚，並已有了子息。按照律法，大郎去世，財產自當由其子全權繼承。主母想見二郎，正是想讓愛子認祖歸宗、繼承父業。」

喬五勉強鎮定下來，心中盤算：「大郎暗中成婚的消息，我確實是聽賀大醉後說過，只是不知真假，如今看來，這事兒十有八九不假！雖說沈家有嫡傳之後，乃是喜事，但此刻『沈緞』風雨飄搖，若非二郎穩重能幹，識得大體，整個『沈緞』只怕就要煙消雲散了。而且二郎才剛剛放下家業，全數交給了大娘和二娘代管，自己好去南洋闖蕩；豈知就在這關節上橫出事端，多了個大郎之子來爭奪家產！唉！這事兒不知要鬧到甚麼地步方休！」他想到此處，頓時下定決心：「此事絕不能讓二郎知道，能拖多久，便拖多久。」當下說道：「這件事，我會盡快報告給二郎。我們急著出海，這回可能來不及去見貴府主母了，等我們從南洋回來後再說吧！」

童僕臉色一變，立即道：「不成！二郎即便要出海，也不急在這一時三刻就出發。他若不見我，我主母便會立即告上公堂去！」

喬五這時心意已決，當下假作關心，安慰道：「你莫擔憂，二郎是講理的人。他年紀輕輕，卻能將『沈緞』整頓得好生興旺，上下無人不服。我將你主母的事情說給他知道，他定會秉公處理，好好照顧你家主母和其子女的。」

童僕聽他這麼說，懷疑地道：「甚麼叫秉公處理？你家二郎會願意讓出他手中的財產麼？若只是可憐我們，隨意施捨幾分錢，我主母可是不會接受的！一句話，二郎不見我主母，主母定要去報官，對簿公堂！」

喬五聽這童僕小小年紀，竟有膽說出這番狠硬的話來，心想：「這童子沒見過世面，竟敢以對簿公堂嚇唬我！哼，我喬五是甚麼人，豈能受你這小童嚇唬？」當下神色嚴肅，緩緩說道：「貴府主母如何決定，我等奴僕自然無從置喙。官府訴訟曠時日久，貴府主母既然願意拋頭露面，日日上衙門報到，等候對簿公堂，我等也只能奉陪到底。」

童僕豎起眉毛，說道：「你這是在威脅我家主母麼？」

喬五趕緊搖頭，說道：「怎麼敢？我只是想說，都是自家人，甚麼事情，大可好好商量。對簿公堂，只怕並非上策。」

童僕冷然道：「你說一家人，那麼便是承認我主母是貴府大郎的結髮妻子了？」

喬五連忙否認，說道：「不、不，我甚麼都不知情，更加不能擅自論斷。貴府主母應當清楚，當年隨我家主人和大郎去到丹陽的是另一位隨從賀大，並不是我；我留在了洛陽，幫忙照顧家中大小諸事，至於主人和大郎出門做生意，去了甚麼地方，做了甚麼，我可是一概不知。」

童僕「哼」了一聲，瞪著他道：「你倒是推得乾淨。虧得大郎在世時，時常對我主母說道，往後若有任何事情，都可去洛陽沈家找喬五叔幫忙。大郎還說喬五叔忠心耿耿，厚道熱腸，一定會多加照拂主母母子的。結果你竟是這種人！」

喬五聽了，不禁暗暗臉紅，心想：「沒想到大郎曾這麼評價我，我這可真對不住他了。然而此事關係太大，即使以言語激我，我也不可掉以輕心，輕易讓步。」於是勉強笑道：「不敢、不敢！我對主人和大郎忠心耿耿，那是不錯的。主人家裡的事情，我全聽主人吩咐，不敢有違。老實說吧，主人和大郎出事之前，並未跟我提起過關於貴府主母之事；如今主人和大郎都已過身，我也無法向他們請示。依照規矩，我們做奴僕的，絕不可擅作主張，因此我也只能將此事稟告二郎，一切聽從二郎的吩咐。」

童僕神色不豫，說道：「我怎知你是否會如實報告給你家二郎知道？快引我去見沈二郎，讓我親自向他稟報！」

喬五只能盡量推托，說道：「見當然是要見的，你且信我。二郎這幾日萬分忙碌，會面排得滿滿的，忙得焦頭爛額，今天只怕沒有工夫妥善處理此事。待我先向二郎詳細稟告此事，再安排與貴府主母會面的時日，如此較為妥當。」

童僕雖有些狐疑，但也不能不信，只好說道：「好，那麼敝門主母靜候二郎回音。」他留下地址，便告辭而去。

童僕離去後，喬五坐在屋中，掏出手巾抹去一頭一臉的汗水，心中籌思：「此事絕不能讓二郎知道！」才想著，忽聽一人問道：「喬五叔，怎麼了？」

喬五一驚抬頭，但見來人竟然正是沈綾！他連忙站起身，收起汗巾，只覺額頭仍濕淋淋的，又掏出汗巾來抹汗，說道：「二郎！沒事、沒事。」

沈綾奇怪地望著他，說道：「你的樣子好似不大對勁，屋中並不熱，怎地流了一頭汗？剛剛是何人來訪？」

喬五連忙笑著道：「沒甚麼，沒甚麼。只是南方天氣太熱，我不停冒汗，還感到有些頭暈。哈哈。」

他的掩飾之態卻未瞞過沈綾。沈綾微微瞇眼，又問道：「是麼？你今晨還好好的，怎地忽然頭暈冒汗了？剛才來訪者究竟是何人？」

喬五說謊道：「剛才那個麼？那是米店的童僕，來向舖頭討繳餘款的。」

沈綾「嗯」了一聲，坐下身來，凝望著喬五，說道：「喬五叔，你向來忠於我阿爺和大兄，卻不知是否忠於我？」

喬五一怔，說道：「老僕自然忠於二郎。」

沈綾道：「那麼，你信得過我麼？」

喬五不暇思索，立即道：「我自然信得過你。二郎年紀雖輕，卻精明警醒，在危急關頭挽救了『沈緞』，照顧了沈宅一家大小，大家嘴上不說，個個心裡都是佩服感恩的。」

沈綾繼續凝望著他，緩緩說道：「既然如此，那便請你老實跟我說，剛才那是何人，來此有何所求？」

喬五眼見謊言被看穿，瞞不下去，嘆了口氣，只能結結巴巴地，將童僕的來意說了。

沈綾聽了，吃驚不已，說道：「此事當真？」

喬五搖搖頭道：「大郎在外暗中娶妻生子之事，我曾聽賀大提起過，只是那時賀大喝醉了，彷彿在說笑一般，因此我從來不曾相信。但是……但是……」

沈綾沉吟道：「不論是真是假，我都該去見一見這位娘子。她聲稱已有子息，倘若她當真是大兄之妻，那可是大兄之子、我的親侄兒啊！我理當善加照顧才是。」

喬五連忙搖手，說道：「且慢、且慢，二郎，這婦人很可能是覬覦沈家的財富，來此招搖撞騙的，我們可不能輕易相信他們。而且……而且你花了好大工夫，才徵得沈氏宗族的同意，取得大郎的份兒，怎能隨便就讓給這對不知來歷的母子？」

沈綾說道：「問題不在此，而在於我已安排將手中的份兒轉讓給大姊和小妹了。就算他們母子確實是大兄的妻兒，我手中也已沒有持分能夠給她了。是了，此事當由主母裁示；大兄是她的獨子，她若認下這個媳婦和孫兒，那麼她大可將自己手中的份兒轉給此婦，甚至讓大姊和小妹讓出一些給她。」

喬五搖頭道：「主母病重，顯然她也並不知道此事。這婦人和其子女住在丹陽，離建康不遠，不過半日路程，這家人應當早已聽聞主人和大郎遇害之事，甚至可能聽聞你年前曾專程來到建康，讓沈氏召開宗族大會，決定將大郎遺下財產轉移給你之事，卻為何到今日才來找我們？」

沈綾道：「可能她住在偏僻鄉下，早先未曾聽聞洛陽沈家之事？」他皺起眉頭，又說道：「然而最讓我想不通的是，大兄為何要隱瞞此事？他何須在南方偷偷娶妻生子？就算擔心主母不贊成，但只要能為沈家傳宗接代，都是天大的好事，主母終究會同意的。大兄為何自始至終不曾讓主母知道？」

喬五道：「我猜想主人一定知道此事，而不知甚麼原因，主人也同意瞞著主母，因此大郎始終未曾告知主母。」

沈綾側頭道：「阿爺想必知道此事。但他們為何決定瞞著主母？莫非這其中有何不可告人的祕密？」

喬五搖頭道：「我也想不出。」

沈綾沉思一陣，說道：「我同意你的主張，在確知此婦的說詞真偽之前，我們不應輕舉妄動。若她當真是大兄之妻，那我無可推辭，必得負起照看這家人的責任。繼承等事曠時日久，緩不濟急，但我至少可以讓建康『沈緞』定期送些銀錢接濟他們，聊表心意。」

喬五聽了，甚感焦慮，說道：「二郎，這婦人亦有可能不知從哪兒聽得關於大郎娶親的傳言，因此大膽來冒認，盼能騙得一些錢財。我們可不能輕易受騙啊！」

沈綾望向窗外，忽問：「我們哪日啟程？」

喬五道：「就在三日之後，三月初三。」

沈綾道：「啟程之前，我要見見這位婦人。你說她姓容，是麼？」

喬五忙道：「不妥啊！二郎，這大大不妥。你去見她，不就坐實了她的謊言麼？」

沈綾道：「倘若真是謊言，那也罷了，不過是花錢消災的事兒。倘若不是謊言，那我不去，怎麼對得起大兄在天之靈？」

喬五唉聲嘆氣，說道：「賀大應該是知情的，但是……但是他進了牢獄，又在兵亂中失蹤，想找他也找不到了。」

沈綾道：「你想，賀大曾與賀嫂說起此事麼？」

喬五搖頭道：「賀大口風很緊，出門在外發生了甚麼，他從來不跟任何人說，因此主人才如此信任他。那回他喝醉了，說起這事兒時，也只是輕描淡寫說笑了幾句而已。」

沈綾問道：「他當時是怎麼說的？」

喬五道：「那時車夫小婁想要娶妻，請人說媒，幾回都不成，賀大跟他開玩笑，說道：『你要多跟大郎學學便好了！下回大郎出門，你自告奮勇跟去，包準你抱個美嬌娘回來！』我們大夥兒聽了，都只道賀大的意思是大郎面貌英俊，家財萬貫，自然容易贏得女娘們的青睞；但大夥兒又都知道，大郎行止端正，對女娘們尤其客氣禮敬，從不招惹，也從不上青樓尋歡買醉。賀大這話又是從何說起？」

沈綾道：「當時有人問他麼？」

喬五道：「當時我們都有些醉了，冉管事就開口問了：『賀大，你這是甚麼話？大郎若真如你所說這麼有本事，怎地忒大年紀了，卻仍未娶妻？』賀大當時哈哈大笑，既未承認，也未否認，只道：『你們知道甚麼？我可是看著大郎長大的，他的事兒，從頭到腳，從大到小，我哪一件不知道了？你們信我，大郎不是沒本事或不想娶妻。他若想娶，十個妻妾都娶到了，到時分一個給你小婁，如何？』我們大夥兒只道他喝醉了胡說，哄然大笑起來，此事便不了了之了。」

沈綾問道：「那是甚麼時候的事？」

喬五側頭想了想，說道：「那是……大約七年前吧？」

沈綾道：「大兄三年前遇難，得年二十二歲；七年之前，大兄十八歲，確實是娶妻的年紀了。那時阿爺和大兄確定是從南方回家麼？」

喬五道：「我也不清楚。那時主人和大郎時時出門，南方北方都跑了很多趟。」

沈綾道：「依我看來，大兄在外地娶妻，恐怕有幾分真實。然而是否就是這對母子，仍須求證。大兄若在七年前娶妻生子，那麼孩子也該有六歲了，大兄可能曾來此見過她母子幾回。不知她有無證物？」

喬五搖頭道：「這就不知道了。」

沈綾站起身，說道：「我得去見她一見，看她是否持有證物，能夠說服我相信。若是不能，此事自然作罷。我們趕著出海，時候不多，我便今日就去見她。喬五叔，請你盡快安排。」

喬五極不情願，說道：「二郎，此事該從長計議啊！若是騙徒，那也罷了，不過虛耗光陰。倘若不是，那……那可就麻煩了。」

沈綾微微搖頭，說道：「喬五叔，你說你對阿爺和大兄忠心，難道竟是這般對待大兄的孤兒寡妻麼？」

喬五忙道：「不、不，我不是這個意思。我是為二郎著想啊！大郎不幸身亡，這事兒已死無對證。我如今忠於二郎，自然應以二郎的利益為先。往年主母不待見二郎，諸般排擠，主人和大郎因長年不在家，又未能迴護於你，我們瞧在眼裡，都好生憐憫。如今你終於苦出頭了，成功爭取宗族將大郎的份兒轉給你，正式成為沈家之主，又挽救『沈緞』於倒閉邊緣，功勞極大。然而你卻甚麼都不要，寧可將沈家家產都送給兩位女郎。老僕以為，二郎已仁至義盡，實在不該再退讓啦！」

沈綾搖頭道：「大兄年長於我，多年隨阿爺在外奔波，我跟大兄確實並不親近；在洛陽家中時，我們兄弟從小到大，只怕沒說上超過十句話。然而當阿爺帶我和大兄南下時，大兄待我一片真心，照顧有加。我當時未能好好珍惜與大兄相處的時光，此刻想來，實是後悔莫及。」嘆了口氣，說道：「喬五叔，你一直很照顧我。這麼多年來，家中就只有于叟和你們夫婦幾個對我好了。但為了大兄，我必得在出海之前去見見這位容娘子，請你別再勸阻，盡快幫我安排吧。」

喬五聽他這麼堅持，不能違抗，只好點頭答應。

於是當日下午，喬五便領著沈綾來到丹陽城外，坐船來到容娘子位於丹陽溪旁桃花塢邊上的住處。那是座不大不小的宅子，並不特別顯眼，但地處清幽，周圍竹林環繞，庭院中種著幾株梅樹，房舍精潔，絕無簡陋貧窮之象。

沈綾四下張望，留心到院中的竹林和梅樹，說道：「此宅院十分風雅，與多寶閣的布置頗有相似之處，或許真是大兄替她購置的也說不定。」

喬五瞇起眼觀望了一陣，不予置評，上前敲了敲木門。

不多時，之前來訪的童僕來開了門，見到喬五和沈綾，微微一怔說道：「這麼快？」

喬五瞪著他，沒好氣地說道：「你不是說要快麼？」

童僕連忙開門讓二人進來，引他們來到一間素淨的小廳上，說道：「請在廳上稍坐，我去通報主母。」說著匆匆往內室去了。

沈綾望向通往內室的門帘，見那門帘以藍染花布所製，印有夏竹冬梅，十分眼熟，腦中靈光一閃，頓時想起：「是了！大兄早年的臥室中，掛在通往練武密室銅鏡前的，就是同一款花布！」心中微微激動，暗自猜測：「莫非這位容娘子，便是當年曾躲藏在大兄練武密室中的女童麼？」

沈綾和喬五在小廳中等候了一陣，並無僕婦上來奉茶，看來這宅中便只有那一個童僕，更無其他奴僕。

沈綾繼續觀望廳中布置，說道：「這廳雖不大，但麻雀雖小，五臟俱全，頗似大兄屋中的擺設。」他指著櫃上的一個漆金盤兒，說道：「大姊屋中也有此物，那是阿爺從西域買回來的，說是西域烏場國的特產，在洛陽已屬少見，何況江東？」

喬五臉色變換不定，說道：「或許是假貨也說不定。」

沈綾一笑，說道：「喬五叔，在外偷偷娶妻生子的既不是你，分的又不是你的財產，怎地反倒是你如此著惱？」

喬五嘆了口氣，說道：「我是為我們沈家著想啊！大郎那麼好的人品，為何不在洛陽娶一門門當戶對的妻子，卻要在江東偷偷娶妻？我看這事兒其中定有古怪。」

沈綾在廳中走了一圈，將諸般玩物擺設仔細瞧了一遍，又望了望窗外庭院，心中已有數，說道：「我想，我知道大兄為何要瞞著主母了。」

喬五忙問：「為何？」

沈綾指著庭院中的一堆石頭，說道：「你見到那些石頭麼？」

喬五道：「不就是庭園的裝飾麼，怎地？」

沈綾道：「那石頭並非用於裝飾，而是用於練武。小妹在家時曾跟隨賀嫂練武，因此我見過。」喬五奇道：「練武所用？」忍不住跨出廳，想走近庭院中的石堆去細瞧，忽聽一個童稚的聲音叫道：「留心！」接著便聽「咻」的一聲，一只飛鏢從喬五眼前快速飛過，插入石堆之中。

喬五嚇得臉色發白，連退數步。這時他才看出那並非石堆，而是以麻布包裹著稻草和黃土一類，因此飛鏢得以插入。

沈綾也來到庭院之中，轉頭望去。但見發射飛鏢的是個站在五丈外的童子，約莫六、七歲年紀，頭上梳著兩個髻子，身穿短裝，一張圓臉紅撲撲的，雙眼明亮。

沈綾一看到他，便感到十分熟悉，走上前去，問道：「可是府上小郎君麼？」

那童子抬頭望向沈綾，臉上滿是警戒之色，抿嘴不答，握緊了手中的飛鏢。

沈綾舉起雙手，安撫道：「我姓沈，特來此拜見尊慈，對你等絕無惡意。我不會武藝，更無法傷害於你，你大可放心。」

童子閉嘴不答，又望了沈綾幾眼，忽然將飛鏢收入懷中，奔入室內。

不多時，一個少婦從內廳走出。她面貌秀麗，約莫二十來歲年紀，雖身著裙裝，但步履輕捷，眉眼英氣堅毅，一看便知不是尋常南方婦人。

少婦對沈綾和喬五斂衽行禮，說道：「兩位貴客遠道而來，招待不周，還請見諒。」

沈綾連忙回禮，說道：「我等冒昧造訪，懇請娘子勿要見怪。」

少婦請二人來到臨院的小廳坐下，之前那童僕端了托盤，為他們奉上兩杯清茶。

少婦望向沈綾，神色凝重，說道：「閣下想必便是沈二郎了。妾身聽聞你來到建康，因而遣家僕前去相邀見面。我卻料想不到，你竟毫不猶疑，立即便光臨敝門。」

沈綾點點頭，直言說道：「那是因為貴府前來聲稱娘子乃是先兄之婦，在下如何能不親來一訪？」

少婦嘴角微微一撇，眼神銳利，說道：「然而，你並不相信？」

沈綾知道自己須得謹慎應答，於是說道：「我若不信，便不會親自趕來造訪了。只是先兄和先父生前從未與我提及此事，我無法確知這件事否是屬實，因此特來拜見娘子，盼能釐清真相。請問娘子貴姓大名？」

少婦答道：「妾身姓容，小名幼娘。」她望了喬五一眼，說道：「種種往事，頗有不可告人之處，願與二郎私談。」

沈綾對喬五點了點頭，喬五會意，站起身來，但又不禁憂慮二郎年輕識淺，會被這婦人的花言巧語所迷惑，站在當地，一時無法決定是否該就此離去。

沈綾明白他的心思，對他道：「喬五叔，你且去後院歇歇，幫忙娘子看著兩個孩子。你放心，我自有分寸。」

喬五聽他語氣威嚴中帶著自信，只能答應了，向二人行禮，走入後院。

第五十四章　隱匿

容幼娘望著喬五走遠，吁出一口氣，望向沈綾，沉吟不語，似乎不知該如何開口。

沈綾站起身，來到通往內室的門邊，手撫那幅藍染花布門帘，說道：「這幅花布，我在大兄的寢室中見到過。」

容幼娘怔然望向那門帘，一時似乎陷入了回憶之中，沒有答話。

沈綾道：「不瞞娘子，我在大兄往年的寢室中發現了一處密室，位於一面可以推移的銅鏡之後。銅鏡前懸掛的藍染花布，正與這幅門帘一般一致。」

容幼娘回過神來，點了點頭，說道：「原來你已發現了密室。」

沈綾又道：「我見到密室的角落有一榻一几，榻上的枕頭被褥，也是以這藍染花布製成。密室中的衣櫥裡，則收納了數件女童的衣衫。」他望向容幼娘，說道：「不知夫人可知其中內情？」

容幼娘輕嘆一聲，說道：「不錯。當年躲藏在維郎密室中的，正是我。我從十歲至十六歲，都躲藏在那間密室中，從未離開過。」

沈綾聽了她的言語，心中好生驚詫，但也證實了自己的猜想，於是在她面前坐下，說道：「願聞其詳。」

容幼娘緩緩說道：「沈二郎，我的傳藝先師，乃是北山老人。」

沈綾一怔，脫口道：「北山老人？」這名號他曾聽賀秋提起過，知道北山老人乃是北山派的門主，也是祖父的傳藝之師；他努力回想，記得賀秋說過北山老人已然仙去，但世間仍有七、八個北山派弟子，散布在南北各地，隱匿身分，不為人知；當時賀秋說道：「除了門主之外，我們誰也不知道其他的北山弟子人在何方，隱身何處。」

沈綾記得她曾提起北山老人有個關門弟子，也是他的孫兒，名叫「北山子」；這北山子是個武學奇才，個性好大喜功，違背師門規矩，公然挑戰其他流派的高手，取勝後不是殺死對手，就是廢了對手的武功，因而引起武林公憤。最後有五十多名不同流派的武人聯手找上岴山，打算向北山老人興師問罪，卻遭北山派弟子埋伏殲滅。在那之後，弟子們一齊向北山老人投訴抱怨北山子的作為，但北山老人袒護孫兒，並未懲罰；北山子遂與其他弟子分道揚鑣，並下手屠殺同門師兄，自己的祖父沈譽就是死於北山子之手。北山老人管不住孫兒，憤而避世隱居；此後阿爺和大兄也遭北山子箝制，不得不替他辦事。

沈綾想到此處，心中一凜：「她說她是北山老人的弟子，那麼她便是北山子的師妹了。不知大兄為何會娶她為妻？」

容幼娘凝望著他，似乎能猜知他心中所想，淡淡地道：「不錯，我算是北山子的小師妹。我和北山子一般，從小跟隨先師北山老人長大。北山子乃是先師的親孫兒，而我則是蒙先師收留的孤兒。我的年紀比北山子小了十二歲。北山子根骨不凡，年少得志，武學造詣便已極高，藝成後下山惹出許多禍事，引發武林人物的不滿，曾一齊上岴山來與先師理論，幸得被其他師兄們聯手擊退。後來先師管制不住北山子，只能隱居起來，專心教我武功，那時我只得五、六歲年紀。先師盼望我未來武藝有成，能夠打敗北山子，替他清理門戶。」

沈綾點了點頭，問道：「北山子知道關於妳的事麼？」

容幼娘道：「他原本是不知的。後來有回他闖到先師的隱居處，見到了我在練功，猜知先師正傳授我武藝，認為先師對我偏寵異常，因而生起了嫉妒怨恨之殺心。先師為了保護我，便謊稱我已病死，偷偷將我託付給洛陽絲綢大賈沈譽師兄之子沈拓，那便是尊君了。當時先師已退隱避世，北山子得意洋洋，狂傲自大，逼迫剩餘的北山門人尊他為門主，向他效忠，替他辦事，尊君也在其中。那時沈譽師兄不久前遭北山子打傷而死，尊君對北山子心懷憤恨，暗裡仍忠於先師；因此當先師請託他隱匿我時，他雖明知風險極大，很可能惹禍上身，卻毫不猶豫便答應了。」

沈綾越聽越驚詫。容幼娘所言，關乎父親和大兄的隱祕師門北山派，自己當年在家中時全不知曉，直到他們死去後，才聽賀秋說起一二。他心想：「阿爺雖被迫臣服於北山子，卻仍忠於其師，不惜冒險為師父隱匿這位年幼的弟子，極具忠義之心。」

容幼娘續道：「尊君將我接到沈宅後，便讓我藏身於大郎沈維的祕密練武室中，這一藏就是六年。先師亦不時偷偷來到沈宅，暗中繼續傳授我武術。」

沈綾忽然想起一事，問道：「娘子來到敝宅，請問是甚麼時候的事？」

容幼娘道：「那是十五年前的事了。二郎，我來到你家時，你才剛出生不久。」

沈綾點了點頭，說道：「北山子他……他一直沒有發現麼？」

容幼娘搖了搖頭，說道：「他沒有發現。但不知如何，他開始懷疑我並未死去，多次向先師逼問我的下落。先師為了保護我，便命尊君盡快將我送離洛陽。尊君於是藉口說去南方做生意，讓我躲在裝絲綢的木箱中，帶我一路來到大梁都城建康，並在丹陽溪桃花塢旁購入了這間宅子，供我躲藏。」

她頓了頓，又道：「當時我已十六歲了。我與維郎年紀相若，長年隔室而居，切磋武藝，很自然便互生情愫。兩年之後，尊君與維郎一起南下時，我們便央求了他的同意，結為夫婦，之後生下了一對雙生子女。」說到此處，對著庭門招手，一對童男童女奔了進來，都是六、七歲年紀，面貌清秀，其中一個正是沈綾方才見過，在庭院裡練習擲飛鏢的童子。沈綾仔細望向二童的臉容，果然有幾分大兄的影子，一時感觸萬千，說不出話來。

容幼娘攬著一對兒女，說道：「這是大兒，名叫沈朝；這是小女，名叫沈暮。他倆的名字是他們阿翁取的。」吩咐兩個孩子道：「叫二叔。」

那兩個孩子抬眼望向沈綾，齊聲喚道：「二叔。」

沈綾這時才十五歲，比他們也大不了幾歲，不知該如何作答，只點了點頭，說道：「乖。」

容幼娘語氣嚴峻地對兩個孩子道：「你們回去後院練功，不可懈怠。」

兩個孩子答應了，快步奔出廳去。

容幼娘望向沈綾，緩緩地道：「我聽聞阿舅（注）和維郎不幸遭難，北方兵禍不斷，

『沈緞』的生意已一落千丈，可是如此？」

沈綾心想：「容娘子身居南方建康城外，消息倒也靈通。」只點了點頭，說道：「確是如此。」

容幼娘續道：「我還聽說，阿姑堅決不肯讓你繼承家產，並逼你離開洛陽。可是如此麼？」

沈綾苦笑道：「娘子所知甚多。不錯，妳方才所述，全都無誤。」

容幼娘凝望著他，說道：「沈二郎，我讓童僕引你來見，並引子女認你為二叔，並非因為我有心奪產。阿舅和維郎同時遇難，沈家也已無甚財產可爭；而且，他們早先已給我留下了不少錢財，因此我母子三人生活無虞，並不須與你或你的姊妹爭奪沈家財產。」

沈綾聽了，直言問道：「那麼請問娘子邀我來此，究竟用意為何？」

容幼娘從窗外望向兩個在後院練功的子女，眼中透出深重的憂慮，臉色略顯蒼白，說道：「我師兄北山子仍四處探尋我的下落。他眼下並不知道我和維郎生了兩個子女，我只盼他永遠不要知道，否則他定將追來，對我們趕盡殺絕。」

沈綾皺眉道：「他為何要對妳和妳的子女……趕盡殺絕？」

容幼娘嘆了口氣，說道：「那是因為先師臨死之前，將他以畢生心血開創的北山武功寫成了一部祕笈，傳了給我。而北山子平生最喜愛各門各派的武學祕笈，四處搜羅偷搶，簡直到了癲狂的地步。他聽聞先師生前寫下了這部武學祕笈，便心癢難熬，一心想取得，我從先師的老僕口中得知，先師過世後，北山子在先師隱居處遍尋不著祕笈，想起我多年前已病死一事，便去挖了我的墳，發現裡面並無屍體，因此懷疑我當時是假死，其實仍活在世上，便猜想先師很可能已將祕笈交給了我，由我保存。」

沈綾大感擔憂，說道：「他若找到了你們……」

容幼娘神色悲淒，說道：「北山子雖是我小師兄，但對我等絕無情義可言，甚至可說毫無人性。他若找到了我們母子三人，定會將我們全數捉起，痛加折磨，逼我交出祕笈。就算我乖乖交出祕笈，他照樣會凌虐我們一家。我自己死不足惜，卻不忍心讓兩個稚齡幼子隨我同死。」她轉頭凝望著沈綾，說道：「我請二郎來此，正是希望你念在叔侄一場的情分上，帶走我的兒女，加以保護照顧。」

沈綾一驚，說道：「我？我不懂得絲毫武術，又正準備去往南洋……」

容幼娘打斷他的話頭，說道：「這我都知道。『沈緞』在建康的生意已頗具規模，你想必能尋覓一安全之地，藏匿我的子女。二郎，我感覺他很快便將找到此地，因此必須盡早送走兩個孩子，自己也將盡速遷離此地，掩藏一切我曾成婚生子的痕跡，以免那人起疑。」

沈綾皺起眉頭，沉吟道：「妳為何不跟孩子們一起躲藏起來？」

容幼娘搖頭道：「北山子神通廣大、個性執拗，我相信他已追查到了我的行蹤。我自己是逃不過的，只希望能將他引得越遠越好，以保子女的安全。」

注　魏晉時稱公公為「阿舅」，婆婆為「阿姑」。

沈綾擔憂道：「妳……妳的武功想必甚高，難道無法對抗他麼？」

容幼娘微微搖頭，說道：「我雖隨先師習武多年，但資質遠遠不如北山子，功力進境始終有限，絕非他的對手。但盼我能布下陷阱，在死去之前重傷於他，或與他同歸於盡，替先師報仇、保兒女周全，那我死也瞑目了。」

沈綾望著她堅決的神色，聽著她孤勇的心思，不禁背心一涼：「這容娘子年紀輕輕，竟然便視死如歸，願意與仇人同歸於盡！」想起自己父兄仇人尚未找出，更別說報仇了，心中不禁甚感慚愧。他想了想，說道：「北山子是為了祕笈而來，妳若交給了他，或許他會願意就此離去，放過了妳和孩子們？」

容幼娘咬牙搖頭道：「不，他作惡多端，先師早知他偏執扭曲，曾動念想殺了他，卻因心有不忍，選擇避世隱居，最後憂憤而終。我絕不能讓先師的祕笈流入那惡人手中，讓他繼續為非作歹、四處害人！為了避免讓他得手，我已將祕笈毀去了。」

沈綾不明白這等武術祕笈有何緊要，點了點頭，說道：「毀了也好。如此一來，不管北山子如何逼問尋找，總之是得不到了。」

容幼娘嘆了口氣，說道：「然而，我也不能讓先師苦心開創的武功就此失傳，因此我已命兩個孩子背下了祕笈，讓他們長大後自行修習，日後傳給有緣之人。」

沈綾一怔，說道：「妳讓兩個孩子背下了祕笈？」

容幼娘道：「正是，一字不差。」

沈綾大奇，問道：「他們才六、七歲年紀，就算背下了祕笈，倘若無人指點，能夠自行習練麼？」

容幼娘秀眉微蹙，說道：「我若能在他們身邊指點，自是最佳。然而眼下情勢危急，我怕是無法看著他們長大的了。」轉頭望向後院的兩個孩子，眼中閃現淚光。

沈綾想起妹妹沈雒潛心學武，心中一動，說道：「我小妹沈雒一心為父兄報仇，極盼能尋訪明師，學習高深武功。若我助娘子藏起兩位侄兒侄女，不知妳可願意讓他們將祕笈告知我小妹，讓她修習？」

容幼娘微一沉吟，便道：「好！一言為定。我在沈宅多年，素知貴府二娘性情真誠耿直，她有心為先翁和維郎報仇，我自然願意將先師的武功傳授給她。這樣吧，待你安頓好朝兒和暮兒後，可讓貴府二娘去尋他們。我也將囑咐子女，若見到小姑母沈雒來尋他們，便可將口訣背誦給她聽。只是孩子年紀尚幼，武功未成，僅能背出口訣，卻無法指點於她。二娘聽聞之後，便須自行修習了。」

沈綾甚是高興，說道：「如此先多謝……多謝阿嫂了！」

容幼娘聽他稱呼自己「阿嫂」，苦苦一笑，說道：「我和維郎成婚之事極為祕密，阿舅和維郎行事謹慎，在家中想必守口如瓶，一句也未曾提起。他們不只須得瞞過阿姑，免得她發怒責問，更得瞞過北山子的耳目。當時他們仍受到北山子的挾持，不得不聽從他的指令，替他辦事。北山子好忌多疑，阿舅絕對不能讓北山子知道他長年將我藏匿家中、而維郎已與我成婚等情。如今，二郎願意認我為嫂，吾心甚慰。」

沈綾道：「我已定於三月初自南海郡出發去往南洋，但我知眼前此事十分緊急，必會在離去之前處理好，阿嫂請放心。」他皺眉思索，沉吟道：「我二叔在大梁朝廷任官，家中若多出兩個來歷不明的孩子，定會引人議論；若送去二叔家，只怕難以掩人耳目。」忽然靈機一動，想起自己替十五郎在建康城外棲霞山腳下購置的莊園，眼睛一亮，說道：「有了！我有個絕佳之地，或可讓兩位侄兒暫居。」於是對她說了自己替王家十五郎在棲霞山腳下購置了莊園之事。

容幼娘聽了，連連點頭，說道：「好主意！這莊園既屬於瑯琊王家子弟，北山子應當不會起疑。」

沈綾將事情前後想了一遍，他知道自己替十五郎置辦的莊園十分隱密安全，而十五郎買下這莊園，只是為了城中倘若出事，便能讓他和家人有個備用的避禍之地，數年之間，多半不會當真舉家遷去該地居住。因此就算北山子尋到該地，也不至於給十五郎一家帶來危險。但他不願牽累朋友，於是說道：「這樣吧，那莊園未來將屬於王十五郎名下，我不能陷友人於危。莊園此刻仍在『沈緞』名下，尚未轉移給十五郎；轉移之前，我預先修改地契，留下莊園一角的一座獨立小院，專供侄兒侄女居住，再找兩位奴僕照顧他們的生活起居。我這便去交代洪掌櫃處理此事，再來接走兩個孩子。」

容幼娘點了點頭，說道：「二郎可否今日便接走兩個孩子，日後再送去莊園安置？」

沈綾微微一呆，說道：「這麼急？」

容幼娘道：「越快越好，最好今日就接走。」

沈綾沉吟道：「好，今日亦可。待我安排。」

容幼娘跪起身，向他拜倒，說道：「二郎願意出力保護我的孩子，為嫂感激不盡！」

沈綾連忙扶她起來，說道：「阿嫂千萬不可行此大禮！我自己半點武術也不會，無法對抗北山子，更加無法保護孩子們。幫他們找到個安全的藏身處，是小弟唯一能做的事，更是我份當所為。」

兩人於是再次坐下，商議細節。容幼娘道：「我將遣去家中童僕，等你們離去後，我今夜便燒了這間屋子，自行離去。」

沈綾道：「甚好。我今兒便接走孩子，請洪掌櫃將兩個孩子送去棲霞山腳的莊園中安頓。」

容幼娘點點頭，忽然微微蹙眉，顯得欲言又止，猶豫一陣，說道：「二郎，當年我初到沈宅之時，曾發生一事，雖已相隔十五年，至今仍令我耿耿於懷。」

沈綾甚覺奇怪，說道：「不知是何事，阿嫂可願告知？」

容幼娘愁眉深鎖，說道：「我在貴府竭力隱藏，萬分謹慎，但仍被人見到了。」

沈綾問道：「被何人見到？家中奴僕麼？」

容幼娘微微搖頭，說道：「不是。那是一對兄弟，都懂得武術，年紀比維郎大上幾歲。那年的中秋夜，維郎想帶我出去看看月亮，我們偷偷溜出多寶閣，卻在庭院中撞見了一對守夜的兄弟。維郎讓我趕緊回去多寶閣躲起，但畢竟我還是被那二人見到了。我原本不知道他們是誰，後來才聽維郎說，他們長年居於沈宅，是和維郎一起長大、一同練武的友伴。」

沈綾甚感好奇，說道：「我還以為是孫家兄弟，那是我們家的兩位表兄。但若是長年住在沈宅，和大兄一起長大、一同練武，還在庭院中守夜，那就定然不是孫家兄弟了。」

容幼娘搖頭道：「他們應當不是姓孫。我不知道他們姓甚麼，總之維郎將此事告知阿舅後，阿舅便說他會處置。」

沈綾問道：「後來如何了？」

容幼娘皺起眉頭，說道：「後來如何，我並不知曉。我向維郎問起時，他只說不必擔心，那二人已經不在沈宅了。我問他們去了何處，為何似乎也懂得北山派的武功？維郎露出不悅之色，厲聲要我別再多問。他平日性情極好，對我更是百般溫柔依順，那是我第一回見到他如此疾言厲色，心中不免更加生疑。」

沈綾聽了，也不禁大感奇怪，沉吟道：「那兩個兄弟究竟是甚麼人？阿爺又是如何處置了他們？將他們趕出沈宅麼？那麼一來，阿嫂被北山子發現的風險極大。但事實上，妳之後在家中平安待至十六歲，北山子都未曾找上門來，可見這個祕密確實保守住了。」

容幼娘點了點頭，說道：「我的想法和你一般一致。我一直很疑惑那兩個少年如何了，但一直到最後，阿舅和維郎都不曾告訴我。此事始終梗在我的心中，難以釋懷。我認為應當讓你知道此事，此刻不說，往後或許便沒有機會說了。」

沈綾也想之不透，只點頭道：「多謝阿嫂告知。往後若有機會，我定當試圖探究此事。」忽然想起她方才曾提起她初到沈宅時，自己才剛出生不久，忍不住問道：「阿嫂，請問妳見過我阿娘麼？」

容幼娘搖頭道：「我長年躲藏於密室之中，自然從未見過你阿娘，只從維郎和阿舅的對話中，得知你們母子住在宅中。」

沈綾又追問道：「阿嫂可曾聽聞我阿娘去了何處？」

容幼娘再次搖頭，說道：「我不知道。我甚至不知道她何時離開了沈宅。阿舅和維郎完全不曾提起過她，彷彿她從不存在，就如……就如那兩個懂得北山派武功的兄弟一般。」

沈綾點了點頭，心想：「我阿娘神祕得緊，難怪阿嫂對她一無所知。那對兄弟又是甚麼人？為何我從未聽說家中曾有過這麼一對兄弟？」

容幼娘望向窗外，神色透出難言的傷懷憂愁，說道：「時候不早了。二郎請稍候，容我入內與兩個孩子道別。」

沈綾答應了，定了定神，喚了喬五進屋，告知他自己相信容幼娘確實是大兄之妻，她因身有要事必須離開一陣，暫時將兩個孩子託付給自己照顧；又告知因有仇敵窺伺，孩子的行蹤必須極端保密等情。

喬五聽了，雖仍有些懷疑，但見沈綾語氣堅定，便也不再質疑，只道：「若真如此，那麼此事越少人知道越好。不如我去請洪掌櫃來此，立即帶走孩子，他們還是別進城去了。」

沈綾點頭道：「如此甚好。請你立即回去鋪頭，請洪掌櫃來此。」喬五應命而去。

這時容幼娘進入內室，召喚兩個孩子進來，細細叮囑，命他們認真學武，長大後找機會給阿爺報仇；並說他們的阿爺有個妹妹名叫沈雒，日後將來尋找二人，而他們應當將祕笈內容背誦給她。兩個孩子點頭答應，卻知道就將與母親分別，都忍不住流下淚來。

容幼娘肅然道：「你們是北山老人的傳人，北山派往後全指望你們重振聲威，怎能如此軟弱！」

兩個孩子只能勉強收淚，伸手握住了彼此的手，十指緊緊交扣，握得彼此的手掌生疼，卻不敢再哭了。

容幼娘點點頭，說道：「要聽二叔的話。」她早已替孩子收拾好了包袱，讓他們一人揹著一個包袱；孩子們的物事不多，包袱裡就是幾件換洗衣衫，幾樣兵器，再無他物。

傍晚時分，洪掌櫃已趕到了容幼娘家中，沈綾簡單告知情況。洪掌櫃只聽得一愣一愣的，最後只能點著頭，說道：「我明白了。我今夜便帶孩子去棲霞山腳莊園角落的小院住下。那兒原有一對務農的老夫婦，人很老實。我可請他們照顧兩個孩子，就說是我遠房親戚，寄養於此。明日我便修改房契，將那院子歸於『沈緞』名下。」

沈綾忙搖頭道：「不，院子應當歸於你的名下。一切都不可與沈家有任何牽連。」洪掌櫃點頭答應。

於是容幼娘將兩個孩子交給沈綾和洪掌櫃，親送他們出門；門外已停著洪掌櫃租來的馬車，兩個孩子跪倒向母親拜別，強忍著抽噎，爬上車去。

沈綾望向容幼娘，心中感到一陣不祥：「她如此急迫地送走兩個孩子，想是已得到消息，知道北山子就將找上門來，而她自認武功比不過北山子，很可能就此喪命。今日或許是我第一次，也是最後一次見到她了。」想到此處，心中難受，說道：「阿嫂，我定將盡力保護好兩個孩子。大姊和小妹往後也都會好好照顧孩子們，讓他們平安長大。」

容幼娘點點頭，終於掉下淚來，低聲道：「我相信你，二郎。」

她目送著沈二郎一行人和兩個孩子的馬車駛去，消失在路的盡頭，才回入屋中坐下等候。等到半夜，四周寂靜無聲，她才去廚下點起一支火把，在屋中各處點起火頭。待整座屋子都燃燒起來，她拾起早就準備好的包袱，緩步走出屋去，站在黑暗之中，望著屋房在夜裡熊熊焚燒。她和丈夫沈維在此結成夫妻，洞房花燭；一對雙生子在此出生，在此成長；如今這一切都結束了。沈家對她恩情深重，所幸她為先夫沈維留下了這對子女，替沈家接續了香火，也算對得住沈氏一族了。

如今她必須去面對自己的師兄——北山子，與他決一死戰。即使她心底深切又悲哀地清楚明白，自己遠非師兄之敵。師父北山老人自幼收留她、養育她、傳她高深武功，心心念念盼望的，就是她能成為一代武術高手，打敗北山子，替師父清理門戶。她自有記憶起，便隨著年邁的師父北山老人勤練武功，從早到晚，從無一日歇息；十歲開始藏身沈宅，她仍舊苦練不懈，日夜精進，甚至在與沈維成婚後、懷孕產子前後，也從未忘記練功。然而她也有自知之明，自己限於資質年歲，就算再跟著師父苦練十年，也絕非師兄北山子的對手；更何況師父已於十年前去世，傳下的祕笈即使博大精深，但自己苦無明師指點，進展甚微。無論她多麼勤苦，多麼自律，結局都是一樣的：她永遠都不會是北山子的敵手，必將死在他手下，愧對先師的期盼。即便如此，她亦不能不奮力一搏，盡力替先師達成清理門戶的遺願、亦保一雙子女從此安生。

容幼娘也知道，師父蓄意留下了北山武功祕笈，並非只盼望她能依之修習，持續精進；師父素知北山子心高氣傲、嗜武成癖，一聽說世間有部他未曾見過的武學祕笈，定將窮追不捨，絕不放手。這部祕笈乃是個強大的誘餌，誘使北山子不斷追查小師妹容幼娘的下落；如今北山子已聞嗅到了她的蹤跡，隨時能闖來此地殺人奪笈。她當機立斷，毅然將年幼子女託付給素未謀面的小叔沈二郎，準備獨自去面對師兄北山子。

容幼娘在燒毀的住處留下了線索：師父往年慣用的青銅香爐，她知道北山子一定認得出。之後她便啟程北行，跋涉月餘，回到了岾山之上北山老人往年隱居之處。那是一間位於山谷中的木屋，地勢隱密，只有少數北山門人知道木屋的所在。北山老人十年前死去後，此屋便荒廢了，容幼娘將木屋的外堂清掃一遍，去山泉挑了水，在廚下生火煮食；之後她來到山巔上北山老人的墳墓前，跪倒祭拜；再回到木屋時，她按照師父的囑咐，在木屋中細心布置，完畢之後，便只剩下耐心的等候。

兩日過去，約莫中午時分，門外終於傳來了似有若無的腳步聲。容幼娘立時知道，是師兄北山子來了。

木門開處，一個高大的人影出現在門框之中。容幼娘抬頭望去，淡淡地道：「師兄，你回來了。」

那男子約莫三十七、八歲年紀，滿面鬍腮，風塵僕僕，眼神銳利。他低頭望向容幼娘，冷笑道：「多年來妳東躲西藏，最終還是回到了老窩。」

容幼娘微微一笑，說道：「師兄不也是如此？」

北山子輕哼一聲，跨入木屋中，在一張木凳上坐下了，雙腿高高翹起，神態十分自在，說道：「這是我阿翁往年的住處，在此取妳性命，妳也算死得其所了。」他伸出手掌，懶洋洋地道：「交出祕笈，我便讓妳留個全屍，甚至將妳葬在阿翁的墓旁。如何？」

容幼娘心中一鬆：「他並未發現我有孩子。倘若他已發現，第一句話定是以孩子來威脅我。」搖頭道：「我不求留全屍，只求完成師父遺命。」

北山子盯著她，抿起嘴，緩緩搖頭，慢吞吞地道：「阿翁遺命，想必是要妳殺死我，清理門戶。然而妳做不到，只能含恨死去。」

容幼娘神色自若，說道：「師兄說得一點也不錯。我不是你的對手，只能抱著遺憾和慚愧，去地下向師父懺悔哭訴了。」

北山子搖頭道：「妳年紀輕輕，何必這麼想死？那老傢伙死去都有十年了，他生前便管不住我，死後又怎能動我一根寒毛？」

容幼娘道：「師父確實無法動你一根寒毛，卻能讓你一輩子得不到他留下的北山祕笈，教你遺憾終生。」

北山子眼露精光，忽然跳起身，大步來到容幼娘身前，說道：「妳說出祕笈在何處，我或者會大發慈悲，饒妳不死。」

容幼娘笑了，伸手指指自己的頭，說道：「好！我便告訴你也無妨——祕笈全在這裡。我將祕笈背下後，便將書冊燒毀了。」

北山子直盯著她的頭，露出兇惡貪婪之態，彷彿想立刻將她的頭殼剁開，從中撈出他念茲在茲的祕笈。他靜了一陣，冷冷地說道：「我知道一千種酷刑，妳最好在失去手腳、全身潰爛之前，將祕笈背出來給我，否則可別怪我下手不留情。」

容幼娘抬頭回望著師兄，毫無懼色，說道：「我不知道酷刑如何，卻知道如何自盡，只怕輪不到師兄對我下手了。」

師兄妹彼此凝視對峙，一時相持不下。

這時屋外天色倏地轉暗，烏雲遮蔽了天空，天空淅瀝瀝地下起雨來。容幼娘神色緊繃，忽然一躍而起，亮出一對短戟，直向北山子攻去，一戟攻對手頸項，一戟攻對手小腹，招式快捷狠辣。北山子袖子中閃出一柄匕首，噹噹兩聲，擋住了兩戟的快攻。

北山派以暗殺為業，武功不重內功，而著重輕功、小巧騰挪，擒拿點穴；門人擅使短兵器和暗器，以招數快捷、詭譎多變著稱。這時師兄妹在昏暗狹窄的木屋中各以短小兵器互鬥，每招都能致敵死命，兇險至極。

二十餘招過去，北山子略佔上風，匕首劃傷了容幼娘的左臂，鮮血迸流。容幼娘神情微變，露出一絲焦急慌亂之色，忽然往後連退數步，叫道：「師父的寢室，你不可擅入！」說著轉身奔入了內室。

北山子怎肯輕易放過，立即追入，但見室中更加昏暗，而容幼娘進入後灰塵飛揚。這內室顯然從未有人打掃過，一切擺設仍與北山老人在世時一般，東北角是床榻，西北角是几案，南方則有幾個麻草紮成，專供練習暗器用的標靶；牆上掛著十餘種短兵器和暗器，地上鋪著陳舊的羊毛地氈。

北山子掃視一周，一切都與他往年記憶一般。他幼年時深受祖父疼愛，曾和祖父同住於此，日夜練功，對這寢室自是再熟悉不過。

這時容幼娘縮在那些麻草紮成的標靶之旁，身子簌簌發抖，正手忙腳亂地包紮左臂的傷口。

北山子持著匕首緩步上前，冷笑道：「這是我從小長大之處，妳說我敢不敢擅入？」一步步逼近，容幼娘大叫一聲，轉身就逃，奔到東北角的床榻之上。

北山子獰笑道：「妳想躲去哪裡？」跨出大步追上，忽然感到左足一沉，接著左腳踝一陣劇痛傳來。他大驚失色，連忙低頭望去，但見左足陷入了羊毛地氈之中；他立即舉起左足，只見一片利刃正正切在自己的腳跟筋腱之上；利刃上塗了黑墨，斜插隱藏在羊毛地氈之中，自己更未察覺。

容幼娘見他踏入陷阱，更不耽擱，立即射出數枝鋼針，攻往他的下盤。北山子不得不躍起閃避，右足落地時又是一痛，再次踩入凹陷處，但這回他有了戒備，落足較輕，腳跟筋腱遭利刃切入較淺。北山子這才醒悟，隱藏的利刃想必遍布於地氈之中，而她故意示弱，將自己誘入寢室，原來早在此地布下了陷阱。

他終於明白過來：「這才是她的目的，她要毀去我的輕功！」

他想到此處，怒氣勃發，高聲咒罵，不顧雙踝疼痛，猛然一躍上前，直撲到床榻之上。容幼娘尖聲大叫，想要竄逃躲避，卻已不及，只能奮力揮出雙戟，往前直戳，這是兩敗俱傷的打法。

北山子雙足雖受傷，仍即時避開了容幼娘的雙戟，往後退去，擋住了門口。容幼娘躲在床榻和几案之間，苦思逃脫之法；她知道北山子即便中計受傷，自己仍不是他的敵手，但自己重挫對手、破其輕功的目的已達成，今日若能同歸於盡，自是最好。於是她一咬牙，舉起雙戟，飛身往北山子撲去。

北山子怒喝：「賊賤人！」他不敢再次踏上地氈，只能靠門立，擋架容幼娘的攻招。但見她招招不顧性命，顯然只想重挫自己，破綻極多，心想：「我竟傷在這瘋婆娘手中，當真可恨！」

他激怒之下，匕首突進，翻轉一下，便刺入了容幼娘胸口，再一劃而下，頓時將她的心臟斬為兩半，鮮血噴出。容幼娘臉上露出驚懼之色，仰天倒下，身子尚未觸及床榻，人已斷氣。

北山子站在容幼娘的屍身前，想伸腿踢她，但雙踝流血不止，疼痛至極，只好坐倒在床榻上，檢視傷處。但見右足筋腱割傷不深，應能痊癒，然而左足的筋腱卻已完全斬斷，再也難以續接了。北山門人以輕功見長，一足的踝筋腱斷絕，即使痊癒後能夠行走如常，輕功自不免大打折扣，再也無法回復。他心中暴怒，舉起匕首，打算毀屍洩恨，但又想起：「或許祕笈便藏在她身上？」

於是伸手在她身上搜索，卻一無所得。他環望室中，在祖父死去後，此地已被他搜索了無數遍，心中惱怒：「難道真如她所說，她將祕笈背下後，便將書冊燒毀了？難道祕笈當真就此失傳了？」

一怒之下，又想舉匕毀屍，這時容幼娘衣衫已被他扯開，傷口仍有鮮血湧出，布滿了全身；北山子忽然注意到，鮮血在她腹部呈現出十分古怪的紋路。

北山子甚感奇怪，俯身仔細觀看，但見她腹部肌膚上似乎有數十道不規則的淺淺疤痕，尋思：「這是甚麼疤痕？看來不像刀劍所傷，這女子肚腹上怎會有此紋路？」

其實北山子見到的，正是容幼娘肚腹之上的妊娠紋。她當時懷上龍鳳雙胎，足月時肚腹甚大，皮膚上因此留下了妊娠疤紋。而北山子並不知道這是甚麼，只將此事記在心中。

他原本打算從容幼娘口中逼問祕笈，但一怒之下失手殺死了她，冷靜下來後好生懊悔，暗自籌思：「她隱匿了這麼多年，這段時日定然有人包庇協助於她。那人是誰？在丹陽溪旁燒毀的那棟宅子，應當便是她生前最後居住之處，只是宅子燒毀得太過徹底，看不出曾有甚麼其他人住過。然而她既然曾居於該地，附近定有認識她的人。我將她的屍身帶回丹陽，看看有甚麼人前來收屍，就能依此線索追尋下去。」

北山子打定主意，便用塊麻布包起了容幼娘的屍身，大步跨入雨幕之中，頭也不回地離開了祖父生前隱居的木屋。

第五十五章　南洋

而沈綾和洪掌櫃將沈朝和沈暮安頓於棲霞山莊中，確定二子行蹤隱蔽，不會被人發現後，沈綾才離開建康，準備出海。

三月初三，沈綾、喬五帶了阿寬及南方「沈緞」的十名伙計，運了五十箱沈緞，來到南海郡的港口。一行人備齊了衣物包裹，來到碼頭；喬五向沈綾介紹了船長徐老大，沈綾見徐老大身形矮壯，膚色黝黑，留著一部大鬍子，頭上包著塊花頭巾；徐老大則向沈綾上下打量了一陣，聲音洪亮，呵呵笑道：「我帶你父親和大郎出過海兩回，他們都是好人！好人哪！」又伸出粗厚的手掌拍拍沈綾的肩膀，說道：「二郎放心，老徐一定帶你平安跑一趟南洋，又平安將你送回！」

沈綾和船長徐老大寒暄過後，便隨著喬五一起檢視貨物。沈綾見碼頭上放著許多大大小小的瓦罐，問道：「瓦罐中裝了甚麼？」

喬五向一個船夫問道：「瓦罐中可是清水？」

船夫答道：「大瓦罐是水，小瓦罐是醃菜和鹹鴨蛋。出海一定得帶上足夠的水，大海中可沒地方給你添水的。」

沈綾問道：「船上沒有新鮮食物，日日都吃醃菜和鹹鴨蛋麼？」

船夫笑道：「新鮮菜果是沒有的，每日鮮魚倒是很多。捕不到魚時，就吃醃菜和鹹鴨蛋。」指著一旁的麻袋，說道：「那裡面都是大米，在船上米糧倒是不缺的。」

沈綾笑道：「大米配鮮魚醃菜鹹鴨蛋，日日這麼吃，不膩麼？」

船夫回道：「當然膩啦！但能填飽肚子就好。我們在海上過日子的，誰能挑剔吃食？」又道：「通常在海上也不過十多日，最多兩個月便會靠岸。一靠岸，就能吃上新鮮食物了。」

沈綾道：「原來如此。」他在碼頭上信步而行，觀看各種貨物。來到船尾時，忽然感到背後傳來一股涼氣，令他全身一顫。沈綾趕緊回身望去，但見岸邊站著一個極矮極瘦的男子，皮膚黝黑，頭髮蜷曲，光著一雙腳板。這人看來年歲並不大，但滿面皺紋，鬢髮灰白，老態畢露，似乎身世坎坷，歷經滄桑。男子全身乾枯，有如骷髏，敞開的衣衫露出瘦骨嶙峋的胸口，一條條肋骨看得清清楚楚。他的面貌雖衰敗蒼老，但雙目深邃，發出奇異的光芒。這時那對眼睛直望著沈綾，一瞬不瞬。

沈綾被他看得背脊發涼，低聲問身旁的喬五道：「這是甚麼人？」

喬五轉頭望了那瘦子一眼，「哦」了一聲，說道：「這位是隨船巫醫，名叫高槐。」

沈綾微微一呆，脫口道：「隨船巫醫？」

喬五點點頭，說道：「他是來自扶南的醫者，過去曾多次跟我們的船，充當隨船巫醫。」

沈綾問道：「平時阿爺和大兄出海做買賣，不是總讓一位中土的醫者隨行麼？」

喬五道：「原本是有一位，但數年前出海時他自己病倒了，險些丟了一條命；之後再有船出海時，他便拒絕同行，說南洋的瘟疫疾病太過猛烈詭異，他不懂得醫治。幸而我們在扶南遇見了巫醫高槐，他對治療瘟疫確實很有一手，幾個船夫在林邑水土不服，上吐下瀉，就是吃了他的藥好的。他說想跟我們來中土開開眼界，於是我們便讓他跟船，一路到了南海郡，如今又隨我等船隻回鄉。」

沈綾點點頭，向那巫醫打量，但見那巫醫仍舊直勾勾地望著自己，不禁毛骨悚然，低聲道：「他為甚麼一直望著我？」

喬五轉頭向高槐望去，向他招招手，高槐會意，慢慢走近；來到跟前時，沈綾這才發現他比自己還矮了一個頭，身形十分瘦小。

喬五介紹道：「高槐，這位是『沈緞』的新東主沈二郎。這回二郎帶領大夥兒一塊出海，須煩請先生多多照顧。二郎，這位是扶南巫醫高槐，醫術高明得緊。」

沈綾向高槐拱手為禮，高槐雙手合十，彎腰回禮，操著不甚流利的漢語問道：「二郎，請問，甚麼名字？」

沈綾道：「我姓沈，單名一個『綾』字。」

高槐抬著頭，凝視著他，眼光彷彿要將他看穿一般。

沈綾鼓起勇氣，低頭對高槐微微一笑，勉強讓自己的語氣沉穩，說道：「高槐巫醫，船上所有人的健康平安，都須煩勞你多加照顧了。」

高槐似乎聽懂了他的言語，卻並不回答，仍舊望著他。

喬五在旁以扶南語重複了一次，高槐才僵硬地點了點頭，彎腰為禮，轉身離去。他即使走了開去，仍不斷轉頭向沈綾望來，毫不掩飾他對沈綾的濃厚興趣。

沈綾心中發毛，感到這巫醫頗為古怪；他在洛陽時曾遇過不少巫者，除了大巫恪外，其餘巫者往往以古怪的眼光望向自己，對自己似乎有所求，但他並不知道他們想從自己身上得到甚麼。他記得大巫恪曾對自己說道：「他們只是為了看看你，並無他意。」還說過：「往後你若遇見其他巫者，不必害怕，也不必大驚小怪。他們不會加害於你的。」他對大巫恪十分信服，因此並不懼怕巫者，只是當有巫者出現在身邊時，還是會不自禁地心生警戒。

沈綾望著徐老大指點船夫搬運清水糧食、盤點船帆繩索，又見到喬五忙著檢視帶去南洋的五十箱絲綢緞料，指揮伙計將之以油布層層包裹好，搬入船底的貨倉，心中籌思：「我得趕緊學學關於行船出海之事，未來有一日我可能須自己出海，不能指望每回都有喬五叔帶領。」於是就近觀看，一一留心，不斷詢問。

當日眾人便都上了海船。徐老大給沈綾安排了一間艙房，阿寬將他的行囊都搬了進去。艙房甚是狹窄，無窗無戶，頗為黑暗，和沈綾年幼時所居的那間廚房旁的隔間不相上下。艙中靠艙板處有張一尺寬的床榻，枕頭棉被一應俱全，榻旁有張矮几，几上放著一盞油燈。

沈綾留意到艙中大多的櫥櫃擺設都不能移動，木榻和矮几都是釘死在艙板上，油燈也是釘在几上的，只有門能夠滑開。

阿寬也留心到了，說道：「這艙房裡的事物都釘得死死的，莫非怕被人偷走？」

喬五在門外聽見了，笑道：「阿寬少胡說八道！那是因為船在海上搖晃得厲害，為了避免這些櫥櫃几榻倒下或滑動，是以都釘死了。」

阿寬憂心地道：「船出海後，搖晃得挺厲害麼？」

喬五故意嚇唬他，說道：「厲害得緊！你沒坐過船，想必會暈船，到時只怕要把三日前吃的食物也全吐出來！」

阿寬嚇得吐吐舌頭，側頭望向沈綾，問道：「二郎，你會暈船麼？」

沈綾也有些擔心，說道：「我只在江河上坐過船，從沒出過海，不知道在海上會不會暈船？」

喬五安慰他道：「二郎不須擔憂，首次上船，暈船自是難免，但很快就會習慣的。」

日中過後，船長老徐見吹起了向海風，當即攀上甲板上的高臺，大聲下令：「啟航！」

整艘船立即忙活了起來；二十多名船夫各就其位，有的下槳，有的升帆，有的掌舵，有的解繩，有的啟錨，甲板上一片忙活吆喝之聲。

沈綾出得艙來，站在船舷邊上觀望，大感興味，不斷向喬五詢問：「船為甚麼有四張帆？為甚麼既已有船帆了，還需要船槳？」

喬五雖也出過海幾回，但這些關於行船的問題，他可答不上來，說道：「二郎，我不懂得行船，你去問船老大吧！」

沈綾便來到徐老大站立的甲板高處，問道：「徐老大，我可以問你些問題麼？」

徐老大爽快地道：「有甚麼不行的？沈二郎請上來！」伸手將他拉上了高臺。

沈綾問道：「船為甚麼得有四張帆？」

徐老大眼光將船上的諸多船夫掃視了一遍，他們個個經驗豐富，此番不過是尋常的揚帆出海，更不須船長發號施令，因此徐老大頗有閒暇。他一邊望著船夫們準備啟航，一邊向沈綾解釋道：「這船有八丈長，寬五丈，算是中等大小的海船。海上風大，為了讓船身保持穩定，必須有兩支桅桿，四張船帆。這四張帆的角度可分開調動，能以不同的角度迎向海風，好控制船的速度。」

沈綾道：「原來如此。既已有船帆，為何仍須下槳？」

徐老大道：「港口位於海灣之中，海風不足，船帆吃不飽風，船若只靠風，就駛得太慢了，因此須得讓船夫同時划槳，好讓船快些駛出海灣。到了海上，便可收起槳，單靠風力行駛。」

沈綾又問道：「風吹來的方向無法控制，又該如何控制船行駛的方向呢？」

徐老大指指身前的輪盤，說道：「這就是控制船舵方向的輪盤。船舵在船底下，有如一片巨大的槳；我轉動這輪盤，便能改變舵的角度，控制船行駛的方向。」

這時船夫們已各自準備就緒，就等徐老大下令啟航。眾船夫紀律嚴明，人人肅立在自己的崗位上，眼望船老大，等他號令。

徐老大眼光掃過整艘船，點點頭，高聲喊道：「啟航！」

船夫們齊聲回答：「欸！」同時動了起來，十六名船夫負責划槳，另有十六名分別拉扯四張船帆，並有兩個副手站在甲板的高臺上，分別指揮槳夫和帆夫。不多時，海船便航離了港口，駛入海灣。離開港口一段後，帆夫便拉起了四張巨大的帆，船帆立即便吃飽了風，船身快速往大海中駛去。

起初航行頗為平穩，阿寬笑道：「喬五叔，你說海上風浪大，船搖晃得厲害，我瞧倒也沒甚麼。」

喬五瞪了他一眼，笑道：「我們還沒離開海灣哩。等船出了海灣，駛到了大海上，你便知道了！」

沈綾最初也鬆了口氣，心想海船也不見得比江船更加顛簸；但他萬萬想不到，暈船是件多麼可怕的事。

果如喬五所說，船一駛入大海，風浪便猛然大了起來。船身原本只是輕輕搖晃，這時搖晃得愈加劇烈，若不抓緊船舷，便幾乎無法站穩。沈綾平生第一次暈船，船隻駛入大海不到一刻，他便感到頭昏眼花，胸悶噁心，捧腹欲嘔。

喬五見了，上前拉了拉他的衣袖，說道：「二郎，你回艙房裡休息一下吧。」

沈綾依言走向艙房，阿寬忙上前攙扶他，陪他進入艙房，坐倒在榻上。阿寬第一回坐船出海，不知為何竟絲毫不覺暈船，不管船身如何顛簸起伏，他都站得穩穩的，一點兒頭昏的跡象也沒有。這時他見沈綾臉色發白，關切地問道：「二郎，你還好麼？」

沈綾頭昏腦脹，更說不出話來；他躺下身，情況卻無絲毫好轉。過了一會兒，他再也撐不住了，對著阿寬指手畫腳。

阿寬見他情狀焦急，立即猜到了他要甚麼，趕緊在艙房的角落抓了個木桶，快手遞到沈綾面前。沈綾一接過木桶，便「哇」一聲嘔吐了出來。這一嘔吐，更覺腹中難受得緊，眼前發黑，幾乎看不見事物。他抱著木桶，接著又嘔了五、六次，直將昨日的飲食全都嘔光了，最後只能嘔出一些黃水，仍舊乾嘔不止。

阿寬忙著拍他的背脊，擔憂地望著他，卻不知如何才幫得上忙，於是出艙去向喬五報告。喬五聽說了，連忙趕進艙中探望沈綾，見他面色青白，模樣狼狽，只能安慰道：「不要緊，吐出來就會好些了。二郎且莫擔心，暈船很常見的，一、兩日就過去了。」

等沈綾嘔吐略略止歇，阿寬趕緊將木桶提出艙房，將嘔吐物倒入海中，撈了些海水清洗木盆，再回到艙中，繼續接沈綾的嘔吐物。

沈綾只嘔得全身虛弱，癱倒在艙房中，奄奄一息，只盼船能立即停止不動。然而船漂浮在海洋之中，就算風浪不大，仍舊搖晃不止。沈綾痛苦難耐，沒有半刻能逃脫暈船的魔掌，最後在頭疼昏暈中勉強睡了過去。

沈綾暈船的症狀持續了好幾日，到了第五日上，才漸漸好轉，不再嘔吐，也能吃下一些食物了。阿寬這才放下心，喬五也鬆了口氣。

沈綾年紀雖輕，但因身為庶子，母親早逝，自幼遭人白眼，時時自力更生，因此甚通人情世故。他在暈船好一些後，便開始日日船上和船長船夫們攀談，與眾人混得甚熟，甚至和那個怪異的巫醫高槐竟也相處和諧。

有一日，他主動去找高槐，與他閒聊一番，並請他教自己南洋語言。

高槐聽了，側過頭，以半生不熟的漢語說道：「多，南洋語言，很多。要學，哪種？」

沈綾當然不知道該學哪一種，於是問道：「哪一種語言說的人最多？」

高槐答道：「每個國，語言，不同。每個國，人多，人少，不同。」

沈綾問道：「那麼，你來自哪個國，說甚麼語言？」

高槐道：「我，來自扶南國，說，扶南語。」

沈綾說道：「那我就先學扶南語吧！」

於是二人坐在船頭，沈綾指著自己，問如何說「我」、「手」、「頭」、「臉」、「眼」等詞語，高槐一一告知。之後沈綾開始學說句子，兩人往往一整日便坐在船頭，沈綾問一句，高槐答一句，沈綾再重複一次。沈綾在建康時，曾隨從兄弟們學習吳語，對學習新語言頗有心得；就這麼半個月下來，他已學會了幾百個扶南詞語，能夠說一百多句簡單的對話，甚至能以扶南語和高槐對答。

喬五看在眼中，似乎有些不認同，但也並未阻止。其他船夫則頗感興味，他們在南洋行船多年，多少都學了一些南洋語言，這時也都拿出來獻寶，你一句我一句地插口教沈綾，有的是罵人的粗話，有的用於討價還價，有的則是和女子調情的風話，一邊教，一邊大笑。

沈綾不明白許多粗話的意義，但也只能跟著大家一起呵呵笑，心中暗記：「這幾句話想必粗鄙得緊，我可不能亂說。」

這日，沈綾向高槐學扶南語時，忽然想起一事，以扶南語問高槐道：「高巫醫，你在碼頭第一次見到我時，神色為何那般古怪呢？」

高槐聽他有此一問，似乎呆了呆，凝望著沈綾，說道：「在碼頭上那時，我忽然感到全身發熱，好似甚麼大事就將發生一般。我甚感驚異，立即四處搜尋，當我見到你的人時，心中頓時便知道：『就是他了！』我原本不想再次擔任跟船巫醫，但一見到你，便知道自己必須跟隨你上船。」

沈綾聽了，不禁一怔，說道：「這卻是為何？」

高槐聳聳肩，說道：「我也不知。總之我感覺自己應當跟在你身邊，越久越好。」說完便又轉開話題，與沈綾說起了扶南的風物人情。沈綾雖心中疑惑，但高槐絕口不再提此事，他便也未曾多問。

過了約莫半個月，船來到一處港口停泊，沈綾聽水手們說道，這個港口叫作喔吠，位於扶南國境內。喬五向他報告道：「船長說我們在此停泊一日，添購水糧，之後便啟程，去往扶南最繁華的港口澳蓋；澳蓋位於湄公河口，船可以從澳蓋沿著湄公河北上，進入扶南內地。喔吠只是個小鎮，但『沈緞』在這兒有一間小小的絲綢鋪頭，二郎想去看看麼？」

沈綾第一回來到異國土地，好生興奮，立即道：「當然要去！」

於是他跟著喬五下船，從碼頭沿著石板道往上行去，來到那個叫作喔吠的小鎮中。這鎮子不大，鎮中有個市集，販賣各種魚菜什物，街道都是黃土地，未鋪石板，馬車牛車一過，便塵土飛揚；街旁的房屋皆以木板搭成，東拼西湊，顯得十分破舊凌亂。居民和高槐一般，膚色黝黑，黑髮寬鼻，身上穿的衣衫為棉麻所製，頗為粗簡，大多赤足，少數穿著麻鞋。

沈綾問道：「喬五叔，這兒在扶南國中，算是個大鎮麼？」

喬五搖頭道：「不算大。在扶南國中，以首都毗耶陀補羅最為繁華，居民有數十萬。這個小鎮只因靠近海港，才漸有人居，也還是這幾年才興起的，人口不過百戶，原本只是打魚人家，近幾年才有些香料和布匹的交易。這兒太過貧窮，買不起中土絲綢，因此我們只將貨物運來這兒暫時貯存，等到有牛車北上時，才跟車運去首都王宮，向王族兜售。」

沈綾甚奇，問道：「扶南也有王族？」

喬五笑道：「自然有的。扶南和我們中土一般，也有王和王族。」

沈綾問道：「扶南王族曾採購我們的『沈緞』麼？」

喬五道：「聽說王族中人十分喜歡『沈緞』，上回還派人來這兒給我們的舖頭留話，說要多訂一些金色和紅色的絲綢給公主做嫁服呢。」

沈綾側過頭，問道：「你說扶南的首都叫作毗耶陀補羅，是麼？那座城位在何處？離此多遠？」

喬五道：「毗耶陀補羅位於湄公河之南，離此約有十餘日的路程。通常我們的船航行至澳蓋後，沿湄公河北上，便能抵達毗耶陀補羅。」

沈綾道：「我想去毗耶陀補羅看看。」

喬五道：「從這兒到毗耶陀補羅必須走陸路，頗為不便，我們有機會再造訪吧。」

沈綾說道：「那便太好了。」

豈知就將啟航時，忽然風雨大作，連續一整日不止。

船長徐老大皺眉道：「雨不要緊，但這風實在太大，沒法升帆。我們得留在這兒，等暴風過了再出發。」於是命船夫下錨，綁緊船繩。他對喬五道：「我和船夫要在船上留守，你們不如去岸邊找個乾淨寬敞之地過夜，避避風雨吧。」

喬五答應了，於是便和沈綾及十個伙計披上雨簑，撐傘下船，去到「沈緞」舖頭借住一宿。

沒想到這場暴風雨不但沒有止息，還越來越大，直颳了七日才稍稍止息。這七日之中，沈綾和伙計們都躲在舖頭裡，不敢出門；舖頭的伙計姓林，是個二十多年前便移居扶南的漢人，娶了個扶南人妻子。夫妻兩人每日整治當地菜餚請沈家眾人吃，悉心照顧，甚是殷勤。扶南人也吃米糧麵條，但較中土粗糙；因是漁村，每餐都以海產為主，包括各類新鮮或醃製的魚蝦蟹貝等。扶南菜色喜好酸味，配上許多本地才有的香料，菜餚往往香氣撲鼻，別有風味；他們這群來自中土之人從所未嘗，都吃得津津有味，甚感新奇。

到了第八日，雨終於停了，徐老大卻苦著臉來到舖頭，告知喬五船桅被暴風吹斷了，須得花個十幾日的工夫才能修復。眾人無奈，只好留下，繼續等待。

就在當日，林伙計憂心忡忡地對喬五道：「我派我兒子去毗耶陀補羅送貨，原本三日前就要回到家的，卻耽擱到今日還沒回來。如今雨停了，我想出發去找他。無法盡心招待諸位，實在過意不去。但我家娘子會留在這兒，繼續給各位準備三餐。」

喬五將此事告知沈綾，沈綾提議道：「我們橫豎得在這兒待上許多日，不如陪林伙計一起去找兒子吧，我也可多見識見識扶南風景。咱們兩人加上十個伙計，結伴出發，彼此照應，更可分頭搜尋。」

喬五窩在這舖頭裡許多日，也感到悶壞了，於是便同意了。他將沈綾的提議告知林伙計，林伙計好生感激，對沈綾千恩萬謝，說道：「多謝東家出手相助！這兒離毗耶陀補羅約莫十五日的路程，我兒子應當早已出發，我想我等最遠走到半途的羅沱村，便能撞見他了。這兒離羅沱村只要五日路程，至不濟，到羅沱也能添購飲食再回頭，不致太過麻煩東家和各位。」

於是沈綾一行人在林伙計的組織下，帶齊了五日的乾糧飲水，便往羅沱出發。

眾人才離開喔吠十餘里，迎面便是一片茂密的森林，這森林可比沈綾在洛陽和建康慣見的桑林濃密得多。洛陽城外的桑林大多並非野生，而是人為種植而成，樹與樹之間相隔至少一丈；這兒的森林可全是天生的，樹根盤節，枝葉糾纏，藤蔓垂掛，林中還有許多不知名的禽鳥野獸，不時發出怪異的鳴叫嘶吼，令人心中發毛。林中雖有一條人們多年來走出的道路，但高低起伏，泥濘難行，和沒有道路相差不遠。

眾伙計沒想到路途這麼難行，又畏懼林中野獸，都哀哀叫苦。林伙計只得盡量安撫大夥兒道：「別擔心，這附近的禽獸體型都不大，不吃人的。」

阿寬戰戰兢兢地問道：「那密林深處呢？那兒的禽獸體型大麼？會吃人麼？」

林伙計搖頭道：「那就不知道了。我們當地人都不往密林深處去的。據說密林中有老虎，也有黑熊之類。但是通常人不去招惹牠們，牠們也不會招惹人的。」

阿寬吐了吐舌頭，不敢再問。

眾人走在森林當中的土道之上，但大雨過後，地上泥濘不堪，簡直無法行人。原本預計一日能走約五分之一的路程，然而一行人腳程極慢，走到天黑，只走了不到十分之一的路程。

林伙計道：「天黑了，咱們紮營休息吧。」

於是一行人找了個稍稍空曠之地，生起火來，大夥兒吃了乾糧，裹著毛氈睡了。叢林中黑暗至極，林伙計分派大夥兒輪流守夜。沈綾不必守夜，但耳中聽著種種古怪的蟲鳴獸吼，亦心驚膽跳，一夜沒有睡好。

如此行走了七日，都未曾遇上林伙計的兒子。林伙計和喬五取出地圖觀看，發現離羅沱村還有兩日的路程。眾人於是加快行程，又跋涉兩日之後，終於來到了羅沱村。

林伙計向村人詢問，村人說十多日前見到林伙計的兒子去往毗耶陀補羅，尚未歸來。林伙計甚是擔心，說道：「莫非他被大雨困在路上了？」

眾人商量之下，決定繼續往毗耶陀補羅行去，希望能在路上遇見林伙計的兒子。於是一行人在羅沱村添補十日的糧食飲水，之後便又往北行去，進入另一片叢林。

不料這段路更加難行；出發三日之後，便有許多倒下的巨木攔在路上，須得繞道而行，行進得更加慢了。到了第三日傍晚，林伙計和喬五再次商量，如今眾人倘若回頭，以手邊的物資來看，最多只需餓一日，便能回到羅沱；繼續走的話，就必須加快速度，才能趕到毗耶陀補羅。

商討之下，喬五為安全起見，提議立即回頭。林伙計雖擔心兒子，卻也別無他策，於是說道：「不如這樣吧！我熟悉地勢，獨自一人往前去往毗耶陀補羅；你們則順著原路回頭，趕回羅沱，如此較為安全。我讓伙計們帶路，他們走過這段路許多次，領你們回到羅沱，應當不是問題。」

喬五並無異議，眾人便決定分道而行。

沈綾因連續三夜都未睡好，心神恍惚，聽說要上路了，便站起身，跟著林伙計往前走，一時沒留意林伙計仍往北走，其他人卻已回了頭。阿寬原本總跟在他身邊，但這日他負責替隊伍扛水，走在最前面，也未曾跟隨沈綾。

沈綾見林伙計腳步加快，不多久便離自己越來越遠；他起初並不擔心，心想：「他是本地人，熟悉道路，自然走得快些。喬五叔和其他人還在後面，我可以等等他們，跟他們一塊兒走。」於是並未急著追上。

然而他走出一陣子後，回頭發現喬五和其他伙計並未跟上，這才驚覺：「啊喲不好！他們決定回去羅沱！我怎地忘了？」

沈綾頓時嚇出一身冷汗，獨自站在叢林之中，全身發抖，不知所措。若是在洛陽城或建康城中，他能向人問路，自然不怕迷路；如今他卻身處扶南境內的蠻荒叢林之中，前無村、後無店，杳無人煙，連林中道路都難以辨別，卻該如何是好？他心中急速動念：「我該追上林伙計呢，還是回頭找喬五叔？喬五叔不見了我，想必會來找我吧？但他不知道我跟上了林伙計，若只在昨夜的林地附近尋找，那可是絕對找不到我的。」

他趕緊高聲呼喚：「林伙計！林伙計！」又大叫道：「喬五叔！喬五叔！」

森林茂密無邊，他的聲音消失在林葉之間，更不知道能否傳將出去。他喚了一陣子，毫無回音，心中明白：「兩伙人想必都已離我甚遠，這麼呼喊，他們是聽不見的。」

沈綾雖機變多智，但從未有在野地中行走的經驗，這時也不禁真正發慌了，暗想：「我走了約莫半個時辰，離營地已遠，此刻就算回頭，只怕也難以找到回去營地的路。林伙計在我前方不遠，我若盡快追前，應能見到他的足跡，循跡跟上。」於是打定主意，快步往前急行。

第五十六章 大城

叢密林深，之前又連日大雨，地上泥濘不堪，林伙計確實留下了不少足跡，沈綾勉強辨識跟上。他追出數十丈，便遇到了一個叉路；他蹲下身，仔細勘查土地，見兩條道路上似乎都有足跡，但模糊不清，委實看不出哪些是林伙計留下的。

沈綾之前約略看過從喔呋去往羅沱村的地圖，但那地圖畫得甚是簡略，而且所有道路都位於叢林之中，更是難以辨別。他呆在當地，不知該往前走呢，還是該回頭？放眼望去，只見到一片青綠色的叢林，滿目枝葉藤蔓；回頭望去，也是一般的景象，更無可供辨識的地標。

沈綾這下真的束手無策了。他勉強冷靜下來，取出竹筒喝了口水，坐在樹根上，心想：「我完全迷了路，現在卻該怎麼辦？留在這兒等人來找我，還是挑個方向往前，試圖走出這森林？」

正想著，忽然聽見滴答之聲，天竟然又下起雨來。他趕緊躲到一株大樹下避雨，將包袱塞進洞穴中，免得被雨淋濕。大樹枝葉茂密，雨水不至於全數傾瀉在他身上；但這雨甚大，不多久便將他身上衣衫都打濕了。他記起自己竹筒的水只剩下半罐，心想雨水可喝，便將竹筒掛在樹枝下，接滿了一竹筒的雨水。

過了約莫一個時辰，雨終於停下了，天色變得十分陰暗，左右都能聽見水流之聲，似乎雨水匯集成了不少小溪，在叢林中流淌而過。

沈綾離開大樹之下，觀望地形；他只約略記得自己從哪個方向來到此地，但此時前方原本的土道已不復見，只見到溪流縱橫，要尋路回去，委實難如登天。

沈綾心中慌亂：「我孤身一人，在這森林中走丟了，身上更無糧食，卻該如何是好？」

他見天色漸漸暗下，知道林中野獸眾多，到了夜間，自己很可能會受野獸攻擊。他想生火，但全身濕透，包袱中也未曾帶上火種，便靈機一動，心想：「我攀到樹上，就能避開地上的野獸了。」又想：「倘若樹上藏著毒蛇毒蟲之類，那又如何？」

然而野獸畢竟比毒蟲毒蛇可怖，眼見天色漸黑，不由得他遲疑，趕緊選了一棵大樹，攀爬上去，在樹杈找了個不易跌下的地方，用腰帶將自己綁在樹幹上，又用外衣包起全身，耳中聽著叢林中古怪的蟲鳴鳥啾，提心吊膽許久，不知不覺累得睡著了。

次日天明，沈綾睜開眼時，耳中聽得鳥鳴吱吱喳喳，十分悅耳，一時想不起自己身在何處，隨即驚醒過來；他想起自己昨夜睡在樹上，又記起自己在叢林中迷路走失之事，心頭一涼，小腹一陣翻騰，升起一股難以壓抑的焦慮恐懼。他吸了幾口氣，定了定心神，伸手解開綁住自己身子的腰帶，爬下樹來，心中躊躇：「我卻該往哪個方向去才對？還是該留在原地等候？」

正想時，忽然聽見左方傳來人聲，還有腳步聲及砍折枝葉的聲響隨之而起，似乎有一群人從附近經過。

沈綾心中一喜：「找到人就好辦了。」於是背起包袱，循著人聲走去。他快步穿過樹林，果見不遠處有一群六個人，手持弓矛，正往右首行去。瞧他們的衣著，顯然並非跟自己同來的喬五和林伙計的手下，而是當地居民。

沈綾不管三七二十一，趕緊追上前，叫道：「喂！各位請留步。」

六人停下步，見到他，都是一呆。為首的一人迎上前來，但見那是個身形健壯的青年，膚色黝黑，容貌英挺，目光銳利；他身上穿著麻布短衣，頭上包著麻布，全為土色，並無任何色彩或裝飾，腰間掛著一柄尖刀。然而最讓沈綾驚訝的卻是：這人的容貌體態竟乍看和自己死去的大兄有所相似！他定睛望向那青年，一時看得呆了。

那青年來到他身前，手扶刀柄，神色嚴厲，喝問道：「少年！你是何人？為何孤身在林中行走？」說的是扶南語言。

沈綾回過神來，幸好他在途中和高槐學過一些扶南語，能夠聽懂這幾句話，連忙躬身行禮，回答道：「我來自中土，和同伴從喔呋去往毗耶陀補羅，卻在森林中走失了。見到你們經過，因此趕來追上，想請問各位如何才能出得這森林，去往毗耶陀補羅？」

青年聽說他來自中土，這番扶南話說得雖不流利，卻能夠聽懂；又見他態度十分誠懇，不禁對他生起好感，向他上下打量了一會兒，臉色和緩下來，說道：「原來如此。你叫甚麼名字？」

沈綾道：「我叫沈綾。」

青年道：「我叫留陀跋摩。毗耶陀補羅離此不遠，但我們正隨我王在林中打獵，不能就此離去。不如你跟在我身旁吧！打獵結束後，我便帶你去毗耶陀補羅，你可在城中尋訪你的同伴。」

沈綾大為感謝，於是跟著留陀跋摩的獵隊，進入叢林深處。

沈綾和留陀跋摩攀談起來，兩人年紀看似相差不少，但竟十分談得來；留陀跋摩問他為何來到扶南，沈綾答道：「我家在中土，一個叫作洛陽的城市，以製造絲綢為業。先父曾來扶南開拓生意，在喔吠開了個絲綢舖頭；他在兩年前過世了，我便跟伙計來南洋跑一趟，造訪先父當年去過的地方。」

留陀跋摩聽他竟來自遙遠的洛陽城，好生驚訝，說道：「原來如此。絲綢是甚麼？」

沈綾從包袱中取出一疋絲綢給他看，說道：「這就是絲綢了。」

留陀跋摩接過看了，伸手撫摸，感到細滑無比，甚是驚奇，說道：「我見過幾件珍貴的袍服，就是用這質料做的，但這幾年聽說再也沒有從中土進貨了。你這回帶了新貨來麼？」

沈綾點頭道：「帶了不少，都在我同伴那兒，但我跟他們走散了，也不知他們此刻人在何處？」

留陀跋摩道：「要能找到你的同伴，我定要向你們買一些絲綢。」

沈綾笑著道：「那先多謝你了。」

留陀跋摩對沈綾這來自遙遠中土的少年甚感好奇，又問道：「沈綾，請你說說，中土和我們這兒有甚麼不同？」

沈綾道：「那可大大不同了。我生長的洛陽是個大城市，不像這兒，到處都是濃密的樹林。」

留陀跋摩笑道：「扶南當然並非全是樹林。這兒離首都毗耶陀補羅不遠，那可是個大城市，應當與你說的中土洛陽差不多。你去看看，便能比較一下了。」

沈綾大感好奇，說道：「我真想去看看！」

不多時，留陀跋摩的隊伍和另一群人會合，當中一人約莫四、五十歲年紀，身形肥大，穿著粗糙的麻布衣褲，但領口和袖口都鑲著豹皮。一群人正圍著樹叢，激烈地討論著甚麼。

沈綾問道：「當中那位，便是扶南王麼？」

留陀跋摩點頭道：「正是，那便是我父王。」

沈綾聞言一怔，心想：「原來他是一位王子。單瞧他的衣著，可完全看不出來。」

胖國王的身邊跟了個十二、三歲的少年，身形和國王一般肥胖，小鼻小眼，衣衫的領口袖口也鑲有豹皮，甚是華麗，引人注目。胖少年悠閒地向著留陀跋摩走來，隨手用木棍打著草叢，滿面無聊之色。

留陀跋摩問那少年道：「闍耶，獵到甚麼收獲了？」

胖少年闍耶翻翻白眼，打了個呵欠，說道：「甚麼都沒有。父王說今天一定要獵到一頭野豬，呸！真不知道要等到甚麼時候才能回去！」

留陀跋摩笑道：「你對父王的打獵技術這麼沒有信心麼？」

闍耶「嘿」了一聲，翻翻白眼道：「早知道我就不來了！」噘起嘴，轉過頭去。

留陀跋摩笑了笑，對沈綾道：「那是我弟弟。他最懶惰，不喜歡打獵，這回是父王硬拉他出來的。」

但聽國王在遠處高喊道：「喂！你們在那裡大呼小叫的，可要把我的野豬嚇跑了！」闍耶伸個懶腰，說道：「這林子裡哪有野豬？我去那邊樹下坐著歇一會兒。留陀跋摩，換你陪父王打獵了。」說著便逕自走了開去，來到一棵樹下；有僕從立即跟上，替他鋪上一塊厚厚的地氈，讓闍耶躺下休息。

留陀跋摩不再理會弟弟，逕自來到國王身旁，問一個衛士道：「情況如何？」

一個衛士答道：「有野豬的蹤跡，往水潭那邊去了。」

呼哨聲陡然響起，一群衛士快步上前，圍繞著一池深黑色潭水，一人叫道：「野豬奔到潭邊了，應當就在草叢裡！」

那胖王高聲道：「大家退開！讓我來獵殺野豬！」聲音粗豪而響亮。

眾人聽了，都趕緊退開，讓胖王上前。只見他肥肥胖胖的雙手緊握著一根長矛，搖搖擺擺地走向水潭，伸矛往草叢中戳去。戳了幾下，野豬卻並未奔出。那胖王甚是不耐，發怒道：「你們誰去，把野豬給我趕了出來！」

三、四名衛士舉矛上前，往草叢中亂戳一陣，戳到第六、七下時，忽聽一聲凶猛的嚎叫，一頭體型巨大的野豬從草叢中倏地衝出，撞倒了一個衛士；另一個衛士趕忙舉起長矛猛刺，戳中了野豬的臉頰，那野豬吃痛，嚎叫一聲，往後退去，腳下一滑，跌入了水潭。但見野豬在水潭中高聲嘶叫，猛烈掙扎，似乎被甚麼咬住了，只有豬頭露出水面。此時汙濁的潭水翻騰不已，完全看不出水底下發生了甚麼事。正當眾人驚詫地觀望時，只聽胖王叫道：「那頭豬是我的獵物！快將豬拉上來！」

衛士們不知水中有甚麼怪物，都不敢上前，遲疑之間，那頭野豬已完全沒入水中，冒出許多氣泡，之後便再沒了動靜。

眾人面面相覷，胖王大步上前，來到水潭邊，舉矛往水中亂戳，大叫：「還我的豬來！」

就在此時，水潭中陡然「嘩啦」一聲，水花中竄出一頭巨物，全身疙瘩，四肢粗短，嘴大齒尖，張開三尺寬的巨口，筆直往胖王咬去。

胖王驚得呆了，雙手雖持著長矛，卻僵立在當地，無法動彈，眼見就要被那巨物一口咬住！

幸而留陀跋摩反應甚快，在後猛力拉了父王一把，那巨物的口部「啪」一聲闔了起來，未能咬到國王。然而只一瞬間，那巨物再次張開大口，留陀跋摩趕緊抱著父王後退，但速度仍不夠快，巨物的大口快速闔上，咬住了胖王的左腿。

胖王慘叫一聲，留陀跋摩猛力一扯，卻扯不動父王的身子，大驚叫道：「來人，打牠！快打！」

一個衛士衝上前，拔出腰刀，向那巨物的頭斬去，但那巨物皮厚肉粗，這一刀竟然砍不進去，牠仍舊緊咬著胖王的腿不放。

留陀跋摩緊緊抱著父王的身子，高呼：「來人！來人！」其餘衛士趕緊衝上前來，各自舉起刀矛向那巨物打去，其中一人的矛尖戳上巨物的眼睛，鮮血噴出，巨物這才終於放鬆了口，又向著來人狂咬了幾口，接著一扭身，撲通一下，竄入了水潭之中。

眾人驚魂未定，沈綾在旁見了這一幕，更是嚇得臉色發青，雙腿發軟。他留意到地上的國王，驚叫一聲：「國王！」

留陀跋摩低頭望向父王，這一看，大驚失色！但見胖王的左大腿從一半以下便沒有了，鮮血滿地，傷口仍汩汩流出鮮血。胖王臉色蒼白，喘息不止，口中吼吼亂叫，更聽不清他在說些甚麼，雙手和右腿不斷揮舞扭動，鮮血噴得周圍的人全身都是。

留陀跋摩吸了一口氣，勉強鎮定，叫道：「快來人，替國王止血！」自己蹲下身，扯下頭巾，綁在父王的斷腿之上；但他並非醫者，慌亂之下胡亂包紮，自然無法止血。

幸而隨侍的巫醫很快便趕到了，他從包袱中取出藥草布條等物，對眾人說道：「你們快壓住國王！」

留陀跋摩和幾個衛士衝上前，分別按住了國王的手腳和身子，巫醫用力將布條綁在國王的左腿傷口之上。然而創口甚大，骨頭碎裂，一片血肉模糊，鮮血仍狂溢不止。巫醫也慌了，回頭叫道：「多點布條，多點布條！」

沈綾聽見了，趕緊從包袱中取出帶來的一疋絲綢，衝上前交給巫醫。那可是上好的沈家織錦，但巫醫哪裡見過，也不在意，隨手接過，趕緊替國王包紮傷處。幸而絲綢堅固細密，包上幾圈之後，終於止住了血，而國王早已昏暈了過去。

留陀跋摩鬆了口氣，低頭見到自己全身是血，這時恐懼才湧上心頭，顫聲說道：「剛才那是甚麼？」

一個衛士答道：「那是鱷魚。」

留陀跋摩低聲咒罵，說道：「沼澤中怎會有鱷魚？父王不是下命將首都左近沼澤裡的鱷魚全數殺死、驅逐了麼？」

衛士都不敢回答，只有一人答道：「原本都已殺死、驅逐了，但前幾日下雨，鱷魚可能又沿著河流游回了沼澤裡。」

沈綾從未聽過鱷魚，更不知那是甚麼怪物，戰戰兢兢躲在遠處觀望。

留陀跋摩喘了一口氣，說道：「先不管鱷魚了。衛士長！這件事交給你去辦，明日便帶人將獵場的沼澤徹底清理過，絕不能留下任何一頭鱷魚！」又下命道：「快送父王回大城！」

四個衛士取過一張地氈，將國王推了上去。國王昏厥不醒，他體型胖大，眾人費了好大的工夫，才將他推上地氈，八個人分執一角和一邊，將國王抬了起來。幾個衛士在前開路，留陀跋摩守在父王身旁，他左右望望，問道：「闍耶呢？」

眾人東張西望，都不見闍耶的身影。一個衛士說道：「闍耶王子剛才帶著手下先回去了。」

留陀跋摩說道：「回去了就好。快上路吧！」

沈綾揹起包袱，跟在留陀跋摩身後。

國王身子沉重，叢林中土道崎嶇，一行人行走甚慢，在叢林中掙扎了大半日，才終於出了叢林。一出叢林，只見林外立著一頭巨獸，生著兩隻長長的尖齒，鼻子極長，沈綾從未見過這種巨獸，不禁嚇了好大一跳。後來他才知道，這巨獸便叫作大象，乃是國王平日的坐騎；但因象身太高，眾人無法將受傷的國王抬上象身上的寶座，只好另找了輛牛車，將國王安置在車上，催牛啟程，沿著一條土道往一座高山行去。國王的大象則由象夫牽著，跟在其後。

行出約莫五里，眼前忽然出現一座高山，山腳下有座大城，旁人說這便是毗耶陀補羅城。這座城比沈綾想像中壯觀得多；他原本見留陀跋摩等人所用武器十分原始粗糙，衣著只以獸皮麻布為材料，猜想他們必定來自頗為落後的國度。沒想到這座大城的城牆足有三丈高，以木柵築成，城門旁立著四尊巨大而精緻的石雕神像，神像全身塗金，飾以珍珠寶石，壯觀而華麗。沈綾觀望那幾尊神像的面貌，似乎正是諸佛菩薩尊者之像，但又與中土的佛像面貌大異，無法確定是否屬於佛教諸神。

進入城門後，便見到一群漢人圍著三輛牛車，居然正是沈家的車隊。沈綾大喜，奔上前叫道：「喬五叔！」

原來喬五等行出一陣，不見了沈綾，都大為驚慌，決定回頭尋找；他們沿著大路而行，一路追尋，卻比沈綾更早半日抵達了毗耶陀補羅城。

喬五見沈綾出現在國王出獵的隊伍中，驚喜交集，衝上前抱住了他，大叫道：「二郎！」

留陀跋摩見沈綾找到了同伴，匆忙中交代道：「沈綾，帶上你的同伴，到我的住處休息吧！」吩咐手下招呼一行人，自己則與其他衛士簇擁著國王進入王宮。

於是沈綾一眾便跟著留陀跋摩的手下，來到了王子的居處。但見留陀跋摩的居處是座寬廣的宮殿，全以巨木搭建，宮中大堂、大廳、中庭、內廳一應俱全，但裝飾不多，頗為樸素。

喬五出去和留陀跋摩的僕從攀談，才知道現任扶南國王名為僑陳如闍耶跋摩，留陀跋摩乃是國王年紀最長的王子。沈綾曾從巫醫高槐口中得知扶南是南洋最大的王國，國土涵蓋湄公河三角洲以及其南的地域；此刻眾人身處的正是扶南國的首都毗耶陀補羅，其意為「獵人城」，當地人自稱為「山城國」，因當地語言中「山城」發音近似「扶南」，因此歷代漢人一向稱其為「扶南國」。

到了傍晚，留陀跋摩才回到居處，讓隨從請沈綾來見。

沈綾跟著隨從來到一間小廳，見留陀跋摩坐在主位，神色疲憊。

沈綾上前行禮問道：「留陀跋摩王子，請問國王傷勢如何？」

留陀跋摩疲累地吁出一口長氣，說道：「父王還在昏迷當中。巫醫和王后陪伴著他，只盼他的傷勢能穩定下來。」

沈綾道：「那就好了。」

留陀跋摩說道：「沈家二郎，我在林中遇見你，也算有緣。來吧，我請你喝一杯。」命僕人送上酒來。沈綾並不喜飲酒，但在異域作客，自然不好拒絕，與留陀跋摩對乾了一杯。那酒色作深紅，香味濃郁，入口醇甜，似乎是以某種果子所釀，別有風味。

留陀跋摩喝了酒之後，神色顯得放鬆了許多，說道：「沈二郎，多謝你隨身帶著的絲綢，父王的傷口才能及時止血。」

沈綾道：「這沒有甚麼，王子不必道謝。但盼國王早日康復。」他忍不住盯著留陀跋摩的臉，心想：「他長得和大兄真是像！」

留陀跋摩留意到他望向自己的臉時神色有異，伸手摸摸自己的臉，問道：「我臉上怎麼了，你為何一直盯著我的臉瞧？」

沈綾低下頭，說道：「不瞞王子，你長得很像我的哥哥。」

留陀跋摩甚是好奇，說道：「你若不介意，請跟我說說你哥哥的事。」

沈綾點點頭，說道：「我哥哥比我大了十歲。他是……」他想說大兄是嫡子，不知道扶南語如何說嫡庶，解釋道：「他的母親是我父親真正的妻子，我的母親卻不是。」

留陀跋摩點點頭，說道：「我明白了。就像我們扶南王室，王后生的皇子是嫡子，如闍耶就是嫡子；不是王后生的，便是庶子，就像我。」

沈綾心想：「原來扶南國也有嫡庶之分，看來全天下都是如此，他能夠明白就好。」繼續道：「因此我在家中的地位很低，總受到主母的嫌棄。但是大兄從不曾欺負我，我阿爺也很公允，大兄小時候學讀書識字、計數算帳，後來我阿爺也全都讓我學，一樣都不少。然而人人都清楚，我大兄將繼承我家的所有財產，我卻甚麼也得不到，長大後多半會被主母趕出家門，自求生計。」

留陀跋摩聽了，頓感同病相憐，一拍大腿，說道：「你的處境跟我一模一樣！我年紀比我弟弟闍耶大了五歲，但我是庶出，他是嫡出，因此未來繼承王位的是我弟弟闍耶，而不是我。」

沈綾在森林中見過闍耶，不過十二、三歲年紀，便胖得如豬一般，別說打獵了，連走起路來都搖搖欲墜，殊無人君之相。他不予置評，只點了點頭，說道：「請問貴國就只有你們兩位王子麼？」

留陀跋摩搖頭道：「當然不止了。父王共有十八個兒子，我是其中年紀最長的。」問道：「沈綾，你說你哥哥年紀比你大，又是嫡出，那麼未來將由他繼承家業，而你則必須離家遠行，是如此麼？」

沈綾臉色一暗，搖頭道：「若是如此，那還好了，我寧可讓我大兄繼承家業！幾年之前，我阿爺和大兄出門做生意，途中遭遇強盜，兩人都不幸遇難死去。家中只剩我一個男子，但主母不肯讓我這個庶子繼承家業，甚至將我阿爺的姊姊和她的兩個兒子找來家裡，插手管理生意，鬧得不可開交。為了家和安寧，於是我自願將家業贈送給我的大姊和小妹，她們都是主母親生的女兒；我則跟隨沈家的商船來到南洋，盼能在此開拓一片新天地。」

留陀跋摩點點頭，讚賞道：「有勇氣！」又嘆道：「將來等我弟弟登基後，我多半會和你一般，自請放逐，去遠方開闢新天地吧！」

沈綾心想：「留陀跋摩的能力才智似乎遠勝弟弟闍耶，大有奪位的能耐，只不知他是否有此心？」他初來扶南，對扶南國情所知不多，不敢貿然發言，於是說道：「祈願國王傷勢早日康復！」二人又對飲了一杯。

之後數日，留陀跋摩不時請沈綾一同宴飲，兩人談得十分投機。沈綾對留陀跋摩說了不少自己在中土的經歷，留陀跋摩聽得津津有味，不斷詢問關於絲綢製作、經營生意之事，偶爾也問起中土王位更替的情況。留陀跋摩見沈綾年輕秀氣，卻經驗豐富，頗有識見，對他越來越欣賞。

這日留陀跋摩與沈綾飲酒時，顯得憂心忡忡，說道：「有件事情，我想問問你的想法。如今父王傷重，倘若不幸身亡，闍耶就將即位。他對我素無好感，我是該早早離去避難呢，還是應該暫且留下？」

沈綾已與留陀跋摩相處數日，感到他為人正直穩重，寬宏多智，足堪大任，於是大著膽子道：「我認為王子應留在大城中，觀望情勢變化，等候機會。」

留陀跋摩聽了，頗感意外，身子前傾，靠近沈綾，問道：「你倒說說，王位傳遞，能有甚麼變化，又有甚麼機會？」

沈綾看看左右無人，才壓低了聲音，說道：「國王雖受傷，但並未昏迷。他有可能在臨終之前，決定改變傳位的人選。」

留陀跋摩搖頭道：「立嫡不立長，這在扶南國行之已久，父王不會改變心意。」

沈綾道：「在我們中土之地，歷代君位的傳遞，也大多傳給嫡長子；但在亂世之際，君主決定傳長不傳嫡，或是傳賢不傳嫡，那都是有的。王子既長又賢，扶南王若考慮立你為王，也並非不可能之事。然而，我怎麼想並不重要，重要的是扶南王怎麼想，以及他身邊的大臣怎麼想。」

留陀跋摩沉吟道：「父王身邊有三個他素來信任的大臣，其中兩個是我的叔叔，一個是王后之兄。叔叔們都比較偏愛我，至於后兄，他當然較偏愛王后之子闍耶。」

沈綾凝望著留陀跋摩，問道：「請問王子，你有心為王麼？」

留陀跋摩想了想，一咬牙，點了點頭。

沈綾見他清楚表明心意，於是說道：「既然如此，那麼我認為王子如今之計，應當盡快做幾件事，好替自己爭取機會。第一，你得盡心服侍重傷的國王，找最好的巫醫和藥物，設法醫治國王的傷勢。」

留陀跋摩微微皺眉，說道：「你的意思是，要我去父王面前爭寵？」

沈綾道：「正是。父母都疼愛孝順的子女。你在國王面前表現得異常憂急，不希望他傷病疼痛，他心裡當然會很感動。」

留陀跋摩點了點頭。

沈綾又道：「相對地，你弟弟闍耶是嫡子，王一死，他立即就繼位為王了，他定然巴不得國王早些死去，好讓他及早接位。國王將你們兄弟二人的舉止態度一加比較，立刻就能分辨哪個兒子比較愛戴他了。」

留陀跋摩聽得不斷點頭，說道：「我明白了。好兄弟，你繼續說。」

沈綾道：「其次，你得向你兩個叔叔下工夫，讓他們去說服國王，讓國王知道你會是一位有能力治理扶南的新王；而闍耶年紀幼小，懶惰嬌寵，脾氣暴躁，登基後多半是個暴君，兩個叔叔絕對管不了他，他還有可能對叔叔們不利。」

留陀跋摩一邊聆聽，一邊點頭。他沉吟一陣，最後一拍大腿，說道：「好，我這就去做！」伸手拍上沈綾的肩膀，笑道：「聽兄弟一番話，我如夢初醒。兄弟，你當真了不得！」

沈綾忙道：「王子先別謝我。事情能否成功，還是未知之數。王子須謹慎行事，好自為之。」

（下集待續）

國家圖書館出版品預行編目資料

綾羅歌．卷三/鄭丰著. -- 初版. -- 臺北市：奇幻基地出版，城邦文化事業股份有限公司出版：英屬蓋曼群島商家庭傳媒股份有限公司城邦分公司發行, 民111.06
冊；公分

ISBN 978-626-7094-52-5 (卷3：平裝).

863.57　　111006503

ISBN 978-626-7094-52-5
Printed in Taiwan.

鄭丰臉書專頁
http://www.facebook.com/zhengfengwuxia

奇幻基地臉書粉絲團
http://www.facebook.com/ffoundation

城邦讀書花園
www.cite.com.tw

綾羅歌・卷三

作　　者／鄭丰
企畫選書人／王雪莉
責任編輯／王雪莉
發　行　人／何飛鵬
總　編　輯／王雪莉
業務經理／李振東
行銷企劃／陳姿億
資深版權專員／許儀盈
版權行政暨數位業務專員／陳玉鈴
法律顧問／元禾法律事務所　王子文律師
出版／奇幻基地出版
城邦文化事業股份有限公司
台北市 104 民生東路二段 141 號 8 樓
電話：(02)25007008　傳真：(02)25027676
網址：www.ffoundation.com.tw
e-mail：ffoundation@cite.com.tw
發行／英屬蓋曼群島商家庭傳媒股份有限公司城邦分公司
台北市 104 民生東路二段 141 號 11 樓
書虫客服服務專線：(02)25007718・(02)25007719
24 小時傳真服務：(02)25170999・(02)25001991
服務時間：週一至週五 09:30-12:00・13:30-17:00
郵撥帳號：19863813　戶名：書虫股份有限公司
讀者服務信箱 E-mail：service@readingclub.com.tw
歡迎光臨城邦讀書花園 網址：www.cite.com.tw
香港發行所／城邦（香港）出版集團有限公司
香港灣仔駱克道 193 號東超商業中心 1 樓
電話：(852) 2508-6231 傳真：(852) 2578-9337
馬新發行所／城邦（馬新）出版集團
【Cite(M)Sdn. Bhd.(458372U)】
11, Jalan 30D/146, Desa Tasik,
Sungai Besi, 57000 Kuala Lumpur, Malaysia.
電話：(603) 90578822　傳真：(603) 90576622

書名題字／董陽孜
封面設計／陳文德
排　　版／邵麗如
印　　刷／高典印刷有限公司
■ 2022 年（民 111）6 月 30 日初版一刷

售價／ 380 元

廣　告　回　函
北區郵政管理登記證
台北廣字第000791號
郵資已付，免貼郵票

104 台北市民生東路二段141號11樓

英屬蓋曼群島商家庭傳媒股份有限公司城邦分公司 收

請沿虛線對摺，謝謝

奇幻基地

每個人都有一本奇幻文學的啟蒙書

奇幻基地粉絲團：http://www.facebook.com/ffoundation

書號：1HO139　　書名：綾羅歌・卷三

請於此處用膠水黏貼

奇幻基地

讀者回函卡

謝謝您購買我們出版的書籍！請費心填寫此回函卡，我們將不定期寄上城邦集團最新的出版訊息。

姓名：________________________ 性別：□男 □女

生日：西元________年________月________日

地址：________________________

聯絡電話：________________傳真：________________

E-mail ：________________________

學歷：□1.小學 □2.國中 □3.高中 □4.大專 □5.研究所以上

職業：□1.學生 □2.軍公教 □3.服務 □4.金融 □5.製造 □6.資訊

□7.傳播 □8.自由業 □9.農漁牧 □10.家管 □11.退休

□12.其他________________________

您從何種方式得知本書消息？

□1.書店 □2.網路 □3.報紙 □4.雜誌 □5.廣播 □6.電視

□7.親友推薦 □8.其他________________

您通常以何種方式購書？

□1.書店 □2.網路 □3.傳真訂購 □4.郵局劃撥 □5.其他

您購買本書的原因是（單選）

□1.封面吸引人 □2.內容豐富 □3.價格合理

您喜歡以下哪一種類型的書籍？（可複選）

□1.科幻 □2.魔法奇幻 □3.恐怖 □4.偵探推理

□5.實用類型工具書籍

您是否為奇幻基地網站會員？

□1.是□2.否（若您非奇幻基地會員，歡迎您上網免費加入，可享有奇幻基地網站線上購書75 折，以及不定時優惠活動：http://www.ffoundation.com.tw/）

有更多想要分享給
我們的建議或心得嗎？
立即填寫電子回函卡

對我們的建議：________________________

____

____

請於此處用膠水黏貼